피안장의 유령

double～HIGAN-SO NO SATSUJIN～ by AYASAKA Mitsuki
Copyright © 2024 AYASAKA Mitsuki
All rights reserved.
Original Japanese edition published by Bungeishunju Ltd., in 2024.
Korean translation rights in Korea reserved by RH Korea Co., Ltd., under the license granted by AYASAKA Mitsuki, arranged with Bungeishunju Ltd., Japan through Eric Yang Agency, Inc., Korea.

이 책의 한국어판 저작권은 저작권사와의 독점 계약에 따라 ㈜ 알에이치코리아가 소유합니다. 저작권 법에 의해 한국 내에서 보호를 받는 저작물이므로 무단 전재 및 복제를 금합니다.

아야사카 미쓰키 지음 | 김은모 옮김

double～彼岸荘の殺人～

피안장의 유령

RHK
알에이치코리아

주요 등장인물

- **야마모토 히나타**   도서관 아르바이트생.
- **가미시로 사라**   히나타의 소꿉친구이자 염동력자.
- **기지마 렌**   기지마 전기의 차기 후계자.
- **미즈야 가즈히사**   렌의 사촌 형.
- **하야카와 아키라**   무직, 자동서기 능력자.
- **우에다 시게키**   이벤트 회사 사장, 예지 능력자.
- **하타노 미즈키**   방송에서 활약하는 사이코메트러.
- **우에하라 도시코**   주부, 정신감응 능력자.
- **고즈카 나기**   엄마와 단둘이 생활, 일렉트로키네시스.
- **엔도 유토**   대학원생.

차례

프롤로그   6

- 제1장 · 초대장   15
- 제2장 · 피안장으로   90
- 제3장 · 첫째 날   186
- 제4장 · 둘째 날   267
- 제5장 · 참극   356
- 제6장 · 마지막 날   418

에필로그   480

· 프롤로그 ·

…조명 불빛이 뜨겁다.

머리 위에서 밝은 불빛이 사정없이 쏟아져 눈을 가늘게 떴다.

방송국 스튜디오는 뜨끈한 공기에 휩싸여 있었다. 조명 열기에 사람들의 열기 같은 것이 더해져 소용돌이치는 듯했다.

무대에 쏟아지는 관객의 시선이 따가웠다. 카메라 여러 대가 주위를 둘러싸고 있었다. 더위와 긴장으로 등에서 땀이 흘러내렸다.

"그럼 오늘의 특별 게스트를 소개하겠습니다. 요즘 각종 미디어에서 화제를 모으고 있는 '초능력 미소녀' 가미시로 사라 양입니다!"

진행을 맡은 중년 남자가 과장된 몸짓을 취하며 목소리를 높였다. 지적인 이미지로 사랑받는 연예인은 잘 빗어 넘긴 머리와 고상한 정장 차림으로 객석에 완벽한 웃음을 보냈다.

그의 토크쇼는 대중에게 주목받는 다양한 게스트를 스튜디오로 초대해 이야기를 나누는 생방송 프로그램이다. 시원시원한 그의 입담이 인기를 끌어 높은 시청률을 자랑하고 있다고 한다.

진행자가 마주 앉은 '오늘의 게스트'에게 고개를 돌렸다. 가슴이 쿵쿵 뛰어서 저도 모르게 주먹을 꽉 움켜쥐었다. …아아, 빨리, 무사히 이 시간이 끝나면 좋을 텐데.

"안녕하세요." 진행자가 하얀 이를 내보이며 미소 지었다. 본인은 쾌활한 웃음이라고 생각할지 몰라도 이를 드러내고 위협하는 동물 같아 보이기도 했다.

"스튜디오에 사람이 많아서 긴장했나요? 걱정하지 말아요. 사라 양을 잡아먹으려는 나쁜 어른은 없으니까. 오늘

오신 관객 여러분은 다들 지성 넘치는 신사 숙녀거든요."

진행자는 꾸며낸 듯한 어조로 말하고는 요란하게 윙크하더니 진지한 표정으로 사라에게 물었다.

"사라 양에게는 특별한 능력이 있다면서요?"

비밀이라도 이야기하듯 짐짓 낮춘 목소리였다.

"실은 저한테도 초능력이 있거든요."

진행자는 젠체하는 투로 말을 이었다.

"물건을 없앨 수 있답니다. 오늘은 특별히 시범을 보여 줄게요."

그러더니 주머니에서 동전을 하나 꺼내 자기 오른손 손바닥에 올렸다. 진행자는 양손을 부르쥐고 엄숙한 표정으로 눈썹을 모으더니 으으음, 하고 기를 불어넣듯 두 주먹을 이마에 댔다.

잠시 후 손을 내리고 주먹을 사라 앞으로 내밀었다.

"자, 동전은 어느 손에 있을까요?"

사라는 당황한 표정으로 머뭇머뭇 진행자의 오른손을 가리켰다. 그는 오른손을 천천히 폈다.

거기에 동전은 없었다. 다른 손도 펼쳤지만 역시 없었다. 동전이 감쪽같이 사라졌다.

"어휴, 신기해라. 사라진 동전은 어디로 갔을까요? 다른 차원으로 날아간 걸까요?"

모두가 진지하게 지켜보는 가운데 진행자는 재킷 소맷자락에 숨긴 동전을 천천히 꺼내서 공손한 자세로 보여주었다. 우스꽝스러운 동작에 객석 여기저기에서 웃음이 터져 나왔다.

이내 뺨이 굳어지고 찜찜한 분위기가 감돌기 시작했다.

"스튜디오를 찾아주신 관객 여러분 그리고 텔레비전 앞에 계신 시청자 여러분. 신비하다고 여겨지는 일에는 대부분 이처럼 트릭이 숨어 있습니다."

진행자는 참으로 유감이라는 듯한 표정으로 말했다.

"저는 세상에 비현실적인 힘은 존재하지 않는다고 믿습니다. 초능력? 영능? 어이가 없네요. 냉정하고 이성적으로 생각해 보십시오. 만약 여러분이 '말도 안 된다'고 느끼는 현상을 경험하셨다면 그건 우연이 일으킨 희귀한 자연현상이거나—"

진행자가 객석을 향해 동전을 똑바로 쳐들었다.

"방금 보셨다시피 무슨 속임수가 숨어 있는 건지도 모릅니다."

제일 앞줄에 있던 사라의 엄마가 험악한 표정으로 방송 관계자 같은 사람에게 대드는 모습이 보였다. 이야기가 다르지 않냐고 항의하는 것이리라.

무대에 설치된 스크린에 갑자기 사라의 영상이 비쳤다. 사라를 '초능력 미소녀'로 유명하게 해준 영상이다.

여름 축제가 한창인 동네 풍경. 차 없는 거리를 위해 차량 통행을 금지한 넓은 도로로 자동차 한 대가 돌진한다. 놀라서 도망치는 사람들. 인파 속에 있던 사라가 차를 향해 두 손을 뻗으며 크게 소리친다. 그 직후 도로에서 물이 힘차게 뿜어져 나온다. 차는 물기둥을 들이받고 옆으로 넘어진다.

"시청 담당자의 발표에 따르면 이때 수도관이 파열돼서 물이 대량으로 뿜어져 나왔다고 하는군요."

진행자가 묵직한 목소리로 설명했다.

"남성 운전자는 운전 중에 지병으로 발작을 일으켜 의식을 잃었습니다. 다행히 팔이 부러진 정도에 그쳐서 무사히 회복했다고 합니다. 만약 이때 도로에서 물이 뿜어져 나오지 않았다면 차가 축제 인파 속으로 돌진해서 수많은 피해자가 나왔을지도 모르죠. 자, 이건 다행스러운 우연일까요? 아니면 어린 소녀의 초능력일까요?"

진행자는 카메라를 향해 묻듯이 말했다.

"오늘 방송에서 진실을 규명하고자 합니다."

진행자가 자신만만하게 양손을 펼치고 사라에게 몸을 돌렸다.

"자, 사라 양. 지금 여기서 모두에게 보여주지 않겠어요? 진짜로 초능력이 있다는 걸 증명해 줬으면 해요. 사라 양이 진짜 초능력자라면 할 수 있겠죠?"

다그치는 듯한 목소리에 동요했다. 혼란스러워서 입안이 바짝 말랐다. 얼어붙은 사라를 보고 진행자는 딱하다는 듯한 표정으로 고개를 내저었다.

"너 정도 나이 때는 다들 특별한 존재가 되고 싶어 하고, 실제로 자신을 그런 존재로 믿는 법이지. 알아. 넌 아무 잘못도 없어. …가엾게도."

진행자는 상냥한 목소리로 타이르듯 말한 후, 객석을 보고 입을 열었다.

"여러분, 사라 양을 봐주십시오. 아주 사랑스럽고 귀여운 소녀예요. 다들 미소녀라고 인정하겠죠."

끈적끈적한 그의 말투와 표정에서 희미하게 혐오감이

느껴졌다.

"이 사랑스러운 소녀를 스타로 만들기 위해서 우연히 근처에서 일어난 사고를 이용해 화제를 불러일으킨 부모님의 심정은 이해합니다."

진행자가 그럴싸한 표정으로 고개를 끄덕였다.

"저도 카메라 앞에서 사소한 거짓말은 한답니다. 반주 삼아 저렴한 맥주만 마시는 주제에 평소 고급 와인이나 샴페인을 즐기는 척해요. 술맛을 아는 고상한 인간이라고 여러분이 생각하시게끔 말이죠."

농담을 툭 던지자 객석에 웃음소리가 퍼져나갔다. 진행자는 표정을 다잡고 말을 이었다.

"하지만 남에게 사기를 치는 비열한 거짓말은 좋지 않습니다."

그는 몸짓을 섞어가며 열변을 토했다.

"쇼 비즈니스의 세계에서 미성년자를 너무 불건전하게 다룬다고 생각지 않으십니까? 어른들의 타산을 앞세워 세기의 천재라는 둥 전설의 재림이라는 둥 치켜세워서 아이들의 정신과 인생을 비틀어 버리죠. 초능력 미소녀. 참으로 신비롭게 들립니다. 그런 사람이 정말로 있다면 다들 한 번쯤 보고 싶겠죠. 하지만 호기심을 채우기 위해 불건전한 장사에 가담하는 짓은 이제 그만두지 않으시겠습니까? 저는 이 자리에서 미디어 사회의 왜곡된 실태에 경종을 울리고 싶습니다. 성숙한 어른이 어린아이에게 순진한 거짓말이나 믿음을 조장하는 위험한 짓을 하도록 두어서는 안 된다고요."

진행자의 자신만만한 말을 듣자 말문이 턱 막혔다. 그는 사라가 사람들에게 주목받고 싶어서 거짓말을 했다고 주장한다. 번지르르하게 포장한 말재주로 결국 사라가 거짓말쟁이라고 단죄하려는 것이다.

세상을 떠들썩하게 만든 초능력 미소녀의 거짓말을 폭로하고 진상을 자기 방송에서 밝혔다는 식으로 화제가 되기를 바라는지도 모른다. 거짓말을 했다고 사라가 울면서 고백하기를 기다리는 것이다.

"괜찮아. 자, 용기를 내렴."

진행자는 익살스러운 어조로 말을 꺼냈다.

"너 정도로 예쁘면 초능력 같은 홍보 문구가 없어도 분명 유명해질 수 있어. 수영복 차림으로 방긋 웃기만 해도 돼. 사라 양이 사진집을 내면 아저씨는 대환영이지."

재치 있는 농담이랍시고 하는 소리일 것이다. 비위를 맞추듯 주변 사람들이 웃었다. 호기심과 악의로 가득한 수많은 시선이 잔인하게 무대를 뒤덮었다.

―그때 머릿속에서 뭔가가 툭 끊어졌다.

사라가 고개를 들어 위를 쳐다보는 것과 거의 동시에 요란하게 깨지는 소리가 울려 퍼졌다. 스튜디오 조명에서 불꽃이 튀더니 연달아 힘차게 깨져버린 것이다.

유리 조각이 쏟아지자 스튜디오에 비명이 오갔다. 느닷없이 조명이 나가서 동요한 관객들이 혼란에 빠져 자리에서 일어섰다. 그들은 아우성치며 일제히 출입구로 뛰어갔다. 넘어져서 밟히는 사람, 사방에 울려 퍼지는 고함소리와 울음소리.

생방송 진행 현장은 순식간에 아비규환으로 변했다.

"뭐야? 뭐가 어떻게 된 거야?"

진행자가 어쩔 줄 모르는 표정으로 소리를 질렀다. 다음 순간 그는 머리 위를 보고 깜짝 놀라서 눈을 부릅떴다.

천장에 달린 조명이 그를 향해 똑바로 떨어졌다.

· 제1장 ·

초대장

그녀와 알게 된 건 야마모토 히나타가 여섯 살 때였다.

옆집인 신축 주택에 이사 온 부부가 인사하러 찾아왔다. 현관 앞에서 부모님과 이야기를 나누던 아름다운 여성이 히나타를 보고 활짝 웃으며 말했다.

"어머, 여섯 살? 우리 딸도 여섯 살이야. 친하게 지내면 좋겠네."

다음 날, 히나타는 근처 공원에서 우연히 그 여자애를 보았다.

혼자 그네에 앉아 있는 여자애가 그 세련된 부부의 '여섯 살짜리 딸'이라는 걸 금방 알아차렸다.

아무튼 그 소녀는 눈에 띄게 외모가 빼어났다. 단정한 이목구비에 길쭉한 팔다리. 전체적으로 색소가 옅은 느낌에 피부는 비쳐 보일 것처럼 뽀얗고 커다란 눈동자는 호박 같은 연갈색이었다. 길고 풍성한 속눈썹과 도톰하게 생긴 입술은 사촌 언니가 소중히 아끼는 서양 인형을 연상시켰다. 입은 옷 역시 어린 눈에도 좋아 보였다.

소녀는 그네를 타면서 노는 게 아니라 그냥 가만히 앉아 있었다. 마치 그러라고 누가 명령이라도 한 것처럼.

그 모습만 신기한 그림같이 두드러져 보여서 히나타는 멍하니 그 아이를 바라보았다. 그때 인기척을 느꼈는지 이쪽으로 고개를 돌린 그 아이와 눈이 딱 마주쳤다.

한순간 망설이던 히나타는 큰맘 먹고 소녀에게 다가가서 "안녕" 하고 큰 소리로 인사했다. 아는 사람을 만나면 또랑또랑한 목소리로 기운차게 인사하라고 평소 부모님이 시켰기 때문이다.

"난 야마모토 히나타라고 해. 어제 옆집에 이사 왔지? 잘 부탁해."

웃으며 말을 걸자 소녀는 놀란 표정으로 고개를 숙였다. 당황한 듯 신발로 시선을 떨어뜨렸다가 쭈뼛쭈뼛 고개를 들어 히나타를 올려다보았다.

"…사라. 가미시로 사라. 잘 부탁해."

수줍어하는 표정으로 자신을 소개했을 때 비로소 그 아이가 자신과 동갑으로 보였다.

사라는 말수가 적은 성격이라 다른 아이들처럼 와자지껄 떠들지 않았다. 그래도 히나타와는 묘하게 마음이 잘 맞았다. 점점 친해지면서 히나타는 사라가 약간 특이한 아이라는 걸 깨달았다.

히나타가 부모님에게 야단맞고 혼자 정원에서 훌쩍훌쩍 울고 있을 때, 사라가 "놀러 가자"면서 어색하게 히나타의 손을 잡아끌었다. 두 사람은 네잎클로버를 찾으러 공터에 갔다. 네잎클로버를 찾으면 좋은 일이 생긴다고 사라가 알려주었다.

얼마 지나지 않아 네잎클로버 찾기에 질린 두 사람은 풀숲에 앉아 토끼풀을 뜯어서 반지나 팔찌 등을 만들었다.

히나타는 토끼풀을 열심히 엮어서 화관을 만들었다. "이거, 사라에게 줄게" 하고 완성된 야심작을 사라의 머리에 씌우니 동화 속 공주님 같았다. 햇살을 받은 갈색 머리와 눈이 반짝반짝 빛나 보였다.

"정말 예쁘다. 잘 어울려."

히나타가 칭찬하자 사라는 부끄러워하면서도 "…고마워" 하고 기쁘게 미소 지었다. 그때 하얀 꽃잎 하나가 치마 위에 하늘하늘 떨어졌다.

올려다보니 부근의 나뭇가지에 벚꽃과 비슷한 하얀 꽃이 많이 피어 있었다. 살구꽃이나 자두꽃일까?

"좀 더 가까이에서 보고 싶다." 히나타는 머리 위에 핀 봄꽃에 푹 빠져 별생각 없이 말했다. 사라가 히나타의 옆얼굴을 빤히 바라보다가 저 멀리 있는 나무로 시선을 옮겼다.

다음 순간 돌풍이 몰아친 것처럼 나뭇가지와 나뭇잎이 일제히 술렁거렸다. 나뭇가지가 요동쳤고 하얀 나뭇잎이 마치 눈처럼 허공에 날렸다.

우와, 하고 히나타는 환성을 질렀다. 굉장하다, 굉장해, 하고 신나서 떠드는 히나타 옆에서 사라가 의기양양하게 웃었다. 히나타는 사라에게 천진난만하게 말했다.

"네잎클로버는 못 찾았지만 좋은 일이 생겼네. 사라가

여기 데려온 덕분이야, 고마워."

그날 부모님에게 야단맞은 이유는 잊어버렸지만 새하얀 꽃잎이 흩날리던 광경과 화관을 쓴 사라의 눈부신 미소는 지금도 기억에 생생하다.

어느 밤, 히나타가 목욕을 마치고 복도로 나오자 거실에서 부모님의 말소리가 들렸다.

"옆집 가미시로 씨, 좀 별나지?"

문틈으로 엄마 목소리가 새어 나왔다. 사라의 부모님 이야기구나 싶어 히나타는 귀를 쫑긋 세웠다. 엄마가 난감하다는 듯한 투로 말을 이었다.

"주민회에서 축제 관련 비용을 모금하는데, 그 집만 3만 엔이나 내겠다는 거야. 다른 집은 대부분 5천 엔인데. 돌려서 슬쩍 지적했는데도 부인이 '괜찮아요, 괜찮아요. 지역 행사는 아이들의 성장에도 중요하잖아요. 부담 가지실 것 없어요' 하고 웃으면서 흘려 넘기더라고. …그런 뜻이 아닌데."

엄마는 요란하게 한숨을 내쉬고 말했다.

"다 같이 맞춰놨는데 한 집만 그렇게 튀는 짓을 하면 다른 집이 주눅 든다고 할까. 경제적으로 여유가 있으니 그러겠지만 단순히 잘산다고 과시하고 싶어 하는 것 같기도 해."

"그 집 남편이 수입 식품 회사 사장이래. 부인도 유명한 여대 출신이고 모델로 활동했다나? 예쁘기는 하더라." 아빠가 감탄한 것처럼 대답했다.

"모델이라고 해봤자 잡지에 몇 번 나온 게 전부인 것 같던데."

엄마가 약간 떨떠름한 표정으로 설명하자 아빠는 가벼운 어조로 대꾸했다.

"이사 온 지 얼마 안 됐으니 이웃 사람들에게 잘 보이려고 그러는 건지도 모르지. 왜, 잘사는 집은 일반 가정과 감각이 좀 다를 수도 있잖아."

"물론 나쁜 사람은 아니겠지만."

아빠가 순순히 동의해 주지 않아서인지 약간 불만 어린 목소리로 엄마가 말을 이었다.

"부인도 좀…, 너무 화려하지 않아? 슈퍼에 가는데도 아주 비싸 보이는 스카프를 하고 다닌다니까. 인터넷에서 찾아봤는데 4만 엔이나 하는 유명 브랜드더라."

엄마가 뭐라 뭐라 상표명을 댔다.

"사라의 옷과 가방도 분명 고급 브랜드일 거야. 일반 매장에서 파는 것과는 때깔부터 달라."

히나타의 부모님은 둘 다 교사다. 직업의 특성상 고지식한 면이 있어서 그런지 무슨 일이든 조화로움과 건실함을 기준으로 삼아 생각하는 경향이 있다. 그런 부모님의 눈에 씀씀이가 크고 여러모로 튀는 이웃집은 조금 마음에 걸리는 존재일지도 모른다.

"어릴 적부터 좋은 물건을 접하는 경험도 중요하다면 중요할 테고, 교육관은 집마다 다를 테지만…, 저러다 사치스러운 생활을 당연하게 여기지는 않을까 걱정이네. 저 나이대의 아이에게는 아직 이르다고 할까, 분에 넘치지 않아?"

"그러게." 아빠가 복잡한 심경이 묻어나는 말투로 대답하며 고개를 끄덕였다. 엄마가 쓴웃음을 띠고 투덜거렸다.

"이러다 사라가 가진 물건을 가지고 싶다고 히나타가 떼를 쓰지는 않으려나. 이렇게 말하면 좀 그렇지만, 부모가 그래서 그런지 사라도 어린애 같은 구석이 별로 없어…."

"사라는 착한 애야."

히나타는 거실에 들어가서 톡 쏘아붙였다. 딸이 듣고 있을 줄은 몰랐는지 부모님은 놀란 표정으로 입을 다물었다.

엄마는 한순간 머쓱한 표정을 지었지만 아무렇지도 않은 척 히나타를 야단쳤다.

"이 녀석. 어린애가 어른 이야기를 엿듣고 참견하는 거 아니야."

"죄송해요." 순순히 사과하면서도 히나타는 다시 주장했다.

"그래도 사라는 멋진 애야."

부모님이 얼굴을 마주 보고 난처한 듯 웃었다. 아빠가 부드러운 목소리로 히나타에게 말했다.

"그렇구나. 앞으로도 사라와 사이좋게 놀렴."

"응."

히나타는 방긋 웃었다. 부모님의 이야기를 제대로 이해한 건 아니었지만 사라가 여느 아이들과 조금 다르다고 평가했다는 건 알아들었다. 히나타가 생각하기에는 이상했다. 다르면 안 되는 건가, 사라는 아주 착한 아이인데.

…히나타와 사라를 둘러싼 상황이 서서히 변하기 시작한 건 분명 어느 날 저녁부터다.

그날 두 사람은 근처 공원에서 놀았다. 시간 가는 줄도 모르고 놀다 보니 어느새 해 질 녘이 가까워졌다. 다른 아이들은 집에 갔는지 공원에는 히나타와 사라밖에 없었다. 얼른 집에 가려는데 사라가 흙으로 더러워진 손을 보고 말했다.

"엄마한테 혼나겠다. 손 씻고 올게. 잠깐만 기다려."

히나타는 공원 입구 근처에 혼자 서서 조금 떨어진 수돗가로 달려가는 사라의 뒷모습을 바라보았다. 까마귀가 저녁 하늘을 날아갔다. 녹슨 것처럼 붉은 하늘이 왠지 모를 불안감을 자극했다.

갑자기 히나타의 시야에 그늘이 드리워졌다. 의아해서 돌아보자 뒤에 모르는 남자가 서 있었다. 아빠와 나이가 비슷해 보이는 짧은 머리 남자가 히나타를 향해 웃음 지었다.

"안녕. 혼자 노는 거야?"

남자는 집게손가락을 자기 입 앞에 대더니 "쉿, 큰소리 내면 안 돼." 하고 익살스럽게 말했다.

하지만 웃는 얼굴인데도 눈에는 웃음기가 전혀 없다는 사실을 알아차렸다. …어쩐지 무서운 표정이었다. 쾌활한 몸짓과는 반대로 몹시 긴장한 것처럼 보였다. 남자가 주변을 살피듯 바쁘게 시선을 움직였다. 그 부자연스러운 모습에 경계심이 고개를 쳐들었다.

"아저씨랑 재미있는 곳에 가자."

동물 같은 땀 냄새가 코를 찔렀다. 남자가 다가와서 무심코 한 발짝 물러났다. 땅거미 속에서 남자는 히나타를 응시하며 일그러진 웃음을 지었다.

"괜찮아. 바로 집에 보내줄게."

갑자기 겁이 나서 히나타는 남자를 올려다보며 고개를 저었다. 하지만 남자는 더욱 다가왔다.

"아저씨 말 잘 들으면 금방 집에 갈 수 있어."

남자가 히나타의 손목을 아무렇게나 잡았다. 놀라서 몸이 굳어버렸다. 손이 축축하고 미지근해서 불쾌했다. 남자가 히나타를 잡아당기며 급히 걸어가려고 했다. 근처 갓길에 세워둔 차로 끌고 가려는 것 같았다.

히나타는 동요해서 주변을 둘러보았다. 부근에 어른은 보이지 않았다. 목구멍이 꽉 막힌 것같이 목소리가 잘 나오지 않았다.

싫어, 놔, 하고 속으로 소리쳤다. 울 것 같은 심정으로 다리에 힘을 주어 저항하려 애썼다. 남자가 혀를 차더니 초조한 표정으로 히나타를 번쩍 안아 올리려 했다. 지척에서 남자의 숨결이 느껴진 것과 동시에 발이 땅에서 떨어졌다. 절망이 머리를 스쳤다.

살려줘요, 하고 비명을 지르려는데 시야 가장자리에 사라가 비쳤다. 눈을 부릅뜬 사라가 무서운 표정으로 남자를 똑바로 노려보았다.

다음 순간 끄아악, 하고 귓가에서 비명이 들렸다. 남자가 손을 놔서 히나타는 땅에 내동댕이쳐졌다.

히나타가 아픔을 참으며 돌아보자 남자는 놀란 것처럼 인상을 쓰며 자기 오른손을 보고 있었다. 처음에는 남자가 벌에라도 쏘인 줄 알았다. 하지만 그런 게 아니었다.

남자의 오른손에서 나뭇가지가 부러질 때 날 듯한 소름끼치는 소리가 났다.

그 직후에 사람이 과일을 아무렇게나 따버리듯 남자의 가운뎃손가락과 집게손가락이 밑동부터 *떨어져 나갔다*.

뿜어져 나온 피와 함께 손가락 두 개가 땅에 떨어졌다. 남자가 고래고래 비명을 질렀다. 절규라는 표현이 딱 어울리는 목소리였다.

눈앞에서 믿기지 않는 광경이 펼쳐져 히나타는 땅에 엉

덩방아를 찧은 채 얼어붙었다. 피범벅이 된 오른손을 부여잡고 울부짖는 남자의 모습이 너무 무서운 나머지, 꽉 멘 목구멍에서 헐떡이는 듯한 소리밖에 나오지 않았다.

"으악, 아아아…."

남자의 비명을 들었는지 사람들이 몰려드는 기척이 느껴졌다. 웅성거리는 소리가 점점 커졌다. 바로 큰 소동이 벌어질 게 틀림없었다.

히나타는 고개를 번쩍 들었다. 사라는 황혼에 물든 공원에 우두커니 서서 이쪽을 바라보고 있었다. 주변에서 웅성거리는 소리가 전혀 들리지 않는 듯 넋 나간 표정이었다.

히나타는 힘이 들어가지 않는 다리로 간신히 일어서서 사라의 손을 잡고 냉큼 달아났다. 너무 겁이 난 데다 여기 있으면 안 된다는 걸 본능적으로 깨달았다.

집 근처까지 죽어라 달려온 후에야 두 사람은 멈춰 섰다. 심장이 세차게 뛰었고 숨이 턱에 닿았다.

어쩔 줄 모르는 마음으로 사라를 보자 여기까지 뛰어왔는데도 얼굴이 창백했다. 붙잡은 손도 바르르 떨렸다.

히나타는 몸을 던지듯 사라를 꼭 끌어안고 팔에 힘을

주었다. 충격과 안도감 때문인지 계속 딸꾹질이 났다.

결국 남자에 대해서는 아무에게도 말하지 않았다. 그날 이후로 사라는 말수가 더 없어졌다.

원래부터 활기찬 성격도 아니었는데 예전보다 더 얌전해졌고 날마다 자기 안으로 틀어박히는 것처럼 보였다. 골똘히 생각에 잠긴 표정으로 혼자 침울해하는 사라가 걱정이었다. 원래 같으면 주변 어른에게 상의하거나 정신적으로 치료를 받아야 했다. 하지만 사라가 부모님에게 걱정을 끼치지 않으려 한다는 걸 히나타도 알고 있었다.

사라의 부모님은 보수적인 히나타의 부모님과는 많이 다른 것 같았다.

사라의 아빠는 해외 출장 등으로 평소 집을 자주 비웠다. 어린 히나타의 눈에는 가정보다 일에 관심이 많은 사람 같아 보였다. 미인이라는 평판이 자자한 엄마는 딸과 달리 남들 앞에 나서거나 주목받기를 좋아했다. 아무래도 본인에게 자신 있는 사람 같았다.

그들은 사라를 '다른 아이보다 예민해서 다루기 어려운 아이'로 인식하는 듯했다. 입 밖에 내서 표현하지는 않아도 딸이 자기들처럼 쾌활하고 사교적이지 못해서 불만인 것 같았다. …사라는 그런 부모님에게 더 이상 실망을 안겨주기가 무서웠는지도 모른다.

툭하면 어두운 표정을 짓는 사라가 걱정돼서 히나타는 사라를 여름 축제에 데려가기로 했다.

유명인을 초청하는 등 시에서 홍보에 주력한 덕분에 여름 축제는 매년 사람들로 북적거린다. 그해도 지역에 연고가 있는 인기 아이돌 그룹을 초청했고 지방 방송국과 신문사에서 취재를 나올 모양이었다. 아이들끼리 보내면 걱정된다며 히나타와 사라의 엄마도 함께 가기로 했다.

히나타 엄마는 신이 나서 히나타에게 금붕어 무늬 유카타*를 입혔다. 작년 여름에 히나타가 입고 싶다고 했을 때는 어차피 더럽힐 거니까 평상복을 입고 가라고 쌀쌀맞게 굴었으면서. 어쩌면 사라 엄마와 함께 가니까 약간 허영을 부리고 싶었는지도 모른다.

집으로 데리러 온 사라와 사라 엄마는 시원해 보이는 원피스 차림이었다.

---

* 목욕 후나 여름철에 주로 입는 두루마기 형태의 긴 무명 홑옷

고상한 디자인이 아주 세련돼 보였다. 축제랍시고 특별히 꾸미는 것보다 훨씬 눈에 띄었다. 오늘 잘 부탁드려요, 하고 싹싹하게 인사하는 엄마의 표정이 복잡해 보였던 건 기분 탓일까.

평소 교통량이 많은 큰길이 차 없는 거리로 변했다. 노점이 줄지었고 가장행렬이 이어졌다. 히나타는 유카타 띠를 금붕어 꼬리지느러미처럼 흔들며 시끌벅적한 인파 속을 돌아다녔다.

흥겨운 축제 분위기가 옮았는지 사라도 평소보다 표정이 조금 밝아 보였다.

"사과사탕 먹고 싶어. 야키소바도." 히나타가 들뜬 목소리로 말하자 사라가 어이없다는 듯이 웃었다. "그걸 어떻게 다 들고 다녀?"

사라의 웃는 얼굴을 오랜만에 보았다. 히나타와 사라 뒤에 떨어져 있던 엄마들은 우연히 마주친 주민회장과 즐겁게 이야기를 나누는 듯했다. 아이들끼리 먼저 가면 혼내면서 어른들은 이야기가 길다니까, 하고 속으로 투덜거렸다.

그때 갑자기 근처에서 어린애의 울음소리가 들렸다. 세 살쯤 된 조그마한 여자애가 엉엉 울고 있었다. 부모님으로 보이는 남자와 여자가 열심히 달래도 울음을 그칠 낌새가 없었다. 여자애는 딸꾹질을 하며 아주 슬픈 목소리로 호소했다.

"미미가 없어졌단 말이야."

히나타가 별생각 없이 주변을 바라보는데 맨홀 위에 떨어진 작은 흰색 물체가 눈에 들어왔다. 뭘까 싶어서 주워 들자 비즈로 만든 팔찌였다. 귀여운 토끼 마스코트를 포인트로 달아놓았다. 문득 감이 왔다. 혹시 저 여자애가 찾는 '미미'는 이 팔찌의 토끼 아닐까?

"왜 그래?" 히나타가 우두커니 서 있자 사라가 이상하다는 듯 물었다. 히나타는 여자애 곁으로 달려갔다. 팔찌를 내밀며 "이거 네 거야?" 하고 물어보자 여자애는 놀란 듯 눈을 깜박깜박하다가 얼굴이 확 밝아졌다.

"미미!"

눈물로 엉망이 된 얼굴에 웃음이 가득 번졌다.

"언니, 고마워." 기뻐하는 여자애 옆에서 부모님도 안도한 표정으로 히나타에게 감사를 표했다.

"안 잊어버리게 조심해." 히나타는 웃는 얼굴로 손을 흔들어 주고 돌아왔다. 그 모습을 보고 있던 사라가 덤덤하게 말했다.

"히나타는 잃어버린 물건을 잘 찾아내는구나."

"그럴지도 몰라. 집에서 뭔가 없어졌을 때, 엄마 아빠가 아무리 찾아도 안 나오는데 내가 찾으면 어디선가 쑥 나오고는 하거든."

"혹시 그게 특기 아니야?"

"에이, 너무 평범한데."

잡담을 하면서 엄마들과 함께 축제를 구경하며 돌아다녔다. 히나타는 유리 세공 노점 앞에서 발을 멈추고 신난 목소리로 말했다.

"이것 좀 봐, 예쁘다."

유리로 만든 각양각색의 동물과 천사를 가리키며 사라에게 웃음을 지을 때였다.

갑자기 멀리 떨어진 곳에서 누군가 비명을 질렀다. 웅성거리는 소리에 섞여 엔진 소리가 울려 퍼졌다. 무슨 일인지 몰라서 우왕좌왕하고 있는데 축제를 구경하던 주변 사람들이 사방팔방으로 우르르 뛰어갔다. 혼란에 빠진 사람들이 서로 밀치고 넘어지고 노점에 부딪혀 상품이 길에 쏟아졌다.

비명과 고함이 오가는 가운데, 인파로 돌진하는 승용차 한 대가 보였다. 통행금지일 텐데 왜? 그런 생각이 머리를 스치는 것과 거의 동시에 승용차 운전석이 눈에 들어왔다. 노인으로 보이는 운전자는 운전대에 푹 엎드려 있는 것 같았다. 어쩌면 의식이 없는 건지도 모른다.

허둥지둥 엄마들과 달아나려다가 어떤 광경을 보고 히나타는 눈이 동그래졌다.

히나타 일행에게서 조금 떨어진 곳에 어린애가 하나 서 있었다. 솜사탕을 들고 놀란 표정으로 서 있는 그 아이는 아까 히나타가 팔찌를 주워준 여자애였다.

부모님은 어디 갔는지 곁에 아무도 없었다.

여자애는 자동차가 달려오는 쪽에 서 있었다. 사람들이 헐레벌떡 달아나는 가운데, 눈을 크게 뜬 채 그 자리에 가만히 서 있었다. 갑작스러운 일에 동요해 굳어버린 듯했다.

자동차가 여자애에게 돌진했다. 히나타는 재빨리 달려가려고 했다. 하지만 아무래도 늦을 것 같았다.

폭주하는 자동차가 여자애 코앞까지 다가갔다. 주변 사람들이 한층 크게 비명을 질렀다. 히나타는 온몸의 털이 거꾸로 섰다. 안 돼, 멈춰. 부탁이야. 누가 좀 도와줘.

"…안 돼."

히나타의 입에서 떨리는 목소리가 새어 나왔다. 공포에 사로잡혀 비명을 지르듯 외쳤다.

"안 돼…!"

비극을 예감한 직후였다.

누군가의 절규와 함께 물건이 부서지는 듯한 소리가 귀에 통증을 느낄 만큼 크게 울려 퍼졌다. 그리고 눈앞의 도로에 갑자기 금이 갔다. 갈라진 아스팔트 표면에서 물이 힘차게 뿜어져 나왔다.

아스팔트 조각이 딱딱한 소리를 내며 발 근처에 떨어졌다. 폭주하던 자동차가 몇 미터 높이로 솟아오른 물기둥을 들이받았다. 자동차는 물의 기세를 이기지 못해 옆으로 기울었고 진행 방향이 틀어졌다. 균형을 잃고 속력이 느려진 자동차는 느릿느릿 갓길로 향하다 옆으로 쓰러졌다. 볼품없는 오브제처럼 옆으로 누운 자동차의 타이어가 윙윙 헛돌았다.

도무지 현실 같지 않은 광경이 펼쳐져서인지 아무도 움직이지 못했다. 대체 무슨 일이 벌어진 건지 전혀 이해가 되지 않았다.

머리 위에서 쏟아지는 차가운 물보라를 맞고서야 정신을 차렸다. 도로가 물에 잠겼고 뿜어져 나온 물이 땅에 떨어지는 소리가 들렸다.

여자애의 부모님이 딸의 이름을 부르며 달려왔다. 울면서 딸을 끌어안았다. 아무래도 여자애는 무사한 모양이었다.

"괜찮아?" 주변 어른들이 허둥지둥 행동에 나섰다. 몇몇 사람이 넘어진 자동차로 달려가 운전자를 구조했다. 구급차를 부르는 사람도 있고 겁에 질려 우는 사람도 있었다.

히나타는 놀란 마음을 가라앉히며 사라를 보았다가 숨을 삼켰다.

사라는 두 팔을 쭉 내민 자세로 물이 뿜어져 나오는 곳을 똑바로 노려보고 있었다. 지난번에 히나타를 끌고 가려던 남자를 노려보았을 때처럼 날카로운 눈빛이었다.

마치 격렬한 운동이라도 한 것처럼 붉게 달아오른 얼굴로 어깻숨을 내쉬었다. 손끝이 바르르 떨렸고 이마에는 땀이 맺혔다.

갑자기 사라의 콧구멍에서 피가 주룩 흘렀다. 팔을 내린 사라는 코피를 뚝뚝 떨어뜨리며 괴로운 듯이 그 자리에 무릎을 꿇었다.

"사라…!"

히나타는 얼른 사라에게 다가갔다.

도로에 금이 간 순간 근처에서 누군가의 절규가 들린 게 기억났다. 그건 사라의 목소리였는지도 모른다. 심장이 아플 만큼 세차게 뛰었다.

―사라야. 거짓말 같지만 분명 사라가 그런 거야.

주변이 부자연스럽게 술렁거렸다. 떠들썩한 소리에 섞여 이쪽으로 쏟아지는 강한 시선이 느껴졌다. 사라의 행동을 목격한 몇몇 사람들이 도저히 믿기지 않는다는 듯한 눈으로 바라보았다.

"봤어?" "방금 그거, 뭐야…?" 두려움과 호기심이 깃든 말소리가 들렸다.

고개를 들자 엄마들이 당황한 표정으로 이쪽을 보고 있었다. 사라 엄마가 얼떨떨한 표정으로 입을 열었다.

"사라, 너―"

그때 현기증이 난 것처럼 사라의 온몸에서 힘이 빠져나갔다. 축 늘어진 사라를 보고 엄마들이 비명을 질렀다.

멀리서 사이렌 소리가 들렸다. 도로에 생긴 물웅덩이에

구급차의 빨간 경광등 불빛이 이리저리 반사됐다.

"도와줘요!" 히나타는 눈을 감은 사라를 부여안고 필사적으로 외쳤다.

차 없는 거리로 차가 돌진한 사고를 뉴스 등에서 크게 다루었다. 축제 인파로 혼잡한 상황이라 하마터면 대참사가 발생할 뻔했는데 갑자기 수도관이 터져서 화를 면하는 기적 같은 현상이 일어났기 때문이다.

축제에 인기 아이돌 그룹이 출연할 예정이라 나름대로 주목받았던 데다 사고 당시 지역 방송국이 현장에서 취재 중이었으므로 사고 영상은 얼마 지나지 않아 언론에 공개됐다.

또한 축제를 구경하러 온 사람들이 촬영한 영상도 순식간에 인터넷에 퍼졌다. 사라가 소리를 지르며 두 팔을 내미는 모습과 도로가 갈라지고 물이 힘차게 뿜어져 나오는 광경이 선명하게 담긴 영상이다. 우연이라기에는 너무 타이밍이 딱 맞아서 불특정 다수가 반응을 보였다. 사라의 예쁜 외모도 한몫해서 '이 신비한 미소녀는 누구냐' 하고 예상치 못한 관심이 쏟아졌다.

얼마 전 사라가 사는 동네에서 발생한 불가사의한 사건이 인터넷에서 화제가 되어 걱정이 더 커졌다.

미성년자 성추행 등 여러 혐의로 체포된 남자가 붙잡히기 직전에 원인 불명의 큰 부상을 당한 사건이다. 남자는 마치 인간을 초월한 힘으로 뜯어낸 것처럼 손가락 두 개를 잃었다. 그렇듯 기묘하고 찜찜한 일을 사라에게 결부시켜 소문을 내는 사람들이 나타나기 시작했다.

사라가 팔을 쳐든 순간 도로에서 물이 솟아오르고 폭주하던 차가 물기둥에 부딪혀 옆으로 넘어진다. 구출된 고령의 운전자와 간발의 차이로 비극을 면한 아이. 편의적으로 잘라내서 드라마틱하게 편집한 영상은 '기적의 초자연현상' '초능력 미소녀'같이 호기심을 유발하는 문구와 함께 정보 방송에서 다루어졌고 '충격 영상 스페셜'이라는 방송에 소개되기도 했다.

…그리고 마침내 유명한 텔레비전 방송에서 사라에게 출연을 제의했다.

사라의 부모님은 섭외하러 온 피디를 경계해 완강하게 거절한 듯했다. 하지만 "사라는 특별한 재능이 있는 아이예요." "이번 방송을 계기로 연예계에서 일할 수 있을지도 모릅니다" 하고 피디가 잔뜩 치켜세우자 사라 엄마는 점점 마음이 열린 모양이었다. 딱 한 번만이라는 약속으로 사라를 설득한 끝에 방송 출연이 성사됐다.

히나타가 집에 놀러 가자 사라는 몹시 불안한 표정이었다. 안색도 별로고 아주 우울해 보였다.

최근에는 공원에서 함께 마음 편히 놀기도 힘들어졌다. 좋은 의미에서든 나쁜 의미에서든 '유명인'이 된 사라에게 호기심 어린 시선을 보내는 사람이 늘어났기 때문이다.

또한 사라의 방송 출연을 둘러싸고 부모님이 심한 갈등을 빚는 것 같았다. 딸을 방송에 내보내서 구경거리로 삼다니 '경솔하다'고 맹렬히 반대하는 아빠와 '다 사라를 위한 일'이라고 반발하는 엄마가 매일같이 말다툼을 벌인다고 했다.

사라에게는 사람들 앞에 나서는 것도, 자기 때문에 부모님이 싸우는 것도 큰 부담으로 다가올 터였다. 히나타에게는 그 절실한 심정이 전해졌다. …사라는 텔레비전에 나가고 싶은 마음이 전혀 없는데.

긴 속눈썹을 내리깔고 고개를 숙인 사라가 결심한 듯 고개를 들고 히나타에게 말했다.

"…방송 촬영하는 날에 히나타도 같이 가면 안 돼?"

히나타는 한순간 망설였다. 여름 축제에서 그 일이 생긴 후로 히나타의 부모님은 딸이 사라와 가까이 지내는 걸 좋게 여기지 않았다.

사라에게 악감정을 품었다기보다 정체 모를 존재를 피하고 싶다는 자기방어적 반응이었을지도 모른다.

하지만 겁에 질린 작은 동물 같은 눈으로 불쌍하게 쳐다보는데 싫다고 거절할 수는 없었다. 평소 제멋대로 굴거나 자기주장을 내세운 적이 거의 없는 친구가 진심으로 도움을 요청했다. "알았어. 갈게." 히나타는 진지한 표정으로 고개를 끄덕였다.

사라가 생방송에 출연하는 날, 히나타는 엄마와 함께 스태프의 안내를 받아 객석에 앉아 있었다. 처음에 엄마는 내키지 않는 표정을 지었다. 결국 히나타의 부탁을 받아들여 같이 와주었다. 가까운 사람이 연예인과 함께 방송에 나온다니까 호기심이 다소 발동한 것이리라.

사라가 출연하는 방송은 중견 남자 연예인이 진행을 맡아 게스트와 이야기를 나누는 방식이었다. 관객 쉰 명쯤이 지켜보는 가운데 사라가 스튜디오에 등장했다. 살짝 화장하고 조명을 받자 사라는 친구인 히나타가 보기에도 깜짝 놀랄 만큼 예뻤다. 진짜 연예인 같았다.

하지만 촬영이 시작되고 얼마 지나지 않아 분위기가 수상해졌다. 진행자가 사라에게 노골적으로 의혹을 던졌고 사라와 사라의 부모님을 사기꾼 취급했다.

진행자가 조롱하는 말투로 사라를 놀리고 자신만만하게 몰아붙이는 광경을 보자 히나타는 분노로 몸이 뻣뻣하게 굳었다.

사라의 얼굴이 창백해지고 굳어졌다는 걸 객석에서도 알 수 있었다. 그 모습에 히나타는 머릿속이 부글부글 끓었다.

그만하라고 고함을 지르고 싶었다. 친구가 불합리하게 상처받는 걸 더는 가만히 보고 있을 수 없었다.

그때 스튜디오의 분위기가 달라졌다.

사라가 위쪽을 올려다본 직후에 깨지는 소리와 함께 스튜디오 조명이 터졌다. 예상치 못한 사태에 사람들 사이에서 비명이 들렸다.

천장에 설치된 조명에서 불꽃이 마구 튀었고 유리 조각이 바닥으로 떨어졌다. 혼란에 빠진 관객과 스태프들이 난리를 쳤다. 밀치락달치락 출구로 달려가는 사람들, 넘어지는 사람들, 무서워서 울부짖는 사람들로 주변은 그야말로 아비규환이었다. 누군가와 부딪치는 바람에 히나타는 충격으로 비틀거렸다. 엄마가 어쩔 줄 모르는 표정으로 히나타의 이름을 부르며 손을 잡고 그 자리에서 벗어나려 했다. 히나타는 엄마의 손을 뿌리치고 초조한 마음으로 사라를 찾았다.

정신없이 혼란스러운 와중에 진행자가 목소리를 높였다.
"뭐야? 뭐가 어떻게 된 거야?"

몹시 동요한 얼굴로 소리친 진행자가 무슨 기척을 느낀 듯 위를 올려다보았다.

다음 순간, 천장의 조명이 그의 머리 위로 떨어졌다. 히나타는 반사적으로 눈을 꼭 감았다. 스튜디오에 묵직한 소리와 비명이 울려 퍼졌다.

조심조심 눈을 떴다가 겁에 질려 헉, 하고 외마디를 내뱉었다. 떨어진 조명에 진행자가 깔려 있었다. 제대로 맞았는지 쓰러진 진행자의 머리에서 피가 철철 흘렀다. 팔다리도 부자연스러운 방향으로 꺾인 것처럼 보였다. 진행자는 엎드린 자세로 미동도 없었다. 입에서는 고통에 겨운 신음소리가 희미하게 새어 나왔다.

무대 근처에 서 있던 사라 엄마가 입을 막고 악을 썼다. 히나타는 할 말을 잃고 무대 위를 바라보았다.

사라는 얼어붙은 것처럼 눈을 부릅뜬 채 쓰러진 진행자를 멍한 표정으로 내려다보고 있었다.

어째야 좋을지 모르겠다는 듯 이쪽으로 고개를 돌린 사라와 눈이 마주쳤다.

소란스러운 가운데 선혈이 무대 바닥에 천천히 퍼져 나갔다.

***

타임카드를 찍은 후 익숙한 손놀림으로 작업용 앞치마를 벗었다.

히나타가 사물함에서 짐을 꺼내고 있으니 근처 테이블에서 쉬고 있던 파트타이머 도모코가 말을 걸었다.

"이거 봐봐. 점심때 산 세본스타*에 가지고 싶었던 희귀

---

* 일본 가야바 식품에서 출시한 과자로 안에 다양한 디자인의 장난감 펜던트가 들어 있다.

펜던트가 들어 있었어. 이게 웬 떡이냐 싶더라니까."

도모코는 화려한 상자에서 꺼낸 장난감 펜던트를 기분 좋은 표정으로 보여주었다. 반짝반짝하는 액세서리는 얼핏 보기에 진짜 보석 같기도 했다.

도모코는 히나타가 일하는 시립 도서관의 선배 직원으로, 남편과 중학생 아들이 있는 견실한 여성이다.

히나타는 농담조로 말했다.

"어엿한 삼십 대 어른이 그런 식으로 스트레스를 해소하다니요."

"괜찮아. 내 안의 소녀 감성이 충족되니까."

도모코도 가벼운 말투로 응수해서 두 사람은 후후 웃었다.

"그러는 야마모토 씨야말로 아직 스물한 살인데 묘하게 고지식하달까, 감성이 메마르지 않았어? 헤어 나올 수 없을 만큼 치명적인 남자라도 하나 사귀어 보는 게 어때?"

진심과 농담이 반반인 말투라 히나타는 난감한 표정으로 쓴웃음을 지었다. 히나타의 반응에 도모코가 의외라는 듯 눈을 반짝이며 캐물었다.

"뭐야, 진짜로 골치 아픈 남자에게 걸린 거야?"

"…뭐, 손이 많이 가는 상대는 있죠. 아쉽게도 남자친구는 아니지만요."

모호한 웃음으로 얼버무린 후 히나타는 "수고하셨습니다" 하고 직원실을 빠져 나왔다.

여기는 아르바이트 직원으로 풀타임 근무하는 직장이다. 히나타의 집에서 비교적 가까워 운동도 할 겸 거의 매일 걸어서 출퇴근한다.

익숙한 길을 걸어서 집으로 돌아간다. 요즘 햇살이 약해졌다고는 해도 여름철 저녁녘은 아직 밝다. 상점가에서 맛있는 반찬 냄새가 풍겼고 이발소 점원이 전단지를 돌리고 있었다.

히나타는 집에 들어가지 않고 곧장 옆집으로 향했다.

아치 형태의 대문을 통과해 손님을 거절하듯 정원수가 우거진 정원을 걸어갔다. 조용한 단독주택 앞에 서서 현관 옆에 설치된 소형 센서에 손바닥을 댔다. 정맥 인증 시스템이 미리 등록해 둔 히나타의 생체 정보를 읽어냈다.

전자음이 울린 후 문을 열고 안으로 들어갔다. 정맥 인증을 깜박하거나 억지로 들어가려고 하면 보안 시스템이 작동해서 난리가 난다. 자세히 보면 현관과 정원 앞쪽에 방범 카메라도 몇 대 설치했다는 걸 알 수 있다. 일반 가정이 맞나 싶을 만큼 철저한 방범 대책이다.

…하기야 이 집에 사는 사람은 '일반'이라는 표현과는 거리가 먼 존재일지도 모르지만.

히나타는 제집처럼 복도를 걸어갔다. 서재 같은 안쪽 방에 들어가자 문을 등진 자세로 책상 앞에 앉아 컴퓨터로 뭔가 작업하는 사라의 뒷모습이 보였다.

"야." 히나타가 왔다는 걸 이미 알아차렸을 사라에게 말을 걸자 사라는 키보드를 두드리던 손을 멈추고 천천히 돌아보았다.

히나타가 짐을 들고 있어서 퇴근길에 바로 왔다는 걸 눈치챘으리라. "고생 많았어" 하고 사라는 조용한 목소리로 말했다. 긴 머리칼이 살랑 흔들렸다.

―사라가 여섯 살 적에 '초능력 미소녀'로서 생방송에 출연했을 때 큰 사고가 발생했다. 생방송 도중에 스튜디오 조명이 깨져서 현장이 아수라장으로 변했고 중상자도 나왔다.

화제의 초능력 미소녀를 섭외해서 촬영하다가 원인 불명의 사고가 발생하자 호기심이 발동한 사람들은 갖가지

억측을 늘어놓았다. 한때 언론에서 크게 다루기도 했다. 취재가 과열됐고 파파라치들이 몰상식하게 설쳐댔다. 게다가 일부 종교단체 관계자와 오컬트 팬 등이 호들갑스럽게 반응했다. 당시는 어린 마음에 사라를 둘러싼 어른들의 이상한 열기가 그저 두려울 따름이었다.

원래부터 위태로웠던 사라와 부모님의 관계에 결정적인 골이 생긴 건 틀림없이 그 사고 때문이었다.

사라의 부모님은 딸이 '무슨 짓을 저지를지 모르는 무서운 아이'로 보였는지 잘못 건드리면 터지는 폭탄처럼 대하기 시작했다. '사라는 특별한 재능이 있는 아이'라고 칭찬받았을 때 사라 엄마의 눈에 깃들었던 들뜬 눈빛은 흔적도 없이 사라졌다. 분명 그들은 자신들을 덮친 혹독한 여론과 정체 모를 딸을 어떻게 해야 할지 몰라서 진심으로 겁을 먹었을 것이다.

사라는 사람과 접촉하는 걸 극단적으로 기피해서 거의 자기 방에만 틀어박혀 지냈다. 누구보다도 사라 본인이 자신의 이상한 능력을 두려워했던 게 틀림없다.

그런 사라를 그냥 내버려둘 수는 없었다. 참사가 벌어졌을 때 도움을 요청하듯 이쪽을 보았던 사라의 눈빛이 머리에서 떠나지 않았다.

히나타는 사라 탓이 아니라고 열심히 위로했고 최대한 사라 곁에 있으려고 애썼다. 깊은 상처를 입었을 사라에게 해줄 것이 위로밖에 없어서 너무나 안타까웠다.

…방송국에서 사고가 발생하고 몇 년 후, 사라의 부모님은 이혼했다.

다른 지역에서 새로운 가정을 꾸렸다는 엄마와 이혼한 뒤로 거의 만난 적 없다는 아빠에게 사라가 유일하게 원한 것이 현재 혼자 살고 있는 이 집이다.

사라가 여기 남기를 희망한 것은 부모님과의 추억이 쌓인 곳이기 때문일까, 아니면 다소나마 마음을 허락한 친구가 옆집에 살고 있기 때문일까. 그건 히나타도 잘 모른다.

사라는 히나타를 빼면 사회와 거의 접점이 없다. 그래도 독학으로 고졸 검정고시에 합격했고 대학교 통신제 과정으로 어학 관련 학과의 졸업 자격을 얻었다. 원래 똑똑한 아이다.

사라는 자신의 특수한 능력이 두려워서 집에 틀어박힌 채, 컴퓨터를 사용하는 재택 업무로 생활비를 버는 듯했다. 번역 일을 맡거나 주식 투자로 자산 운용도 하는 모양이다. 뭘 어쩌는지 자세하게는 몰라도 사라가 유능하다는 사실은 안다. …동시에 집에 틀어박혀 지내는 사라의 생업이 어딘가 먼 나라의 언어를 다루는 것이라고 생각하니 약간 서글프기도 했다.

살풍경한 실내에 공조 설비 소리만 무미건조하게 울려 퍼졌다. 벽 앞의 서가는 초심리학과 물리학, 정신의학, 초자연현상 등 다양한 장르의 책으로 가득했다. 원서를 구입했는지 외국어가 빽빽한 책도 많다. 사라 나름대로 자신의 능력을 어떻게든 이해하려 애쓴 흔적이었다.

이 방은 언제 와도 작업 도구와 생활용품 외에 다른 물건이 극단적으로 적다. 마치 사라의 인생을 상징하는 것처럼.

문득 책상 구석에 외따로 놓인 사진틀 속의 사진에 시선이 갔다. 예쁘게 장식된 놀이기구 앞에서 어린 사라와 히나타, 사라의 부모님이 웃고 있었다. 사라의 제안으로 사라 가족과 함께 유원지에 갔을 때 찍은 사진이다. 얼굴을 딱 붙이고 웃는 히나타와 사라는 마치 자매 같아 보이기도 했다.

아직 소동이 벌어지기 전의 평온한 한때였다. 히나타의

부모님이 별로 탐탁지 않아 했기에 사라 가족과 놀러 간 건 그때 딱 한 번뿐이었다. 그래도 아주 즐거운 기억으로 남아 있다.

…사라가 가족사진을 방에 놔둔 건 헤어진 부모님이 그립기 때문이리라. 가슴속이 살짝 욱신거렸다.

"…오늘은 어쩐 일이야?"

멍하니 있는 히나타를 보고 사라가 냉정하게 물었다.

"응?" 당황해서 고개를 돌리자 사라가 딱딱한 어조로 말했다.

"볼일 없으면 굳이 얼굴 비추러 안 와도 돼. 너도 할 일이 있을 것 아니야."

차갑게 들리는 말 이면에 서투른 배려가 숨어 있다는 걸 알아차렸다.

─히나타는 전문대를 졸업한 후 취직하지 않고 집 근처 시립 도서관에서 아르바이트를 하고 있다. 그 결정에 사라가 전혀 무관하다고 하면 거짓말이다. 집을 떠나 자취하거나 정사원이 돼서 바빠지면 지금까지처럼 사라를 위해 시간을 낼 수 없고, 함께 지낼 수도 없다.

사라를 혼자 남겨둔다는 선택지를 고르는 건 배신행위

처럼 느껴지기도 했다. 자기만 넓은 세상으로 나갈 수 있다는 사실이 은근히 양심에 꺼려졌다. 히나타에게도 사라는 특별한 친구였다.

박물관 학예원이나 도서관 사서 같은 직종은 정규직을 많이 안 뽑는다. 그러한 업계 사정을 아르바이트하는 핑계로 삼았지만 히나타의 부모님은 인정하지 않았다. 전부터 히나타가 4년제 대학교를 나와서 자기들처럼 교직에 몸담기를 바랐다.

부모님은 지금도 자주 히나타를 야단치고 설득을 시도한다. 어떤 때는 매서운 말투로 불만을 털어놓고 무작정 히나타를 책망한다.

"왜 그렇게 이상한 아이를 위해서 이렇게까지 하는 거니?"

"너까지 이상해지겠어."

영리한 사라가 히나타의 그런 사정을 눈치채지 못했을 리 없다. 분명 자기 때문에 히나타가 피해를 입어서 괴로울 것이다.

떠밀어 내는 말과 달리 사라가 안색을 살피듯 히나타를 바라본다는 걸 알아차렸다. 거리를 두는 편이 좋다고 말하면서도 히나타가 진짜로 손을 놓지는 않을까 두려워한다. 히나타의 가슴이 충족감으로 차올랐다.

"그렇게 섭섭한 소리 하지 마. 그리고 볼일도 있어."

히나타는 일부러 가벼운 투로 말한 후 "자" 하고 작은 상자를 쳐들었다.

"요전에 주임님이 자리에 뭘 두고 가는 바람에 쫓아가서 전해줬지. 마침 휴식 시간이었고, 그게 없으면 곤란할 것 같았거든. 그게 그날 딸과 같이 가려고 했던 라이브 공연의 티켓이었지 뭐야? 정말 고마워하더니 오늘 답례로 이걸 주더라."

히나타는 웃음을 지으며 밝게 말했다.

"시로타에의 치즈케이크. 사라, 좋아하지? 같이 먹자."

히나타가 생글생글 웃자 사라는 어이없음과 감탄이 반쯤 섞인 표정으로 쓴웃음을 지었다.

"넌 정말 재수가 좋다고 할까, 행운아구나."

"그러게." 히나타는 가슴을 펴는 시늉을 하며 말했.

"사라와도 친구가 됐으니 말이야."

사라가 놀란 듯 눈을 크게 뜨더니 고개를 홱 돌렸다. 잠시 아무 말도 없다가 나지막하게 중얼거렸다.

"…갑자기 뭔 소리래."

귓불이 발그레하니 물들었다. 히나타는 작게 미소 지었다.

이 닫힌 공간은 외부의 침입을 막기 위한 보호소가 아니라 사라가 자기 자신을 세상에서 격리하기 위한 우리다. 문득 그런 생각이 머릿속에 떠올랐다. 사라는 착하니까 악의를 품고서 자기 능력으로 남에게 피해를 주려 한 적이 한 번도 없을 텐데.

현실은 왜 이렇게 불합리한 걸까.

"실은 나도 하고 싶은 이야기가 있었어."

사라가 마음을 다잡은 듯한 말투로 입을 열었다. 왠지 모르게 복잡한 표정이었다.

"이런 게 집으로 배달됐는데."

사라는 책상 서랍에서 편지 한 통을 천천히 꺼냈다. 받는 사람에 이 집 주소가 적힌, 아주 사무적인 봉투다. 보내는 사람에는 '기지마 렌'이라는 이름만 달랑 적혀 있었다. 모르는 이름이었다.

이미 윗부분을 찢은 봉투를 경계하며 받아 들었다. 한때 사라에게 수상한 편지가 자주 왔다. 아주 수상해 보이는 종교 단체나 영적 상담사를 자칭하는 인물의 권유 편지.

더 나아가 사라의 외모에 끌린 소아성애자의 구역질 나는 팬레터 등 온갖 인간들이 온갖 내용의 편지를 보냈다.

요즘은 수상한 편지가 거의 오지 않는다. 간혹 모르는 사람에게 편지가 오면 그만 긴장된다.

히나타는 봉투에서 조심스레 편지를 꺼냈다. 흰색 편지지에 적힌 글씨를 읽으며 얼굴에 미심쩍어하는 표정이 번진다는 걸 스스로도 알 수 있었다.

히나타가 당황하고도 남을 만한 내용이었다.

"이거…, 뭐야?" 이맛살을 찌푸리며 사라에게 물었다. 사라는 잠시 생각하더니 웃음기 하나 없는 얼굴로 대답했다.

"―유령의 집으로 와달라는 초대장 같아."

***

일요일 오후 2시, 히나타와 사라는 약속 장소로 향했다.

집 근처 역에서 세 번째 역 부근의 작은 카페였다. 사람이 많은 도심이나 자기 동네에서는 오히려 이야기하기 어려울 것이라고 배려했는지도 모르겠다.

휴일이라 그런지 역 앞 거리는 나름대로 붐볐다. 여름

상품의 마지막 할인 행사를 홍보하는 패션몰과 쇼핑백을 들고 즐겁게 돌아다니는 가족들을 곁눈질하며 걸어갔다.

사라는 진한 색깔의 선글라스를 끼고 나왔다. 마치 정체를 숨기는 연예인 같은 행색이었다. 렌즈를 한 장 사이에 둠으로써 온갖 것들에 시선을 주지 않고, 온갖 것들의 시선을 피하려 하는 것이리라. 분명 바깥세상과 사라를 차단하는 얇은 방어벽 같은 존재다.

외출하기가 고통스러우면 차라리 이쪽으로 오라고 하는 것이 어떻겠느냐고 제안했다. 사라는 "싫어" 하고 한마디로 거부하더니 인상을 찡그리고 말했다.

"남이 내 생활권에 들어오는 게 싫어."

"어어, 나도 남인데."

히나타가 장난스럽게 쏘아붙이자 사라는 답변이 궁한지 말을 어물거렸다.

"남이라니…, 넌 별개잖아."

작은 목소리로 퉁명스럽게 따지는 사라를 보고 히죽히죽 웃었다. 그걸 알아차렸는지 "이상하게 웃지 마" 하고 사라가 부루퉁한 얼굴로 노려보았다.

카페에 들어가자 재즈가 흐르는 내부 인테리어는 클래

식한 커피집 같았다. 온기가 느껴지는 약간 침침한 조명과 연륜 있고 고풍스러운 색감의 가구가 돋보였다. 다마스크 무늬를 조합한 벽면과 벨벳을 씌운 의자 등으로 중후하고 차분한 분위기를 연출했다. 그렇게 넓지는 않아도 길에 면한 창문이 커서 갑갑한 느낌은 아니었다.

히나타와 사라가 문으로 들어서자마자 창가 테이블에 앉아 있던 남자가 일어서서 한 손을 살짝 들었다.

중간 키에 중간 몸집의 젊은 남자였다. 스물여섯 살이라고 했지만 복장이 세련되고 피부도 좋아서 얼핏 보기에는 대학생 같기도 했다. 눈매가 약간 날카롭기는 해도 사람 좋아 보이는 깔끔한 인상이었다. 한편으로 이쪽을 빈틈없이 관찰하는 듯한 표정만 보면 나이보다 훨씬 위로 느껴지기도 했다.

"안녕하세요, 기지마 렌입니다."

그는 씩 웃으며 두 사람에게 인사했다.

"전화로 잠깐 이야기 나눴지만 일단 처음 만나서 반갑다고 해야 하려나. 와줘서 고마워."

렌이 싹싹하게 말하고 자연스럽게 손을 내밀어 사라에게 악수를 청했다. 매력적인 웃음에도 사라는 전혀 마음이 움직인 기색 없이 악수에 응하며 잠자코 상대의 얼굴을 가만히 바라보았다.

"그리고 그쪽이, 음, 야마모토 히나타 씨. 잘 부탁해."

성씨까지 붙여서 히나타를 부른 후 이번에는 이쪽에 웃음을 지었다. "안녕하세요" 하고 히나타는 당황해서 고개를 숙였다. 미리 말했다고는 해도 제삼자인 자신이 함께 오는 걸 별로 환영하지 않으면 어쩌나 싶어서 약간 긴장했다. 하지만 렌은 딱히 언짢아하는 낌새 없이 두 사람에게 자리를 권했다.

밖이 보이는 창문 곁이라 그런지 안심됐다. 초면인 그와 방에서 만났다면 훨씬 긴장했으리라.

손님은 그럭저럭 많아 보였다. 다행히 이쪽에 주의를 기울이는 사람은 없었다. 두 사람을 대하는 렌의 자연스러운 태도가 업무 미팅 같은 분위기를 자아냈기 때문인지도 모른다. 사실 완전히 틀린 말도 아니다. …협의할 내용이 좀 특이하기는 하지만.

메뉴판에 오늘의 추천이라고 적힌 커피를 주문하고 한숨 돌리자 렌이 거두절미하고 바로 본론에 들어갔다.

"—편지에도 적었지만 조사에 동행해 줘. 가미시로 사

라 씨, 당신의 협력이 필요해."

진지한 얼굴로 거침없이 말하는 바람에 히나타도 무심코 어깨에 힘이 들어갔다.

지금까지 사라가 자기 능력에 관련된 편지에 반응을 보인 적은 한 번도 없었다. 편지 내용이 죄다 수상쩍었기 때문이다. 그런데 렌이 보낸 편지는 좀 달랐다.

그야말로 업무 관련 편지처럼 문장이 딱딱했고, 편지지에는 '기지마 전기'라는 회사 이름이 인쇄돼 있었다. 정중하게 명함도 동봉했다. 기지마 전기는 국내 시장 점유율 1, 2위를 다투는 대형 가전제품 회사다. 편지를 보낸 기지마 렌이 회장의 손자이고, 젊은 나이인데도 기지마 전기의 임원이며 차기 후계자로 낙점된 인물이라는 건 이미 인터넷으로 확인했다.

…그런 사람이 사라에게 일을 의뢰하고 싶다고 했다. 미심쩍어도 한번 만나서 이야기만이라도 들어보지 않겠느냐고 예의 바르게 요청했기에 딱 잘라 거절하기도 꺼려졌다. 결국 망설이면서도 연락해서 이렇게 만나러 왔다.

마치 사업에 관해 프레젠테이션이라도 하듯이 렌이 매끄러운 어조로 설명했다.

"조사할 곳은 나가노현 산속에 있는 우리 산장이야. 들은 바로는 쇼와*시대 초기에 증조할아버지가 첩실의 집으로 지었다나 봐. 통칭은 '피안장'."

"피안장…."

다소 찜찜한 어감이라 무심코 중얼거리자 렌은 테이블 너머에서 어깨를 가볍게 으쓱했다.

"가을피안秋彼岸** 시기가 되면 산장 주변 일대에 피안화가 흐드러지게 피거든. 실제로 보면 장관이랄까, 꽤 괜찮은 볼거리야. 그 풍경에 빗대어 어느덧 다들 그렇게 부르기 시작했다는군. 풍류가 있지?"

렌이 재미있다는 듯 웃음 지었다.

"그런데 문헌에 따르면 산장이 들어서기 전에 그 부근에는 제법 큰 묘지가 있었대. 피안화는 구근에 독이 있으니까 두더지나 쥐 같은 동물이나 벌레를 쫓기 위해 심었는지도 모르지. 지금은 화장이 일반적이지만 옛날에는 토장이 많았다니까, 시신이 망가지지 않도록."

---

* 1926~1989년에 사용된 일본의 연호
** 추분으로부터 일주일간 진행하는 불교 행사로, 조상을 기리고 돌아가신 분에게 공양을 올린다.

그 말을 듣고 실감 나는 상상이 떠올라서 저도 모르게 이맛살을 찌푸렸다. 묘지나 신사에서 피안화가 자주 눈에 띄는 건 그래서일까.

"—뭐, 이게 참 사연이 많은 산장인데 말이야."

렌은 거기서 말을 끊고 아랫입술을 살짝 핥았다. 드디어 핵심을 언급할 모양이었다.

"기지마 그룹의 친인척을 비롯해 여러 사람이 옛날에 피안장에서 불의의 죽음을 맞거나 행방불명됐지. 그 저택에서는 사람이 부자연스러운 형태로 죽거나 사라져."

렌은 숙연한 표정으로 담담히 말을 이었다.

"기지마 전기의 창업자이자 피안장을 지은 증조할아버지도 거기서 돌아가셨지. 저택 안에 있는 온실의 분수 연못에서 익사한 상태로 발견됐어. 어린애도 발이 닿을 만큼 얕은 연못인데 말이야. 나이가 많기는 하셨어도 남들보다 쌩쌩하셨고 아픈 데도 없었는데. 이상하지?"

"어…."

히나타는 반쯤 무의식적으로 숨을 삼켰다. 주변에서 들리는 말소리와 음악 소리가 어째선지 아까보다 멀게 느껴졌다.

"사망한 정황에 수상한 점이 있어서 피안장에 살던 첩실이 의심을 받았지. 하지만 결정적 증거는 하나도 나오지 않았대. 그리고 일가 사람들도 창업자가 치정 싸움으로 첩실에게 살해당했다는 이야기가 나돌면 남사스럽다고 생각했겠지. 체면을 고려해 증조할아버지의 죽음을 깊게 파고들지는 않았어. 결국 그 일은 불행한 사고로 처리됐지. 당시 신문에서도 그렇게 대대적으로 다루지는 않았을 거야. …그리고."

렌이 주위를 힐끗 둘러보고 목소리를 약간 낮췄다.

"반년 후에 첩실도 피안장에서 죽었어. 증조할아버지가 익사한 그 온실에서 밧줄로 높은 나뭇가지에 목을 맸지. 주변 사람들은 증조할아버지를 따라가려고 스스로 목숨을 끊었겠거니 했지만 첩실은 다리가 불편해서 죽기 몇 년 전부터 휠체어 생활을 했대."

렌은 히나타와 사라를 똑바로 쳐다보며 비꼬는 투로 말했다.

"휠체어가 없으면 거동하지 못할 만큼 다리가 불편한 여자가 혼자서 높은 나뭇가지에 밧줄을 걸고 목을 맬 수 있을까?"

히나타는 작게 숨을 삼켰다. 식물이 무성한 온실에서 나뭇가지에 매달린 여자가 조용히 흔들리는 광경이 떠올랐다. 옆에 앉은 사라도 말없이 렌의 이야기에 귀를 기울이고 있었다.

"당시 몇몇 사람이 음모론을 수군거렸대. 기지마 그룹의 이권을 둘러싸고 골육상쟁을 벌여서 서로 죽인다는 어이없는 소문이야. …기가 차는군. 확실히 우리 그룹이 나름대로 규모 있는 회사긴 해도 그깟 이권 때문에 사람을 죽이겠어? 그것도 아주 부자연스럽기 짝이 없는 상황에서."

렌이 진심으로 어처구니없다는 표정으로 숨을 내뱉었다.

"하지만 그런 음모론도 곧 사그라졌지. 그 사고가 난 후로도 피안장에서 여러 사람이 평범하지 않은 죽음을 맞았거든. 그중에는 우리 일가와 무관한 사람도 있었어. 그곳에서 일어나는 일은 인간의 짓이 아닐지도 모른다는 걸 주변 사람들도 어렴풋이 깨달았겠지."

겁주는 말투로 이야기하는 것도 아닌데 어쩐지 등골이 오싹했다. 한낮의 카페라 다행이라고 여실히 느꼈다.

"그렇듯 지금까지 피안장에서는 이해하기 힘든 현상이 많이 발생했어. 저택이 사람을 잡아먹는다는 둥 악령이

씌었다는 둥 기분 나쁜 소문이 퍼졌지. 정식으로 의뢰를 받아들여 준다면 자세한 내용이 담긴 자료를 보내줄게."

렌은 커피를 한 모금 마신 후 표정을 다잡고 다시 입을 열었다.

"어찌 된 영문인지 피안장에서는 피안화가 피는 계절에만 기이한 일이 발생해. 그리고 곧 그 시기가 와."

렌의 말에 히나타는 몸이 뻣뻣하게 굳었다. 렌은 냉정한 태도를 유지한 채 말을 이었다.

"현재 정기적으로 출입하는 관리인 말고 피안장에 드나드는 사람은 거의 없어. 건물이 노후해서 걱정된다는 게 표면상의 이유인데 실상은 다르지. 상식적으로 생각하면 이해하기 힘든 일이야. 거기는 정말로 위험해. 그래서 괜한 희생자가 나오지 않도록 외부인의 접근을 막은 거야."

…대뜸 믿기는 어려운 이야기였다. 하지만 실제로 만나서 렌의 태도를 확인하자 거짓말이나 장난은 아니라는 느낌이 들었다. 적어도 렌 본인은 그 산장이 평범하지 않다고, 소위 유령의 집이라고 믿는다.

"실은 올해 안에 피안장을 철거할 거야. 집터에는 회사의 휴양시설을 지을 예정이지. 그 전에 그 산장을 조사하고 싶어."

렌은 자신만만하게 웃으며 말했다.

"조사 기한은 사흘. 두 사람 말고도 조사팀이 몇 명 더 참가할 예정이야. 피안장에 머물면서 이른바 초자연현상이 정말로 일어나는지 검증할 거야."

히나타는 약간 의아한 기분으로 렌을 보았다. 곧 철거할 거라면서 왜 굳이 사람을 모으면서까지 조사하려는 걸까?

히나타의 표정에서 그런 의문을 읽었는지 렌은 쓴웃음을 짓더니 털털한 말투로 설명했다.

"이래 보여도 일단 기지마 그룹의 후계자라는 입장이라서 말이야. 창업자가 거기서 목숨을 잃은 건 엄연한 사실이니까. 일가에서 발생한 중요한 일은 가문의 역사로서 최대한 파악해 두고 싶거든. 거기서 일어난 묘한 일에 흥미도 많고 말이야."

"왜 사라에게 의뢰를…?" 히나타의 질문에 겹치듯 사라가 갑자기 말을 꺼냈다.

"조사는 정확한 표현이 아닌 것 같은데요."

내내 침묵을 지키던 사라가 느닷없이 지적하자 렌은 한순간 당황한 표정을 지었다.

사라는 차분한 어조로 물었다.

"정말 그런 이유로 그 저택에 머무르려는 건가요?"

선글라스 너머로 사라가 심사하듯 렌을 똑바로 바라보고 있다는 걸 알 수 있었다. 렌의 몸이 살짝 경직되는 낌새가 전해졌다.

빈틈없는 그 목소리를 듣자 히나타도 사라가 무슨 말을 하려는 건지 조금 알 것 같았다.

…렌은 사라의 집에 직접 의뢰 편지를 보냈다. 그리고 오늘 함께 온 히나타에게도 사라와 무슨 관계인지 일절 묻지 않았다.

분명 흥신소에 의뢰해 사라의 신변을 조사했으리라. 현재 사라가 그 집에 혼자 산다는 정보와 빈번하게 드나드는 사람은 옆집에 사는 친구 히나타뿐이라는 정보도 미리 입수했을 것이다.

그렇게까지 해서 자신에게 접근하려는 목적이 따로 있는 것 아니냐고 사라는 의문을 표한 것이다. 반쯤 재미 삼아 언론에 끌어내거나 바람직하지 않은 일에 이용하는 사태를 경계하는 듯했다.

사라는 렌을 가만히 응시했다. 거짓말이나 속임수는 용

납하지 않겠다는 강한 의지가 전해졌다. 그런 사라의 태도를 보고 본심을 말하지 않으면 더는 이야기가 진행되지 않겠다는 걸 이해했으리라.

"어쩔 수 없네."

렌은 결심한 듯 숨을 내쉬더니 의자에 몸을 묻고 천천히 입을 열었다.

"…솔직히 여기까지 이야기할 생각은 없었는데."

과도하게 여유만만하던 태도를 버리고 말을 잘 선택하려 애쓰며 설명했다.

"피안장에서 여러 사람이 불의의 죽음을 맞았다고 했지? 내 이모부와 이모도 그중 한 명이야."

히나타는 허를 찔린 기분으로 렌을 보았다. 렌은 사실 전달에만 유념하듯 담담한 어조로 말을 이었다.

"사정이 있어서 난 철들기 전부터 이모 부부 밑에서 자랐지. 숨김없이 말하자면 어머니가 못된 남자와 사귄 끝에 날 임신하고 버림받았어. 사생아로 날 낳긴 했지만 귀하게 자란 어머니는 현실을 받아들이지 못했어. 아무래도 아들을 사랑할 수가 없었는지, 날 버려두고 해외로 떠났지. 그래서 어머니의 언니인 이모가 날 거두었고, 부부가 부모를 대신해 날 키워주신 거야."

쓸쓸한 표정이 렌의 얼굴을 스치고 지나갔다.

"이모 부부는 내가 열다섯 살 때 피안장에서 돌아가셨어. 이모부는 피안화 군락 속에서 등유를 덮어쓰고 몸에 불을 질렀지. 함께 있던 이모는 행방불명돼서 사람들이 수색에 나섰는데, 결국 일주일 후에 근처 절벽 밑에서 추락사한 시체로 발견됐고, 둘 다 끔찍한 상태였대. 이모부는 숯덩이가 돼서 신원을 확인하기조차 힘들 지경이었고, 이모의 시체는 부패한 데다 짐승이 뜯어먹은 흔적도 있었어. 제삼자가 개입한 흔적이 보이지 않는다는 이유로 경찰은 두 분의 처참한 죽음을 자살로 결론 내렸어."

렌은 미간에 살짝 주름을 잡고 고개를 내저은 후, 석연치 않다는 투로 주장했다.

"두 분이 왜 그 시기에 피안장을 방문했는지는 알 수 없어. 그런 죽음을 택할 이유는 없었고, 일은 순조롭게 진행되어서 대외적으로 무슨 말썽을 빚은 낌새도 없었지. 아이는 얻지 못했지만 부부관계는 원만했어. 예를 들어 한쪽이 바람을 피웠다든가, 그런 추문은 일절 나오지 않았다고. 내 기억에도 이모는 착실하고 강직한 성격이었고,

이모부도 여자와 놀아날 사람은 아니었어. 오히려 접대부가 있는 가게는 거북해하며 발길도 하지 않았지. 즉, 부부 사이에도 심각한 문제는 없었던 셈이야."

렌은 약간 빠르게 말하고 사라에게 시선을 주었다.

"내 목적은."

지금까지 차분했던 태도를 벗어던지고 감정이 실린 투로 선언했다.

"그 저택이 특수한 장소라는 사실을 세상에 증명하는 거야."

렌은 진지한 눈빛으로 딱 잘라 말했다.

"사회적 입장이 있고 인격자로 평판이 높았던 이모 부부가 그렇게 기이하게 돌아가신 건, 두 분의 뜻이 아니라 그 저택의 소행이었음을 증명하고 싶어."

그제야 의도치 않게 열을 올렸다는 걸 자각했는지 재빨리 숨을 고르고 농담 같은 어조로 말했다.

"뭐, 갈 곳 없는 꼬맹이를 거둬서 키워주신 두 분께 은혜를 갚을 길은 그 정도밖에 없다고 할까. 부잣집 도련님의 변덕스러운 놀이라고 생각해도 상관없어."

테이블에 잠깐 침묵이 감돌았다. 잠시 후 사라가 나지

막이 말했다.

"…저더러 뭘 어쩌라는 건가요? 구체적으로 말씀해 주세요."

렌은 씩 웃더니 몸을 앞으로 조금 내밀고 대답했다.

"일찍이 당신이 출연했던 텔레비전 방송 봤어."

사라는 입을 꾹 다물고 아무 반응도 보이지 않았다. 렌은 들뜬 목소리로 말을 이었다.

"그리고 축제에서 발생한 사고 영상도 봤지."

감탄한 듯 고개를 설레설레 흔들기까지 했다.

"굉장해. 당신은 남들과 비교도 안 될 만큼 강한 능력을 지니고 있어."

그렇게 중얼거린 렌은 사라의 이질적인 힘을 전혀 두려워하지 않는 것처럼 보였다. 숨길 수 없는 순수한 흥분이 그의 눈에서 배어났다.

"위험한 일이나 어려운 일을 해달라는 건 아니야. 그냥 그 저택에 같이 가줘. 그리고 무슨 변화나 이상이 발생하면 감지해서 우리가 기록할 수 있도록 협력해 줬으면 해."

렌은 확신에 찬 목소리로 논리정연하게 설명했다.

"피안장에서는 지난 10년 가까이 아무 일도 없었어. 의도적으로 접근을 금지한 보람이 있는지 건물 안에서 사라진 사람이나 죽은 사람은 한 명도 없었지. 그 저택은 현재 반쯤 죽은 상태일 거야. 하지만 특수한 기술이나 능력이 있는 사람이 탐색하면 초자연현상의 흔적 같은 것이 조금이나마 눈에 띌지도 몰라. 그 저택이 특별한 장소라는 근거를 찾아내기 위해 당신의 힘을 빌려줘."

렌은 사라를 똑바로 바라보며 망설임 없이 단정했다.

"초능력, 영능, 육감. 표현 방식이나 분류 방법은 저마다 달라도 그곳에서는 분명 그런 유의 능력이 효과를 발휘할 거야."

그렇게 주장하며 힘 있게 호소했다.

"솔직히 당신 없이는 이 실험을 못 한다고 해도 과언이 아니야. 부탁이야. 보수는 듬뿍 줄게. 가능하면 꼭 참가해 줘."

렌은 진지한 얼굴로 못을 박듯 말했다.

"당신 능력이 필요해."

선글라스 때문에 표정이 어떤지는 잘 드러나지 않아도 사라가 처음으로 주춤한 것처럼 보였다.

"강요하지는 않겠어. 하지만 최대한 빨리 답변을 주면

고맙겠군. 잘 생각해 봐."

렌은 계산서를 들고 재빨리 일어서서 싹싹하게 미소 지으며 말했다.

"좋은 소식 기대할게."

"어? 아…."

히나타는 허둥지둥 고개를 숙였다. 두 사람의 인사도 받지 않고 카페 출입구로 향하는 렌의 뒷모습을 멍하니 바라보았다. 마치 폭풍 같은 사람이다.

렌이 떠나자 방금 들었던 비현실적 이야기가 평화로운 카페 풍경과는 너무나 이질적으로 느껴졌다. 렌은 분명 히나타와 사라가 마음 편히 상의할 수 있도록 배려해서 먼저 간 것이리라.

옆에 있는 사라를 힐끗 보자 그저 묵묵히 앉아 있었다. 갑자기 목이 말라서 마시는 것도 잊어버리고 그냥 놔뒀던 커피를 단숨에 들이켰다. 사라가 작게 중얼거렸다.

"…방금 그 이야기."

이쪽을 보고 진지한 목소리로 물었다.

"히나타는 어떻게 생각해?"

너무 대놓고 물어봐서 당황스러웠다. "잘은 모르겠지

만…." 머뭇거리면서도 느낀 바를 솔직하게 전했다.

"적어도 사라를 속이려 하거나 음모를 꾸미는 것처럼 보이지는 않았다고 할까."

상대는 유명한 기업의 관계자다. 나름대로 지위가 있는 사람이 굳이 신원을 밝히고 의뢰했으니 젊은 여자를 상대로 이상한 사기를 치거나 할 걱정은 없지 않을까? 그리고 만약 자신들을 속이려 했다면 유령의 집이 아니라 좀 더 진실미 있는 이야기를 꾸며냈으리라.

"당신 능력이 필요해"라는 렌의 말을 듣고 당황한 사라의 모습을 떠올렸다. 사라가 친구 말고 다른 사람과 깊은 이야기를 나누는 장면을 보다니 신선했다. 하지만 원래 그건 아주 평범한 일이다.

어쩌면 이번 일이 사라가 다시 사회와 굳게 연결되는 계기를 만들어 줄지도 모른다. 능력에 옭매여 살아온 사라가 조금이라도 자기 자신을 긍정할 수 있다면. 그런 기대가 샘솟았다.

히나타는 입을 열었다.

"한번 해봐도 괜찮지 않을까?"

사라가 히나타의 얼굴을 빤히 들여다보았다. 새까만 렌

즈 너머로 잔물결처럼 흔들리는 사라의 감정이 느껴졌다.

히나타의 말에 사라는 잠시 망설이는 기색이었다. 생각에 잠긴 듯 아무 말도 없다가 천천히 고개를 끄덕였다.

그리고 들릴락 말락 한마디했다.

"…히나타가 같이 가준다면."

***

렌은 카페 앞 큰길로 나아가 갓길에 정차한 세단으로 다가갔다.

조수석에 올라타자마자 운전석의 젊은 남자에게 물었다.

"찍었어?"

운전석에 앉은 남자, 미즈야 가즈히사는 작게 한숨을 내쉬고 디지털카메라를 렌에게 넘겼다. 렌이 데이터를 확인하자 차 안에서 카페를 촬영한 영상이 재생됐다. 창가 자리에 앉아 렌과 이야기를 나누는 사라와 히나타의 모습이 화면에 큼지막하게 비쳤다.

"이야, 잘 찍었네. 전에도 여자 몰카를 찍어본 거 아니야?"

"말조심해."

렌이 놀리듯 말하자 가즈히사가 싸늘한 눈으로 매섭게 노려보았다. 어지간한 사람은 겁먹을 만큼 날카로운 눈빛이었다. 렌은 "농담이야, 농담" 하고 아무렇지도 않게 받아넘겼다.

렌보다 세 살 많은 사촌 형 가즈히사는 기지마 전기의 사원이자 렌이 문제를 일으키지 않도록 곁에서 눈을 번뜩이는, 소위 감시인이기도 했다. 마른 체격에 키가 크고 안경을 낀 지적인 외모는 쉽게 다가가기 힘든 인상을 준다. 그래도 렌과는 어릴 적부터 친하게 지냈고 지금도 허물없는 사이다.

차가 조용히 출발했다. 가즈히사는 다소 신난 듯한 렌을 곁눈질하며 냉정하게 물었다.

"그렇게 굉장해?"

"응." 렌은 디지털카메라 화면에서 시선을 떼지 않고 고개를 끄덕였다. 그리고 입꼬리를 끌어올려 웃으면서 힘 있게 말했다.

"내가 알기로 국내에 가미시로 사라만큼 강력한 초능력자는 없어."

"흐음." 가즈히사는 관심이 있는 건지 없는 건지 모를 대답을 했다.

"네가 본 건 아주 옛날 영상이잖아? 그 초능력인지 뭔지는 아직도 건재해?"

"그럴걸? 그래서 세상에 담을 쌓고 반쯤 은둔형 외톨이처럼 지내는 거겠지."

렌은 열띤 말투로 설명했다.

"이른바 폴터가이스트 같은 초자연현상은 심리적으로 불안정한 어린애나 사춘기를 겪는 소녀에게 많이 발생한다고 해. 하지만 성장했다고 해서 그렇게 엄청난 능력이 자연적으로 사라지지는 않았을 거야."

자기 자신을 타이르듯 힘찬 목소리였다.

"걔가 꼭 필요해."

렌은 엄지손가락을 깨물며 도전하는 듯한 눈빛으로 중얼거렸다.

"사람 잡아먹는 그 저택을 두들겨 깨워서 주변 인간들을 수긍시킬 만한 결정적 증거를 잡으려면 아주 강한 자극이 필요할 테니까."

"…영혼이니 초능력이니 그런 비과학적인 이야기를 나

는 털끝만큼도 믿지 않지만."

가즈히사가 운전대를 조작하며 떨떠름한 얼굴로 말했다.

"과거에 그 저택에서 불행한 일이 잇따른 건 사실이야. 만에 하나 괴상한 사고가 발생해서 또 사람이 죽으면 어떻게 할 거야?"

"걱정도 팔자네. 그렇게 위험한 일은 안 일어나."

렌은 가즈히사의 충고를 픽 웃어넘기고 자신만만하게 말했다.

"만반의 준비를 했고 대책도 완벽해. 제 발로 호랑이굴에 들어가는 셈이지만 잡아먹힐 마음은 없어. 나한테도 다 생각이 있다고."

렌이 화면 속 사라를 바라보며 안타까운 듯 혼잣말했다.

"젠장. 제발 부탁 좀 하자."

가즈히사는 눈빛을 번뜩이는 렌을 흘끗 보고 입을 열었다.

"…이걸로 끝내."

렌이 디지털카메라 화면에서 고개를 들어 운전석을 보았다. 가즈히사는 나지막하게 말했다.

"그 저택에 더 이상 집착하지 마."

엄격한 말투로 사촌 동생을 타일렀다.

"너, 이 일에 너무 몰입했어. 피안장이라는 존재에 사로잡힌 것처럼 보여."

"또, 또 거창하게 말한다."

렌이 진절머리 난다는 표정을 지었다. 가즈히사는 "약속해" 하고 거듭 다그쳤다. 그러고는 렌을 노려보며 진지한 목소리로 말에 힘을 실었다.

"아직은 희한한 취미로 여기는 정도지만, 현실과 동떨어진 일에 너무 푹 빠지면 판단력과 경영 능력에 문제가 있다고 간주하고 끌어내리려는 놈들이 나오겠지. 네 입장을 자각해."

"알았어. 알았다니까."

렌은 짐짓 어깨를 움츠리고 쓴웃음을 지었다.

"걱정하지 않아도 경영진으로서 분골쇄신하겠습니다요."

렌이 익살스럽게 대꾸하자 가즈히사가 눈썹을 치켜올렸다.

"다 널 위해서 하는 소리야."

그때 렌의 스마트폰이 울렸다. "어이쿠." 렌은 스마트폰을 꺼내 재빨리 발신인을 확인하더니 짤막하게 중얼거렸다.

"아쉽네. 가미시로가 아니야."

다시 대외적인 가면을 쓰고 차분한 말투로 전화를 받았다.

"—여보세요."

***

"아아, 요전에는 감사했습니다. 하야카와예요."

신호음이 세 번 울렸을 때 기지마 렌이 전화를 받았다. 하야카와 아키라는 불편한 기분으로 입을 열었다.

자신보다 세 살 어린 이 남자는 처음 만났을 때부터 거북했다. 같은 남자로서 잘생기고 씀씀이가 좋은 것이 아니꼬울 뿐만 아니라 묘하게 종잡을 수 없는 느낌이 들기 때문이다.

안절부절못하며 렌에게 물었다.

"지금 통화 괜찮으실까요?"

"네, 괜찮습니다." 서글서글한 목소리가 들리자 아키라는 이야기를 꺼냈다.

"의뢰하신 일에 대한 보수 말씀인데요."

아무렇지도 않은 척하려 애썼지만 도리어 목소리가 높아졌다.

"어, 금액을 좀 더 올려주시면 안 되겠습니까?"

"이쪽으로서는." 잠깐 침묵이 흐른 후 렌이 부드러운 말투로 대답했다.

"나름대로 높은 금액을 제시했는데요."

"아니, 그게."

아키라는 침을 꿀꺽 삼키고 약해지는 마음을 채찍질하며 주장했다.

"피안장은 지금까지 수많은 피해자가 나온 위험한 곳이잖습니까. 확실히 사흘 치 보수치고는 파격적입니다만, 목숨을 거는 대가라면 조, 좀 더 받아도 되지 않을까…."

말을 더듬거리며 하소연하자 전화 저편에서 숨을 내뱉는 소리가 들렸다. 작게 웃은 건지 귀찮아서 한숨을 쉰 건지는 모르겠다.

렌이 차분한 목소리로 말했다.

"이미 설명드렸습니다만, 피안장에서는 10년 가까이 아무 일도 일어나지 않았어요. 목숨을 걸다니, 그런 위험성은 없습니다."

"그야 사람들이 다가가지 않았기 때문이잖아요."

"저도 그 저택에 갔었습니다. 피안화가 피는 계절에도요. 하지만 괴현상은 일어나지 않았어요."

"그야 그렇겠죠. 당신은 그런 걸 감지하는 센서가 없으니까. 하지만 우리 같은 사람에게는 위험하기 짝이 없는 곳이라고."

렌이 너무 천연덕스럽게 대답해서 아키라는 저도 모르게 따지고 들었다.

"사람의 접근을 막고 건물을 폐쇄해도 그런 곳은 그렇게 쉽게 숨통이 끊어지지 않아. 난 돌머리라서 뭐라고 설명은 못 하겠지만, 바람직하지 않고 질 나쁜 장소는 실제로 존재해. 당신들, 나한테 굶주린 상어가 사는 바닷속에 잠수하라는 거나 마찬가지야. 위험한 존재가 날 집어삼키려고 입을 벌린 채 기다리는 곳에 보내는 거라고. 강한 힘을 지닌 인간은 그런 존재에게 딱 알맞은 먹잇감이야."

"하야카와 씨가 걱정하는 일은 일어나지 않을 거야."

렌이 달래듯 말하다가 탄식하듯 낙담을 드러냈다.

"하지만…, 정 싫다면 어쩔 수 없지. 강요할 수는 없으니까. 다행히 그 밖에도 믿음직한 사람들이 조사에 참여해

줄 거야."

렌의 말에 아키라는 숨을 삼켰다. 비참한 기분으로 이를 갈았다. 젠장, 남의 절박한 처지를 이용하다니.

"아쉽지만 이번에는 인연이 없었던 걸로 하고…."

"잠깐만."

전화를 끊으려는 낌새가 전해져서 아키라는 허둥지둥 만류했다. 식은땀을 흘리며 입을 열었다.

"…알았어, 갈게. 조건은 변경하지 않아도 돼."

반쯤 자포자기한 기분으로 말하자 얄미울 만큼 살가운 목소리가 들렸다.

"정말이야? 고맙군."

렌이 아무 일도 없었다는 것처럼 온화하게 말했다.

"그럼 당일 약속 장소에서 만나도록 하지. 또 연락할게. 잘 부탁해."

아키라는 참담한 심정으로 전화를 끊었다. 놈이 나를 얕보는구나 싶어서 씁쓸했다. 아니, 놈뿐만이 아니다. 온 세상이 자기를 얕본다. 곧 서른 살이 되는데도 고등학교 중퇴 후로 제대로 된 직장도 경력도 없이 살아온 나를.

스무 살 전후에는 젊은이다운 패기와 자신감이 있었다.

언젠가 자기 손으로 사업을 벌여서 성공한다. 구체적으로 뭘 하면 좋을지는 몰라도 지금 하는 일들은 전부 그 발판이라는 마음을 품었다. 이딴 급료를 받고 계속 혹사당할 것 같으냐, 난 이런 곳에서 평생 시시하게 썩을 시시한 남자가 아니다. 당연히 그렇게 생각했다. 마음에 안 드는 일이 생기면 때려치우면 그만이라는 기분이었고 분명 기회가 찾아올 것이라고 막연히 믿어 의심치 않았다. 언젠가 큰 파도에 올라타겠노라고.

얼마 전까지 통신판매 회사에 다녔다. 솔깃한 조건을 내건 인터넷 광고에 혹해서 입사한 것이다. 그런데 다단계 판매와 비슷한 짓을 시키려 해서 그만뒀다. 그 전에 일했던 부동산 중개소의 업무 내용은 정상적이었다. 하지만 상사가 역겨울 만큼 거만한 성격이라 툭하면 무시하는 걸 참을 수 없어서 반년 만에 사표를 냈다.

아키라는 화면 가장자리에 희미하게 금이 간 스마트폰을 부엌 테이블에 내려놓았다. 좁은 부엌에서 전화를 건 이유는 거기가 베란다에서 제일 멀기 때문이다. 옆집 사람이 베란다에 풍령을 달았을 때, 청량한 소리를 듣고 처음에는 제법 풍류가 있다고 생각했다. 그것도 잠시, 바람이 강한 날은 온종일 미친 듯이 시끄러운 소리를 냈다. 이제 여름 끝자락에 접어들었는데도 뗄 낌새가 전혀 없어서 가벼운 노이로제에 걸릴 지경이었다. 옆집 사람은 집을 비울 때가 많으니 그렇게 신경 쓰이지 않는 것이리라.

집세가 저렴한 연립주택에는 대체로 수준 낮은 인간들이 모여드는 법이다. 아키라는 본인이 어떤지는 제쳐놓고 속으로 투덜거렸다.

테이블에 놓아둔 렌의 의뢰 편지를 멍하니 바라보았다.

괴현상을 조사하기 위해 사연 있는 별장에 동행해 주기 바란다는 내용의 그 편지는 내용과 어울리지 않게 문장이 사무적이고 무미건조했다. 차라리 검은 종이에 금색 글씨로 쓰고 황도 12궁 그림으로 장식했다면 훨씬 그럴싸했으리라.

하지만 무미건조하기에 오히려 더 불길했다. …그리고 아키라의 이러한 예감은 지금까지 빗나간 적이 없었다.

아까 그저 보수를 올리기 위해서만 그곳이 위험하다고 강조한 건 아니었다. 무서운 일과 위험한 일은 싫다. 가지 않아도 된다면 그러고 싶다.

게다가…, 본심을 말하자면 기지마 그룹과 얽히고 싶지

않은 개인적인 사정도 있었다.

　옛날 신문 기사가 아키라의 머릿속을 스쳤다. 평소 기억 속 깊은 곳에 묻어두는 그 기사에는 기지마 전기라는 기업 이름 말고도 죽음, 죄같이 찜찜한 글씨가 박혀 있다. 그렇다. 절대로 잊을 수 없는 내….

"앗군, 연락했어?"

　생각에 잠겨 있던 아키라는 혀짤배기소리를 듣고 움찔했다. 싸구려 체크무늬 슬리퍼를 신은 여자가 타박타박 발소리를 내며 부엌으로 들어왔다.

　다섯 살 어린 동거녀 아미다. 여름이 거의 다 갔는데도 노출이 심한 캐미솔과 반바지 차림이었다. 도톰한 입술 사이로 보이는 덧니, 속눈썹 연장 시술로 풍성함을 살린 속눈썹, 아이라인을 진하게 그린 눈은 동거녀라는 관계를 빼고 봐도 사랑스러웠다.

　아미와는 몇 년 전 일용직 아르바이트 현장에서 처음 만났다. 이벤트 무대를 준비하는 작업이었는데, 아키라는 접이의자와 골판지상자를 날랐고 아미는 가슴이 깊이 파인 화려한 의상을 입고 행사용 샘플을 나누어 주었다.

　아미가 기대에 찬 눈으로 아키라를 올려다보며 물었다.

"어땠어? 얼마 올려주겠대?"

"아니, 그게…, 못 올렸어."

겸연쩍은 기분으로 통화 내용을 간략하게 설명하자 아미의 표정이 사나워졌다.

"뭐야 그게. 믿기지가 않네. 진짜 짜증 나는 놈이잖아!"

속눈썹이 긴 눈을 깜박이며 불쾌한 듯 말을 툭 내뱉었다.

"앗군이 없으면 다들 곤란하다는 걸 전혀 이해하지 못하는 거 아니야?"

아미는 불만이 가시지 않는지 "앗군이 너무 착해서 그래" 하고 아키라에게 투정을 부렸다.

"인정사정 보지 말고 좀 더 세게 나갔어야지. 재능은 싸게 팔면 안 된다고 어떤 가수가 그랬어."

그렇게 말하며 어린애처럼 입을 삐쭉 내밀고 아키라를 흘겨보았다.

"우리 부모님이 내놓은 결혼 조건 기억하지? 100만 엔 저축하면 결혼해도 된대. 지금 얼마나 모았어?"

"20만 엔 정도…."

머쓱해서 발 언저리를 보며 기어드는 목소리로 대답했다. 아니, 실은 좀 더 있었다. 다만 얼마 전에 자격증을 따려고 인터넷 강의의 교재를 구입하느라 돈이 제법 들어갔다. 장래를 위한 투자라며 위세 좋게 강좌를 신청했다가 막상 공부를 시작하고 보니 예상 이상으로 내용이 전문적이라 아키라로서는 너무 어려웠다. 덧붙여 광고 문구와는 달리 인터넷 강의로 공부한 정도로는 그 직종에 취업하기가 아주 어려운 듯했다. …결국 자격증 따기를 포기한 아키라에게 남은 건 거의 손대지 않고 쌓아둔 교재와 몇만 엔의 대출금뿐이었다.

"우리, 이래서는 평생 결혼 못 해."

아미는 토라진 얼굴로 불평하더니 바로 빙긋 웃었다.

"괜찮아. 앗군은 대단한 사람이니까. 언젠가 반드시 성공할 거야. 다들 앗군이 얼마나 대단한지 아직 모르는 거야. 난 잘 알지. 앗군을 믿어."

아미가 발돋움해서 아키라의 목을 끌어안으며 천진난만한 어조로 말했다.

"부자가 되면 프라다 부츠 사줘."

아미의 숨결이 귓가에 닿아서 간지러웠다. "앗군." 아미가 응석 부리듯 이름을 불렀다.

"꼭 행복하게 해줘야 해."

달콤하고 보드라운 목소리로 아미가 속삭였다.

"행복해지자."

아키라는 말없이 미소로 답하고 아미를 가볍게 안아주었다. 아미가 팔을 풀고 스위치가 전환된 것처럼 털털하게 말했다.

"더워 죽겠네. 9월인데도 푹푹 쪄. 목마르다."

"칼피스* 만들어 줄게. 나가서 기다려."

"앗, 고마워."

아미가 부엌에서 나가자 아키라는 냉장고를 열었다. 칼피스병을 꺼내 얼음을 넣은 유리잔 두 개에 원액을 따랐다. 그리고 아미의 입맛에 맞춰 우유를 탔다.

문득 멀리서 띠링, 하고 풍령 소리가 들렸다. 계절에 어울리지 않는 음색은 우스꽝스러웠고 묘하게 구슬펐다.

좁은 부엌에 우두커니 섰다.

…실은 안다.

자신은 주변 사람들이 동경하는 특별한 인간이 아니라는 걸. 빼어나게 똑똑하지도 않으며 성취할 끈기나 능력

---

* 탈지유를 발효시켜 만드는 일본의 대표적인 유산 음료

도 없다는 걸. 일평생 아미가 말하는 '대단한 사람'은 되지 못할 테고 '반드시 성공'할 수도 없으리라.

하지만 아미가 구김살 없이 말하는 두 사람의 미래를 부정하고 싶지는 않았다. 기대를 배신당해도 이렇게 형편없는 인간을 믿어주는 아미가 낙심하는 건 원치 않았다.

아키라는 작게 한숨을 쉬고 칼피스병을 냉장고에 넣으려 했다. 냉장고 문에는 사소한 볼일 등을 메모할 수 있게 화이트보드를 붙여놓았다. 마카롱과 하트 모양, 캐릭터 일러스트가 그려진 마그넷 등이 배의 밑바닥에 들러붙은 따개비처럼 붙어 있는 건, 아미가 이런 굿즈를 끼워주는 상품을 즐겨 사기 때문이다.

냉장고 문으로 손을 뻗다가 움찔했다. 머릿속에 스스로 떠올린 생각이 아닌 뭔가의 이미지가 갑자기 끼어들었다.

—온다. 그것이.

반사적으로 자세를 가다듬은 직후, 자기 의지와는 달리 온몸에서 힘이 빠졌다. 물속에 다른 유의 액체가 쏟아진 것처럼 번지고 탁해지고 뒤섞인다. 눈앞에 있는 것들의 윤곽이 급속도로 일그러지고 무너져 내렸다. 입이 반쯤 헤 벌어졌다.

"아, 으…."

아키라는 반쯤 무의식적으로 앞에 있던 펜을 잡았다. 물에 빠진 사람이 거스를 수 없는 물살에 몸을 맡기듯 눈을 감았다. 펜을 쥔 손이 떨리며 화이트보드에 완만한 선을 그렸다. 처음에는 지렁이가 몸부림치듯 삐뚤빼뚤한 선을 되풀이해 그었다. 이윽고 아키라의 손이 천천히 상하좌우로 움직이며 구체적인 형태를 만들어 냈다.

다음 순간 아키라의 손이 힘차게 대각선으로 움직였다. 좌로 우로 내리치듯이 몇 번이나 선을 그었다.

띠링, 하고 풍령의 맑은 소리가 들리자 아키라는 정신을 차렸다.

눈을 뜨고 화이트보드 한복판에 그려진 그림을 보고서 숨을 삼켰다.

―문이었다. 일그러진 스페이드 모양 문고리가 달린 닫힌 문.

그림 위에 커다란 가위표를 그려놓았다. 몹시 흐트러진 선으로 마치 문 자체를 덧칠해 없애버리려고 한 것처럼 겹겹이 시커멓게 X를 그렸다.

찌는 듯이 더운 날씨인데도 오싹하니 차가운 뭔가가 등

골을 미끄러져 떨어졌다. 심장 박동이 단숨에 빨라졌다.

방금 자신의 머릿속에 흘러든 이미지가 대체 뭔지, 이 그림이 구체적으로 뭘 가리키는지는 모른다. 하지만 어쩐지 찜찜했다. 더 솔직하게 말하자면 몹시 불길하고 무시무시한 느낌이 들었다.

땀이 목덜미를 타고 흘러내렸다.

눈에 보이지 않는 누군가가 그 저택에 가서는 안 된다고 비상벨을 울린 것 같은 기분이었다. 문을 열어서는 안 된다, 이 무시무시한 것에는 결코 다가가지 마.

"앗군, 아직 멀었어?" 갑자기 자신을 부르는 소리가 났다. 정신을 차려보니 유리잔 속의 얼음은 이미 녹아가고 있었다. 겨우 호흡을 가다듬고 메마른 입술을 핥은 후 대답했다. "…지금 갈게."

아무렇지도 않은 척하려 해도 마음이 계속 요동쳤다. 그 저택은 위험하다. 뭔가 좋지 않은 일이 일어난다. 아아, 가기 싫다.

울 것 같은 기분으로 입술을 꽉 깨물었다.

하지만 이제 내게 다른 선택지는 없어.

· 제2장 ·

피안장으로

조사 당일.

약속 장소인 초고층 맨션에 도착하자 렌이 넓은 입구 홀에서 몹시 기다렸다는 듯 두 사람을 맞이했다.

"와줘서 기뻐. 의뢰를 받아줘서 고마워."

싹싹하게 웃으며 사라, 히나타와 가볍게 악수를 나누었다.

렌의 뒤에는 안경을 낀 키 큰 남자가 서 있었다. 나이는 렌보다 조금 많을까. 여름 재킷을 걸치고 등을 쭉 펴고 선 모습이 세련돼 보였다.

"이쪽은 내 사촌 형 미즈야 가즈히사. 우리와 동행해서 이번 조사를 도와줄 거야. 현장에서 뭔가 일이 생기면 일단 가즈히사에게 상담해."

렌이 소개하자 가즈히사는 머리를 꾸벅 숙였다.

"미즈야라고 합니다. 잘 부탁드립니다."

차분한 목소리로 인사하는 모습에 히나타도 허둥지둥 머리를 숙였다.

"저희야말로 잘 부탁드립니다."

사라가 선글라스 너머로 가즈히사를 쳐다본 후 "…잘 부탁해요" 하고 조용히 인사했다.

"짐을 먼저 차에 실어놓을 테니 괜찮으시다면 주십시오." 가즈히사가 두 사람의 여행 가방을 받아서 누군가에게 맡긴 후 바로 돌아왔다.

"위쪽 라운지를 예약해 놨어. 자, 가자."

렌이 만족스러운 목소리로 말하고 홀 안쪽에 있는 엘리베이터로 걸어갔다. 오늘 그는 묘하게 의욕이 넘치는 것처럼 보였다. 콧노래라도 부를 듯한 분위기였다.

한편 가즈히사는 감정을 읽기가 힘들었다. 정중한 태도와 달리 서글서글하게 구는 성격은 아닌 듯했다. 하지만 얇은 입술과 기름한 눈매 등이 렌과 닮아서 확실히 같은 핏줄이구나 싶었다.

엘리베이터에 타자 유리창으로 밖이 보였다. 올라갈수록 아래를 오가는 사람과 차가 장난감처럼 작아졌다. 층수 표시등에 34가 떴을 때 엘리베이터가 멈췄다.

발소리까지 묻힐 것처럼 푹신푹신한 카펫을 밟으며 넓은 복도를 지나갔다. 라운지로 향하는 도중에 누구와도 마주치지 않았다. 통로는 계절 꽃을 사용한 호화로운 꽃꽂이 작품과 품위 있는 그림으로 장식돼 있었다. 이런 곳에 올 일은 좀처럼 없으므로 신기한 기분으로 주변을 둘러보았다. 옆에서 걷는 사라도 약간 침착함을 잃은 듯했다.

렌이 두짝문 앞에서 걸음을 멈췄다. 아무래도 여기가 라운지인 듯 고개를 돌리고 밝은 목소리로 말했다.

"다른 사람은 이미 다 모였어. 소개해 줄게."

문을 열자 꽤 넓은 내부 공간이 펼쳐졌다. 바닥과 벽은 차분한 베이지 색조로 통일했고 부드러운 조명이 편안한 분위기를 연출했다. 바깥쪽 벽은 통유리라 높은 곳에서 탁 트인 전망을 즐길 수 있는 구조였다. 방문객과 만나거나 입주자끼리 소통하는 데 사용하는 공간이리라.

라운지 중앙에 열 명은 거뜬히 앉을 법한 목제 테이블과 그 주위를 둘러싼 등받이 높은 의자가 보였다. 의자에 앉아 있던 다섯 남녀가 이쪽에 시선을 주었다. 갑작스레 주목받아서 히나타는 저도 모르게 주춤했다.

"오, 마지막 게스트는 아주 젊은 아가씨들이로군."

 살빛이 검고 체격이 탄탄한 남자가 히나타와 사라를 보고 농담조로 말했다. 30대 중반쯤일까.

 얇은 재킷에 밴드 칼라 셔츠를 맞춰 입었고 유명한 해외 브랜드의 큼지막한 손목시계를 찼다. 흡사 연예계 종사자일 것 같은 분위기를 풍겼다. 그는 값어치를 평가하듯 재빨리 히나타와 사라를 훑어보았다. 일어서서 이쪽으로 다가오더니 '싹싹함'과 '무례함'의 중간 정도 태도로 말을 걸었다.

"난 우에다 시게키야. 뭐, 좀 희한한 의뢰지만 이것도 무슨 인연이다 싶어서 받아들였지. 사흘간 잘 부탁해."

 익숙한 손놀림으로 명함을 꺼내 친절하게 내밀었다.

 감사합니다, 하고 히나타는 어색하게 손을 움직여 명함을 받았다. 회사 이름과 그 밑에 적힌 대표이사라는 직함을 보고 물었다. "회사 사장님이세요?" 시게키는 씩 웃으며 고개를 끄덕였다.

"이벤트를 기획하고 제작하는 작은 회사야. 덕분에 먹고살 만큼은 벌지만 기지마 전기 앞에서는 불면 날아갈 것 같은 영세기업이지."

시게키는 한쪽 입꼬리를 끌어올리며 렌을 보았다.

"이번에 산장 조사에 협력해 달라는 연락을 받고 솔직히 기회다 싶었어. 이번 일을 계기로 기지마 그룹과 가까워질 수 있다면 최고라고 말이야."

들으란 듯이 아첨을 떨자 렌은 쓴웃음으로 답했다. 시게키가 이번에는 사라에게 시선을 돌렸다.

"그런데 실내에서도 선글라스를 안 벗어? 요즘 젊은이의 패션?"

재미있어하는 시게키의 말투와 표정으로 보건대 진심으로 지적한 게 아니라 아무래도 나이 어린 아가씨를 놀리고 싶을 뿐인 듯했다. 사라는 냉담하게 대꾸했다.

"…사정이 좀 있어서요. 죄송하지만 쓰고 있을게요."

그와 필요 이상으로 친하게 지낼 생각 없다는 걸 알리듯 무뚝뚝한 태도였다.

"오오, 폼 나는걸." 시게키가 웃으며 과장된 몸짓으로 주변을 둘러보았다.

히나타도 따라서 다른 사람들에게 시선을 주다가 앞쪽에 앉은 사람을 보고 깜짝 놀랐다.

늘씬한 다리를 꼬고 앉은, 자신들 또래의 그 여자를 어디선가 본 적 있었다.

―분명 사이코메트러 하타노 미즈키다. 텔레비전에서 본 기억이 났다.

사이코메트리는 미국 심령 연구가인 조지프 로드 뷰캐넌이 제창한 용어로, 물체에 남은 누군가의 잔류 사념을 읽어내는 능력이라고 한다. 미즈키는 방송에서 그 능력을 발휘해 실종자를 찾아내거나 했다. 경찰 수사에 협력한 적도 있다고 한다. 사라 같은 사람이 또 있구나 싶어서 인상에 남아 있었다.

미즈키의 윤기 흐르는 긴 머리, 와인색 마스카라와 아이라인이 잘 어울렸다. 눈빛이 강렬하고 옷으로도 숨길 수 없이 몸매가 좋은 미인이다. 화면을 통해서도 농염함이 있는 사람이라는 것을 느꼈다. 파워 스톤*인 듯한 둥근

---

* 착용하거나 소지하면 정신적, 육체적으로 좋은 영향을 준다고 여겨지는 천연석이나 준보석

보석과 화려한 로사리오가 달린 펜던트를 착용했다. 집중력을 높이기 위해 본인이 직접 만든 아이템일까.

렌이 웃음을 지으며 그들에게 소개했다.

"이쪽은 가미시로 사라 씨. 염동력자야."

"가미시로 사라…."

그 이름을 꺼낸 순간, 라운지의 분위기가 싹 달라진 것 같았다. 놀라움과 동요가 섞인 긴장된 분위기가 흘렀다.

그 반응에 히나타는 당황했다. 그들은 사라가 누구인지 아는 눈치였다.

장난처럼 대하던 시게키도 한순간 몹시 동요한 듯한 표정이었다. 분명 '초능력 미소녀'라고 언론에서 떠들어 댔던 시절이 지금도 기억에 남아 있는 것이리라.

특수한 능력을 지닌 사람끼리 동료의식이 싹트지 않을까 싶었는데, 미즈키는 날카로운 눈빛으로 사라를 매섭게 노려보았다. 아무래도 라이벌 의식을 품은 듯했다.

사라는 미즈키의 태도에도 개의치 않고 말없이 머리를 살짝 숙였다. 렌이 히나타에게 시선을 옮겼다.

"이쪽은 친구 야마모토 히나타 씨. 야마모토 씨는 이번에 가미시로 씨의 수행원으로서 참가할 예정이야."

잘 부탁드립니다, 하고 히나타는 최대한 싹싹하게 인사했다. 자리에 앉은 사람들이 저마다 인사를 받아주었다.

"마실 건 뭘로 드릴까요?" 가즈히사가 빈자리를 권하며 물었다.

그때 50대 중반으로 보이는 둥그스름한 얼굴의 중년 여자가 히나타와 사라에게 살갑게 말을 붙였다.

"자자, 둘 다 얼른 앉아. 달콤한 건 좋아해? 여기 있는 과자, 정말 맛있어."

새삼 테이블 위를 살펴보자 색색의 마카롱과 계절 과일로 만든 디저트 등이 호사롭게 놓여 있었다.

"아이고, 우리 집도 아닌데 낫살이나 먹은 아줌마가 또 오지랖을 부렸네."

중년 여자가 웃기다는 듯 말하더니 명랑하게 깔깔 웃었다. 옅은 색깔의 투피스를 입었고 왼쪽 손목에 굵은 타원형 뱅글을 꼈다. 웃으면 눈가에 애교 있는 주름이 잡히는 귀여운 사람이었다.

히나타와 사라 앞에 홍차가 나오자 여자는 손을 가슴에 대고 안정감이 느껴지는 투로 이야기했다.

"자기소개가 늦었네. 난 우에하라 도시코. 정신감응 능력자야."

정신감응 능력. 즉, 남의 생각을 읽어낼 수 있는 텔레패스인가.

긴장했다는 게 느껴졌는지 도시코는 손을 천천히 내저으며 쓴웃음을 지었다.

"남의 생각을 전부 꿰뚫어 본다든가, 그런 무서운 능력은 아니야."

도시코가 마들렌을 집으며 부드럽게 말했다.

"왜, 누구든 상대의 기분을 알아차릴 때가 있잖아. 이 사람은 어쩐지 피곤해서 기분이 안 좋은 것 같다거나, 이렇게 해주기를 바라는 것 같다거나. 난 그걸 감지하는 영역이 다른 사람보다 약간 넓을 뿐이야. 이 능력을 이용해 대인관계가 다소 원만해지거나 남에게 도움이 될 때도 있지만, 그 외에는 아주 평범한 주부지."

원래 말하기를 좋아하는 성격인 건지, 분위기를 풀어보려고 하는 건지 도시코는 온화한 어조로 말을 계속했다.

"아들놈들이 둘 다 독립해서 시간적으로도 정신적으로도 여유가 생겼거든. 그래서 가끔 내 능력이 필요한 사람을 도와주곤 해. 봉사활동을 하는 것 같은 기분이려나."

아무렇지도 않게 꺼내놓은 말에 약간 당황했다.

"봉사활동요…?"

"응." 도시코는 빙긋 웃었다.

"수많은 사람이 구연동화나 수화 통역처럼 자기 능력을 살려서 남에게 도움을 주고 있잖아? 내 힘도 그런 능력과 크게 다를 바 없다고 생각해."

긍정적인 말투에 히나타는 눈을 깜빡였다. 이런 사고방식도 있구나 싶어 신선한 놀라움을 맛보았다. 무슨 생각을 하는지 좀처럼 알 수 없던 사라도 묵묵히 도시코의 말에 귀를 기울였다.

도시코가 비스듬히 맞은편에 앉은 남자에게 몸을 돌리고 살갑게 말을 걸었다.

"그쪽은 하야카와 씨랬나? 당신 능력은 뭐야?"

남자는 서른 살 전후일까. 진한 회색 이너에 파란색 계열 체크무늬 셔츠를 입었다. 외모 자체는 결코 나쁘지 않았다. 다만, 차분하지 못한 시선과 다소 주눅 들어 보이는 태도가 '미남'이라는 인상을 지워버렸다. 표정도 흐리멍덩해서 젊음이 결여된 느낌이었다. 그는 당황한 듯한 얼굴로 자기 손에 시선을 떨군 채 나직한 목소리로 대답했다.

"하야카와 아키라입니다. 능력은 자동서기…."

자동서기란 자기 의사와는 상관없이 손이 멋대로 움직여서 글을 쓰거나 그림을 그리는 현상을 뜻한다. 눈에 보이지 않는 존재가 이 세상에 접촉해 메시지를 전하는 방법이라며 영능력자가 옛날부터 강령술이나 점술의 일종으로 활용해 왔다.

일본에서는 예로부터 '신접'이나 '신필'이라고 불렀다고 한다. 사람들에게는 위저보드나 분신사바가 유명할까.

아무튼 아키라는 이야기에 끼고 싶지 않은 눈치였다. 마치 당신 집에는 바퀴벌레가 얼마나 나오느냐는 식의 질문이라도 받은 듯한 반응이었다. 자신의 능력에 대해 남들 앞에서 이야기하고 싶지 않다는 분위기가 풀풀 풍겼다.

아키라 옆자리에는 놀랍게도 어린애가 앉아 있었다.

눈이 동그라니 영리하게 생긴 남자애가 예의 바르게 오렌지주스를 마시고 있었다. 초등학교 입학을 앞두고 있는 나이로 보였다.

조그마한 몸으로 커다란 의자에 단정히 앉아 있는 모습이 쇼윈도에 진열된 귀여운 테디베어를 연상시켰다.

아키라의 아들인가 싶었는데, 나란히 앉은 두 사람은

서먹서먹하니 눈 한번 마주치지 않았다. 그리고 얼굴이 전혀 닮지 않았다. 설마 이 아이도 조사팀일까?

당혹스러워하는 히나타의 시선을 알아차렸는지 렌이 남자애에게 다가가 어깨에 손을 얹었다.

"이 아이는 고즈카 나기. 여섯 살이지만 엄연히 조사팀 중 한 명이야."

어, 하고 저도 모르게 목소리가 나왔다. 사라도 미심쩍어하는 눈치였다.

"나기는 일렉트로키네시스야. 아주 희귀한 능력의 소유자지."

일렉트로키네시스는 뭘까 궁금해하는데 사라가 짧게 설명해 주었다.

"간단히 말하자면 전기를 다루는 능력이야. 전류나 전자파에 간섭해."

그러고 나서 렌에게 물었다.

"이 아이의 보호자는 어디에 있나요?"

"이번에는 혼자 참가했어. 사흘이라는 제한된 기간 안에 조사를 마쳐야 하니까 제삼자의 동행은 거절했지. 조사 도중에 보조를 맞추지 못하거나 불필요하게 참견하면

골치 아프니까. 가능하면 참가 인원을 최소한으로 줄이고 싶었어."

그 말을 듣고 가슴이 철렁했다. 사라가 히나타와 같이 가겠다는 조건을 제시했을 때 렌은 두말없이 승낙했다. 속으로는 불쾌했을까.

"나기는 엄마랑 둘이 살아. 떨어져 있으면 서로 걱정일 테고, 미성년자이니만큼 데려가기 어려울 것 같았는데 다행히 본인이 강하게 희망해서 데려올 수 있었지. 이런 조사는 처음일 텐데 대단해. 참 용감하다니까."

렌은 그렇게 말하며 나기의 머리를 쓰다듬었다.

"남자답게 할 수 있지?"

렌의 말에 나기는 입을 꾹 다물고 결의에 찬 눈빛으로 씩씩하게 고개를 끄덕였다.

"네. 혼자서 갈 수 있어요."

사라는 하고 싶은 말이 있는 것처럼 렌을 바라보다 결국 아무 말도 꺼내지 않았다. 그동안에도 미즈키는 호의적이지 않은 시선을 사라에게 던졌다. 사라를 많이 의식하는 듯했다.

시게키가 놀리는 투로 말했다.

"여자와 어린애가 함께하는 즐거운 유령의 집 투어로군."

미즈키가 발끈한 듯 한쪽 눈썹을 치켜세우자 "어이쿠, 기분 나빴다면 실례" 하고 장난스럽게 사과했다.

"시간이 빠듯해서 다소 바쁜 일정이 되지 않을까 싶지만, 다들 잘 부탁합니다." 렌이 분위기를 정리하듯 말했다.

"일가 사람들이 허락을 해줘야 말이지. 끈질기게 설득해서 사흘간만 머무르기로 겨우 허락을 받았어." 렌은 쓴웃음을 지으며 투덜거리더니, 곁에 서 있는 가즈히사를 가리키며 자조적으로 말했다.

"그것도 평소 행실이 반듯한 사촌 형이 거들어 줘서 간신히. 가즈히사는 성실해서 나와 달리 노인네들의 신뢰가 두텁거든."

가즈히사가 작게 한숨을 쉬고 입을 열었다.

"…이 녀석은 머리가 잘 돌아가고 요령도 좋지만, 기분파라서요."

못 말리는 녀석이라는 듯 가즈히사가 중얼거리자 렌이 바로 말을 보탰다.

"게다가 자기중심적이고 변덕이 심하고 민폐가 이만저만 아닌 녀석이라고 덧붙이고 싶은 거지? 늘 나를 따라다니며 휘둘리는 입장이니까 그럴 만도 해."

히죽히죽 웃으며 장난스럽게 말하자 가즈히사는 기가 찬다는 표정으로 렌을 보았다. 아무래도 두 사람은 허물없는 사이인 듯했다.

지난번에 만났을 때는 젠체하는 것 같았는데 가즈히사를 대할 때는 응석을 섞어 형에게 툭툭거리는 장난꾸러기 같은 분위기가 느껴졌다. 의외로 이쪽이 진짜 성격일지도 모른다.

그때 문을 두드리는 소리가 들렸다. "들어와요." 렌이 대답하자 20대 초중반으로 보이는 청년이 들어왔다.

검은색 긴소매 티셔츠와 청바지를 입은 청년은 또랑또랑한 목소리로 렌에게 알렸다.

"렌 씨, 기재 다 실었습니다."

"아아, 고마워. 그럼 슬슬 이동할까."

렌이 가볍게 고개를 끄덕이고 팀원들에게 청년을 소개했다.

"이쪽은 엔도 유토. 가즈히사와 함께 조사를 보조해 줄 대학원생이지. 이걸로 피안장 조사팀이 다 모였군."

"잘 부탁드립니다." 유토가 예의 바르게 머리를 숙였다.

검은자위가 크고 사람을 잘 따르는 개가 연상되는 분위기였다. 아까 우리 짐을 옮긴 건 유토였으리라.

렌이 팀원들을 천천히 둘러보았다.

"자, 출발하기에 앞서 초능력자 여러분에게 주의 사항을 몇 가지 전하고 싶은데…."

렌의 말을 듣고 히나타는 잠깐 망설였다. 자기는 아무 능력도 없이 그저 사라를 따라왔을 뿐이기 때문이다. 이 자리에 계속 있어도 될까 싶어 렌을 보자 마침 눈이 마주쳤다.

난처해하는 히나타의 표정을 어떻게 받아들인 건지, 렌은 바로 미소를 지으며 말했다.

"그렇게 오래 걸리지는 않겠지만 야마모토 씨는 먼저 차로 가도 상관없어."

"그럼…, 그렇게 할게요." 잠시 고민하다 그렇게 대답했다.

"엔도, 야마모토 씨를 차로 안내해." 렌이 유토에게 지시했다.

알겠습니다, 하고 유토는 쾌활하게 대답한 후 "자, 가시죠" 하고 히나타에게 웃음을 지었다.

의아하다는 듯 이쪽을 바라보는 사라에게 "좀 이따 봐"

하고 아무렇지도 않은 척 자리에서 일어났다.

엘리베이터를 타고 지하 주차장으로 내려가는 도중에 히나타는 문득 생각나서 유토에게 물어보았다.

"엔도 씨도 기지마 그룹의 관계자세요?"

유토는 서글서글 웃으며 고개를 저었다.

"아니, 아무 관계도 아니야. 그냥 잡일을 할 아르바이트생으로 고용됐을 뿐이지."

그러고는 가벼운 투로 말했다.

"물론 무슨 조사를 하러 가는지는 대강 들었지. 하지만 오컬트 현상에는 문외한이야. 내 전공은 행동심리학이지 초심리학이 아니거든."

"그럼 왜 참가하신 거죠?"

"우리 교수님이 가즈히사 씨와 아는 사이거든. 유연한 성격, 지성, 체력을 갖춘 성인 남성을 소개해 달라는 가즈히사 씨의 부탁을 받고 날 추천하신 거지. 좀 망설이긴 했는데, 웬만한 단기 아르바이트로는 못 버는 돈을 제시한 데다 어쩐지 재미있을 것 같아서 수락했어."

편안한 말투로 이야기해서 안심됐다. 사라를 포함해 특별한 사람만 모여 있어서 괜히 따라왔나 싶어 불안했던 참이었기 때문이다.

넓은 지하 주차장으로 나가자 "저기 두 대" 하고 유토가 나란히 주차된 왜건 차량을 가리켰다. 한 대는 10인승 하이에스였다. 뒷좌석에는 짐과 기재가 쌓여 있었다.

"하이에스는 가즈히사 씨, 작은 왜건은 내가 몰고 갈 예정이야. 아, 너희 짐은 이쪽 차에 실었는데 저쪽이 더 좋으면 옮겨줄게."

"그…, 제가 같이 갔다가 괜히 폐만 끼치는 것 아닐까요?"

편한 분위기에 휩쓸려 그만 본심이 튀어나왔다. "뭐?" 유토가 되물었다.

"아까 렌 씨가 제삼자의 동행은 되도록 피하고 싶다는 식으로 말씀하셨거든요."

"아아, 신경 쓸 것 없어."

유토는 재깍 대답했다.

"가미시로 씨는 조사팀 중에서도 특별한 위치인 것 같으니까. 오히려 네 덕분에 가미시로 씨를 데려갈 수 있게 됐다고 고마워하지 않으려나."

유토가 걱정하지 말라는 듯 유쾌하게 말을 이었다.

"렌 씨는 가미시로 씨를 꼭 데려가고 싶었던 것 같아.

조사에 참여하는 조건으로 곰 인형 탈을 쓰고 매일 노래하고 춤추라고 했어도 기꺼이 승낙했을걸."

킥킥 웃던 유토의 얼굴에서 웃음기가 사라졌다. 그리고 "아…, 미안" 하고 히나타에게 사과했다.

"뭐가요?"

영문을 몰라서 묻자 유토는 약간 겸연쩍은 듯한 표정으로 대답했다.

"네 친구를 무슨 희귀한 동물같이 취급했잖아. 그럴 생각은 아니었지만, 기분 나빴겠지. 미안해."

예상외의 대답에 좋은 사람이구나 싶었다. 섬세하면서도 분별 있는 사람 같았다.

여기에 온 후로 긴장을 풀지 못했는데, 동행자 중에 자신처럼 평범한 사람도 있다는 사실에 안도했다.

"아니에요." 히나타는 유토에게 미소를 지었다. 왜건에 다가가서 차에 실린 골판지상자 여러 개를 들여다보았다.

"그것보다 짐이 꽤 많네요. 이거 전부 다 조사에 사용하는 건가요?"

"이건 정말 일부고, 주요 기재는 이미 다 옮겨놨대. 개인이 이만큼 준비할 수 있다니 참 대단해. 부자는 역시 스케

일이 다르다니까. 보잘것없는 대학원생으로서는 그저 감탄만 나올 따름이야."

그런 이야기를 나누고 있는데 다른 팀원들이 지하 주차장으로 내려왔다. 사라가 이쪽으로 다가왔다.

"무슨 이야기였어?" 하고 물어보자 사라는 담담하게 대답했다.

"…별것 아니었어. 술은 있지만 낮에 조사할 때는 되도록 마시지 말라든가, 저택이 무슨 영향을 끼칠지 모르니까 도착한 후에 몸에 이상이 있으면 즉시 보고하라든가, 뭐 그런 거."

쌀쌀맞게 말하고 히나타를 바라보았다.

"신경 쓰이면 같이 듣지 그랬어?"

"방해가 되지 않을까 싶어서…."

"그럴 리가 있나." 사라가 뜻밖의 말을 들었다는 듯한 표정으로 부정했다.

"오히려 네가 없으면 더 그렇지."

"엇, 그거 무슨 뜻이야?"

이해가 가지 않아서 이맛살을 찌푸리며 물었다. 대화하는 두 사람을 유토가 싱글싱글 웃으며 지켜보았다.

렌이 모두에게 물었다.

"다들 출발할 준비됐습니까?"

귀에 쏙 들어오는 렌의 목소리가 지하에 울려 퍼졌다.

"나와 가미시로 씨, 야마모토 씨는 엔도 차에 타겠습니다. 우에다 씨, 하타노 씨, 나기, 우에하라 씨, 하야카와 씨는 가즈히사 차에 타세요."

렌은 팀원들을 빙 둘러본 후 굳건한 표정으로 말했다.

"그럼 갑시다. 피안장으로."

* * *

왜건 두 대에 나누어 탑승한 일행은 고속도로를 타고 나가노현으로 향했다. 렌은 조수석, 사라와 히나타는 두 번째 줄에 나란히 앉았다.

출발하고 한동안 사라는 차창에 시선을 고정한 채 미동도 하지 않았다. 말하지 않아도 마음이 어수선하다는 걸 알 수 있었다. 실은 히나타도 마찬가지였다.

어린 시절 이후로 사라와 멀리 외출하는 건 처음이었다. 그것도 거의 초면인 사람들과 함께 가는 데다 목적지는 찜찜한 사연이 있는 산장이니까 신경이 예민해질 만도 했다.

히나타는 손을 뻗어 좌석에 놓인 사라의 손을 꼭 잡았다. 어릴 적부터 사라를 위로하거나 격려하고 싶을 때면 습관처럼 이렇게 했다.

"괜찮아." 사라가 이쪽을 보고 짧게 중얼거린 후 다시 밖으로 시선을 돌렸다.

렌과 유토는 피안장에 도착하고 나서 뭘 어떻게 할지 상의했다. 새삼스럽지만 아무래도 비현실감이 밀려오는 상황이라 당황스러웠다.

피안장. 사람이 불의의 죽음을 맞거나 행방불명된다는 산장. 무시무시한 힘을 지닌 흉한 곳. 과연 그런 것이 실제로 존재할까?

"유령의 집이라는 게 정말로 있을까요?"

별생각 없이 중얼거리자 앞좌석의 두 사람이 이쪽을 보았다.

"음." 유토가 잠시 생각하다가 입을 열었다.

"잘 모르겠지만 유명한 작품 중에 유령의 집을 소재로 삼은 것들이 많지."

긴장을 풀어주려는 것처럼 유토는 잡담하는 투로 말했다.

"셜리 잭슨의 『힐 하우스의 유령』, 리처드 매시슨의 『헬 하우스』. 스티븐 킹의 『샤이닝』도 그렇고."

"오, 제법 잘 아는걸?" 렌이 감탄하자 유토는 가볍게 대꾸했다.

"영화만 보고 원작은 안 읽었지만요."

렌이 씩 웃고서 말했다.

"그럼 이거 알아? 스티븐 킹이 『샤이닝』을 집필할 때 실제로 영감을 받은 호텔이 있다는 거. 미국 콜로라도주에 있는 스탠리 호텔인데, 이 호텔 곳곳에서 불가사의한 현상이 일어난대. 호텔 창업자인 F. O. 스탠리와 그의 부인도 유령으로 나타난다는 소문이야."

렌은 세 사람을 향해 술술 말을 이었다.

"그리고 캘리포니아주에 있는 윈체스터 하우스도 저주받은 저택으로 유명하지. 총기 사업으로 성공한 윈체스터 가문이 소유했던 저택이야. 사업가 윌리엄 워트 윈체스터가 죽은 후 부인 사라 윈체스터가 물려받았대. 사라는 저택이 윈체스터 소총에 죽은 사람들의 영혼에 저주받았다고 믿었지. 그래서 영매사의 조언에 따라 저주에서 벗어나기 위해 38년 동안 끊임없이 저택을 증축하고 개축했어."

꼭 옆에 있는 사라를 가리키는 것 같아서 움찔했다. 정작 사라는 렌의 이야기에 얌전히 귀를 기울였다.

"괴현상이 발생해서 유령의 집이라고 불리는 건물은 전 세계에 존재해."

렌의 눈에 문득 강한 빛이 깃들었다. 렌은 앞쪽을 응시하며 말했다.

"유령의 집은 실제로 있어. 바로 피안장이 그렇지."

뒤쪽 말은 반쯤 독백처럼 들렸다.

차가 높은 산에 둘러싸인 분지로 들어갔다. 산등성이가 맑고 푸른 하늘을 배경으로 솟아 있었다.

이윽고 차는 산비탈 사이로 진입했다. 우거진 나무 사이로 난 길을 천천히 달렸다. 늦더위가 심한 도시를 벗어나자 울창한 녹음 속에 선명한 빨간색과 노란색이 섞여 있었다. 차 안은 에어컨을 세게 틀어서 쾌적했지만 이 부근은 에어컨 없이도 시원할 것 같았다.

도중에 무슨 동굴의 간판이 나왔고 차도 여러 대 주차돼 있었다. 이 동굴은 한여름에도 영하 몇 도까지 떨어진다고 렌이 간단히 설명해 주었다. 길가에 서 있는 관광명

소나 향토 요리 홍보용 간판이 이따금 눈에 들어왔다.

"기왕 여기까지 왔으니 나가노현의 향토 요리를 먹고 돌아가면 좋겠네."

가벼운 어조로 사라에게 말을 걸자 좀 이따가 "…그러게" 하고 짤막하게 동의했다. "넌 언제나 태평해서 좋겠네" 하고 어이없어하는 반응이 돌아올 줄 알았기에 조금 의외였다.

왠지 모르게 그런 현실적이고 하잘것없는 대화가 지금 이 자리에 필요할 것 같았다. 차창으로 보이는 한적한 풍경이 왠지 텔레비전 화면 속 풍경처럼 현실과 동떨어져 보였다. 목적지가 가까워질수록 차 안에 긴장된 분위기가 감돌았다.

그대로 잠시 더 달리다가 차가 멈췄다. 도로에는 '통행금지'라는 팻말을 단 쇠사슬이 엄중하게 가로막고 있었다.

"여기서부터는 우리 사유지야."

렌이 아까부터 읽고 있던 서류에서 시선을 들고 말했다. 유토가 내려서 쇠사슬을 풀고 다시 앞으로 나아갔다.

양옆에 침엽수 숲이 펼쳐진 산길을 30분쯤 올라갔다. 포장도로라고는 해도 오랫동안 보수하지 않았는지 갓길은 아스팔트가 갈라졌고 여기저기 시든 풀이 삐죽삐죽 튀어나와 있었다. 짙은 나무 그림자로 뒤덮인 구불구불한 비탈길로 나아가다가 평평한 길이 시작되자 숲을 빠져나왔다.

나무들이 보이지 않게 된 순간, 갑자기 시야가 탁 트였다. 눈앞에 펼쳐진 풍경을 보고 히나타는 저도 모르게 숨을 삼켰다.

"우와…."

광대한 들판에 피안화가 가득했다. 군생하는 꽃들이 한없이 이어지며 마치 붉은 바다처럼 흔들렸다.

아주 환상적인 광경이었다. 이렇게 많은 피안화는 난생처음 봤다. 사라도 창밖 경치에 시선을 빼앗긴 듯했다.

꺼림칙할 만큼 아름답게 만개한 꽃에 압도당했다.

"굉장하다." 감탄의 말이 절로 흘러나왔다. 정말로 감명받으면 길게 표현하지 않는다는 걸 실감하며 한마디 더 꺼냈다.

"…예뻐."

"주변 사람들이 왜 '피안장'이라고 불렀는지 알겠지?"

렌의 말에 히나타는 고개를 끄덕이며 말했다.

"피안화는 주로 신사 경내에 피어서 그런지, 만지면 안 될 것 같은 이미지가 있잖아요."

"피안화를 꺾으면 불이 난다는 말을 어릴 적에 들었지."
유토가 옛날 생각이 난다는 듯 덧붙였다.

"피안화는 일반적인 꽃과는 생태가 좀 달라."
렌은 창밖을 바라보며 말했다.

"구근에서 올라온 꽃이 시든 후에야 잎이 나오지. 그래서 잎 없이 꽃만 피어 있는 거야. 꽃과 잎이 동시에 피지 않으니까 어쩐지 위화감이 들어서 신비하게 느껴지는 거겠지."

그리고 세 사람을 향해 담담히 말을 이었다.

"가을피안 무렵에 핀다는 데서 유래한 이름도 불길한 이미지에 한몫하는지 모르지. 피안…, 즉 죽음을 의미하는 말이니까. 독이 있는 이 식물을 먹으면 저세상에 가는 수밖에 없다는 뜻에서 유래했다는 설도 있어."

"만주사화라고도 하죠."
히나타의 말에 "응" 하고 렌은 고개를 끄덕였다.

"피안화는 이름이 많아. 천 개도 넘는다는군. 송장꽃, 지옥화, 유령화, 여우꽃, 독꽃, 면도날꽃…."

"와, 어쩐지 무서운 이름뿐이네요." 유토가 쓴웃음을 지었다.

"그렇지. 하지만 이름이 많다는 건 그만큼 사람들을 매료해 왔다는 뜻이기도 할 거야."

수다스러운 데 반해 렌이 건성으로 말하고 있다는 걸 알아차렸다. 뭔가에 정신이 팔린 것처럼 갑자기 말이 끊겼다.

렌이 저 먼 곳을 보는 것처럼 눈을 가느다랗게 뜨고 작게 중얼거렸다.

"…이모부는 저쯤에서 불타 죽었어."

피안화가 흐드러지게 핀 들판을 바라보며 꺼낸 말에 흠칫 놀랐다.

그의 이모와 이모부가 여기서 불의의 죽음을 맞았다는 이야기가 떠올랐다. 땅을 가득 채운 붉은색이 한순간, 사람의 몸을 무자비하게 삼키는 불길처럼 보였다. 무슨 말을 하면 좋을지 몰라 세 사람은 입을 다물었다.

하지만 렌은 바로 표정을 바꾸고 열의에 찬 얼굴로 앞쪽을 가리켰다.

"다 왔다. 저게 피안장이야."

고개를 들자 널찍한 빈터 너머로 커다란 건물이 보였다.

이끼가 끼고 넝쿨이 망을 치듯 감긴 문설주가 앞쪽에 서 있었다. 문짝의 쇠창살은 벌겋게 녹이 슬었다. 문설주 옆으로 담은 보이지 않았으므로 그저 표시물 역할인지도 모르겠다. 하지만 히나타의 눈에 그것은 흡사 경계 같아 보이기도 했다. 여기서부터 우리가 아는 세상과는 다른 공간이 펼쳐진다…, 그런 착각에 휩싸였다.

렌이 리모컨을 조작하자 문짝이 삐걱거리며 좌우로 열렸다. 그대로 차를 타고 안으로 들어갔다.

건물 앞은 넓은 정원이었다. 관리를 하지 않아서인지 원래 그런 종류인지, 일그러진 곡선을 그리듯 자란 나무들이 가지를 아무렇게나 뻗어냈다. 풀도 나무도 여기저기 갈색으로 시들었다. 기도하듯 양손을 마주잡고 선 여신상과 화단의 아치에도 시든 풀이 마구잡이로 엉겨 붙어 있었다.

아무래도 정말로 오랫동안 사람이 살지 않은 듯했다.

정면 현관 근처에 차를 대고 히나타 일행은 밖으로 나왔다. 잠시 후 가즈히사의 차도 뒤쪽에 정차했다.

9월 바람에서는 햇빛의 온기와 서늘한 공기가 동시에

느껴졌다. 메마른 나무 냄새와 풀 냄새. 멀리서 새소리가 들렸다.

잡초가 말라 죽고 낙엽이 흩어진 땅에 발을 내디뎠다.

정면에서 올려다보자 상상 이상으로 큰 산장이 우뚝 솟아 있었다.

3층 건물인데 얼핏 보기에는 낡은 호텔 같기도 했다.

경사가 급한 지붕은 칙칙한 적갈색이고 벽돌색 굴뚝이 툭 튀어나와 있었다. 공들인 창틀 장식과 화려한 처마 장식 등 만듦새가 전체적으로 호사로웠다. 개인의 저택이라고 생각하니 놀라움이 더 컸다.

외벽에 넝쿨이 사방팔방 뻗어 있어서 저택에 금이 간 것처럼 보이기도 했다. 하지만 건물 자체는 뒤틀린 곳이나 틈새 없이 듬직하게 자리를 지키고 있었다.

맑고 푸른 하늘을 배경으로 서 있는 산장을 올려다보았다. …기묘한 존재감을 풍기는 저택이었다.

기울거나 부서진 것도 아닌데 피안장은 일그러진 느낌이 들었다. 아름다운 존재가 황폐해졌다기보다 원래부터 이상했던 것처럼 보였다.

옆에 있는 사라에게 시선을 주자 가만히 건물을 올려

다보고 있었다. 다른 사람들도 흥미롭게 저택을 바라보는 듯했다.

"…굉장한걸. 창업자 기지마 레이치로가 지은 만큼 자산 가치가 제법 되겠어." 시게키가 감탄한 듯 중얼거렸다. 진지한 표정으로 외관을 관찰하는 미즈키 옆으로 조금 떨어진 곳에 아키라가 약간 찡그린 얼굴로 서 있었다. 건물에 별로 다가가기 싫은 눈치였다. 안색도 조금 안 좋아 보였다.

히나타는 잿빛 뭔가가 땅에 떨어져 있다는 사실을 문득 알아차렸다. 뭘까 싶어서 건물 옆에 널브러진 그것에 다가갔다.

쪼그려 앉아 들여다보자 죽은 비둘기였다. 기이한 형태로 날개를 펼친 채 구부러진 작은 나뭇가지 같은 다리를 위로 뻗은 모습이었다.

공허한 검은 눈을 보자 본능적으로 가슴이 덜컥 내려앉았다.

"어머나…." 도시코가 가엾다는 듯이 중얼거렸다. 나기는 두려움과 호기심이 뒤섞인 표정으로 이쪽을 유심히 바라보았다.

"맨손으로 만지면 안 돼. 나중에 치울 테니까 그냥 놔둬."

렌이 익숙한 말투로 주의를 주었다. 그러고는 의미심장한 표정으로 모두에게 설명했다.

"들새가 유리창에 부딪혀서 죽고는 해. …이상할 정도로 자주."

히나타는 으스스한 기분이 들어 살며시 일어섰다. 렌이 손뼉을 짝 쳤다.

"자, 들어가자. 두 사람은 일단 현관홀로 짐을 옮겨줘."

렌은 유토와 가즈히사에게 지시를 내린 후 미즈키에게 천천히 몸을 돌렸다.

"그럼 하타노 씨. 부탁해."

미즈키는 말없이 고개를 끄덕이고 혼자 앞으로 나서서 테라스형 돌계단을 올라 정면 현관 앞에 섰다. 심호흡한 후 사자 모양 노커가 달린 커다란 문에 두 손바닥을 댔다.

그제야 미즈키가 뭘 하려는지 이해했다. 그렇다. 미즈키는 사이코메트러다.

다들 호기심 어린 표정으로 지켜보는 가운데, 미즈키는 눈을 감고 손바닥 전체로 감촉을 확인하듯 느릿느릿 손을 움직였다. 문 표면을 문지르고 문손잡이를 만지다가 움직임을 멈췄다. 잠시 후 문에서 살짝 손을 뗐다.

"…어때? 뭔가 보이거나 느껴져?"

더는 못 기다리겠다는 듯 렌이 다그치자 미즈키는 눈을 뜨고 이쪽을 돌아보았다. 그리고 진지한 표정으로 고개를 저었다.

"아무것도."

미즈키는 냉정한 목소리로 말했다.

"차갑고 고요한 느낌. 아무 사념도 전해지지 않아."

자신이 느낀 바를 정확하게 전달할 표현을 찾듯 시선을 이리저리 돌리다 불쑥 말을 꺼냈다.

"그래, 마치 묘지 같은…."

그 말을 듣고 히나타는 움찔했다. 오래전에 이 부근이 묘지였다는 렌의 말이 떠올랐다.

갑자기 미즈키의 눈에서 눈물이 한 줄기 흘러내렸다.

어, 하고 미즈키가 당혹스러워하는 표정으로 눈가를 만졌다.

"…뭐야. 눈에 티끌이라도 들어갔나."

미즈키는 의아하다는 듯 고개를 살짝 기울였다.

그때 히나타 옆에 있던 사라가 갑자기 움직였다. 저택

에 등을 돌리고 말없이 정원을 걸어갔다.

"사라? 왜 그래?"

히나타가 부르자 다른 사람들도 사라에게 시선을 주었다. 사라는 사람들에게서 조금 떨어진 곳에서 몸을 돌려 감정이라도 하듯 건물 전체를 올려다보았다.

사라가 선글라스를 천천히 벗고 진지한 눈빛으로 건물을 쳐다보았다.

사라가 선글라스를 벗은 순간, 깜짝 놀란 것처럼 사람들이 숨을 삼키는 기척이 느껴졌다.

히나타는 다들 뭘 그렇게 놀라나 싶었지만 바로 알아차렸다. 그들은 사라의 아주 빼어난 미모에 시선을 빼앗긴 것이다. 사라는 어릴 적부터 예쁘다는 칭찬을 자주 들었다. 성장하면서 미모에 한층 물이 올랐으니 사람들의 시선을 끌 만도 하다.

갑자기 사라의 발치에서 바람이 일었다. 사라의 머리카락이 휘날렸고 땅바닥의 낙엽이 허공으로 떠올랐다. 사라의 몸을 뒤덮듯 바람이 소용돌이쳤고 낙엽이 허공을 빙글빙글 돌았다. 정원수가 파도 치는 듯한 소리를 냈다.

사라는 경계하는 표정으로 그 자리에 우뚝 서 있었다.

이건 사라가 그러는 것이 아니다. 허공에서 춤추는 낙엽에 사라가 가려질 것만 같아서 히나타는 얼른 이름을 불렀다.

"사라!"

그 직후에 회오리바람이 멎었다. 원을 그리던 낙엽이 일제히 팔랑팔랑 떨어지고 정적이 찾아왔다.

히나타는 너무 동요해서 심장이 미친 듯 뛰었다. 방금 그건 자연현상일까, 아니면….

"굉장해."

옆에 서 있던 렌이 사라를 바라보며 흥분한 말투로 중얼거렸다. 침을 꿀꺽 삼키고 "젠장, 찍었어야 했는데" 하고 아쉽다는 듯 말했다.

아키라가 굳은 얼굴로 사라를 쳐다보았다. 나기는 정신이 얼떨떨한지 어리벙벙한 표정이었다. 누구도 쉽사리 말을 꺼내지 않았다.

뻣뻣하게 굳은 몸으로 불길한 소문이 도는 저택과 마주섰다. 보이지 않는 뭔가가 귓가에 은밀히 속삭인 것만 같았다.

잘 왔어, 라고.

***

정면 현관으로 들어가자 안쪽은 널찍한 현관홀이었다.

3층까지 뻥 뚫렸고 좌우에 커다란 계단이 있었다. 호화로운 난간이 달린 계단은 완만한 곡선을 그리며 위층으로 이어졌다.

흡사 무대 세트 같은 광경에 압도당했다. 당장이라도 귀부인이 드레스 밑자락을 펄럭이며 내려올 것 같은 분위기였다.

"꼭 영화 속에 들어온 것 같네." 비슷한 감상을 품었는지 도시코가 감개 어린 목소리로 중얼거렸다. 도시코 뒤에서 나기가 불안한 표정으로 거듭 주위를 둘러보았다.

드넓은 공간에 묵직해 보이는 샹들리에가 매달려 있었다. 장식은 화려해도 조명 도구로서는 제 역할을 하기에 부족해 보였다. 어쨌거나 천장이 높아서 광열비가 많이 들겠다는 서민적 감상이 문득 들었다.

매끈매끈한 나무 바닥에는 독특한 무늬가 들어간 차분한 색조의 카펫이 깔려 있었다. 신발장은 보이지 않았다. 신발을 신고 들어가도 될까, 조금 걱정하면서 발을 들여놓았다.

현관 양옆에는 천사상 두 개가 마주 보는 형태로 놓여 있었다. 손바닥에 턱을 괸 천사는 심술궂어 보이는 표정이었다. 그런 탓에 천사라기보다 등에 날개가 돋은 돌연변이 인간 같아서 약간 으스스하게 느껴졌다.

홀에 있는 가구는 전부 골동품이리라. 벽에는 이국적이고 호화로운 태피스트리가 커다랗게 걸려 있었다. 반대쪽 벽에는 새끼 양이 숨을 수 있을 만큼 큼지막한 괘종시계가 있었다. 시곗바늘은 움직이지 않았다.

벽면에도 자잘한 조각을 넣거나 세공을 해놓았다. 국화나 매화꽃을 연상시키는 무늬 덕분에 쇼와 초기에 지은 서양식 건축물 같은 인상을 주었다. 스테인드글라스를 끼운 높은 창에서는 빛바랜 듯한 햇살이 색색으로 비쳐 들었다. 복도 양쪽 가장자리에 줄지은 둥그런 화강암 기둥은 장식용 벽기둥이리라.

어딜 봐도 호화롭기 짝이 없었다. 동시에 사람이 살지 않는 집에서 흔히 느껴지는 공허함이 감돌았다. 먼지가 많은지 약간 쿰쿰한 냄새도 났다. 히나타 일행은 익숙지 않은 분위기에 감싸여 신기한 기분으로 산장 내부를 둘러보았다.

"여기서 잠깐 기다려. 저쪽에 지시를 좀 내리고 나서 저택을 안내해 줄게."

이윽고 렌은 유토와 가즈히사가 차에서 짐을 내리는 곳으로 걸어갔다. 왜건에 수북이 쌓인 골판지상자가 떠올라서 도와주러 가는 편이 낫지 않을까 싶었을 때, 미즈키가 시게키를 보고 말했다.

"그러고 보니 아직 당신 능력이 뭔지 못 들었네."

"아아, 나?"

시게키가 입꼬리를 끌어당기듯이 웃음을 지었다. 호기심 어린 시선이 그에게 모였다.

다들 주목하는 가운데 시게키는 이마에 손가락을 살짝 대고 고개를 숙이더니 진지한 표정으로 허공을 바라보았다. 뭘 보는 걸까? 그 자세를 유지한 채 30초…, 1분….

"윽." 갑자기 시게키가 인상을 찌푸리며 짧게 외쳤다. 그리고 고개를 들더니 왼손 엄지손가락을 천천히 세웠다. 이른바 '섬스 업' 형태다.

"내 능력은 이거야."

"뭐, 무슨 뜻이야?"

미즈키가 미심쩍은 표정으로 묻자 시게키는 희미한 웃음을 지으며 의미심장하게 문 쪽을 봤다. 그쪽에 시선을 주자 마침 유토가 짐을 끌어안고 부랴부랴 들어오는 참이었다. 홀 한구석에 짐을 내려놓은 순간, 유토가 "쓰읍" 하고 작게 소리쳤다. 철물 같은 것에 걸렸는지 인상을 찡그리며 왼손을 쳐들었다. 엄지손가락이 베여서 피가 났다.

모두 놀란 듯 시게키를 보았다.

"혹시 예지 능력…?"

도시코의 물음에 시케기는 고개를 끄덕이고 천연덕스럽게 대답했다.

"공교롭게도 잘 될 때와 안 될 때가 있어. 보이는 장면도 단편적이고. 뭐, 컨디션이 좋을 때는 비교적 먼 미래까지 보이기도 해."

히나타는 작은 가방에서 반창고를 꺼내 들고 유토에게 다가가서 "필요하면 쓰세요" 하고 건네주었다. "고마워, 준비성이 좋구나" 하고 유토는 선선히 반창고를 받았다.

"도착하자마자 실수하다니 좀 부끄럽네." 유토는 가벼운 어조로 말하며 쓴웃음을 지었다. 큰 상처는 아니어서 안심했다.

미즈키가 다시 시게키를 보고 약간 싸늘한 어조로 말했다.

"…이 사람이 다칠 줄 알았다면 가르쳐 주지 그랬어? 성격 한번 좋네."

"원 참, 능력이 뭐냐고 해서 보여줬을 뿐이잖아. 그런 것 가지고 일일이 물고 늘어지지 마."

시게키는 어이없다는 듯 말하고는 혼자 떨어져 서 있는 사라에게 시선을 주었다. 사라의 온몸을 무례하게 훑어보며 재미있다는 듯 중얼거렸다.

"유령의 집에 미인이라. 괜찮군. 아주 볼만해."

시게키가 사라에게 스마트폰을 들이댔다. 제지할 틈도 없이 셔터음이 울렸다.

사라는 놀란 듯 눈을 깜박깜박하더니 시게키를 노려보며 딱딱한 목소리로 말했다.

"왜 멋대로 찍고 그래요? 사진 지워요."

"고작 사진 한 장 가지고 징징대지 마. 알몸을 찍은 것도 아닌데 웬 난리람?"

시게키가 주눅 드는 기색 하나 없이 큰소리쳤다. 사라가 선글라스를 벗은 뒤로 시게키가 노골적으로 흥미를 보인다는 것이 느껴졌다. 사라에게 추근대는 시게키를 아키라가 넌더리 난다는 듯한 표정으로 바라보았다.

시게키는 음흉한 웃음을 짓더니 좋은 생각이 났다는 듯 제안했다.

"그럼 이렇게 하자. 나중에 같이 한잔하는 거야. 적적한 밤에 술을 같이 마셔주면 사진을 지울게."

사라가 더 험악해진 표정으로 시게키에게 뭔가 말하려 했을 때, 나기가 사라 앞으로 나섰다.

작은 몸으로 시게키를 올려다보며 나무라듯이 말했다.

"여자가 싫어하는 짓을 하면 안 돼요."

나기는 커다랗고 촉촉한 눈망울에 힘을 주고 열심히 주장했다.

"나쁜 짓이에요."

예상치 못한 전개에 히나타는 놀라서 눈앞의 아이를 보았다. 나기는 어린 나이인데도 심상치 않은 분위기를 느끼고서 사라를 지키러 나선 것이리라.

시게키가 쓴웃음을 짓더니 두 사람을 보고 장난스럽게 어깨를 움츠렸다.

"어이쿠, 꼬마 기사님의 등장인가. …알았어. 지울게."

시게키는 재빨리 스마트폰을 조작해 사진을 지운 듯한 화면을 사라에게 보여주었다.

"자, 이제 됐지?"

그때 렌이 돌아왔다. 짐에서 꺼냈는지 소형 비디오카메라를 들고 있었다.

"기다리게 해서 미안해. 자, 그럼 피안장 탐색 투어를 시작할까. 가자."

렌이 입꼬리를 끌어올려 씩 웃으며 말했다. 일행은 제각기 걸음을 옮겼다.

사라가 나기를 내려다보며 작게 미소 지었다.

"고마워. 참 착하구나."

부드러운 말투로 감사를 표하자 나기는 수줍게 웃었다. 어쩌면 이 아이는 어른이 말다툼하는 광경을 많이 봤는지도 모른다. 어쩐지 그런 생각이 들었다.

"구조가 복잡하니까 길을 잃지 않도록 조심해." 렌이 고개를 돌려 모두에게 말했다.

"나랑 손잡고 가자." 도시코가 상냥한 목소리로 제안하자 나기는 순순히 고개를 끄덕이고 손을 잡았다. 귀찮은 듯 한숨을 쉬는 아키라 앞을 미즈키가 아주 진지한 표정으로 주변을 관찰하며 지나갔다.

앞장선 렌을 따라 넓은 복도를 좌우로 꺾으며 안쪽으로 걸어갔다. 걸어가면서 렌이 설명했다.

"전기, 수도, 가스, 전화 전부 사용할 수 있도록 조치해 놨어. 다만 해가 지고 나면 손전등 같은 조명기구를 늘 가지고 다니기를 추천할게."

"왜요?" 히나타가 묻자 렌은 당연하다는 듯 대답했다.

"여기는 피안장이니까."

히나타가 당황해하자 렌이 말을 이었다.

"가끔 불이 안 들어오거나 부자연스럽게 깜박거리기도 해. 전화 상태가 이상해지기도 하고."

"업자를 불러서 살펴봤는데도 원인 불명이라고 한다거나?"

시게키가 끼어들자 "대체로 그런 식이지" 하고 렌은 고개를 끄덕였다.

도시코가 주변을 주의 깊게 둘러보며 말했다.

"그래서 조명기구를 여기저기 놓아둔 거구나."

듣고 보니 복도 구석의 작은 테이블에 촛대와 랜턴이 여러 개 비치돼 있었다. 벽에도 비상용 손전등을 걸어놓았다. 세련된 디자인이라 인테리어의 일부인 줄 알았는데 확실히 그런 것치고는 수가 많았다.

"각 방에도 손전등이 있으니까 필요할 때는 그걸 사용해. 유령과 마주치지 않더라도 어둠 속에서 넘어져서 다치면 큰일이니까."

렌이 농담조로 주의를 주었다. 니스를 칠한 두짝문을 열고 안내했다.

"일단 여기가 담화실. 다들 모일 때는 기본적으로 이 방을 사용할 생각이야."

안으로 들어가자 평수로 열에서 열다섯 평은 될 법한 실내에 그리폰 장식이 달린 난로가 설치돼 있었다. 그 옆으로 세월이 느껴지는 가죽 소파와 커다란 테이블이 있었다. 천장에는 호화로운 샹들리에가 사람들을 내려다보듯 매달려 있었다. 벽은 중후한 진갈색 웨인스코팅으로 마감했고, 바닥에는 푹신한 카펫을 깔았다. 창문 근처에는 팔걸이의자와 안락의자도 있었다. 확실히 많은 인원도 편안히 쉴 수 있을 만한 공간이었다.

하지만 카펫은 닳고 빛이 바랬고 소파 가죽도 군데군데 갈라졌다. 이 저택이 오래 방치됐다는 사실과 그렇게 된 이유를 의식하지 않을 수 없었다.

골동품처럼 보이는 장식 선반장에는 놋쇠로 만든 새장 오브제와 독특한 디자인의 오르골 그리고 건물의 미니어처 모형 등이 놓여 있었다. 자세히 보니 그 미니어처는 피안장과 똑같이 생겼다.

"흠, 여기가 조사팀의 베이스캠프라는 건가."

시게키가 미니어처 모형을 들여다보며 가벼운 투로 말했다. 이어서 응접실과 주방, 인접한 식료품 저장실 등 1층에 있는 방을 순서대로 살펴보았다.

"아까 이야기 말인데." 렌이 외국을 안내하는 가이드처럼 모두를 데리고 돌아다니면서 입을 열었.

"전기나 전화뿐만이 아니야. 피안장에서는 그 외에도 기이한 현상이 자주 발생하지."

"기이한 현상요?"

히나타가 묻자 렌은 진지한 표정으로 설명했다.

"응. 아무도 없는 방에서 말소리나 발소리가 들린대. 이상하다 싶어 살피러 가면 아무도 없고. 한두 명만 그랬다면 착각으로 넘길 수도 있겠지만 많은 손님과 고용인이 저택에서 정체불명의 소리를 들었어. 결코 날 리 없는 소리를."

　…확실히 그건 이상한 이야기다.

"그들의 증언에 따르면 집이 오래돼서 삐걱거리거나 하는 소리는 절대로 아니래. 누군가 벽을 두드리거나 발을 구르는 듯한 소리가…."

　이야기를 듣다 보니 점점 불안해져서 히나타는 저도 모르게 주변 소리에 귀를 기울였다.

"정체불명의 소리가 나는 것 말고도 희한한 일이 일어난다는군. 연 적 없는 문이 열려 있거나 물건 위치가 어느새 바뀌거나."

　미즈키가 표정을 다잡고 설명을 재촉하듯 렌을 보았다.

"예를 들면 아무도 손대지 않았는데 탁상시계 방향이 바뀌거나 없어진 줄 알았던 물건이 예상치 못한 곳에서 나온다거나 그런 식이야. 지진이 난 것도 아닌데 방의 가구가 흔들리는 걸 느꼈다는 사람도 있었고. 다른 방에서는 아무 일도 없었는데 말이야."

　소름 끼치는 이야기였다. 그건 정말로 기괴한 현상 아닌가.

　갑자기 뭔가가 쳐다보는 듯한 착각이 느껴져서 마음이

어수선했다. 다른 사람들도 마찬가지였는지 서로 시선을 교환했다. 도시코가 조심스레 물었다.

"지금까지 조사한 적은 없었어? 그…, 이 집에서 일어나는 이상한 현상에 대해."

"했었죠. 물론 이번처럼 초능력자 여러분이 참가하는 형태는 아니었지만."

렌은 냉정한 말투로 설명했다.

"너무 묘한 일이 계속 발생해서 일가 사람이 지질학자와 부동산 감정 전문가에게 의뢰해 저택을 조사한 적이 있습니다. 조사 도중에 그들도 기묘한 소리를 실제로 들었나 봐요. 하지만 결국 낡은 배관의 진동이 원인 아니겠느냐는 식으로 결론을 내렸다는군요."

"배관의 진동?"

미즈키가 석연치 않다는 표정으로 중얼거렸다. 렌은 비아냥거리는 듯한 어조로 말을 이었다.

"소리뿐만이 아니야. 조사 참가자 중 몇몇은 기이한 것을 보거나 묘한 현상을 체험했다고 증언하기도 했어. 하지만 그런 증언을 전부 제대로 받아들이지 않았지. 확증 편향이라는 말을 방패 삼아서."

"확증 편향이라뇨?" 히나타가 묻자 시게키가 유창하게 대답했다.

"자신의 가설이나 신념을 강화하는 정보에만 눈이 간다는 뜻. 유령이 나온다는 소문이 도는 곳에 가면 괜히 감각이 예민해져서 평범한 자연현상을 보고도 심령현상을 목격했다고 믿고는 하지."

"이상한 물체가 사진에 찍히기도 했지만 초자연현상이 발생했다는 명확한 증거로 받아들여지지는 않았어. 예를 들면 이런 거."

렌이 주머니에서 스마트폰을 꺼내 사진 폴더에 있는 사진을 모두에게 보여주었다. 화면을 들여다보자 도면을 든 남자 몇 명이 실내에서 무슨 작업을 하는 사진이었다. 분명 피안장의 어딘가에서 찍은 것이리라. 하지만 주목해야 할 점은 그게 아니었다.

사진에는 허공을 떠도는 동그란 빛이 수없이 담겨 있었다. 희읍스름한 빛이 무수히 흩어져서 수많은 반딧불이가 실내를 날아다니는 것처럼 보였다.

"오브…." 미즈키가 중얼거렸다. 들어본 적 있는 단어였다. 영혼이 찍혔을 때 사진에 나타나는 빛을 가리키는 말

아니었나. 다마유라라는 일본식 명칭으로 부르기도 할 것이다.

"엄연한 초자연현상으로 보이는데, 증거로 받아들여지지 않았다고요?"

히나타가 의문을 제기하자 렌은 잠시 생각하다가 가볍게 말했다.

"…그렇지. 실제로 한번 해볼까?"

"네?"

렌의 말에 사람들이 의아한 표정을 지었다. 해보자니, 대체 무슨 뜻일까?

"마침 잘됐군. 여기서 하자." 렌은 오른쪽 문을 열고 안으로 들어갔다. 꽤 널찍한 방 안쪽에 당구대가 보였다. 벽 앞 캐비닛에는 체스판과 카드 게임 등 놀이기구가 놓여 있었다. 휴게실로 이용했던 곳이리라.

"커튼 좀 쳐줘." 렌이 작은 테이블에 있던 랜턴을 켜고 부탁했다. 긴 커튼을 전부 치자 랜턴 불빛만 비치는 실내는 수상쩍은 분위기가 감도는 공간으로 변했다.

"자." 렌이 뭔가 꾸미는 듯한 표정으로 미소 지었다. 그리고 모두에게 쾌활하게 말했다.

"그럼 우리의 만남을 기념해 춤이라도 추죠. 여러분, 최대한 공간을 넓게 돌아다니면서 춤을 추도록 하세요."

"…엥?"

"춤을 추라니, 지금 여기서?"

다들 여우에 홀린 듯한 표정이었다. 렌은 싱글싱글 웃으며 고개를 크게 끄덕였다.

"네. 그럼 음악 큐!"

렌의 말과 동시에 그의 스마트폰에서 빅밴드가 연주하는 경쾌한 음악이 흘러나왔다. 유명한 재즈곡인 '렛츠 댄스'다. 얼떨떨한 표정으로 우두커니 서 있던 히나타 일행은 이 어이없는 상황에 휩쓸린 건지 경쾌한 리듬에 맞춰 누가 먼저랄 것도 없이 몸을 흔들기 시작했다. "어머, 어쩌지" 하고 부끄러워하던 도시코가 환하게 웃는 나기의 손을 잡고 빙글빙글 돌며 즐겁게 춤을 췄다. 미즈키와 시게키 역시 당황스러워하면서도 스텝을 밟았다. 둘 다 맵시가 났다.

히나타와 사라는 어리둥절한 얼굴로 마주 보았다. 예상외의 상황에 쓴웃음을 지으면서도 손을 잡고 밝은 음악에 맞춰 몸을 움직였다. 적당히 춤을 추자 조금 즐거워졌다.

미친 사람을 보는 것 같은 눈빛을 던지던 아키라도 분위기에 휘말렸는지 어쩔 수 없다는 듯 몸을 어색하게 흔들었다.

묘한 분위기 속에서 한 곡이 끝나자 렌이 음악을 멈췄다. "고생 많았어요. 멋진 댄스 감사합니다." 렌은 만족스럽다는 듯 박수 치는 시늉을 했다.

"이거 뭐야? 왜 그런 건데?"

도시코가 가볍게 숨을 헐떡이며 웃는 얼굴로 묻자 "곧 알 수 있습니다" 하고 렌은 대답했다.

"이러면 되려나." 렌이 중얼거리며 스마트폰을 쳐들었다. 어스름한 실내에 셔터음이 몇 번 울렸다.

렌은 방금 촬영한 사진을 확인하고 고개를 끄덕이며 모두에게 화면을 보여주었다. 사람들 사이에서 앗, 하고 작은 탄성이 일었다.

사진에는 아까 본 것처럼 하얗고 동그란 빛이 수많이 찍혀 있었다. 히나타는 흠칫하며 주변을 둘러보았다. 혹시 눈에 보이지 않는 영적 존재가 지금도 실내를 떠돌고 있는 걸까?

"이건 뭐지?" 시게키가 신기해하자 렌이 설명했다.

"빛의 정체는 먼지야."

"먼지?"

히나타는 놀라서 물었다.

"응. 먼지가 카메라의 초점에서 벗어나서 흐려진 상태로 찍히는 거야. 빛이 반사돼서 이렇게 어렴풋한 구체로 찍히지. 후방산란이라는 현상이야."

렌의 말을 듣고 비로소 이해했다. 춤을 추라고 시킨 것은 먼지를 일으키기 위해서였던 듯하다.

"먼지는 이런 식으로 찍히는군요." 곱씹는 말투로 중얼거리자 렌이 말했다.

"먼지는 기류를 따라 움직여. 건물 내부에서도 온도 차이 등으로 항상 기류가 발생하지."

그러고 나서 한숨을 쉬었다.

"인간은 미지의 존재나 설명할 수 없는 현상을 접하면 겁을 먹고 깊이 의심하지. 자기가 아는 논리나 현상에 억지로 접목해서 무리하게 스스로를 수긍시키려 해."

쓸쓸함이 배어나는 목소리였다.

"그러니까 이런 걸로는 안 돼. 조사 기간 안에 어떻게든 더 확실한 증거를 손에 넣고 싶어."

렌은 의지가 깃든 눈빛으로 허공을 바라보았다.

"…회의적인 인간도 인정하지 않을 수 없는 진짜 증거를."

도시코가 약간 의아하다는 듯 렌의 옆얼굴을 바라보았다. 렌은 바로 냉정한 표정을 되찾고 모두에게 말했다.

"실례, 쓸데없는 소리를 했군. 얼른 다음 방으로 가볼까."

일동은 줄줄이 문으로 걸어갔다. 복도로 나갔을 때 휴게실 옆의 거창한 자물쇠가 달린 문이 히나타의 시야에 들어왔다. 무슨 방일까 궁금해서 바라보자 "그건 서고야" 하고 렌이 알려주었다.

"귀중한 문헌과 일가의 자산에 관한 장부도 보관해 놨으니까 외부인은 함부로 들이지 말라고 하더군. 저택 열쇠는 가즈히사가 맡아서 왔으니까 잠긴 방 중에 혹시 보고 싶은 곳이 있으면 가즈히사에게 말해봐."

아무래도 여기 머무는 동안은 가즈히사가 저택을 관리하는 모양이었다.

알겠어요, 하고 고개를 끄덕이려다가 근처에 사라가 없다는 걸 알아차렸다. 돌아보자 사라는 사람들에게서 홀로 떨어져 이제 막 휴게실을 나서려는 참이었다.

히나타가 말을 붙이려 했을 때 사라가 갑자기 발을 멈췄다. 사라는 뭔가에 놀란 듯한 표정으로 우두커니 서 있었다.

"사—"

이름을 부르려는데 갑자기 사라 눈앞에서 문이 쾅 닫혔다. 문 저편으로 사라의 모습이 사라졌다.

"사라!"

놀라서 소리를 질렀다. 다들 문을 휙 돌아보았다.

히나타는 허둥지둥 달려가서 문고리를 돌리려 했다. 그러나 방금까지만 해도 아무 문제없이 열렸던 문이 어째선지 꼼짝도 하지 않았다. 마치 다른 사람의 침입을 거부하듯 굳게 닫혔다.

"사라, 들려? 괜찮아?"

당황해서 문을 세게 두드리자 세 번째 만에 문이 안쪽에서 갑자기 열렸다. 문고리를 잡은 사라가 실내에서 모습을 드러냈다.

"사라." 서로를 확인하고 손을 잡고서야 안도했다. …놀랐다. 두근대는 가슴이 진정되질 않았다.

"웃풍이 불어서 문이 닫힌 건가?" 시게키가 미심쩍다는 듯 말했다.

"하지만…, 바람은 안 불었는데."

미즈키가 경직된 표정으로 중얼거렸다.

"왜 문이 바로 열리지 않은 거지?"

미즈키가 의문을 내놓자 도시코도 고개를 갸웃하며 불안한 듯이 말했다.

"건물이 낡았으니, 문이 힘껏 닫히면서 자물쇠라도 잠긴 걸까."

"사라, 괜찮아?" 히나타가 묻자 짧은 대답이 돌아왔다.

"…괜찮아."

뭔가 다른 일에 정신이 팔린 것처럼 사라는 천천히 고개를 내저었다. 그리고 얼굴을 들어 히나타를 쳐다보면서 물었다.

"방금 그 소리 안 들렸어?"

"소리라니…?"

의아한 기분으로 되묻자 사라는 나지막하게 대답했다.

"누가 이름을 부른 것 같았는데."

그 말을 들은 순간 싸늘한 뭔가가 등골을 타고 미끄러져 내려갔다. 사라가 잘못 들은 걸까? 아니면….

아키라가 이마의 땀을 닦는 모습이 눈에 들어왔다. 덥지도 않은데 몹시 땀을 흘리는 것 같았다.

"…모든 방에 도어 스토퍼를 다는 게 낫겠군." 당황한 표정으로 사라를 바라보던 렌이 썰렁한 농담을 하듯 어색하게 말했다. 그리고 마음을 다잡은 태도로 모두에게 말했다.

"자, 탐험 투어를 재개할까."

렌의 말에 다소 불안해하면서도 사람들은 다시 걸음을 옮겼다.

통로 벽에 뿔이 훌륭한 사슴 머리 박제가 걸려 있었다. 이쪽을 내려다보는 까만 유리 눈알이 빙글 움직인 것 같아서 움찔했다. …분명 빛이 반사된 탓이리라.

앞에서 걸어가는 미즈키가 낮은 목소리로 중얼거렸다.

"마치 뭔가가 우리를 보고 있는 것 같네."

시게키가 훗 웃더니 농담인지 진담인지 모를 소리를 했다.

"보고 있겠지. 모습 없는 주인이 우리를."

통로에서 오른편 안쪽으로 들어가자 정면에 동그란 유리문이 나타났다. 렌이 문을 열자 넓은 유리 온실이 나왔다. 짤막한 계단을 내려가서 내부로 들어가자 천장이 아주 높은 온실에는 나무며 식물이 많았다. 다만 전부 시들어서 나뭇가지와 뿌리가 해골의 손처럼 바닥과 벽면에 엉겨 붙어 있었다. 온실에 설치된 나무 테이블과 등나무 의자도 마른 나뭇가지와 갈색 풀에 점령당했다.

온실 한복판에는 타원형 분수 연못이 있었다. 테두리는 이끼와 진흙투성이였고 속에는 진녹색으로 탁해진 물이 고여 있었다. 사용하지 않은 지 오래된 것이리라.

분수 노즐에는 머리에 뿔을 달고 발가벗은 어린애 석상이 두 개 설치돼 있었다. 꼬마 도깨비일까, 낡고 더러워진 석상은 각자 손에 플루트와 기타를 들고 있었다. 밝고 유머러스하게 만든 의도와 달리 악기를 든 석상은 마치 음식을 보고 게걸스럽게 덤벼드는 아귀를 연상시켰다. 발치에는 빈 화분과 마른 나뭇잎, 죽어서 말라비틀어진 벌 같은 것이 떨어져 있었다.

나기가 불안해하며 온실을 둘러보았다. 도시코가 높은 천장을 올려다보며 렌에게 말을 걸었다.

"식물이 많네. 사람이 살았을 적에는 분명 멋진 온실이었겠어."

"네. 일찍이 피안장에 살았던 증조할아버지의 첩실, 미야마 레이코는 여기서 책을 읽거나 차를 마시며 지내는 걸 좋아했던 모양이에요. 그 사람은 여기를 '바깥방'이라고 불렀다고 합니다."

히나타는 렌의 말을 듣고 움찔했다. 렌의 증조할아버지와 그의 첩실이었던 여자는 온실에서 죽었다고 했다. 그렇다면 증조할아버지는 저 분수 연못에 빠져 죽었고 미야마 레이코는 여기 있는 어느 나무에 목을 매달았으리라.

"어쩐지…, 으스스하네." 미즈키가 탁한 분수 연못을 바라보며 중얼거렸다.

그 순간 살에 끈적하게 달라붙는 습기가 찜찜하게 느껴졌다. 사방으로 뻗은 나뭇가지가 당장이라도 뱀처럼 구불거리며 덤벼들 것 같은 상상이 밀려와서 몸을 부르르 떨었다.

"히나타? 안색이 안 좋은데 괜찮아?"

사라가 눈살을 찌푸리며 묻자 얼른 "응, 괜찮아" 하고 대답했다. 렌이 시간을 힐끗 확인하고 모두에게 말했다.

"그럼 식당으로 이동해서 좀 쉴까."

온실을 나서자 조금 마음이 놓였다. 영적 감각은 전혀

없지만 사람이 불의의 죽음을 맞은 곳에 있으니 역시 기분이 좋지 않았다.

왔던 길을 돌아가서 반대쪽으로 걸어가자 곧 식당이 나왔다. "식사할 때는 여기로 오면 돼." 렌이 문을 열고 들어가면서 말했다.

식당 중앙에 긴 테이블과 의자가 있었고 그 위에 별난 모양의 샹들리에가 매달려 있었다. 어느 방이나 천장이 몹시 높고 넓은 건 마찬가지인 듯했다. 벽은 회반죽으로 마감했고 천장 테두리와 들보에는 포도와 넝쿨 모양을 돋을새김했다.

히나타와 사라, 도시코와 나기가 나란히 앉았고 아키라, 시게키, 미즈키는 그 맞은편에 앉았다. 저마다 원하는 곳에 따로 앉아도 의자는 아직 충분했다.

"자, 그럼 피안장에 얽힌 변사와 실종 사건에 대해 이야기해 볼까."

렌이 테이블에 걸터앉아 아무렇게나 다리를 꼬고 말했다. 예의 없는 짓임에도 그에게는 묘하게 잘 어울렸다.

"증조할아버지와 레이코가 세상을 떠난 후, 일가 사람들이 상의해 증조할아버지의 남동생 가족이 저택으로 이

사했어. 정신이 똑바로 박힌 사람이라면 혈육이 그렇게 죽은 집에 살려는 마음이 들지 않겠지. 하지만 증조할아버지의 동생은 그런 면에서 둔감한 사람이었던 모양이야. 애당초 형제 사이도 별로 좋지 않았다니까 그다지 신경 쓰지 않았던 거겠지. 그 후에 무슨 일이 일어날지 알았다면 여기로 이사할 마음이 싹 사라졌을 텐데."

"무슨 일이 있었는데?" 미즈키가 흥미를 억누를 수 없다는 듯 재촉했다.

"일단 저택에 드나들던 배달업자가 행방불명됐어. 가져온 식료품을 저장실에 들여놓던 몇 분 사이에 홀연히 사라졌지. 몰고 온 차도 배달할 다른 상품도 고스란히 남겨놓고 말이야. 저택 내부와 근처 숲속을 수색해 봐도 업자는 어디서도 발견되지 않았어. 그야말로 '연기처럼 사라졌다'라고 표현할 수밖에 없는 상황에서 실종된 거야."

렌은 의미심장한 투로 말했다.

"업자의 자동차 키는 경찰이 저택 복도에서 발견했어. …분명 이 집에서 그에게 무슨 일이 일어난 거겠지."

누군가 긴장해서 꿀꺽, 하고 침을 삼키는 소리가 났다. 도시코가 슬며시 고개를 돌려 등 뒤를 확인했다. 히나타도 그러고 싶은 기분이었다.

"그리고 일주일 후, 업자의 시체가 저택의 바닥 밑에서 발견됐어. 무참하게 토막 난 상태로."

"토막 살인?"

시게키가 놀란 듯 목소리를 높였다. "아니, 그게 아니야." 렌이 이맛살을 찌푸리며 고개를 저었다.

"검시 결과에 따르면 시체는 사후에 손상을 입었대. 들개 같은 짐승의 소행 아니겠느냐는 결론이 내려졌어. 문제는 업자가 죽은 원인이야."

"죽은 원인이라니…."

긴장을 띤 미즈키의 물음에 렌이 대답했다.

"실혈사야. 업자의 몸에서 혈액이 대부분 사라졌다는군. 하지만 시신 주변에 혈흔이라고는 단 한 방울도 없었다나 봐."

모두 깜짝 놀란 분위기가 감돌았다. 시게키가 약간 굳은 목소리로 물었다.

"피가 대부분 사라졌다고…?"

렌은 고개를 끄덕이고 무겁게 말했다.

"어쩌면 그는 이 저택에 피를 빨린 건지도 몰라. 산장 일대에 피어나는 피안화의 선명한 붉은색은, 지금까지 저택에 잡아먹힌 피해자의 피 색깔일지도….”

무시무시한 렌의 말에 나기가 어깨를 움찔했다.

"어이쿠, 미안해. 농담이야."

렌이 한 손을 가볍게 들고 작게 웃더니 모두의 얼굴을 둘러보았다.

"슬슬 위층으로 갈까. 안내하고 싶은 곳이 더 있어."

"괴기 포인트가 넘쳐나는군." 아키라가 입술을 일그러뜨리며 중얼거렸다. 얼굴이 약간 굳어 보였다. 사라와 눈이 마주칠 뻔하자 아키라는 재빨리 시선을 돌렸다.

다른 팀원들이 거리를 두면서도 사라에게 흥미를 보이는 것과 달리, 아키라는 사라와 선을 딱 긋고 싶어 하는 눈치였다. 그리고 이따금 마치 꺼림칙한 것이라도 보는 듯한 눈으로 사라를 힐끔거렸다. 사라뿐만 아니라 여기 존재하는 모든 것과 얽히고 싶지 않다는 듯한 태도였다.

그나저나 묘하게 복잡한 건물이구나. 히나타는 통로를 걸으며 그런 감상을 품었다. 모퉁이가 워낙 많아서 조금 돌아다니는 정도로는 전체 구조를 파악하기가 힘들었다. 군데군데 어두운 곳이 남아 있어서 호화로운 미궁이라도 헤매는 듯한 기분이었다.

둘러보면 여기저기 계단이 눈에 들어오고 그런 계단을 올라 층계참에 도착하면 180도 방향을 바꿔서 되돌아가기도 한다. 무계획적으로 증축한 오래된 온천 여관 같았다.

"저 계단은 어디로 이어져?" 도시코가 좁은 계단을 가리키며 묻자 렌은 "아무 데도" 하고 고개를 저었다.

"선대, 그러니까 내 할아버지가 이 저택을 열심히 개축한 모양이에요. 디자인이 별로라는 둥 사용하기 불편하다는 둥 갖가지 이유를 대며 여기저기 고쳤죠. 전속 건축사까지 있었다나. 그래놓고 정작 본인은 결국 여기 살지 않았고요. 거의 와보지도 않았을걸요. 기지마 가문에는 별난 사람이 많았던 거겠죠."

야유하듯 말한 후, 렌은 갑자기 진지한 표정으로 말을 이었다.

"내 생각에 할아버지는 피안장을 두려워한 게 아닐까 싶어. 저택을 처분하려니 다른 사람이 피해를 입을까 봐 불안하고, 그렇다고 철거하려니 본인이 저주를 받을 것 같아서 무서웠겠지. 그래서 개축을 되풀이한 게 아닐까."

렌은 곡선미가 아름다운 난간이 달린 계단을 올라갔다.

2층에 도착하자 완만한 아치형 천장 아래 복도가 쭉 뻗어 있었다.

"여러분이 머무를 곳은 2층이야. 전부 욕실이 딸린 방이지. 짐은 나중에 알아서 옮기도록 하고, 일단 사연 있는 곳부터 보러 가자고."

렌은 통로를 지나 오른쪽에 있는 두짝문을 열었다. 피안장에서 지금까지 보았던 방 가운데 제일 넓고, 찬란하게 장식된 샹들리에가 매달려 있었다. 천장은 조명을 활용해 별하늘을 연출했고, 벽 앞에는 그랜드피아노가 있었다. 벽에는 커다란 그림을 몇 장 걸어놓았고, 출입문 근처에는 요염한 미녀의 나체 조각상이 서 있었다. 그 옆에 진홍색 벨벳을 씌운 긴 의자가 있었다. 도시코가 감탄 섞인 한숨을 내쉬며 말했다.

"아주 훌륭하네. 여기는 뭐 하는 곳이야?"

"거실입니다. 손님을 초대해 파티를 할 때는 반드시 여기를 사용했던 것 같더군요. 그리고 피안장에 살았던 미야마 레이코는 노래와 춤 실력이 뛰어났다고 하니까, 그걸 즐기기 위한 공간이기도 했겠죠."

렌은 쾌활하게 대답한 후, 비아냥거리는 듯한 표정으로

말을 이었다.

"하기야 여기서도 사람이 죽었지만요."

"뭐?"

렌의 말에 움찔 놀란 듯한 분위기가 퍼져 나갔다.

"당시 저택의 주인이었던 증조할아버지의 동생이 여기서 목숨을 잃었어. 친인척과 관계자들이 모인 축하연에서 건배 선창을 하자마자 수많은 손님 앞에서 푹 쓰러져 세상을 떠났지. 사인은 심부전이었다던가. 무술과 산행이 취미라 아주 튼튼한 사람이었다는데 말이야."

히나타는 등골이 오싹해지는 걸 느끼며 바닥을 내려다보았다. 우아한 세간에 둘러싸인 이 공간에서 고통스럽게 쓰러지는 남자의 모습이 상상됐다. 다른 사람들도 비슷한 느낌을 받았는지 거북한 침묵이 감돌았다.

그때 나기가 렌을 올려다보고 우물쭈물 말했다.

"…화장실 가고 싶어요."

"복도 끝에서 오른쪽으로 돌면 바로 나와."

"어머, 같이 갈까?" 도시코가 다정하게 말했다. 나기는 잠깐 망설이다가 단호하게 고개를 저었다.

"아니요, 혼자 갈 수 있어요."

아까 사라를 지키려고 나섰다가 '기사'라는 말까지 들었는데, 혼자 화장실에도 못 가는 모습을 보여주기는 꺼려졌으리라.

"유령에게 끌려가지 않도록 조심해." 시게키가 일부러 음침한 목소리로 말하자 나기는 동요한 듯 한순간 움직임을 멈췄다. 곧 부릅뜬 눈으로 시게키를 노려본 후 재빨리 복도로 나갔다.

미즈키가 쌀쌀맞은 목소리로 말했다.

"참 성격도 좋네. 어린애한테 겁을 주는 게 재미있어?"

"아니, 딱히? 이왕이면 좀 더 재미있는 일을 하고 싶군."

시게키는 놀리듯이 말하고 가까이 있는 나체상에 손을 뻗었다. 이쪽에 의미심장한 시선을 던지며 음흉한 손길로 유방의 곡선을 어루만졌다. 그 모습을 보고 사라는 불쾌한 듯 미간을 찌푸렸다.

"혼자서 괜찮으려나?" 도시코가 걱정하자 렌이 안심시키듯 말했다.

"아직 밝고 바로 근처인데요, 뭘."

사라는 고개를 들어 벽에 걸린 그림을 바라보았다. 하나는 쓸쓸한 표정을 지은 여성의 상반신 그림이고, 다른 한 장은 그 여성이 새장을 들고 서 있는 그림이었다. 새장이 텅 비었고 색감도 무겁고 답답해서 어쩐지 데생을 잘못한 것 같은 인상이었다. 그림 앞에 서서 열심히 들여다보는 사라에게 "그 그림이 마음에 들어?" 하고 물어보았다. 사라는 고개를 갸우뚱하며 대답했다.

"마음에 든다고 할까…, 어쩐지 신경이 쓰였을 뿐이야."

"신경 쓰이면 저녁 먹고 나서라도 느긋하게 보러 오는 게 어때?"

"그래야겠다." 히나타의 제안에 사라는 순순히 고개를 끄덕였다.

둘이 대화를 나누고 있는 사이, 미즈키가 긴 의자로 다가갔다.

"왜 그래?"

미즈키는 도시코의 질문에 대답하지 않고 긴 의자를 만졌다. 뭔가 확인하듯 표면의 벨벳을 천천히 쓰다듬었다.

사이코메트리다. 미즈키에게는 지금 뭔가가 보이는지도 모른다. 다들 흥미진진하게 미즈키의 움직임을 지켜보았다.

미즈키는 긴 의자에 손가락을 댄 채 나지막한 목소리로

중얼거렸다.

"…작은 손. 앉아 있는 건 분명 어린애일 거야."

미즈키가 생각에 잠기듯 미간에 주름을 잡고 집중해서 말을 꺼냈다.

"캄캄해…, 밤인가?"

미즈키의 목소리에 긴장감이 약간 섞였다.

"숨을 헉헉거려. 땀을 흘리고…, 심장이 몹시 빨리 뛰어. 이 아이, 뭔가에 겁을 먹었어."

아주 현장감 있는 목소리라 마치 눈앞에 그 장면이 펼쳐지는 것처럼 느껴졌다. 미즈키의 감정이 전해진 것처럼 사람들은 마른침을 삼켰다.

도시코가 무심코 말이 툭 튀어나온 것처럼 물었다.

"그 아이는 살아 있어?"

"모르겠지만 적어도 이 의자에 앉아 있었을 때는 살아 있었어."

더 깊이 집중하려는지 미즈키가 숨을 들이마셨다. 그때 렌이 부자연스럽게 딱딱한 목소리로 말했다.

"…나기가 안 오네."

"네?"

고개를 들자 렌은 약간 험악한 표정으로 문을 바라보고 있었다.

"아무래도 가봐야겠는데."

렌의 말에 갑자기 긴장된 분위기가 흘렀다. 어린애가 겁을 먹었다는 찜찜한 말을 들은 탓인지 어린 나기가 더 걱정됐다.

"내가 데려올게."

시게키가 호들갑 떨지 말라는 듯 말하고 문으로 걸어갔다. 미즈키가 얼굴을 찡그리며 뭔가 말하려 했다. 괜히 아이를 놀리지 말라고 못을 박으려는 것이리라.

하지만 미즈키가 말을 꺼내기 전에 시게키가 갑자기 멈춰 섰다. 실내를 돌아보더니 무서운 얼굴로 발치를 응시했다. 시게키는 바닥에 시선을 고정한 채 진지한 얼굴로 "저기" 하고 당혹감 어린 목소리로 말했다.

"지금 여기 있는 사람, 우리 일곱 명뿐이지?"

"갑자기 무슨 소리야?"

의아하다는 듯 렌이 되묻자 시게키는 한순간 입을 다물었다. 그리고 거실 바닥을 가리키며 딱딱한 목소리로 말했다.

"그림자가…, 하나 많아."

그 말에 모두가 깜짝 놀라서 바닥에 시선을 주었다. 채광창으로 비치는 햇빛을 받고 사람들의 그림자가 쪽매붙임한 바닥에 길게 뻗어 있었다.

사람 수는 일곱 명인데 바닥에 뻗은 그림자는 여덟 개였다.

순식간에 소름이 쫙 끼쳤다. "힉" 하고 아키라가 겁에 질린 목소리를 흘렸다. 히나타도 너무 놀라서 몸이 얼어붙어 움직일 수가 없었다.

가구나 뭔가의 그림자가 사람 그림자처럼 보이는 걸까? 아니…, 그렇지 않다. 발밑에서 흔들리는 그림자는 분명 사람 형상이다.

지금 여기에 우리 말고 *뭔가*가 있다.

갑자기 누군가 문을 두드리는 소리가 들렸다.

깜짝 놀라서 펄쩍 뛰어오를 뻔했다. 긴장한 시선이 일제히 문으로 향했다. 문밖에서 목소리가 들렸다.

"렌? 여기 있지? 들어간다."

문을 두드린 사람은 가즈히사였다. 문이 열리고 가즈히사가 나기와 함께 거실로 들어왔다. 두 사람의 모습을 보자 안도감이 번졌다.

가즈히사가 렌을 가볍게 나무랐다.

"길을 잃었는지 복도에서 우왕좌왕하고 있어서 데려왔어. 어린애를 혼자 내보내면 어떻게 해?"

렌이 의아해하며 눈썹을 찡그리고 입을 열었다.

"길을 잃었다고? 하지만⋯."

화장실은 바로 근처라는 둥, 길을 잃을 만한 곳이 아니라는 둥 그런 말을 하려고 했으리라. 하지만 방금 이 방에서 일어난 괴이한 현상이 떠올랐는지 렌은 입을 다물었다.

다시 바닥으로 시선을 주니 그림자는 사람 수만큼만 있었다. 조금 전의 정체 모를 그 그림자는 어느새 사라졌다.

나기는 가즈히사 옆에서 조금 굳은 표정으로 고개를 숙이고 있었다. 조그마한 손으로는 옷자락을 꽉 움켜쥐었다. 어쩌면 이 아이도 뭔가 이상한 걸 봤는지도 모른다.

가즈히사가 기재를 준비하러 돌아가자 렌은 "다음 방으로 가지" 하고 모두를 재촉했다.

긴 복도를 걸어갔다. 복도 한쪽에는 크기가 제각각인 문이 수많이 줄지어 있었다.

"방이 참 많군. 역시 돈이 최고야. 부럽네." 시게키가 중얼거리자 렌은 쓴웃음을 지으며 대답했다.

"그렇지도 않아. 진짜 문과 가짜 문이 섞여 있거든. 참 이상한 저택이지?"

렌의 말대로 내부 설비는 호화로운 데 비해 구조가 몹시 기묘했다. 옆걸음질 하지 않으면 지나갈 수 없는 연결 복도, 막다른 통로 등 뭣 때문에 그렇게 만든 건지 고개가 갸웃거려지는 공간이 많았다.

복도나 층계참 구석에 먼지를 막기 위해 흰 천을 씌운 가구류도 아무렇게나 놓여 있었다. 자세히 보니 계단 난간의 빈틈과 천장 가장자리에는 여기저기 거미줄도 있었다. 천장 구석의 어둠 속에 무시무시한 뭔가가 숨죽이고 있는 것처럼 느껴졌다.

건물 자체의 색깔과 디자인에서 온기가 느껴져도 생활감이 없으면 이렇게 으스스하고 음울한 공간으로 변하는 건가, 하고 히나타는 생각했다.

아니면 사람이 살았던 시절에도 피안장은 이렇게 무겁고 답답한 분위기에 휩싸여 있었을까…?

"다음은 뭘 보여줄 거지? 거울로 가득한 깜짝 공간이라도 등장하는 건가?"

시게키가 가벼운 어조로 말하자 렌은 고개를 돌리더니 씩 웃었다.

"정답."

"어, 정말?"

시게키는 렌의 대답이 농담인지 진담인지 알 수 없다는 표정으로 애매한 웃음을 지었다.

렌이 줄지은 문 가운데 하나를 열자 거기는 말 그대로 거울방이었다. 우와아, 하고 나기가 천진난만하게 탄성을 질렀다.

다른 사람들은 압도당하는 기분으로 눈앞에 펼쳐진 공간을 바라보았다.

크기가 네 평쯤 되는 그 방은 벽면과 천장이 거울이었다. 키 큰 거울을 사방에 죽 붙여놔서 어디까지가 현실 공간인지 헷갈릴 지경이었다. 방의 한쪽을 들여다보자 거울에 비치는 수많은 자신도 눈을 크게 뜨고 이쪽을 보았다. 실내에 설치된 조명기구는 각양각색이었다. 수없이 많은 꽃잎이나 버섯 같은 모양의 조명들이 이 방을 더욱 기괴하고 환상적인 공간으로 연출했다. 마치 예술가의 설치미술 작품이나 유원지의 미러 하우스에 들어온 것 같은 기분이었다.

시게키가 어이없음과 감탄이 뒤섞인 목소리로 렌에게 말했다.

"…그쪽 집안 어르신은 아주 별난 취미를 가지고 계셨군. 위인과 기인은 종이 한 장 차이라는 건가."

"개인적으로는 아주 기인에 가까운 것 같지만."

렌이 천연덕스럽게 대꾸했다.

나기가 조심스레 거울 표면을 만졌다. 다른 사람들도 신기한 기분으로 거울에 둘러싸인 실내를 둘러보았다. 가만히 보고 있으니 감각이 이상해지는 것 같았다.

"…『거울 나라의 앨리스』 같네. 다른 세상으로 빨려들 것만 같아."

히나타가 중얼거리자 "아아, 그쪽?" 하고 사라가 반응했다.

"난 레이 브래드버리의 소설이 떠올랐는데. 등장인물이 미러 하우스에서 무서운 경험을 하거나 험한 꼴을 당하거나 해."

사라가 담담한 어조로 말을 이었다.

"에도가와 란포의 단편 중에도 「거울 지옥」이라는 작품이 있었지. 구체로 된 거울 속에 들어가는 이야기."

"들어가서 어떻게 되는데?"

"미쳐버려."

…전부 뒤숭숭한 이야기다.

"봐봐요. 내가 엄청 많아요."

나기가 눈을 반짝이며 곁에 있는 사라에게 말했다. 거울에 사람들의 모습이 수많이 비쳐서 신기했으리라. 확실히 재미있는 광경이다.

사라는 몸을 돌려 다정한 표정으로 나기와 이야기했다. 그렇게 둘이 나란히 있으니 터울 지는 남매 같아서 좀 흐뭇했다.

거울에 수없이 비치는 두 사람의 뒷모습을 바라보는데, 갑자기 그중 하나만 다르게 움직였다. 거울 속 사라가 이쪽을 돌아보고 히나타에게 으스스한 웃음을 지었다.

그 모습에 동요해서 반사적으로 사라를 보았다. 고개를 휙 돌린 것이 느껴졌는지 사라가 이쪽을 보고 어리둥절한 표정을 지었다.

"왜?"

히나타는 겁에 질려 거울로 시선을 되돌렸다. 하지만 자신들의 모습이 있는 그대로 비칠 뿐이었다. "…아무것도 아니야"라는 말과는 달리 손바닥에는 땀이 흥건했다.

방금 그건 착각이었을까…?

"이만 나가자. 다음은 3층을 안내할게." 렌의 말에 일행은 걸음을 옮겼다. 방을 나설 때 히나타는 최대한 거울을 보지 않으려 애썼다. 아키라도 거울에서 얼굴을 돌리고 있다는 걸 알아차렸다.

널찍한 계단을 오르자 최상층은 1층과 2층에 비해 방의 개수가 적어 보였다.

길쭉한 복도 벽에는 백합꽃 같은 형태의 상야등과 동그란 액자에 담긴 칠보 공예품이 일정한 간격으로 배치돼 있었다.

가로세로 180센티미터는 됨직한 커다란 거울이 박힌 벽을 지나자 작은 계단이 나타났다. 계단 개수는 적지만 폭이 좁아서 경사가 급했다.

"발밑을 잘 확인하면서 따라와." 렌의 충고에 따라 어스름한 계단을 조심스레 올라갔다. 이 위에는 뭐가 있을까?

빛바랜 난간을 붙잡고 나아가자 스테인드글라스가 달린 문이 나왔다. 렌이 문을 열자 드넓은 옥상 테라스였다.

서늘한 바람이 불어왔다.

"우와아…."

불규칙한 모양의 판석이 깔린 바닥에 발을 내디디며 무심코 탄성을 질렀다. 테라스를 둘러싼 녹슨 난간을 잡고 눈앞에 펼쳐진 풍경을 바라보았다.

맑은 가을 하늘 아래 한없이 펼쳐진 피안화가 잔물결 같은 바람에 흔들렸다. 아주 신비롭고 매혹적인 풍경이었다. 불길하고 꺼림칙하고, 말로는 형용하기 힘들 만큼 아름다웠다.

피안장은 마치 붉은 바다에 감싸인 외딴섬 같았다.

"어쩐지 무서울 만큼 예쁘네."

도시코가 감개 어린 말투로 중얼거렸다. 다른 사람들도 말없이 풍경을 감상했다. 사라의 머리카락이 바람에 휘날렸다. 푸른 하늘을 배경으로 삼은 옆얼굴이 아름다웠다.

"이야, 이런 곳도 있나. 술 깰 겸 바깥 공기를 마시기에 좋을 것 같군. 누군가를 꼬셔서 밤 산책하기에도 좋겠고."

시게키가 일부러 사라를 바라보며 말했다.

"…그건 좀." 시게키의 실없는 말을 듣고 렌이 중얼거렸다. "밤에는 여기 접근하지 않는 게 좋아. 아니, 어쩌면 접

근할 수 없을지도 모르지."

"접근할 수 없다니, 왜요?"

히나타가 묻자 렌은 한숨을 내쉬듯 작게 웃었다. 싫어도 금방 알게 될 거라는 식의 의미심장한 표정이었다.

찜찜한 예감이 들어서 더는 묻지 않았다.

"왜 여기 별장을 지었을까?" 미즈키가 중얼거렸다.

"기지마 전기의 창업자인 당신 증조할아버지는 당시 도쿄에 살았잖아? 내연녀를 살게 하려고 일부러 나가노 산속에 별장을 짓다니 뭔가 이유라도 있었어?"

"글쎄. 다만 병으로 몸이 안 좋아진 미야마 레이코를 공기 좋은 곳에서 요양시키려고 했을 거라는 소리는 들었어. 그리고 어쩌면 바깥소문이 신경 쓰여서 레이코를 멀리 떼어놓은 건지도 모르지. 증조할아버지는 당시 잘나가는 기업인으로서 상당한 주목을 받았다고 하니까."

렌은 난간 너머로 시선을 돌리고 먼 곳을 바라보는 눈빛으로 말을 이었다.

"증조할아버지의 동생이 죽기 전, 그의 손녀가 갓 태어난 아들을 데리고 피안장을 찾아왔어. 남편이 해외로 파견을 나가서 당분간 할아버지와 할머니가 지내는 피안장에서 머무를 작정이었던 듯해. 하지만 그런 두 사람에게 비극이 일어났지."

담담한 렌의 말을 들으며 히나타는 저도 모르게 마음의 준비를 했다.

다른 사람들도 진지한 얼굴로 귀를 기울였다.

"한밤중에 손녀가 아들을 확인하자, 잠들었을 아기가 숨을 쉬지 않았어. 반쯤 미쳐버린 손녀는 움직임이 없는 아기를 끌어안고 테라스로 올라와 그대로 뛰어내렸지. 엄마와 아이가 함께 저택에서 목숨을 잃은 거야."

"…가엾어라."

도시코가 입가를 누르고 비통한 목소리로 중얼거렸다. 아키라가 잔뜩 굳은 표정으로 테라스 난간 아래를 내려다보았다. 3층부터 지면까지는 꽤 멀었다. 오싹한 한기가 등골을 타고 흘러내렸다.

―불쌍한 엄마와 아이가 여기서 떨어진 것이다.

"어딜 가도 죽은 사람 천지라 정신이 이상해질 것 같아."

아키라가 너무 싫다는 표정으로 말을 내뱉었다. 그 자리에 있던 모두가 속으로 그의 말에 동의했을 것이다.

"그럼 다들 방에 짐을 가져다 놔야 할 테니 투어는 이쯤

하고 일단 현관홀로 돌아갈까."

렌의 말에 안도한 분위기가 흘렀다. 다들 저택을 돌아다니며 적지 않게 긴장했던 것이리라.

좁은 계단을 내려가서 다시 복도를 지나 걸어갔다.

히나타는 문득 위화감을 느꼈다. 벽에 같은 간격으로 설치된 백합꽃 모양의 상야등.

꺼져 있던 상야등이 사라가 그 앞을 지나친 순간 밝게 켜졌다. 처음에는 우연인가 싶었다. 하지만 사라가 지나치는 것과 거의 동시에 상야등이 잇달아 켜졌다. 어스름한 복도에서 꽃이 피어나듯 켜지는 상야등을 올려다보자 한기가 느껴졌다.

"잠깐만, 뭐야 이거?"

다른 사람들도 이변을 알아차리고 웅성거렸다.

"센서가 반응한 건가?" 시게키가 묻자 렌이 바로 부정했다.

"아니, 그런 건 없어."

사람의 움직임을 감지해서 불이 들어오는 센서형 조명 기구라면 전혀 부자연스럽지 않다. 하지만 다른 사람이 지나갔을 때는 아무 반응도 없었다.

―사라가 지나갔을 때만 반응했다.

사라가 미심쩍다는 듯 나기에게 물었다.

"이거 네가 그런 거니?"

그 말을 듣고 나기가 일렉트로키네시스, 전기를 다루는 능력자임이 새삼 생각났다. 다들 일제히 나기를 보았다.

"아니요."

나기는 질문의 의도를 몰랐는지 한순간 어리둥절한 표정을 지은 후, 놀란 듯 고개를 저었다. 그런 일은 할 수 없다, 또는 자기가 안 그랬다는 뜻이리라.

"설마 저택이 반응하는 건가. 도착한 지 얼마 되지도 않았는데 느닷없이 이런 현상이 일어나다니."

렌이 들뜬 표정으로 천장을 쳐다보며 중얼거렸다.

"기대 이상인데."

미즈키가 눈살을 찌푸리며 수상쩍다는 듯 렌을 보았다.

"당신은 안 무서워?"

"무섭지. 누구든 무서울 거야."

렌이 뺨을 일그러뜨리며 희미하게 웃었다.

"하지만 내 입장에서는 아무 일도 일어나지 않는 게 더 무서워."

렌은 비디오카메라를 사라 쪽으로 향하고 기대감 어린 목소리로 말했다.

"그대로 걸어가 봐."

히나타가 불안에 휩싸여 사라를 보자, 당혹스러운 표정의 사라와 눈이 마주쳤다. 말릴까 싶었지만 사라는 앞을 보고 천천히 혼자 복도를 걸어갔다.

사람들이 마른침을 삼키며 지켜보는 가운데, 사라가 지나가는 순간 상야등이 하나씩 켜졌다. 기이한 광경이었다. 마치 눈에 보이지 않는 뭔가가 사라에게 존재를 과시하는 것처럼 보이기도 했다.

걸어가던 사라가 복도 끄트머리에 다다랐다. 복도 끝부분의 벽은 천사와 동물 등 다양한 형상의 조각으로 가득했다. 멈춰 선 사라가 벽을 바라보았을 때였다.

벽의 조각이 갑자기 뒤틀린 것 같았다. 착각인 줄 알았지만 주변 사람들도 히나타와 마찬가지로 동요하는 기척이 전해졌다.

마치 생명이 깃든 것처럼 조각이 벽면에서 솟아올랐다. 딱딱한 소재로 만들었을 벽 표면이 불거지고, 무시무시한 웃음을 띤 천사와 송곳니를 드러낸 사자가 벽에서 튀어나왔다.

헉, 하고 누군가 경직된 목소리를 내뱉었다. 미즈키가 혼란스러운 표정으로 소리쳤다.

"뭐, 뭐야, 이거?"

절대로 착각이 아니었다. 어린애가 떠드는 소리와 야수가 으르렁거리는 소리, 축축한 곰팡내와 비릿한 숨결이 지척에서 느껴졌다. 체감 온도가 순식간에 낮아졌다. 마치 냉기가 뿜어져 나오는 듯했다. 온몸의 털이 거꾸로 섰다. 이상한 현상이 일어나고 있다는 걸 모두가 똑똑히 느꼈다.

벽면의 조각이 정면에 서 있는 사라에게 다가들었다. 기괴한 웃음을 띤 천사가 사라에게 팔을 뻗었다.

히나타는 숨을 삼키고 소리 없는 비명을 질렀다.

"사라…!"

재빨리 다가가서 꼼짝도 하지 않는 사라를 벽 앞에서 끌어내려고 팔을 정신없이 잡아당겼다. 사라가 눈앞으로 다가드는 무시무시한 조각을 매섭게 노려보았다.

다음 순간 뭔가 튕겨 나가는 듯한 소리가 복도에 크게 울려 퍼졌다. 원망과 고통에 찬 신음소리를 흘리며 조각이 벽으로 가라앉았다. 벽면은 아무 일도 없었다는 것처럼 원래 상태로 돌아갔고 정적이 찾아왔다.

어느새 체감 온도도 다시 높아졌다.

다들 옴짝달싹하지도 못하고 그 자리에 우두커니 서 있었다. 히나타는 사라의 팔을 꼭 잡은 채 굳어버렸다. 심장이 시끄러울 만큼 세차게 뛰었고, 그 자리에 주저앉을 것만 같았다. 무서웠다.

"방금 그건…, 뭐지?"

시게키가 잠긴 목소리로 중얼거렸다. 눈을 크게 뜬 채 어리벙벙한 투로 말했다.

"믿기지가 않는군."

"…저택이 깨어난 거야."

잔뜩 흥분한 목소리로 렌이 말했다.

"봤지? 역시 이 저택에는 특별한 힘이 깃들어 있어. …굉장해."

히나타는 눈을 반짝이는 렌을 당혹스러운 기분으로 바라보았다. 무서운 생각이 떠올라 식은땀이 맺혔다.

만약 방금 자신이 열른 팔을 잡지 않았다면 사라는 어떻게 됐을까…?

사라의 팔을 잡은 손에 힘이 들어갔다. 사라가 괜찮다는 표정으로 히나타의 손을 살짝 만졌다.

아키라는 창백한 얼굴로 우두커니 서 있었다. 나기가 겁먹은 표정으로 도시코에게 매달렸다. 미즈키는 무서운 표정으로 사라를 응시했다.

몸이 부르르 떨렸다. 영감이나 초능력은 없지만 안다. 이 저택은 꺼림칙한 힘을 지니고 있다.

그리고 분명…, 사라에게 눈독을 들였다.

* * *

"모니터의 데이터를 확인하고 올게. 저녁은 6시에 식당에서. 그때까지는 자유롭게 지내." 현관홀로 돌아와 일행에게 머무를 방을 안내한 후, 렌은 빠른 어조로 말하고 저택 어딘가로 사라졌다.

의욕이 넘쳐 보이는 렌과 달리 히나타의 가슴속에는 검은 얼룩 같은 불안감이 퍼져나갔다. 아까 경험했던 괴이한 현상이 눈에 새겨져 떨어질 줄 몰랐다.

이 조사는 정말로 위험하지 않은 걸까? 사라를 괜히 여기로 데려온 걸까…? 의문이 몇 번이고 머리를 스쳤다.

참가자들은 2층 방을 배정받았다. 사라와 히나타는 같은 방을 쓰기로 했고, 다른 사람들은 각자 따로 지내는 듯했다. 어린 나기에게도 방이 하나 주어졌지만 렌과 가즈히사, 유토가 분담해서 그를 돌보기로 한 모양이었다. 유토는 아이를 좋아하는지 서글서글한 태도로 나기의 긴장을 풀어주는 것 같았다.

자신들이 머물 방으로 짐을 옮기고 실내를 둘러보았다.

편해 보이는 방이었다. 커다란 테이블과 소파. 입구 옆에는 붙박이 옷장과 나무로 만든 코트 걸이가 있었다.

창문 근처에 커다란 더블 침대가 놓여 있었고, 화장대와 책상도 보였다. 가구는 전부 만듦새가 중후했고 가구들이 한자리씩 차지하고 있어도 공간이 많이 남았다.

오른쪽 문을 열자 세 평은 되어 보이는 넓은 욕실이었다. 고풍스러운 욕조와 화장실, 세면대가 있었다.

샤워 커튼과 선반 등은 새것 느낌이 났지만 욕실 타일은 갈라졌고 줄눈도 거무튀튀했다. 세면대 거울도 코팅이 벗겨지고 흐려졌다. 잘 정돈해 놓기는 했지만 오랜 시간 사용하지 않은 기척이 감돌았다.

문득 앞서 이 저택에 살았던 미야마 레이코가 생각났다. 요양한다는 명목이었다는데, 대체 어떤 기분으로 여기 살았을까.

짐을 정리할 때 히나타는 자신이 소리가 나지 않도록 살그머니 여행 가방을 내려놓았다는 걸 깨달았다. 정적을 지키는 것이 자기 몸을 지키는 방법이라는 듯 최대한 조용하게 움직이려 노력했다는 걸 깨달았다. 마치 히나타를 통째로 집어삼킨 거대한 괴물이 몸속에 있는 히나타의 움직임을 느낄까 봐 겁먹은 것처럼.

으스스한 상상을 얼른 머릿속에서 떨쳐냈다. 평소의 자신답지 않다. 아무래도 필요 이상으로 예민해졌다. 히나타는 숨을 크게 들이마셨다.

"산책 좀 하고 올게." 옷장에 옷을 넣는 사라에게 말했다. 사라의 표정이 약간 흐려졌다.

"혼자서는 돌아다니지 않는 편이 좋을 것 같은데?"

"근처만 잠깐 보고 올 거야. 누가 시켜도 멀리는 안 가."

가벼운 어조로 말하고 히나타는 방을 나섰다. 자, 어떻게 할까? 한순간 고민에 빠졌다.

기분 나쁜 현상이 일어난 3층에 올라갈 마음은 없었고

거실과 거울방이 줄지은 2층 복도를 돌아다니는 것도 별로 내키지 않았다. 결국 인기척이 있을 법한 1층에 내려가보기로 했다. 창문에 면한 1층 복도를 지나가자 조금 전까지 파랬던 하늘이 서서히 남색으로 변해가고 있었다. 현관홀과 통로의 전등이 켜져서 부드러운 귤색 불빛이 여름철 저녁의 어스름을 몰아냈다.

피안화가 황혼 속에서 물결쳤다. 석양 아래, 선명한 붉은색 꽃이 흔들렸다.

활짝 열린 창문으로 부는 바람이 차가웠다. 좀 더 두꺼운 옷을 가져올 걸 그랬나 싶었다. 늦더위가 끈질기게 남아 있는 도시에서는 길가에 떨어진 매미가 갑자기 시끄럽게 울어서 놀라고는 하는데, 여기서는 가을벌레 소리가 찌르륵, 찌르륵 울려 퍼졌다. 도시와 산속은 기온이 이렇게나 다르다는 걸 여실히 느꼈다.

계절이 끝나갈 무렵 특유의 빈약한 햇빛이 주변 풍경을 물들였다. 묽은 피 같은 붉은 빛이 침침한 복도 바닥에도 비쳐들었다. 어쩐지 마음이 불안해졌다.

황혼 녘에 사람이 미친다는 말이 정말일지도 모른다고 멍하니 생각했다.

주변을 바라보며 걸어가는데 도어 스토퍼로 고정해서 활짝 열어놓은 문이 보였다. 안에서 작은 소리와 빛이 새어 나왔다. 누가 있는 듯했다.

호기심에 다가가자 쪼그려 앉아 뭔가 작업하는 유토의 뒷모습이 보였다. 히나타의 발소리가 들렸는지 이쪽을 돌아보고 "어, 왔어?" 하고 말을 붙였다.

다섯 평쯤 되는 실내는 반입한 짐과 기재로 가득했다. 모니터만 해도 몇 대일까. 마치 무슨 과학 연구소 같은 느낌이었다. 이것들이 전부 심령현상을 조사하기 위해 준비한 물건이라니, 자신들이 지금 얼마나 특이한 상황에 있는지 새삼 실감됐다.

"…엄청나네요."

히나타가 진심을 담아 중얼거리자 "그렇지. 기재 확인과 조정은 대부분 가즈히사 씨가 해주지만 내가 다루는 도중에 망가지지는 않을까 가슴이 조마조마해" 하고 유토는 농담하듯 말했다.

"이건 어디에 사용하는 물건인가요?"

"건물 내부의 기온과 습도를 측정하거나 소음과 진동을 감지하기도 하고 여러 가지야."

히나타의 질문에 유토가 간결하게 대답해 주었다.

"방과 통로 몇 군데에도 카메라와 마이크를 설치해서 이 모니터로 확인하고 있지. 이쪽은 특별히 개량한 하이퍼 스펙트럴 카메라. 이 카메라를 사용하면 눈으로는 확인할 수 없는 다양한 정보를 얻을 수 있어."

그러더니 장난스럽게 덧붙였다.

"아, 물론 공유 공간에만 설치했어. 사람들 방이나 사적인 공간에는 없으니까 안심해."

모니터 외에도 익숙지 않은 기계가 여러 대였다. 히나타는 호기심이 동해서 손가락으로 가리켰다.

"…이 기계는요?"

"그건 가우스 미터라고 전자파를 측정하는 기계. 난 문외한이라 자세히는 모르지만, 렌 씨 말로는 영혼이 나타날 때는 기온이 낮아지거나 전자파가 발생하는 등 이상한 현상이 많이 발생한대."

유토가 약간 당혹스러워하는 표정으로 말했다. 피안장에 도착한 후 무슨 일이 일어났는지 들었다고는 해도 본인이 실제로 체험한 건 아니기에 딱 와닿지 않는 것이리라.

히나타가 계속 신기하게 바라보고 있자 유토는 싹싹하

게 가르쳐 주었다.

"이쪽은 적외선 열화상 카메라. 그리고 건물 내부에 콘덴서 마이크라는 것도 설치했어. 넓은 주파수의 소리를 아주 광범위하게 잡아내는 고성능 마이크야. 한 방향뿐만 아니라 모든 방향의 소리를 잡아내는 이 마이크를 장소별로 여러 개씩 설치해 놨지."

"카메라와 마이크도 종류가 참 다양하네요."

순순히 감탄하자 유토가 미소를 지으며 설명을 이어나갔다.

"1층에 주로 설치한 건 소리를 시각화할 수 있는 카메라야. 소리가 발생한 장소뿐만 아니라 그 소리가 어떻게 반사됐는지도 알 수 있다나 봐. 공기 진동을 감지해서 시각화하는 방식이라나."

"이야, 그렇군요."

피안장에서는 들릴 리 없는 소리가 들린다던 렌의 이야기가 문득 떠올랐다. 그는 그렇듯 불가사의한 현상을 모조리 기록하려는 것이리라. 어마어마한 기계들에서 이번 심령 조사에 담긴 렌의 열의가 배어나는 것처럼 느껴졌다.

"이건 포그 머신. 기류를 시각화하는 장비래. 연기를 발생시켜서 웃풍이나 공기의 흐름을 확인하는 기재인 것 같아."

유토는 귀찮아하는 기색 없이 오히려 재미있다는 듯 히나타에게 이것저것 알려주었다. 병아리 연구자인 만큼 지적 호기심이 왕성한지도 모르겠다. 그와 이야기를 나눈 덕분에 방금까지 느껴졌던 긴장감이 약간 풀어졌다.

"렌 씨는 아주 신나 보였지만, 여기는 어쩐지 기이한 곳이야."

유토가 고개를 기울이고 중얼거렸다. 그의 순수한 감상으로 들렸다. 유토는 어두운 표정으로 말하기 껄끄럽다는 듯 입을 열었다.

"그…, 내가 이런 말을 해도 될지 모르겠지만, 우에다 씨는 조심하는 편이 좋을 거야."

"네?" 히나타는 당황해서 유토를 바라보았다. 유토는 난처한 듯한 목소리로 말을 이었다.

"렌 씨에게 들은 이야기인데 우에다 씨는 여자 문제로 안 좋은 소문이 많대. 상대가 울며 겨자 먹기로 포기하거나 돈으로 입막음해서 표면화되지는 않은 모양인데, 과거에 몇 번이나 그런 말썽을 일으켰나 봐. 그러니까 여성 참가자와 문제가 발생하지 않도록 주의해서 지켜보라고 하더라."

히나타는 몸이 살짝 굳었다. 유토는 고자질 같은 짓이라 좋지 않다고 생각하면서도, 히나타를 비롯한 여성 참가자들이 걱정돼서 귀띔한 것이리라.

필요 이상으로 사라에게 친근하게 굴던 시게키의 태도가 떠올라서 히나타는 고개를 작게 끄덕였다.

"…그럴게요. 알려주셔서 감사합니다."

유토가 조금 안도한 표정을 지었다. 그리고 생각났다는 듯 히나타에게 물었다.

"그러고 보니 너도 가미시로 씨도, 여기 오는 거 부모님이 반대하지 않으셨어? 젊은 여자가 수상한 조사에 참가한다면서 모르는 사람들과 이런 산속 저택에 머물겠다고 하면 분명 걱정하실 텐데."

걱정하듯 묻자 히나타는 말을 얼버무렸다.

"…괜찮아요. 애당초 여기 온다는 걸 가족에게 이야기하지 않았으니까요."

유토는 약간 허를 찔린 듯한 표정으로 히나타를 보았다. 너무 파고들지 말았으면 한다는 걸 분위기로 알아차렸으리라. "그렇구나" 하고 고개를 살짝 끄덕이더니 어색해진 분위기를 전환하려는 듯 화제를 슬쩍 바꾸었다.

"저기, 존댓말 안 써도 돼. 나이도 비슷한데 뭐. 그리고 난 알바생이지 이번 일의 의뢰인도 아니니까."

씩 웃으면서 구김살 없이 말하자 히나타는 쑥스러워하면서 "그럼…, 그럴게" 하고 미소 지었다.

저택에 모인 사람들이 너무나 특별한 인간들뿐이라 그런지, 유토가 자아내는 친근한 분위기를 접하자 마음이 놓였다.

"괜찮으면 나도 이름으로 불…."

히나타가 말하려 했을 때 창밖에서 갑자기 검은 형체가 움직였다. 쾅, 하고 창문에서 큰 소리와 함께 충격이 전해졌다. 히나타는 놀라서 비명을 질렀다.

유토가 재빨리 창문으로 다가가서 밖을 보았다.

"방금 그거…, 뭐야?"

히나타가 겁먹은 목소리로 묻자 유토는 표정을 다잡고 대답했다.

"…까마귀."

머뭇머뭇 창가로 다가가서 살펴보자 검은 새가 부자연

스러운 형태로 땅에 떨어져 있었다. 경련하는 건지, 바람에 흔들리는 건지 매끄러운 검은색 깃털이 살짝 떨렸다.

"가엾게도 유리창에 부딪힌 거야. 나중에 렌 씨에게 알려야겠네."

유토는 숙연하게 말한 후 불쑥 중얼거렸다.

"…그나저나 많네. 오늘 이걸로 몇 마리째야?"

이유도 모르는 채 등골이 오싹했다. 잠시 풀어졌던 불안과 긴장이 더 크게 부풀어서 돌아온 것 같았다.

댕, 하고 장엄한 소리가 저택에 울려 퍼졌다. 시계 소리다. 현관홀에 커다란 괘종시계가 있다는 사실이 떠올랐다.

시계 소리가 들린 순간, 유토가 굳어버렸다는 걸 알아차렸다. 왠지 모르게 놀란 듯 굳은 표정으로 우두커니 서 있었다.

"왜…."

왜 그러느냐고 물어보려다가 입을 다물었다.

―그렇다. 저택에 도착한 뒤로 괘종시계가 울리는 소리를 한 번이라도 들어봤던가?

현관홀에서 봤을 때 그 시계는 멈춘 상태였다. 틀림없이 움직이지 않았다.

─시곗바늘이 움직이기 시작했다. 우리가 저택을 방문한 순간, 마치 깊은 잠에서 깨어난 것처럼.

히나타는 그 자리에 얼어붙은 채 말로는 다 표현하기 힘든 불길한 예감을 맛보았다.

· 제3장 ·

첫째 날

저녁 먹을 시간이 되자 다들 부랴부랴 식당으로 모였다.

워낙 한산한 저택인지라 인기척이 느껴지는 공간에 있어야 안심되기 때문인지도 모른다.

시간대가 조금 이른 건 가장 어린 참가자를 배려했기 때문일까, 해가 진 후에는 너무 활발하게 행동하지 않는 편이 낫다고 판단했기 때문일까.

다들 협력해서 식기를 옮기고 음식을 나누었다. 다만 음식은 대부분 가즈히사 혼자 만든 듯했다. 뜻밖에도 가즈히사는 요리가 특기라고 한다.

산속으로 심령 조사를 하러 온 만큼 식사는 소박해도 어쩔 수 없다고 생각했다. 예상과 달리 아주 먹음직한 음식이 나왔다. 물론 레스토랑의 메뉴처럼 화려하고 아기자기하지는 않았다. 하지만 공들여 조리하고 잘 담아낸 덕분인지 전부 한눈에 보기에도 맛있게 느껴졌다. 길쭉한 테이블에 차려진 알록달록한 전채 요리와 오픈샌드위치를 보고 나기가 눈을 반짝였다.

테이블 왼편 안쪽부터 히나타, 사라, 나기, 도시코가 나란히 앉았고 오른편에는 렌, 아키라, 시게키, 미즈키가 자리를 잡았다. 가즈히사와 유토는 문에 가까운 테이블 끄트머리에 앉을 모양이었다.

"렌이 돈을 낸다기에 좋은 고기를 사용해 봤습니다. 사양하지 말고 맛있게 드십시오."

가즈히사가 천연덕스럽게 말한 후, 와사비 풍미의 소스를 뿌린 비프소테를 모두에게 내주었다. 나기가 먹을 것만 달짝지근한 소스를 뿌리고 한입 크기로 잘랐다. 준비한 음식 모두 이런 곳에서 먹기가 아까울 만큼 맛있었다. 자연스레 표정이 누그러지고 손과 입을 바쁘게 움직였다.

아키라가 음식을 빠르게 먹어 치우는 모습을 보건대 칭찬은 하지 않아도 마음에 든 것이 분명했다. 저녁 식사를 즐기며 하잘것없는 잡담을 나누었다. 식당에 부드러운 분위기가 감돌았다.

어쩐지 다들 저택에서 발생한 으스스한 현상을 화제로 삼지 않으려 애쓰는 것 같았다.

"오, 감자크림수프다. 내가 좋아하는 건데."

렌이 들뜬 목소리로 말하자 "알아" 하고 가즈히사가 쌀쌀맞게 대꾸했다.

"옛날에 내가 밥을 전혀 못 먹던 시절이 있었지. 걱정됐는지 가즈히사가 극진히 간호하는 아내처럼 부지런히 만들어 줬어. 이것만큼은 맛있게 먹었거든."

"극진히 간호하는 아내는 빼."

렌이 옛날 추억을 말하자 가즈히사는 질색이라는 듯 인상을 찌푸리며 타박했다.

…별것 아닌 잡담처럼 들렸어도 어쩌면 '밥을 전혀 못 먹던 시절'은 렌을 거두어 준 이모 부부가 불의의 죽음을 맞았을 때 아닐까.

"둘이 아주 사이가 좋아 보이는걸."

시게키가 탐색하듯 묻자 가즈히사는 아무렇지도 않게 대답했다.

"딱히 그렇지도 않습니다. 그저 하찮은 분가의 핏줄에 지나지 않는 제가 발탁된 건 이 녀석 가까이 있었던 덕분이라서요. 우연히 어릴 적부터 어울리길 잘했습니다. 아니면 지금처럼 중히 쓰이지는 못했겠죠. 저희 부모님은 옛날에 회사를 말아먹고 일가 사람에게 빚을 지는 바람에 친척들 사이에서 기를 못 폅니다. 저는 렌의 성공에 편승해 달콤한 콩고물을 열심히 받아먹을 생각이에요."

가즈히사가 안색 하나 변하지 않고 노골적으로 말하자 렌은 배를 잡고 웃었다.

"아, 정말 맛있네. 더 먹어도 될까요?" 유토가 환히 웃으며 말했다.

"물론이지. 입에 맞아서 다행이야." 가즈히사는 부드럽게 고개를 끄덕였다.

"나도!" 나기도 더 먹고 싶어 하자 유토가 수프를 퍼주었다.

어린애를 의식했는지 달콤한 디저트까지 준비했다. 테이블에 등장한 무화과호두파운드케이크는 마치 파는 음식 같았다.

"이것도 직접 만든 거야? 솜씨가 좋은걸."

도시코가 감탄한 표정으로 가즈히사를 칭찬했다.

"맛있어서 자꾸 들어가네. 살찌겠어."

"걱정하지 마세요."

농담을 섞어 한탄하는 도시코에게 유토가 장난스럽게 말했다.

"렌 씨는 사람을 막 부려 먹거든요. 조사 업무가 너무 힘들어서 돌아갈 무렵에는 다들 살이 쭉 빠질지도 몰라요."

"정말?" 도시코가 재미있다는 듯 웃었다.

저택을 탐색할 때는 팀원들 사이에 약간 까칠한 분위기가 감돌아 보였지만 쾌활한 유토가 대화에 끼자 다른 사람들도 마음이 한결 편안해진 것처럼 보였다. 도시코가 맞은편에 앉은 미즈키에게 스스럼없이 과자를 권했다.

"이거, 이 잼을 발라 먹어도 맛있어. 한번 먹어봐."

"감사합니다."

잼 병을 받으려 할 때 미즈키의 손가락이 우연히 도시코의 뱅글에 닿았다. 미즈키가 흠칫 놀란 얼굴로 굳어버렸다. 왜 그러는 걸까. 히나타가 의아해하는데 미즈키가 당황한 표정으로 도시코의 얼굴을 바라보았다.

도시코는 아무 말도 없이 그저 상냥하게 미소 지었다.

저녁 식사를 마치고 식당을 나서려는데 갑자기 비가 내렸다. 낮에 화창했던 날씨가 거짓말이었던 것처럼 빗방울이 세차게 창문을 두드렸다.

"주룩주룩 내리네." 도시코가 어두운 밖을 바라보며 중얼거렸다. 지붕을 때리는 빗소리가 묘하게 크게 들렸다.

렌과 가즈히사는 유토에게 뒷정리를 맡기고 모니터 확인 작업을 하러 돌아갔다. "아직 이른 시간이잖아. 다 함께 휴게실에 가서 게임이라도 하지 않겠어?" 시게키가 팀원들에게 제안했지만 아쉽게도 찬성하는 사람은 아무도 없었다.

"미안하지만 사양할게." 아키라는 말을 마치고 냉큼 자기 방으로 돌아갔다.

"좀 피곤하니까 나도 일찌감치 쉬어야겠어. 얘도 방에 데려다줘야 하고 말이야." 도시코가 미안한 듯이 말하고 식당을 나섰다. 나기의 방은 도시코의 옆방인 듯했다.

"넌 어떻게 할래?" 시게키가 물어보자 미즈키도 살며시 고개를 저었다. 그리고 자리에서 일어서면서 진지한 표정으로 말했다.

"난 저택을 좀 더 조사해 볼 거야. 프로니까 보수를 받은 만큼은 일해야겠지."

"의외로 성실하군. 그러라고 시킨 것도 아니니까 느긋하게 즐기면 될 텐데."

시게키가 의자에 몸을 기댄 채 놀리듯이 말하자 미즈키는 그를 싸늘하게 쳐다보았다.

"프로로서 자존심도 없어?"

"없어. 어떤 수단을 써서라도 장사꾼으로서 끈질기게 살아남겠다는 집착심이 있을 뿐이지."

미즈키는 아무렇지도 않게 받아치는 시게키를 말이 안 통한다는 듯 힐끗 바라본 후, 문으로 걸어갔다. 마치 물과 기름 같아 보였다.

미즈키는 식당을 나서면서 어째선지 사라에게도 날카로운 시선을 던졌다. 미인이 매섭게 노려보자 박력이 느껴져서 상관없는 히나타도 움찔했다.

히나타는 잠시 생각하다가 주방에 가기로 했다. 다른 사람들처럼 특수한 능력 때문에 초청받은 건 아니니까 잡일 정도는 앞장서서 도와야 하리라.

"뒷정리를 돕고 올게. 먼저 방에 가 있어."

사라에게 말하자 "뭐?" 하고 의아한 듯한 표정을 지었다. 도시코가 히나타에게 말했다.

"어머, 나도 도와줄까?"

"아니요, 괜찮아요. 여럿이서 주방에 들어가면 오히려 서로 거추장스러울지도 모르니까요. 신경 써주셔서 감사합니다. 도시코 씨는 나기를 챙겨주세요."

히나타가 웃는 얼굴로 대답하자 알았어, 하고 부드러운 목소리가 돌아왔다.

그대로 식당에서 나가려는데 시게키가 히죽거리며 사라에게 말을 거는 모습이 눈에 들어왔다.

"그럼 쓸쓸한 사람끼리 휴게실에 갈까? 내 방에서 한잔하는 것도 좋고."

"…됐어요. 쓸쓸하면 유령이 상대해 주지 않겠어요?"

사라는 온도가 느껴지지 않는 목소리로 대꾸하고 자리를 떴다. 그 뒷모습을 바라보며 시게키가 허, 하고 짧게 숨을 내뱉는 소리가 들렸다.

그 눈에서 꺼림칙한 눈빛이 새어 나왔다. 시게키는 비아냥거리는 듯한 웃음을 띠며 작게 중얼거렸다.

"…비싸게 굴기는."

***

아키라는 비가 퍼붓는 창밖을 바라보며 한숨을 내쉬었다.

그리고 안절부절못하는 마음으로 방을 이리저리 돌아다녔다.

스마트폰에 연인 아미의 부재중 전화 기록이 여러 건 남아 있었다. 분명 조사 상황이며 보수 인상 여부며 이쪽 상황이 궁금해서 걸어본 것이리라.

저녁을 먹고 자기 방으로 돌아오자마자 전화를 걸었지만 아미는 받지 않았다. 편의점에 뭔가 사러 갔든가, 샤워 중인지도 모른다. 하지만 이유가 뭔지는 문제가 아니었다.

…평소 몸의 일부처럼 늘 스마트폰을 만지작거리는 아미에게 전화가 연결되지 않는다. 그리고 아미의 전화도 악의 있는 누군가가 일부러 조작한 것처럼 아키라가 자리를 비우거나 스마트폰 곁에서 떨어졌을 때만 걸려왔다.

어쩐지 아키라를 비롯한 일행을 외부와 단절시키려는 저택의 의지 같은 것이 느껴졌다.

너무 지나친 생각일까? 아니, 분명 그렇지 않다.

저도 모르게 어깨가 바르르 떨렸다.

…이 저택에는 힘이 깃들어 있다. 측정 가능한 힘도, 그렇지 않은 힘도.

이렇게 될 줄은 알고 있었다. 다른 사람들도 분명 정도의 차이는 있을지언정 눈치챘다.

아키라가 피안장을 방문하기로 결정됐을 때 아미가 같이 가고 싶다고 졸랐다. 일단 렌에게 물어보았지만 조사의 성질상 제삼자의 참가는 어렵겠다고 거절당했다.

그런데 막상 와보니 사라의 친구라는 제삼자가 당연하다는 듯 동행해서 약간 섭섭한 마음이 들었다. 하지만 거절당해서 다행이었다. 이렇게 위험한 곳에 실수로라도 아미를 데려와서는 안 된다.

애당초 아키라 본인도 이번 조사에 참여하기를 적극적으로 원했던 건 아니었다.

아키라는 한때 아미의 지인이 일한다는, 젊은 여성에게 인기인 '점술의 집'이라는 곳에서 접객 보조 아르바이트로 일했다. 여러 점술인이 상가 빌딩의 점포를 빌려서 손금, 타로 카드, 수정 구슬 등 각자의 방식으로 손님에게 점을 쳐주는 가게였다.

어느 날 아키라의 의지와는 상관없이 근무 시간에 자동서기 능력이 발동한 적이 있다. 그 결과를 실마리 삼아 단골손님의 문제를 해결하기도 했다.

예로부터 정치가나 경영인 중에는 점술이나 징크스 등 눈에 보이지 않는 면을 중시하는 사람이 많다. 아무래도 점술의 집 관계자를 통해 입에서 입으로 아키라의 능력이 전해지는 바람에 이번 의뢰가 성사된 듯했다.

피안장에 도착하자마자 아키라는 여기 온 걸 후회했다. 저택에 불길하고 음습하고 꺼림칙한 분위기가 감돌아서 기분이 너무 찜찜했다.

그리고 무엇보다 오산이었던 점은 일찍이 '기적의 초능력 미소녀'로서 주목받은 사라가 조사팀 중 한 명이라는 것이다. 이런 사태는 전혀 예상하지 못했다. 그야말로 변칙적인 요소다.

아키라는 목구멍 속으로 나지막하게 신음했다.

그렇다, 사라는 규격 외의 존재다. 우리는 위험한 생물이 잠자는 바다로 나와서 최상급 먹이를 물속으로 힘껏 던진 셈이다. 그렇게 꾀어낸 무시무시한 괴물에게 머리부터 통째로 삼켜질 것도 모르고서.

 실감 나게 상상하자 한순간 소름이 끼쳤다. 그도 그럴 것이 아키라는 두 눈으로 똑똑히 보았다. 저택은 분명 사라에게 반응했고 눈독을 들였다. 어떻게든 사라를 손에 넣기 위해 접근할 기회를 호시탐탐 노리고 있다. 분명 지금 이 순간에도.

 등골이 오싹해졌다.

 우리가, 더 정확하게 말하자면 사라가 피안장에 온 뒤로 이 저택은 다시 숨을 쉬기 시작했다. 존재감이 강해지는 것이 피부로 느껴졌다.

 강력한 배터리에서 에너지를 충전하는 것처럼 자신들이 여기 있음으로써 저택은 지금도 확실히 영향을 받고 있다. 말라비틀어진 육체가 양분을 흡수하듯 피안장이 아키라 일행에게서 눈에 보이지 않는 뭔가를 빨아들이는 것 같았다.

 감이 왔다. 좋지 않다, 정말 위험한 상황이다.

 아키라는 가만히 있을 수가 없어서 방구석에서 구석까지 계속 왔다 갔다 했다.

 차라리 여기서 도망칠까. 차는 없지만 택시를 불러서

역까지 가면 어떻게든 되지 않을까.

하지만 밤에 이런 산속 깊이, 그것도 출입이 금지된 사유지에 불법 침입까지 하면서 과연 택시가 금방 와줄까.

과감하게 산기슭까지 걸어갈까? 아니다, 주변 지리를 모르는 사람이 어두워진 후에 산을 내려가는 건 위험하다. 게다가 장대비도 내리고 있으니 까딱 잘못하면 조난당할지도 모른다.

게다가 캄캄한 산을 혼자 내려가는 상상만 해도 솔직히 무서웠다. 산에는 분명 인간에게 위험한 야생동물도 있으리라.

창문 너머로 주룩주룩 퍼붓는 비를 바라보고 있으니 몹시 울고 싶어졌다.

그때 어두운 창문에 비치는 남자와 눈이 마주쳤다. 유리창에 희미하게 떠오른 자신의 모습을 바라보다 어떤 사실을 알아차리고 얼어붙었다.

…거기 비치고 있는 건 아키라가 아니었다. 아키라와 흡사하게 생긴 남자가 멍한 눈으로 이쪽을 가만히 바라보고 있었다. 죽은 사람처럼 공허한 눈이었다.

"허…."

비명을 지르려다 굳어버린 표정 그대로 아키라는 뒷걸음쳤다. 그 순간 의자에 팔이 부딪혀서 뭔가 떨어지는 소리가 났다. 지금 그런 걸 신경 쓸 상황이 아니었다. 온몸에서 핏기가 가셨다.

―죽은 사람처럼, 아니다. 이 남자는 죽었다. 틀림없이 죽은 사람이다. 왜냐하면 내가 아는 사람이니까.

손끝이 바들바들 떨렸다. 혼란스러운 마음을 다잡고 창문을 다시 바라보았다. 방금 그 남자의 모습은 사라지고 한심하게 얼굴이 일그러진 자신의 모습만 비쳤다.

심장이 미친 듯이 뛰었다.

…방금 그건 환상이었나? 정말로?

숨죽인 채 우두커니 서 있으니 갑자기 라디오 소리가 귀에 날아들었다.

"다음 뉴스입니다."

방구석에 있던 낡은 라디오다. 흘러나오는 음성을 들으며 굳어버린 머리 한구석으로 문득 생각했다. 내가 라디오를 틀었던가?

"오늘 오후 8시경, 나가노현 S산에 있는 피안장이라는 저택에서 남녀 열 명이 시체로 발견됐습니다. 피해자들은 각자 다른 방에서 사망한 상태였는데요. 경찰은 자살과 타살 양쪽을 염두에 두고 조사해 나갈 방침입니다."

무미건조한 목소리가 계속 떠들었다.

"그중 무직인 하야카와 아키라 씨는 실내에서 목을 맨 것으로 밝혀졌습니다."

아키라는 깜짝 놀라 숨을 삼켰다. 너무 무서워서 머리가 잘 돌아가지 않았다. 뉴스를 보도하는 목소리가 일부러 느리게 재생한 것처럼 일그러졌다.

"목을 맸다고 합니다."

"목을 맸다고."

"목을."

무릎에서 힘이 빠져서 아키라는 그 자리에 주저앉았다. 동요해서 거친 숨을 내쉬며 주변을 둘러보자 바닥에서 흔들리는 그림자가 보였다. 커다란 덩어리 같은 검은 그림자가 앞뒤로 천천히 흔들리고 있었다.

이건 뭐지?

아키라는 머뭇머뭇 위를 보자마자 충격으로 얼어붙었다.

천장에 묶은 밧줄로 목매단 채 느릿느릿 흔들리는 사람 형체가 벽에 선명하게 비쳤다.

아무것도 없지만 분명 있다. 자기 바로 옆에 *목을 맨 시체가 매달려 있다.*

아키라는 먹이를 찾는 잉어처럼 입을 뻐끔거렸다. 무서워서 목소리가 나오지 않았다. 숨이 잘 안 쉬어졌다.

머릿속에서 끼잉, 하고 귀울림 같은 소리가 났다. 라디오 스피커에서 나는 소리인지, 자신의 머릿속에서 들리는 소리인지 구분이 되지 않았다.

이 방에서 나가야 한다 싶어 아키라가 필사적으로 손을 뻗은 순간, 천둥소리가 울려 퍼졌다.

* * *

저녁 식사 뒷정리를 마치고 히나타는 혼자 방으로 돌아가려 했다.

도와주겠다고 하자 처음에는 사양하던 유토도 결국 "고마워, 덕분에 금방 끝나겠네" 하고 웃으며 감사를 표했다.

둘이 힘을 합치자 실제로 주방은 금방 정리됐다. 히나타도 이런저런 생각에 사로잡혀 불안에 떨기보다 싹싹한 유토와 이야기하며 손을 움직이니 오히려 기분 전환이 되는 것 같았다.

세차게 쏟아지는 비는 그칠 줄 몰랐다. 어마어마하게 내리네, 하고 창밖을 바라보며 나아가다가 복도를 어슬렁거리는 미즈키와 마주쳤다. 아직도 저택을 조사하고 있었던 모양이다.

히나타는 미소를 지으며 말을 붙였다.

"고생 많으시네요. 뭔가 알아내신 거라도 있나요?"

미즈키가 가볍게 노려보았다. 히나타로서는 무난한 말을 건넨 셈이었다. 하지만 "어차피 별 수확도 없었겠지" 하고 시비를 거는 것처럼 들렸을지도 모르겠다.

미즈키는 처음 만났을 때부터 왠지 모르게 사라를 적대시하는 경향을 보였으니까 사라를 따라온 히나타 역시 눈에 거슬리는지도 모른다.

히나타가 당황해서 뭔가 말하려는데 미즈키가 퉁명스럽게 입을 열었다.

"말해두겠는데, 내가 무능력한 건 아니야."

"네?"

미즈키는 팔짱을 끼더니 어쩔 줄 몰라 하는 히나타에게 매서운 눈빛을 던지며 말을 이었다.

"이 저택은 어쩐지 조건이 좋지 않아."

"조건요…?"

고개를 갸웃거리자 미즈키는 생각에 잠긴 표정으로 설명했다.

"뭐랄까, 나침반은 강한 자석을 가까이 대면 상태가 이상해지잖아? 바늘이 올바른 방향을 가리키지 않고 엉뚱한 방향을 향해. 그런 느낌이야."

"아아, 그렇군요."

미즈키가 무슨 말을 하고 싶은 건지 알아차리고 히나타는 고개를 끄덕였다. 분명 자신의 센서가 잘 작동하지 않는다는 것을 전하고 싶었으리라.

미즈키가 불만스럽다는 듯이 말을 계속했다.

"아니면 강렬한 악취가 풀풀 풍기는 가운데 특정한 냄새를 따라가려 하는 것 같은…, 아무튼 좀 이상해."

미즈키가 악취라는 강렬한 표현을 사용해서 가슴이 조금 덜컥했다.

언론에서는 미즈키가 사이코메트리 능력을 높이 평가받아 경찰 수사에 협력한 적도 있다고 전했다.

사건이나 범죄에 관련된 물증에서 온화한 기억만 읽어

낼 수는 없으리라. 때로는 보고 싶지 않은 기억을 봐야 할 때도 있을 것이다.

그래도 미즈키는 사이코메트러를 자칭하며 자신의 능력을 감추지 않고 활동한다.

"…저기."

히나타는 과감하게 물어보았다.

"어쩐지 사라에게 화나신 것처럼 보이는데요. 사라가 뭔가 하타노 씨의 심기를 건드리는 짓이라도 했나요?"

미즈키는 의외라는 듯이 히나타를 보았다.

"너, 말을 아주 확실하게 하는구나."

또 기분을 상하게 했나 싶어 잠시 입을 다물었다가 미즈키는 히나타를 똑바로 바라보며 딱 잘라 말했다.

"짜증 나."

히나타가 당황해하자 미즈키는 미간에 주름을 잡고 무서운 표정으로 말을 이었다.

"가미시로가 어린 시절, 축제에서 사고가 발생했을 때 능력을 발휘하는 영상을 봤어. …그런 일을 할 수 있는 건 분명 개 정도겠지."

과거 이야기가 나오자 가슴이 살짝 아팠다. 그 불운한

사고 때문에 결과적으로 사라의 인생은 바뀌어 버렸다.

하지만 히나타의 예상과는 다른 말이 미즈키의 입에서 튀어나왔다.

"그때 가미시로가 우연히 거기 있지 않았다면 폭주한 차가 그대로 사람들을 들이받았겠지. 수많은 사람이 다치고, 차에 치여 죽은 사람도 나왔을 거야. 운전자도 목숨을 잃었을지 모르고. 의심할 여지없이 걔가 재빨리 능력을 사용한 덕분에 돌이킬 수 없는 비극을 막을 수 있었던 거야."

화난 것 같은 표정으로 사라의 행동을 대놓고 긍정해서 히나타는 "네?" 하고 당혹스러워하는 표정으로 미즈키를 보았다. 미즈키가 눈썹을 치켜세웠다.

"그런데."

미즈키의 목소리에서 억누를 수 없는 분노가 배어났다. 털을 곤두세운 고양이같이 사나운 분위기에 히나타는 쩔쩔맸다.

"뭐야, 그건. 마치 자기가 나쁜 짓을 한 것처럼 죄책감 어린 얼굴로, 범죄자처럼 숨죽인 채 사람들의 반응에 흠칫흠칫 떨면서 살다니. 아무리 생각해도 어이가 없어. 돌을 던지는 인간도, 잠자코 돌에 맞는 인간도 얼간이야."

미즈키는 속 터진다는 듯 말을 내뱉더니 목에 건 펜던트의 로사리오를 움켜쥐고 보란 듯이 가슴을 쭉 폈다.

"난 남과 다르다는 이유만으로 내가 타고난 능력을 부정하지 않아. 누군가 부당하게 공격한다면 기꺼이 반격할 거야."

거친 파도에라도 맞서듯 미즈키가 강한 눈빛으로 앞쪽을 응시했다. 히나타는 압도되는 기분으로 미즈키를 보았.

화려한 차림새도 당당한 행동거지도, 분명 자기 자신을 격려하고 몸을 지키기 위해 사용하는 무기이리라.

이것이 미즈키가 살아가는 방식이다.

미즈키의 줏대 있는 모습에 감탄하는 한편으로, 착하지만 세상을 헤쳐 나가는 요령이 없는 친구가 떠올라 서글퍼졌다.

"하지만 사라도 좋아서 그러는 게 아니라…."

의기소침해졌다는 것이 얼굴에 드러났는지 미즈키가 약간 머쓱해하는 표정으로 바라보았다.

"…뭐, 그쪽에도 사정이야 많겠지만."

미즈키는 어물쩍거리는 말투로 중얼거리고 어색하게 고개를 돌렸다. 히나타가 고개를 꾸벅 숙이고 지나가려

하자 "잠깐" 하고 갑자기 불러 세웠다.

미즈키가 히나타의 어깨에 손을 얹으며 눈을 가늘게 떴다.

"공기가 많이 고였네."

그러더니 주머니에서 담배 케이스를 꺼냈다. 어리둥절한 표정으로 지켜보는 히나타 앞에서 미즈키는 담배를 한 개비 꺼내서 입에 물고 라이터로 불을 붙였다. 길쭉한 손가락으로 담배를 잡는 손놀림이 아주 능숙했고 묘하게 섹시했다.

그때 갑자기 얼굴을 들이대서 깜짝 놀랐다. 미즈키는 숨을 깊이 들이마신 후 담배를 입에서 떼고 연기를 히나타에게 내뿜었다.

익숙지 않은 연기와 냄새에 휩싸여 동요한 히나타에게 미즈키가 담담히 말했다.

"선향 연기 대신이야. 마음에 위안이나 주는 정도겠지만."

그리고 휴대용 재떨이에 담배를 비벼 끈 후 나지막한 목소리로 히나타의 귓가에 속삭였다.

"조심해."

미즈키가 떠난 후 히나타는 드디어 방으로 돌아갔다.

방에 들어가자마자 의자에 앉아 책을 읽고 있던 사라가 고개를 들었다.

"설거지하느라 고생 많았네." 야유인지 순수한 위로인지 모를 말이 날아왔다. 히나타가 옆에 앉자 사라가 코를 킁킁거렸다.

"저기."

다음 순간 온도가 확 낮아진 목소리가 들렸다.

"다른 사람 냄새를 묻히고 들어오는 건 실례 아니야?"

사라가 아주 불쾌하다는 듯이 인상을 찡그렸다. 그제야 아까 있었던 일이 떠올랐다. 아무래도 담배 냄새가 옷에 밴 모양이었다.

다른 고양이를 만지고 왔더니 집에서 키우는 고양이가 토라지더라는 친구 이야기가 문득 생각나서 쓴웃음을 짓자 "뭘 히죽거려?" 하고 사라가 더욱 가시 돋친 눈으로 노려보았다.

"담배 연기를 이성의 몸에 내뿜는 행동에는 유혹하는 의미가 담겨 있다는 거 몰라? 오늘 처음 만난 남자와 그렇게 깨가 쏟아지다니. 히나타, 너 의외로 경박하구나."

"아니야, 아니라니까."

어쩐지 크게 오해하고 있다. 방에 오다가 미즈키와 마주쳤다고 설명하려는데 사라가 고개를 홱 돌렸다. 그런 태도까지 고양이 같다 싶었지만 지금 그런 말을 꺼냈다가는 정말로 우정에 금이 갈 것 같아서 말을 꿀꺽 삼켰다.

히나타는 황급히 사라에게 변명했다.

"그러니까 일단 내 말을 끝까지—"

그때 요란하게 천둥이 쳤다.

그 직후, 방이 컴컴해지고 저택 어딘가에서 찢어지는 듯한 비명소리와 폭발하는 듯한 소리가 울려 퍼졌다.

***

도시코는 바닥으로 떨어질 것 같은 캐릭터 카드를 나기의 손에서 살짝 빼내서 근처 테이블에 내려놓았다. 그리고 소파 팔걸이를 베고 잠든 아이의 모습을 흐뭇하게 바라보았다.

방금까지 나기를 돌보면서 말 상대를 해주었다. 그런데 나기가 좋아하는 카드를 도시코에게 보여주며 즐겁게 설명하던 도중에 갑자기 꾸벅꾸벅 졸기 시작했다. 아직 어린 데다 긴장한 나머지 녹초가 된 것이리라.

이대로 잠깐 쉬게 놔뒀다가 나중에 옷을 갈아입히고 목욕을 시키기로 마음먹었다.

이 아이는 착하다. 다정하고 올바른 성격이다. 하지만 무슨 요인이 나기의 건전한 성장을 저해하고 있는 것처럼 느껴지기도 했다. 나기는 아주 무리해서 커다란 불안과 울적함을 견디고 있다. 그리고 그건 이 아이가 초능력자라는 사실과 결코 무관하지 않으리라.

잠든 나기의 얼굴을 바라보며 살짝 한숨을 쉬었다.

목이 조금 말랐다. 나기가 잠든 사이에 주방에서 물을 받아올 생각으로 도시코는 소리가 나지 않도록 조심스레 방을 나섰다.

해가 지자 저택 내부에서 풍기는 음울한 느낌이 한층 강해졌다. 빗소리가 건물 전체를 뒤덮을 것 같았다. 통로에 띄엄띄엄 놓인 촛대에서 살짝 흔들리는 촛불도 요사스러운 분위기를 자아냈다. 갑자기 조명이 꺼졌을 때를 대비해 놔뒀겠지만, 마치 이제부터 강령회라도 시작될 듯한 분위기였다.

1층으로 계단을 내려갔을 때 복도 모퉁이에서 흔들리

는 긴 머리가 보였다. 누군가 저기 있다. 어쩌면 미즈키가 여태껏 저택 여기저기를 조사하고 있는 건지도 모른다.

그렇게 생각하며 복도를 돌아가자 조금 앞쪽에 여자가 한 명 있었다. …사라였다.

"무슨 일이야?"

도시코는 놀라서 물었다. 침침한 복도에 서 있는 사라는 물에 빠진 생쥐 꼴이었다. 밖에서 비라도 맞은 것처럼 온몸이 흠뻑 젖었다.

한순간 가슴이 철렁했다. 처음으로 얼굴을 봤을 때 예쁘다고 생각했다. 물을 뚝뚝 흘리는 사라에게서는 기이한 아름다움마저 배어났다. 젖은 옷이 달라붙어 병적일 만큼 하얀 피부가 내비치자 마치 인간이 아니라 다른 생물인 것처럼 보였다.

아니, 그런 생각을 할 상황이 아니다. 긴 머리에서 물방울이 떨어지는 사라는 뺨도 입술도 창백했다. 몹시 추워 보였다. 마치 죽은 사람 같은 색깔이었다.

"감기 걸리겠네. 일단 이거 입어."

도시코는 롱 카디건을 벗으며 재빨리 사라에게 다가갔다.

"대체 어떻게 된 거야?"

걱정돼서 묻자 사라는 말없이 몸을 휙 돌리더니 침침한 복도를 뛰어갔다.

"잠깐만, 갑자기 왜 그래?"

망설인 것도 잠시, 도시코는 사라를 쫓아갔다. 저택에 온 후로 사라가 꺼림칙한 현상을 체험하는 걸 여러 번 목격했다. 그런데 혼자 보내려니 걱정이었다. 어쩌면 사라는 또 무시무시한 일에 휘말려 혼란에 빠졌을지도 모른다.

"잠깐, 일단 좀 멈춰봐." 쫓아가면서 불렀지만 사라는 멈출 낌새가 없었다. 누군가 부르는 편이 나을까 싶다가도 겁에 질려 이성을 잃었을지 모를 아가씨를 혼자 놔두기는 더욱 꺼려졌다. 도시코는 숨을 헐떡이며 아주 날쌔게 달려가는 사라를 뒤쫓았다.

그때 사라가 옆쪽 방으로 뛰어들었다. 주방에 가까운 그 방은 식료품 저장실이었다.

묵직해 보이는 문이 활짝 열린 식료품 저장실을 들여다보자 안은 어두웠다. 문 가까이 있는 스위치를 눌러도 고장이 났는지 불은 켜지지 않았다.

"사라 씨?"

도시코는 안쪽 동태를 살피며 복도 불빛에 의지해 식료

품 저장실에 발을 들여놓았다. 약 세 평 크기의 방에는 녹슨 카트와 나무통, 바닥에서 천장까지 닿는 식품 선반장이 있는 듯했다. 선반장은 대부분 텅 비었고 이번 조사를 위해 실어 온 듯한 골판지상자만 놓여 있을 뿐이었다.

실내 어디에도 사라의 모습은 보이지 않았다.

"…저기, 어디 있어?"

도시코는 당황해서 사라를 불렀다. 사람이 숨을 만한 공간은 없건만, 분명 여기로 들어갔을 사라가 없었다.

건조한 먼지가 희미하게 쌓인 바닥을 한 걸음 나아갔다. 달려오느라 땀이 맺힌 이마를 닦았다.

그때 갑자기 어떤 사실을 알아차리고 움직임을 멈췄다.

아까 사라는 비를 맞은 것처럼 온몸이 흠뻑 젖은 상태였다.

―그런데 왜 바닥에는 물 한 방울도 안 떨어진 거지?

설마 방금 그건…. 동요한 순간 뒤에서 삐걱거리는 소리가 들렸다. 도시코가 흠칫 놀라서 돌아보는 것과 동시에 묵직한 문이 닫혀서 시야가 어둠에 잠겼다.

도시코는 비명을 지르며 문으로 달려갔다. 문고리를 힘껏 잡아당겨도 문은 열리지 않았다.

"아아…, 말도 안 돼."

속수무책으로 어두운 방에 갇히고 말았다.

"누가 문 좀 열어줘!"

도시코는 겁에 질려 문을 두드리며 소리쳤다. 하지만 돌아오는 목소리는 없었고 문도 꼼짝하지 않았다.

왜 아무도 안 오는 거지?

어둠 속에서 자신의 숨소리만 몹시 크게 들렸다. 심장 박동이 점점 빨라졌다.

낮에 렌이 했던 이야기가 갑자기 머릿속에 되살아났다. 피안장에 드나들던 배달업자가 식료품을 저장실에 옮기는 그 짧은 시간에 사라졌다고 했다. 일주일 후에 변사체로 발견됐다는 배달업자가 식료품을 옮기러 온 곳은 바로 여기였으리라.

갑자기 등 뒤에서 뭔가 움직이는 듯한 소리가 들렸다. 그리고 뭔가가 부패했는지 고약한 냄새가 코끝을 스친 것 같았다.

피부에 소름이 쭉 돋았다. 무서워서 호흡이 얕아졌다. 안 돼, 진정해. 뒤에는 아무도 없어. 뭔가 있을 리 없어. 감각에 휘둘리면 안 돼.

마음을 진정시키려 애를 써도 심장은 이제 시끄러울 만큼 요동쳤다. 손바닥은 땀으로 축축하게 젖었다.

　공포와 혼란에 사로잡혀 꼼짝도 하지 못하고 서 있으니 어둠 속에서 스며 나오듯 과거의 기억이 되살아났다.

　사춘기 시절, 스트레스를 받아서 피부도 마음도 너덜너덜했다. 통제되지 않아 버겁기만 한 정신감응 능력이 도시코 자신을 끔찍하게 괴롭혔다.

　생리가 가까워지면 특히 심해졌다. 바라든 바라지 않든 다양한 생각이 늘 도시코의 머릿속에 날아들어 요란하게 메아리쳤다. 때로는 그것이 실제로 누군가 한 말인지, 남의 머릿속 생각의 조각인지 판단이 되지 않아 정신이 피폐해졌다. 자신에게 일어나는 일을 감당할 수 없어 머리가 이상해질 것만 같았다. 그럴 때는 고래고래 악을 쓰고 싶었다. 시끄러워, 시끄러워, 내 머릿속에서 사라져, 꺼져. 부탁이니 이제 그만해.

　그 예민한 태도 때문에 반 아이나 주변 사람들과 거리가 생겼으리라. 도시코는 점차 왕따의 대상이 됐고, 비웃음 섞인 시선과 매정한 말에 시달렸다. 방과 후, 아이들이 교실 사물함에 가둬놓고 가버렸을 때는 견디기 힘든 공포와 고통을 경험했다.

출구가 보이지 않는 나날이 계속돼서 차라리 죽고 싶었다. 실제로 죽으려고도 했다. 욕실에서 손목을 그었지만 아슬아슬하게 죽지 못하고 목숨을 건졌다.

어둠 속에서 도시코는 땀 맺힌 손가락으로 손목의 뱅글을 만졌다. 이 액세서리는 장신구인 동시에 흉터를 가리기 위한 가리개였다.

저녁 먹을 때 우연히 뱅글을 건드린 미즈키가 깜짝 놀란 표정을 지었다. 분명 사이코메트리 능력으로 도시코의 과거를 일부 본 것이리라.

자살을 시도하고 집에 틀어박히기 일쑤였던 도시코가 사회와 건전한 관계를 맺을 수 있었던 건, 나이를 먹으면서 자연스레 능력이 안정됐기 때문만은 아니었다.

화학 물질 과민증에 관한 다큐멘터리 방송을 우연히 텔레비전에서 보았다. 그 병은 자세한 메커니즘과 치료 방법이 아직 밝혀지지 않았다. 일단 증상이 나타나면 아무리 적은 양이라도 화학 물질에 과민하게 반응해서 몸이 안 좋아진다. 샴푸나 섬유 유연제 등 일상생활에 당연히 존재하는 것들이 심신을 좀먹고, 심하면 일반적인 사회생활을 영위하기조차 힘들어진다.

특수한 시트로 방을 뒤덮고 가족과도 스마트폰으로 대화해야 한다. 그리고 주변 사람들이 이 병을 이해하지 못해서 더욱 괴롭다고 호소하는 환자를 보자, 한때 너무나 힘들었던 자신의 모습이 떠올랐다.

이런 체질로 태어난 걸 저주했다. 아무도 이해해 주지 않는다며 괴로워했다. …하지만 꼭 텔레패스만 그런 것은 아니었다.

초능력과는 상관없이 수치로 나타낼 수 없는 고통은 남들에게 이해받지 못한다.

질병뿐만이 아니다. 심적인 고통도 분명 마찬가지다. 세상 사람 누구나 가슴속에 고통을 끌어안고 있다는 걸 그때 비로소 이해했다.

자신만 특별한 것이 아니다. 자신의 이질적 능력을 극도로 두려워할 필요는 없다.

정신을 바짝 차리기 위해 손톱이 파고들도록 주먹을 꽉 쥐었다. ―진정해. 그래, 진정하는 거야.

도시코는 의식적으로 숨을 크게 내쉬고 스스로를 달래듯 어둠 속에서 중얼거렸다.

"세상에는 나 혼자만이 아니야."

그때 천장에서 물방울 같은 것이 툭 떨어졌다. 차가운 뭔가가 어깨를 적시는 감촉.

힉, 하고 잠긴 목소리가 목구멍에서 새어 나오고 몸이 뻣뻣해졌다.

재빨리 천장을 올려다보려다가 간신히 꾹 참았다. 보면 무시무시한 뭔가가 있을 것 같았다. 본 것을 확실하게 후회할 만한 뭔가가.

"혼자가 아니야."

용기를 북돋워서 필사적 심정으로 말했다.

"시, 신은 극복할 수 없는 시련은 주지 않아."

목소리가 희미하게 떨렸다.

도시코는 긴장해서 침을 삼키며 문고리를 잡은 손에 힘을 주었다.

*＊＊

"사라, 거기 있어?"

초조한 마음으로 어둠 속에서 말을 걸자 "있어" 하고 대답이 들렸다.

 잠시 후 동그란 불빛이 켜졌다. 손전등을 들고 침대 옆에 서 있는 사라의 모습이 보였다.

 사라가 조심스럽게 말했다.

 "일단 침대 곁에 놔뒀는데, 바로 도움이 됐네."

 "그것보다 방금 그 소리, 뭐야?"

 히나타는 긴장해서 물었다. 방에 불이 꺼지는 것과 거의 동시에 찢어지는 듯한 비명과 폭발음 같은 것이 들린 듯했다.

 사라는 경직된 표정으로 대답했다.

 "저쪽에서 들린 것 같았는데."

 목소리가 난 쪽을 사라가 가리킨 직후에 방이 확 밝아졌다. 전기가 들어온 모양이다.

 "천둥번개 때문에 정전된 걸까, 아니면…."

 "글쎄."

 사라는 이맛살을 찌푸리며 히나타의 의문을 받아넘겼다. 확실히 고민한들 즐거운 일은 아니다.

 "사람들에게 무슨 일이 생겼으면 큰일이야. 상황을 살피러 가자."

"그러자." 히나타는 고개를 끄덕였다. 두 사람은 만약에 대비해 손전등을 들고 방을 나섰다. 불이 켜져 있어도 전체적으로 어둑어둑해 보이는 건물 내부를 종종걸음으로 나아갔다. 얼마 지나지 않아 복도에 주저앉은 작은 형체가 눈에 들어왔다.

나기가 거실 문 옆에서 훌쩍훌쩍 울고 있었다. 히나타와 사라가 다가가서 "괜찮아?" 하고 말을 걸자 나기는 무릎으로 일어서서 두 사람에게 달라붙었다. 그리고 어깨를 떨며 발갛게 달아오른 얼굴로 흐느껴 울었다. 굵은 눈물이 귀여운 뺨을 타고 흘러내렸다.

"진정하렴. 이제 괜찮아."

과호흡이라도 일으키지는 않을까 걱정돼서 안심시키려고 했다. 나기의 가냘픈 어깨에 손을 얹자 감정이 격해진 탓인지 체온이 높았다. 겁먹은 듯해도 크게 다치거나 한 곳은 없어 보여 약간 안도했다. 몹시 무서웠던 것이리라. 야무진 아이라고 해도 아직 고작 여섯 살이다.

그때 복도 벽 일부가 탄 것처럼 갈색으로 변했다는 걸 알아차리고 숨을 삼켰다. 자세히 보자 양초를 꽂아둔 촛대가 부서졌고 파편이 바닥에 흩어져 있었다. 이것 때문에 아까 폭발하는 듯한 소리가 들린 걸까.

"무슨 일이 있었던 거니?"

사라가 묻자 나기는 약간 진정된 듯 눈물을 닦으며 입을 열었다.

"나…, 나."

울어서 쉰 목소리로 띄엄띄엄 말했다.

"방에서 도시코 아줌마랑 이야기하다가 어느새 잠들었어요. 일어났더니 아줌마가 없어서 찾으러 가려는데, 천둥이 치더니 갑자기 깜깜해졌어요. 그리고 갑자기 촛불이 터졌어요."

이야기하니까 두려움이 되살아났는지 나기가 다시 눈물을 글썽거렸다. 혼자 있을 때 천둥번개가 치고 정전된 것도 모자라 폴터가이스트 같은 현상이 발생했으니 겁을 집어먹는 것도 무리는 아니다. 날아간 촛대의 잔해가 시야에 들어와서 새삼 등골이 오싹했다. 까딱 잘못했으면 나기가 크게 다쳤을지도 모른다.

"이제 괜찮아. 무서워할 것 없어."

나기를 달래고 있는데 급한 발소리와 함께 도시코가 복도를 뛰어왔다.

"나기…!"

도시코는 잔뜩 굳은 표정이었다. 머리가 헝클어졌고 묘하게 숨을 헐떡였다.

도시코는 사라를 보고 어째선지 한순간 깜짝 놀란 듯했다. 하지만 바로 침착함을 되찾고 안도한 목소리로 나기에게 말했다.

"방에 갔더니 없어서 어딜 갔나 걱정했어. 아아, 정말 다행이다."

그때 여러 명의 발소리가 들렸다. 네 명이 복도를 걸어왔다.

부랴부랴 다가온 유토가 히나타를 비롯한 네 사람을 보고 안심한 듯 웃음을 지었다.

"다행이다, 여기 있었군요."

유토 바로 뒤에 렌과 가즈히사가 진지한 표정으로 서 있었다. 아키라도 조금 떨어진 곳에서 몹시 경직된 표정으로 이쪽을 바라보았다.

렌은 표면이 살짝 그을린 벽과 파손된 촛대를 보고 입을 열었다.

"정전이 일어나서 만약을 위해 다들 괜찮은지 확인하려

고 했는데…, 아까 그 소리는 뭐지? 이건 어떻게 된 거고?"

"정전이 일어난 직후에 갑자기 촛불이 터졌대요." 히나타가 설명하자 렌의 눈이 동그래졌다. 그는 긴장감과 고양감이 섞인 목소리로 중얼거렸다.

"낮에 이어 또 폴터가이스트 현상이 발생한 건가? 정말 대단한걸…."

"나기, 괜찮니? 갑자기 불이 꺼져서 깜짝 놀랐겠다."

유토가 손을 내밀며 위로하자 어른들이 모여들어서 겨우 안심된 듯 나기는 "네, 괜찮아요" 하고 고개를 끄덕였다. 남이 보는 앞에서 울어서 창피한지 콧물을 훌쩍 들이마시고 일어섰다.

그때 사람들 뒤편에서 성큼성큼 걸어온 미즈키가 약간 험악한 표정으로 알렸다.

"저기, 우에다 씨가 방에 없는 것 같은데."

"뭐라고?"

미즈키의 말에 렌은 미심쩍다는 듯 눈살을 찌푸렸다.

"문을 두드렸는데 대답이 없더라고. 자물쇠가 안 잠겨 있어서 들어가 봤는데 어디에도 없었어."

"주방이나 다른 곳에 간 거 아니야?"

"혹시 몰라서 식당을 포함해 1층을 여기저기 둘러봤지만 못 찾았어."

일행은 불안한 표정으로 시선을 교환했다. 시게키가 없다…?

미즈키가 어두운 표정으로 중얼거렸다.

"어디 간 걸까. 아까 소동이 벌어진 걸 모를 리 없을 텐데."

"렌 씨, 좀 찾아보고 올게요."

"안 돼. 혼자 가지 마."

유토가 달려가려 하자 렌이 재빨리 제지했다.

"흩어졌다가 또 누가 없어지기라도 하면 곤란해. 모두 함께 행동하자. 미안하지만 다들 따라와."

"응, 물론이지."

미즈키가 진지한 표정으로 동의했다. 나머지 사람들도 얼른 고개를 끄덕였다. 흐느껴 울던 나기가 걱정됐지만 정작 본인은 방에 돌아가기보다 여럿이서 함께 움직여야 안심된다는 듯 같이 가겠다고 주장했다. 아키라도 무거운 발걸음으로 따라왔다.

시게키를 찾아 빗스리에 휩싸인 피안장을 돌아다녔다. 군데군데 조명 불빛이 닿지 않는 곳이 있어서 그런지, 낮과는 또 다르게 정체 모를 분위기가 감돌았다. 촛불이 복도 구석에서 흐늘흐늘 흔들렸다.

"그나저나 왜 방에 없는 걸까. 어디로 간 거람."

도시코가 걱정스럽게 중얼거리자 미즈키가 대답했다.

"그건 모르겠지만 혼자서 멀리까지 가지는 않았을 거예요. 제가 저택을 조사하겠다고 했을 때도 노골적으로 참 유별나다는 듯한 표정을 지었으니까."

도시코가 생각났다는 것처럼 말했다.

"그러고 보니 휴게실에 가자고 자꾸 졸랐잖아. 어쩌면 거기 있는 거 아니야? 혼자 당구라도 치고 있다거나?"

"아아, 그럴 수도 있겠네요. 우아하게 술이라도 마시고 있으면 단단히 한마디해야겠어요."

하지만 휴게실에 시게키는 없었다. 식당과 주방을 한 번 더 들여다보고 담화실과 응접실 등 시게키가 들를 만한 곳을 차례대로 확인해 봤지만 어디에서도 보이지 않았다.

상황이 이상해지는 걸 느꼈는지 다들 점차 말수가 줄어들었다.

"비효율적이야. 모니터를 확인해 봅시다." 가즈히사가 냉정하게 제안했다.

"저택의 몇몇 방과 일부 통로에 카메라와 마이크를 설치해 놨으니 어쩌면 우에다 씨가 보일지도 모릅니다."

그 말을 듣자 기재로 가득한 방이 떠올랐다. 확실히 거기라면 모니터로 여러 곳을 동시에 확인할 수 있으리라.

히나타 일행은 기재가 설치된 방으로 이동했다. 그사이에도 밖에서는 비가 억수같이 쏟아졌다. 한순간 번갯불이 번쩍 빛나자 나기가 어깨를 움찔했다. 덩달아 히나타까지 불안해졌다. 분위기가 심상치 않았다.

줄지은 모니터에 저택 내부 몇 곳이 비쳤다. 화면이 약간 거칠어 보이는 건 초고감도 카메라를 사용하기 때문인 듯했다. 화면 가장자리에 숫자로 시간이 표시됐다.

―현재 어느 화면에도 움직임은 없었다.

"…안 보이네. 어디 간 걸까?"

안타까운 듯이 중얼거리는 렌 옆에서 가즈히사가 이쪽을 보고 물었다.

"여러분, 언제 마지막으로 우에다 씨를 보셨습니까?"

히나타 일행은 서로 얼굴을 마주 보았다.

"식당에 있던 건 봤어요." 히나타의 말에 도시코도 고개를 끄덕였다.

"응, 맞아. 분명 그 사람이 마지막까지 남아 있었을 거야."

가즈히사가 기재를 조작하자 책상 위에 있는 메인 모니터의 영상이 바뀌었다. 식당 앞 복도인 듯했다.

"녹화된 영상을 되감으면서 우에다 씨의 발자취를 찾아보죠."

가즈히사가 말한 것과 동시에, 화면에 표시된 시간이 엄청난 속도로 되돌아갔다.

"앗. 여기로군."

렌이 중얼거리자 되감기가 멈췄다. 촬영 카메라 앵글을 가로지르는 시게키의 모습이 영상에 몇 초 비쳤다. 식당에서 나온 참이리라.

"어디로 간 거지?"

렌이 궁금해하자 유토가 가즈히사에게 말했다.

"다른 카메라 영상도 확인해 보죠. 어디로 갔는지 알 수 있을지도 몰라요."

"그래. 이 복도를 똑바로 지나갔으니 아마 2층에 올라갔거나…."

가즈히사가 중얼중얼하며 다른 영상을 띄웠다. 같은 시간대에 다른 곳에서 찍힌 영상을 차례대로 확인했다. 다른 사람들은 방해가 되지 않도록 뒤에서 작업을 지켜보았다.

유토가 갑자기 화면 일부를 가리켰다.

"아, 여기! 우에다 씨가 나왔어요."

그 말에 얼른 화면에 시선을 모았다. 가즈히사가 영상을 일시 정지하고 조금 되감은 후 재생했다.

2층 복도를 걸어가는 시게키의 모습이 화면에 비쳤다. 시게키는 거실 문 앞에 멈춰서 주변을 살피듯 잽싸게 좌우에 시선을 주었다. 그리고 문을 열고 거실로 들어갔다.

"거실에 갔네요. 혼자서 뭘 하러 간 걸까요?"

히나타는 의아한 기분으로 말했다. 시게키가 흥미를 품을 만한 뭔가가 있었을까?

잠시 후 같은 영상에 다른 인물이 나타났다. 나기였다. 조그마한 몸으로 촛불이 켜진 어두침침한 복도를 걸어간다. 침착하지 못하게 주변을 두리번거리고 뒤를 돌아보는 건 도시코를 찾기 위해서이리라.

"나야." 나기가 영상을 보고 긴장된 말투로 중얼거렸다.

나기가 거실 문을 열려고 했을 때 영상 안에서 천둥이 치고 갑자기 조명이 꺼졌다. 화면이 캄캄해지고 나기가 찢어질 듯한 비명을 질렀다. 그 직후에 어둠 속에서 촛불이 단숨에 부풀어 오르더니 큰 소리를 내며 폭발했다. 그 충격으로 공기가 흔들렸다. 완전히 혼란에 빠진 듯 으앙, 하고 울음을 터뜨리는 나기의 목소리가 어둠 속에 울려 퍼졌다.

이런 영상을 보면 공포심이 되살아나지는 않을까 걱정돼서 나기를 곁눈질했다. 나기는 몸이 약간 경직되기는 해도 모두와 함께 있다는 안심감 때문인지 평정심을 유지하는 듯했다.

잠시 후 화면 속에서 불이 켜지고 사라와 히나타가 복도에 주저앉아 우는 나기 곁으로 다가왔다. 이어서 도시코를 비롯한 다른 사람들도 나타났다.

"뭐야, 이게."

미즈키가 어이없다는 표정으로 말했다.

"우에다 씨는 거실에 있었다는 뜻? 그럼 그때 바로 근처에 있었던 거잖아. 우리가 찾는데도 나오지 않다니 사람이 왜 그래?"

"자자, 어디 있는지 무사히 알아냈으니 다행이지 뭘. 그 커다란 의자에서 깜박 졸았을지도 몰라."

도시코가 불쾌해하는 미즈키를 달래듯 부드럽게 말했

다. "그렇게 시끌벅적했었는데요?" 미즈키는 석연치 않다는 듯 이맛살을 찌푸렸다.

"제가 가서 데려올까요?"

유토의 말에 렌은 잠깐 생각하는 듯한 표정을 지었다.

"…아니, 개별 행동은 되도록 피하자. 어차피 다들 2층 방으로 돌아갈 거니까 함께 거실에 가보면 되겠지."

"그래. 쓸데없이 사방팔방 돌아다녔으니 본인에게 불평 한마디쯤은 해야 속이 시원하겠어."

미즈키가 입술을 삐죽 내밀었다.

"나기는 먼저 방에 갈래?"

히나타가 배려해서 물어보자 나기는 한순간 망설이다가 고개를 젓더니 "아니요, 나도 갈래요" 하며 히나타의 손을 꼭 잡았다. 분명 위험한 곳을 지나갈 때는 어른과 손을 잡으라고 엄마에게 배운 것이리라.

나기와 손을 잡고 다 함께 2층 거실로 향했다. 문을 열고 불을 켜자 거실은 낮보다 넓고 한산하게 느껴졌다. 실내를 둘러보며 안쪽으로 나아갔다. 거센 빗줄기가 창문을 두드려서 그런지 조명으로 연출한 천장의 별하늘이 묘하게 어색해 보였다. 안쪽의 그랜드피아노가 당장이라도 혼자서 소리를 울려낼 것처럼 음침한 분위기였다.

―시게키의 모습은 보이지 않았다.

"…없네."

가즈히사가 휑한 거실을 둘러보며 눈살을 찌푸렸다. 유토가 고개를 갸웃하더니 가즈히사에게 말했다.

"어쩌면 엇갈렸을지도 모르겠네요. 우리가 이쪽저쪽 찾아다니는 사이에 자기 방으로 돌아갔을지도 몰라요."

"아아, 그럴 수도 있겠군. 너무 오래 붙잡아 둬도 미안하니까 나랑 엔도가 확인하러 가고 나머지 사람들은 쉬도록 할까. 그래도 되겠지, 렌? …렌?"

렌을 부르던 가즈히사가 갑자기 의아한 표정을 지었다.

렌은 경직된 표정으로 우두커니 서 있었다. 그 시선 끝에 있는 건 미즈키였다.

진지한 얼굴로 실내를 둘러보던 미즈키는 미심쩍다는 듯 문 근처의 호화로운 긴 의자로 다가가던 참이었다.

"왜 그러세요?" 히나타가 묻자 미즈키는 고개를 갸우뚱하며 대답했다.

"이 의자, 낮에 봤을 때랑 위치가 좀 달라지지 않았어?"

그런가. 듣고 보니 그런 것도 같았다. 미즈키가 긴 의자 표면에 손을 대고 뭔가를 감지하려는 듯 천천히 손가락을 움직였다.

사람들이 긴장해서 지켜보는 가운데, 미즈키의 입에서 나지막하게 중얼거리는 소리가 흘러나왔다.

"유령이 상대해 주지 않겠느냐고?"

미즈키의 말투가 아니라 약간 무례한 남자 말투였다. 이어서 미즈키가 불쑥 말했다.

"…망할 년."

"뭐야? 지금 이건 무슨 뜻이야?"

도시코가 당황한 표정으로 묻자 "무슨 뜻인지는 모르겠지만…" 하고 미즈키는 긴 의자를 만지며 냉정하게 대답했다.

"목소리가 들렸어요. 아마 누군가가 이 의자를 만졌을 때 그렇게 말한 것 아닐까요?"

히나타와 사라는 얼굴을 마주 보았다.

"그거, 우에다 씨의 혼잣말일지도 몰라요."

히나타는 머뭇머뭇 말을 꺼냈다. 사람들이 궁금해하는 표정을 짓자 옆에서 사라가 설명했다.

"식당에서 우에다 씨가 치근덕거려서 제가 거절하면서

그랬거든요. 쓸쓸하면 유령이 상대해 주지 않겠느냐고요."

"그래. 그 인간이면 딱 이렇게 반응할 것 같네."

미즈키가 비아냥거리듯이 말하더니 "어?" 하고 이상하다는 듯한 표정으로 의자 앉음판에 손을 댔다.

"이 의자, 혹시 속이 비었나?"

미즈키가 양손으로 묵직해 보이는 앉음판을 들어 올리자 놀랍게도 그 부분이 뚜껑처럼 열렸다. 아무래도 수납 공간이 딸린 의자였던 듯하다.

그런데 앉음판 아래 공간에 시선을 준 순간, 분위기가 싹 바뀌었다.

—좁은 안쪽 공간에 누군가가 태아처럼 몸을 웅크린 자세로 누워 있었다. 뒤통수가 이쪽을 향해서 얼굴은 보이지 않았다. 하지만 살아 있지 않다는 건 한눈에 알 수 있었다. 의자 속에 들어 있던 것은 몸 여기저기에 찢긴 상처가 생긴 시체였다.

어마어마한 비명이 히나타의 목구멍에서 터져 나왔다. 본능적 공포와 혐오감이 밀려와 온몸의 털이 거꾸로 섰다. 나기의 시야를 막듯 작은 몸을 얼른 끌어안았다.

"으헉." 아키라가 갈라진 목소리로 고함을 질렀다. 도시코는 눈을 부릅뜬 채 손으로 입을 막았다. 미즈키도 뒷걸음치며 믿기지 않는다는 표정으로 무참한 시체를 바라보았다. 옆에 있던 사라도 아연실색한 표정으로 우두커니 서 있었다.

혼란스러운 분위기가 모두를 감쌌다.

"뭐, 뭐야."

미즈키가 굳은 목소리로 소리쳤다.

"진짜 시체? 설마…."

분명 이 자리에 있는 사람들 모두 똑같은 의문을 품었을 것이다. 동요가 느껴지는 침묵이 흐른 후, 유토가 긴장된 목소리로 말을 꺼냈다.

"…우에다 씨일 거예요."

유토는 굳은 목소리로 말을 이었다.

"손목시계가 우에다 씨의 것과 똑같아요. 그리고 입고 있는 옷도요."

그 말을 듣고 머뭇머뭇 긴 의자 쪽으로 시선을 돌렸다가 숨을 헉 삼켰다. 찢어진 손목에 감긴 손목시계는 시게키의 특징적인 해외 브랜드 손목시계와 똑같았다. 똑바로 볼 수가 없어서 실눈을 뜨고 슬쩍 확인한 옷도 일부 찢어지기는 했지만 확실히 시게키의 옷과 흡사했다.

말로는 다 표현할 수 없는 충격이 밀려왔다. 렌과 가즈히사가 소스라치게 놀란 표정으로 시체를 응시했다.

"그럼 뭐야? 우리가 우에다 씨를 찾아다닐 때, 그는 이미 갈기갈기 찢긴 시체가 됐다는 뜻…?"

미즈키가 멍하니 내뱉은 말을 듣고 등골이 오싹해졌다.

"제발, 이제 그만해." 아키라가 머리를 끌어안고 울먹이는 목소리로 외쳤다.

"말도 안 돼. 이건 있을 수 없는 일이야."

미즈키가 힘없이 고개를 저었다. 머리로는 믿을 수 없다고 생각하면서도 실제로 벌어진 이상한 광경 앞에 어쩌면 좋을지 모르는 것이리라.

긴 의자 속에서 뭐라 형용하기 힘든 냄새가 풍겼다. 단백질이 탄 듯한 고약한 냄새가 코를 스쳐서 구역질이 올라왔다.

"…가즈히사, 빨리 경찰에 신고해."

렌이 긴박한 목소리로 재빨리 지시했다. 가즈히사는 한순간 망설이는 기색을 내비치다 어쩔 수 없다고 판단했는지 스마트폰을 꺼냈다. 이윽고 액정 화면을 조작하더니

"왜 이래?" 하고 놀란 목소리를 내뱉었다.

"뭔데?"

가즈히사는 의아해하는 렌에게 스마트폰 화면을 보여주었다. 위쪽에 통화권을 이탈했다는 표시가 떠 있었다.

"…연결이 안 돼. 조금 전까지만 해도 아무 문제없었는데."

"뭐라고?"

가즈히사의 말에 사람들이 술렁거렸다. 황급히 자기 휴대전화를 확인해 보는 사람도 있었지만 전부 불통인 듯했다.

"젠장, 하필 이럴 때…!"

안절부절못하는 렌을 보고 가즈히사가 말했다.

"응접실에 전화가 있어. 그걸로 걸어보자."

다른 사람들도 렌과 가즈히사를 따라 1층 응접실로 이동했다. 기이한 시체가 있는 거실에 남기는 무서웠다. 또 겁에 질린 나기를 일단 여기서 데리고 나가고 싶었다.

응접실에 도착하자마자 렌이 책상 위의 전화기로 손을 뻗었다. 전화번호를 누르려던 순간, 수화기에서 갑자기 끼잉, 하고 귀에 거슬리는 소리가 났다. 쨍쨍 울리는 목소리나 금속음처럼 멀리 떨어져 있어도 귀에 들어오는 몹시 불쾌한 소리였다.

"윽." 렌이 인상을 찌푸리며 귀를 눌렀다. 안타깝다는 듯이 혀를 차더니 뺨을 일그러뜨리며 수화기를 내려놓았다.

"틀렸어. 이 전화도 안 돼."

"그런…."

히나타는 동요해서 입가를 눌렀다. 전화도 메일도 사용할 수 없다면 외부에 이 비상사태를 알릴 방법이 없다는 뜻이다. 긴장돼서 입안이 바싹 말랐다.

―순식간에 외부와 차단됐다.

가즈히사가 뭔가 결심한 듯한 표정을 짓더니 빠른 말투로 제안했다.

"어쩔 수 없지. 지금 당장 차로 산을 내려가야겠어. 나랑 엔도가 가서 경찰을 불러올게."

"비가 많이 와. 게다가 어두운 밤에 산길을 내려가는 건 위험해."

도시코가 불안한 듯이 반응했다.

"조심해서 운전할 거니까 괜찮습니다. 더구나 우에다 씨를 이대로 놔둘 수도 없는 노릇이고―"

가즈히사가 거기서 말을 끊었다. '여기 있는 게 더 위험할 것 같다'라는 말을 하고 싶었던 것 아닐까 하고 히나타는 추측했다.

"나도 같이 갈게." 아키라가 가즈히사의 팔을 꽉 붙잡았다.

"하야카와 씨도요? 하지만."

"잔말 말고 좀 데려가 줘."

"알겠습니다." 떼를 쓰는 아키라가 쉽게는 물러날 것 같지 않았는지 가즈히사는 고개를 끄덕인 후, 자동차 스마트키를 들고 재빨리 현관 쪽으로 향했다. 창밖에는 강한 비바람이 몰아치고 있었다.

"셋 다 조심하세요."

불안한 심정으로 말하자 유토가 히나타를 안심시키려는 듯 살짝 미소 지었다.

그때 커다란 현관문 앞에 있던 가즈히사가 이맛살을 찌푸렸다. "왜 그러세요?" 하고 유토가 묻자 영문을 모르겠다는 듯한 표정으로 대답했다.

"문이 안 열려."

"네?"

무슨 뜻인지 바로 이해가 되지 않아서 히나타는 맹한 목소리를 흘렸다.

"비켜, 가즈히사."

렌이 가즈히사를 밀어내고 문손잡이를 잡았다. 인상을 쓰면서 힘을 줘도 어째선지 문은 전혀 열릴 낌새가 없었다.

대체 뭐가 어떻게 된 걸까?

"어, 어째서…."

아키라가 충격받은 표정으로 중얼거렸다. 렌이 "망할" 하고 욕설을 내뱉더니 유토에게 말했다.

"창문으로 나가자. 어서."

렌은 바닥을 쿵쿵 울리며 현관홀 옆 복도로 가서 창문을 열려고 했다. 하지만 꽉 달라붙은 것처럼 열리지 않았다.

이런 상황이 아니라면 누가 장난삼아 놀리는 것이 아닐까 싶을 만큼 아무리 애를 써도 꿈쩍도 하지 않았다.

"엔도, 유리창을 깨."

더는 못 참겠는지 렌이 날카로운 어조로 지시했다. 유토가 고개를 끄덕이고 가까운 곳에 있던 나무 의자를 들고 왔다.

"위험하니까 물러나세요."

그렇게 말하고 의자를 높이 쳐들어 창문을 힘껏 내리쳤다.

"…으엇?"

다음 순간 믿기지 않는 일이 일어났다. 마치 쇳덩어리에 부딪힌 것처럼 의자가 튕겨 나왔다.

충격이 전해져서 손이 저린지 유토가 한순간 인상을 썼다. 하지만 바로 바닥에 널브러진 의자를 집어서 유리창을 다시 내리쳤다. 터엉, 하고 둔중한 소리가 울려 퍼졌다. 두 번, 세 번.

유토가 진심으로 의자를 내리치고 있다는 건 의심할 여지가 없었다. 하지만 성인 남성이 온 힘을 다해 의자를 휘두르는데도 유리창에는 흠집 하나 생기지 않았다.

유토가 가쁜 숨을 내쉬며 어이없다는 목소리로 물었다.

"렌 씨…, 이 저택의 창문은 방탄유리인가요?"

"그럴 리가 있나."

난감하다는 듯 렌이 미간에 주름을 잡았다.

"믿기지가 않는군. 이런 일은 처음이야."

"큰일인데. 아주 골치 아픈 상황이야, 렌."

가즈히사도 어두운 표정으로 중얼거렸다. 그들도 설마 이런 사태가 벌어질 줄은 꿈에도 몰랐으리라.

"제기랄, 설마 이런…, 늦었나."

아키라가 손에 얼굴을 묻고 신음하듯 외쳤다. 평정심을 많이 잃은 듯했다. 나기가 매달리듯 히나타의 옷자락을 잡았다.

"여러분, 부디 진정하십시오."

렌은 힘 있는 목소리로 말하고 자신에게 주목하라는 듯 모두의 얼굴을 둘러보았다.

"예상외의 사태가 발생했습니다. 아무래도 어떤 힘이 우리를 이 저택에 가둔 것 같네요."

이 괴이한 상황을 새삼스레 말로 표현하자 단숨에 등골이 오싹해졌다. 불안감이 몸을 짓눌러서 꼼짝도 못 할 지경이었다.

"…안타깝지만 우에다 씨의 죽음을 받아들여야겠지. 그리고 보다시피 지금 당장 우리 힘으로 여기서 탈출하기는 힘들겠어."

렌은 고뇌 어린 표정으로 말을 이었다.

"하지만 어떻게든 여기서 빠져나갈 방법을 찾을 거야. 그리고 내가 피안장에 머무르도록 허락받은 기한은 사흘이야. 만약 사흘이 지났는데도 돌아가지 않으면 이변이 생겼다는 걸 주변 사람들이 바로 알아차리겠지. 그건 여러분도 마찬가지일 테고. 최악의 경우라도 이틀만 버티면 얼마 지나지 않아 누군가 찾아올 거야."

렌은 입술을 깨물었다가 스스로를 타이르듯 다시 입을 열었다.

"외부에서 구조하러 올 때까지, 또는 탈출 기회가 생길 때까지 만에 하나라도 피해자가 더 나오는 건 막아야 해."

빗소리가 울려 퍼지는 가운데 다들 얌전히 렌의 말에 귀를 기울였다. 렌이 아주 진지한 눈빛으로 무겁게 말했다.

"아무튼 일단은 여기서 탈출하는 걸 최우선으로 생각하자. 전부 내 책임이니까 모두가 한시라도 빨리 아무 일도 없이 돌아갈 수 있도록 최선을 다하겠다고 약속할게. 그러니 여기서 나갈 때까지 부디 모두 내게 협력해 줘."

동요하면서도 렌의 말에 동의하려 했을 때, 갑자기 신경질적인 목소리가 날아들었다.

"모두 협력해 달라고? 진심으로 하는 소리야?"

격한 목소리로 고함을 지른 건 아키라였다. 렌이 당혹스럽다는 듯이 되물었다.

"그게 무슨 뜻이야?"

아키라는 렌을 노려보다가 갑자기 이쪽으로 고개를 돌

렸다.

"다, 당신 아니야?"

아키라가 사라에게 삿대질을 하며 소리쳤다.

"우에다 씨를 그 꼴로 만든 거, 당신 아니냐고!"

히나타는 놀라서 눈이 동그래졌다. 갑자기 무슨 소리를 하는 거지?

아키라의 갑작스러운 발언에 사람들이 웅성거렸다. 히나타는 즉시 입을 열었다.

"왜 그런 소리를 하는 거죠? 그럴 리가…."

아키라는 사라에게 시선을 고정한 채 빠르게 말을 쏟아냈다.

"그 남자가 당신에게 치근덕거렸잖아. 끈질기게 추파를 던지니까 화가 나서 죽인 거 아니야?"

사라가 눈살을 찌푸렸지만 아키라는 멈추지 않았다.

"당신, 옛날에도 괴물 같은 힘으로 사람을 죽일 뻔했다면서? 그 힘으로 남에게 큰 부상을 입혔잖아…!"

"허…."

히나타는 말문이 턱 막혔다. 한순간 머릿속이 새하얘졌다. 반박하려는데 사라가 냉랭한 목소리로 말했다.

"하고 싶은 말 다했어요?"

분노가 서린 날카로운 눈빛을 보고 아키라가 약간 주춤했다. 하지만 아직 감정이 가라앉지 않은 듯 다시 말을 퍼부으려 했다.

그때였다.

상황에 어울리지 않게 부드러운 멜로디가 울려 퍼졌다. …'에델바이스'였다. 뮤지컬 「사운드 오브 뮤직」의 수록곡이다. 소리가 나는 쪽을 쳐다보자 도시코가 편안한 목소리로 그 노래를 부르고 있었다.

에델바이스 에델바이스.
아침 이슬에 젖어.
귀여운 미소는 나를 반기어 주네.

도시코는 다정한 목소리로 노래하며 당황한 기색의 아키라에게 다가가 그의 손을 살며시 잡았다. 진정시키듯 미소를 지은 후, 이번에는 사라에게 다가가 손을 잡았다. 다음에는 히나타에게, 그다음은 미즈키에게.

평온하게 노래하며 한 명씩 감싸듯이 손을 잡는다. 손

을 잡는 순간, 따뜻한 물을 부은 것처럼 체온이 기분 좋게 전해져 왔다. 거칠게 물결치던 마음이 조금씩 가라앉았다.

…이것이 도시코가 지닌 정신감응 능력일까.

모두와 악수하며 노래를 끝까지 부른 후 도시코는 방긋 웃었다. 그리고 살벌한 분위기를 누그러뜨리듯이 온화한 어조로 말했다.

"제발 진정 좀 해."

사람들은 얼떨떨한 기분으로 도시코를 멍하니 바라보았다. 도시코가 진지한 표정으로 말을 이었다.

"방금 긴장을 풀어주기 위해 한 명씩 손을 잡았어. 현재 상황에 대한 불안, 의혹, 두려움 등 아주 당연한 감정이 느껴졌지. 강한 살의나 죄악감은 누구에게서도 감지할 수 없었고."

도시코는 모두의 얼굴을 바라보며 차분한 말투로 선언했다.

"적어도 우리 중에 우에다 씨를 그런 식으로 죽인 범인은 없어."

텔레패스인 도시코가 자신 있게 말하자 설득력 있게 들렸다.

"그, 그런…, 당신 말이 엉터리가 아니라는 증거라도 있어?"

아키라가 마지막 발버둥을 치듯 말하자 유토가 냉정한 어조로 의견을 내놓았다.

"도시코 씨는 거짓말하지 않았습니다."

유토는 사람들의 시선을 받으며 설명했다.

"카메라 영상 봤잖아요? 우에다 씨가 혼자 거실에 들어간 후, 거실 앞 복도에 나기가 나타나고 다른 사람들이 모일 때까지 거실에 들어간 사람은 아무도 없었습니다. 모두 합류하고 나서는 쭉 함께 행동했고요. 여기 있는 누구에게도 우에다 씨를 해칠 기회는 없었을 겁니다."

…확실히 유토 말대로다.

시게키가 거실에 들어가고 변사체로 발견되기까지 아무도 거실에 들어가지 않았다.

도시코와 유토의 말에 몇 명이 안도와 공포가 뒤섞인 복잡한 표정을 지었다. 그 심정은 히나타도 충분히 이해가 갔다.

―우리 중에 범인이 없다면, 이 저택이 우리에게 해를 끼치는 무시무시한 괴물이라는 사실을 인정해야 하니까.

유토가 긴장한 듯 침을 꿀꺽 삼키고 말을 이었다.

"덧붙여…, 애당초 누구도, 물론 염동력자인 가미시로 씨도 그런 식으로 죽일 수는 없을 겁니다."

"그게 무슨 뜻이야?"

도시코가 의아하다는 듯 물었다. 렌은 유토가 무슨 말을 하려는지 알아차린 듯 씁쓸한 표정으로 침묵을 지켰다.

유토가 결심한 듯 입을 열었다.

"여러분, 모르시겠어요? 우에다 씨의 시신에서는 *피가 나지 않았습니다*."

얼어맞은 것 같은 충격이 찾아왔다.

―그렇다. 여기저기 찢어져서 너덜너덜해졌는데도 시게키의 시신에서는 피가 거의 흐르지 않았다.

육체가 그토록 무참하게 손상됐으니 의자 속에 피가 잔뜩 튀거나 핏물이라도 고여야 자연스럽지 않을까.

문득 렌이 낮에 들려주었던 이야기가 떠올랐다. 피안장에 드나들던 배달업자가 홀연히 사라졌다가 일주일 후에 토막 시체로 발견됐을 때, 그의 몸에서 피가 대부분 사라졌다는….

충격으로 온몸이 얼어붙은 것처럼 몸이 말을 듣지 않았다.

도시코와 미즈키가 창백한 표정으로 입을 막았다.

"아무튼 서둘러 탈출 수단과, 외부와 연락할 방법을 찾자. 할 수 있는 건 다 해보는 거야." 렌이 가즈히사에게 말했다. 상의하는 두 사람의 표정은 살벌했다.

"우에다 씨의 시신은 어떻게 하죠?"

유토가 묻자 렌은 마음이 편하지 않다는 듯 찡그린 표정으로 대답했다.

"아마추어가 사건 현장을 어지럽히면 안 돼. …그대로 놔두는 수밖에 없겠지."

그러더니 사람들에게 신중한 어조로 말했다.

"다들 자기 방에서 쉬고 있어. 이런 사태가 벌어진 이상, 무슨 일이 일어날지 몰라. 안전을 위해 어지간하면 혼자서 저택을 돌아다니지 말도록 해."

렌은 발걸음을 돌려 가즈히사와 바쁘게 걸어갔다. 분명 기재가 있는 방으로 가는 것이리라.

"빌어먹을, 골치 아프게 됐네."

초조한 목소리로 중얼거린 렌을 도시코가 불러 세웠다.

"저기."

렌이 돌아보자 도시코는 근심 어린 표정으로 진지하게

물었다.

"정말로 당신이 우리를 가둔 거 아니지?"

허를 찌르는 도시코의 질문에 깜짝 놀란 것처럼 렌의 얼굴이 굳어졌다.

"당연히 아니죠."

렌은 즉시 답하고 가즈히사와 함께 재빨리 자리를 떴다. 나머지 사람들은 당혹스러워하는 기색으로 도시코를 보았다. 방금 그 질문은 뭐지?

"왜 그런 걸 물어보셨어요?"

히나타가 묻자 도시코는 말하기가 망설여지는지 잠깐 머뭇거리다가 대답했다.

"그는…, 분명 거짓말을 하고 있어."

"거짓말요?"

뜻밖의 말에 당황했다. 도시코는 고개를 살짝 끄덕이고 말했다.

"응. 이번 조사의 목적에 대해 설명할 때, 유령의 집의 정체를 파헤치고 싶다고 했잖아. 그 말에서 희미하게 거짓말 같은 낌새가 느껴졌어."

사람들 사이에 긴장된 분위기가 흘렀다. 도시코는 신중

하게 어휘를 고르며 말했다.

"잘은 모르겠지만 우리에게 뭔가 숨기는 것 같아. …주의하는 편이 좋을지도 모르겠네."

아키라가 침을 꿀꺽 삼키는 소리가 났다. 경계심으로 가득한 그 얼굴에 '여기 있는 사람은 아무도 못 믿는다'라고 큼지막하게 쓰여 있는 것만 같았다.

히나타는 숨을 죽인 채 가만히 서 있었다. 왜 이렇게 된 걸까. 대체 무슨 일이 벌어지고 있는 걸까?

팽팽한 긴장감으로 가득한 가운데 괘종시계의 종소리가 장중하게 울려 퍼졌다.

* * *

"그럼 배낭은 여기에 둘게."

"네." 사라의 말에 나기는 순순히 고개를 끄덕였다.

그 후 나기는 자기 짐을 가지고 히나타와 사라의 방으로 자리를 옮겼다. 렌, 가즈히사, 유토는 비상사태에 대응하느라 정신이 없고, 조금 피곤해 보이는 도시코에게 나기를 떠맡기기도 꺼려졌다. 더구나 나기 본인이 사라와 히나타에게서 떨어지고 싶어 하지 않았으므로 분위기상 자연스럽게 이쪽 방에서 지내기로 했다.

창밖에는 여전히 비가 내리고 있었다. 다만 아까보다 빗발이 조금 가늘어진 것 같았다. 소파에 앉아 갈아입을 옷을 꺼내던 나기가 딱딱한 목소리로 물었다.

"그 아저씨, 죽었어요?"

히나타와 사라는 재빨리 시선을 교환했다. …아까 그 자리에 나기도 있었으니 어리다고 해도 섣부른 거짓말이나 얼버무림은 통하지 않으리라.

"응." 사라가 조용히 고개를 끄덕이자 나기는 눈을 내리떴다.

"그렇구나. …불쌍해라."

나기가 발끝에 시선을 주며 중얼거렸다.

"잘 모르는 사람인데도 불쌍하다고 생각하는구나?"

사라의 말에 나기는 착실한 표정으로 대답했다.

"엄마가 신문의 부고란이라는 걸 보고 젊은데 참 불쌍하다고 했어요. 사람이 죽는 건 슬픈 일이에요."

"…응, 그렇지. 네 말이 맞아."

옆에 앉은 사라가 희미하게 미소 지으며 나기의 머리를

쓰다듬었다. 히나타는 좀 더 가벼운 화제로 바꾸려고 입을 열었다.

"나기는 왜 이번 조사에 참여한 거야?"

"그건."

나기는 말을 어물거리다가 서툴게 설명했다.

"음, 엄마한테 들었는데요. 내가 아기일 때부터 주변에서 이상한 일이 자주 일어났대요. 내가 울거나 화내면 불이 멋대로 켜지거나 옆에 있는 가전제품이 이상해졌대요."

이 아이가 전기적 에너지를 발생시키는 일렉트로키네시스라서 그런 현상이 일어났으리라. 자기 능력에 관해 이야기하는 데 익숙지 않은 건지, 또는 부모가 금지한 건지 나기는 어색하게 설명을 이어나갔다.

"아빠랑 엄마는 어떻게 해야 할지 몰라서 나를 아동 상담사 선생님한테 데려갔어요. 그 선생님이 초심리학을 연구하는 대단한 사람한테 내 일을 상담했대요. 그래서…."

"그래서 너한테 연락이 간 거구나."

사라가 이해했다는 듯 고개를 끄덕였다.

잘 모르기는 해도 나기 같은 능력을 지닌 사람이 여러 명일 것 같지는 않았다. 나기는 분명 어린데도 렌이 점찍을 만큼 강한 초능력자이리라.

히나타는 나기와 사라가 정답게 이야기를 나누는 모습을 보며 말했다.

"좀 따끈한 거 생각이 나네. 주방에서 마실 것 좀 가져올게."

"…혼자 돌아다니지 말라고 방금 그랬잖아. 나도 같이 갈게."

사라가 미간에 주름을 잡자 히나타는 웃으며 고개를 저었다.

"금방 올 건데 뭘. 사라는 나기랑 같이 있어."

나기를 혼자 놔두기는 망설여졌으리라. 사라는 어쩔 수 없다는 듯한 표정으로 히나타를 배웅했다.

방을 나서자 누군가 2층 복도를 느릿느릿 걸어가는 모습이 보였다. 유토였다.

그의 방이 있는 곳과는 반대 방향이었다. 무슨 작업이라도 하러 가는 건가 싶었지만 유토는 빈손이었다. 혼자서 어딜 가는 걸까?

궁금한 마음에 쫓아가자 유토는 고요한 복도를 똑바로 나아가다가 거실 앞에서 멈췄다. 문고리를 돌려서 천천히 문을 열고 안으로 들어갔다.

거실로 사라지는 유토의 뒷모습을 보고 있으니 섬뜩했다. 저 방에는 시게키의 시체가 있다. 혼자 왜 그런 곳에 갔을까?

히나타는 가슴이 두근거리는 걸 참으며 거실로 다가갔다. 소리가 나지 않도록 문을 열고 살며시 안을 들여다보았다. 불 켜진 거실에 문을 등지고 서 있는 유토의 뒷모습이 보였다. 말없이 긴 의자 앞에 우뚝 서 있는 모습이었다.

히나타의 기척을 느꼈는지 유토가 뒤를 돌아보았다. 히나타를 보고 약간 놀란 얼굴로 "왔어?" 하고 말을 걸었다.

히나타는 머뭇머뭇 거실로 들어가며 물었다.

"뭐 해…?"

"고인의 명복이라도 빌까 싶어서."

유토는 차분한 눈빛으로 대답했다.

"칭찬받을 만하게 행동하지는 않았지만 그렇다고 젊은 나이에 이런 식으로 죽어야 할 이유는 없었는데. …참 딱하게 됐어."

유토가 숙연하게 말했다. 뚜껑을 닫아놓았으므로 이제 시체가 담긴 내부는 눈에 들어오지 않는다. 그래도 시체가 들어 있다는 걸 알아서인지 호화로운 의자가 마치 관처럼 보였다.

잘 모르는 사이인데도 유토는 시게키를 애도하기 위해 일부러 여기까지 발걸음한 것 같았다. 마음이 따뜻한 사람이구나 싶었다. 워낙 기이한 상황인지라 대부분은 그렇게 마음 쓸 여유가 없을 텐데.

"…우에다 씨는 왜 의자 속에서 그렇게 죽은 걸까?"

의문을 꺼내자 유토가 한숨을 쉬고 말했다.

"모르겠어. 거실에도 마이크와 카메라를 설치할 걸 그랬다고 가즈히사 씨가 안타까워하더라."

카메라에 자초지종이 찍혔다면 시게키에게 무슨 일이 일어났는지 확실히 밝혀졌으리라. 반면 유토의 생각은 히나타의 의견과는 달랐다.

"하지만 카메라를 놔뒀어도 별 의미 없었을지도 몰라. 낮에 폴터가이스트 같은 현상이 일어났었잖아? 그때 렌 씨가 촬영한 영상의 데이터가 전부 이상해져서 제대로 된 영상을 하나도 못 건졌대. 렌 씨가 엄청 성질을 부렸어."

히나타는 놀라서 숨을 삼켰다. 그것도 뭔가 영적인 힘이 작용한 결과일까…? 히나타의 속마음을 읽기라도 한 듯 유토가 진중한 표정으로 중얼거렸다.

"이런 일이 정말로 있구나."

이 방에 괴이한 죽음을 맞은 사람의 시체가 있다는 사실에 갑자기 무서워졌다. 당장이라도 긴 의자의 뚜껑을 벌컥 열고 죽은 시게키가 덤벼들지는 않을까. 어처구니없는 상상이지만 그런 불경스러운 생각이 머릿속에 떠올랐다.

저도 모르게 몸을 부르르 떨자 "슬슬 갈까" 하고 유토가 재촉했다.

"그러고 보니 히나타 씨는 뭐 하러 왔어?" 거실을 나서자 유토가 물어보았다. 히나타는 약간 겸연쩍은 기분으로 대답했다.

"주방에 마실 걸 가지러 가려다가…, 우연히 유토 씨가 걸어가는 모습을 봐서."

"아아, 그래서."

유토는 기분 나빠하는 기색 하나 없이 고개를 끄덕였다.

"그럼 주방에 같이 가자. 그런 일도 있었으니까 만약을 위해."

"어, 하지만…."

"나도 1층에 가려던 참이었어. 주방에 들르는 김에 렌 씨와 가즈히사 씨에게 커피를 가져다주면 되니까 신경 쓰지 않아도 돼."

그러면서 씩 웃는 얼굴을 보자 불안하고 긴장됐던 마음이 좀 풀렸다. 복도를 나란히 걸어가는데 유토가 복잡한 표정으로 쓴웃음을 지었다.

"이런 일에 휘말리다니 둘 다 날벼락을 맞은 꼴이로군."

침침한 복도에 그림자 두 개가 뻗었다. 입을 다물면 주변의 정적에 삼켜질 것만 같아서 누가 먼저랄 것도 없이 계속 말을 꺼냈다.

"난 이런 초자연현상과는 아무 인연도 없이 살아왔거든. 그래서 솔직히 어떻게 해야 할지 전혀 모르겠어."

유토가 히나타의 얼굴을 바라보며 말했다.

"렌 씨가 그러더라. 엄청난 초능력자인 가미시로 씨는 복잡한 인생을 살아왔다고. 히나타 씨는 가미시로 씨와 각별한 사이로 오래 알고 지냈다고 들었는데, 너도 뭔가 특별한 힘이 있어?"

"설마." 유토가 순수한 궁금증을 드러내자 히나타는 웃으며 부정했다.

"난 특별한 힘 같은 거 없고, 유독 장대한 인생을 살아오지도 않았어. 아주 평범하고 속 편한 보통 인간이야."

농담조로 말을 이었다.

"오히려 잃어버린 물건이 쑥 나타나거나, 우연히 평소와 다른 길을 지나갔더니 평소 다니던 길에서 큰 화재가 발생하거나 해서 참 운도 좋다는 소리를 자주 듣지. 드라마 같은 불행과는 인연이 없어."

"하하. 나도 늘 태평하고 행복해 보여서 좋겠다고 친구들이 어이없어하더라. 이래 보여도 제법 성실하게 사는데 말이야."

유토가 서글서글하게 웃자 분위기가 약간 누그러졌다.

"그나저나 정말 자매처럼 사이가 좋던데. 너랑 가미시로 씨는 성격이 전혀 달라 보이거든. 어쩐지 의외의 조합이야."

유토의 말에 별생각 없이 대답했다.

"아아, 바로 옆집이라 어릴 적부터 친구였어."

"그래?" 유토가 고개를 살짝 갸웃했다.

"하지만 집이 가깝다는 이유만으로 그렇게 친해지지는 않을 텐데? 뭔가 친해질 계기라도 있었어?"

"계기…?"

히나타는 한순간 생각에 잠겼다. 그런 게 있었던가.

대화가 잠시 끊기자 유토가 말하기 힘든 일이라는 듯이 조심스레 입을 열었다.

"그, 아까 하야카와 씨가 가미시로 씨에게 했던 말 말인데…."

처음에는 어리둥절했지만 무슨 소리인지 곧 이해했다. 괴물 같은 힘으로 사람을 죽일 뻔했다고 아까 아키라가 사라를 몰아세웠었다.

"아니, 그런 거 아니야. 어릴 적에 사라의 능력 때문에 다친 사람이 나온 건 사실이지만…, 그건 사라 잘못이 아니라고."

히나타는 즉시 유토를 쳐다보며 열심히 해명했다.

"사라가 염동력으로 방송국 스튜디오를 엉망진창으로 만든 건, 자기가 놀림받아서 화났기 때문이 아니야. 엄마와 아빠를 거짓말쟁이라고 모욕했기 때문이지. 어린애를 이용하는 사기꾼처럼 몰아붙이는 게 싫어서, 가족을 지키고 싶은 마음에 자기도 모르게 능력을 발휘했을 거야."

머리에서 피를 흘리며 쓰러진 사회자를 보고 얼어붙은 듯 우두커니 서 있던 어린 사라의 모습이 머릿속에 되살아났다. 도움을 요청하듯 겁먹은 눈빛으로 이쪽을 봤던 사라의 모습이 지금도 머리를 떠나지 않는다.

"덧붙여 사라가 능력으로 사람을 다치게 한 건 나 때문이야. 모르는 사람에게 끌려갈 뻔한 나를 사라가 필사적으로 구해줬거든."

낯선 어른이 억지로 끌고 가려 했을 때가 떠올라서 몸이 살짝 굳었다.

…그렇다. 사라가 자신의 분노나 욕망을 이유로 염동력을 사용한 적은 한 번도 없다. 축제 날 인파 속으로 차가 돌진했을 때도 그랬다. 사라는 언제나 누군가를 지키기 위해 그 힘을 사용했다.

눈물을 글썽거리는 히나타를 보고 유토가 눈초리를 내렸다.

"…그렇구나. 나 때문에 안 좋은 기억이 떠올랐겠네. 미안해."

히나타는 살짝 미소 지으며 고개를 저었다.

"아니야. 유토 씨는 사라가 우에다 씨를 죽이지 않았다고 옹호해 줬잖아."

"그건 사실을 말했을 뿐이야."

이야기하다 보니 주방에 도착했다. 뜨거운 물이 든 찻주전자와 티백, 컵을 세 개씩 쟁반에 담았다. 그 옆에서 유토도 인스턴트커피를 진하게 끓였다. 분명 오늘 밤은 아주 바쁘리라.

주방 앞에서 헤어질 때 유토가 온화한 목소리로 말했다.

"밤에 혼자 돌아다니면 위험하니까 빨리 방으로 돌아가. 조심해."

"고마워. 그쪽도 너무 무리하지 마."

혼자 어두침침한 복도를 걸으려니 갑자기 불안해졌다. 이 정적은 우리를 가둔 건물이 인간의 위치를 확인하기 위한 도구가 아닐까 싶었다. 대화가 잡생각을 떨치는 데 도움이 된다는 걸 실감했다.

비와 어둠 때문에 창밖은 잘 보이지 않았다. 분명 빨간색 꽃들이 빗물에 젖은 채 시커먼 밤의 장막 속에서 흔들리고 있으리라. 아름답고 환상적인 그 모습을 상상하자 살짝 소름이 끼쳤다.

방으로 돌아가자 나기는 넓은 침대에서 소록소록 자고 있었다.

"많이 늦었네." 소파에 앉아 있던 사라가 이쪽을 보고 말했다.

"아아, 응. 도중에 우연히 유토 씨를 만나서 이야기 좀 하느라. 렌 씨와 가즈히사 씨, 여러모로 힘든 모양이야. … 나기는 벌써 잠들었어?"

뒷부분은 목소리를 낮춰서 말하자 사라는 침대에 시선을 주며 고개를 끄덕였다.

"응. 피곤해 보여서 가볍게 샤워만 시키고 방금 재웠어. 건전지가 다 떨어진 것처럼 바로 잠들더라. 분명 몹시 긴장했던 거겠지."

무리도 아니다. 오늘 참 많은 일이 일어났다. 어른도 다 받아들이지 못할 정도로 많은 일이.

둘이 마주 앉아 차를 마셨다. 히나타는 불안한 심정으로 중얼거렸다.

"앞으로 어떻게 될 것 같아?"

"…그야 모르지만, 지금은 우리가 할 수 있는 일을 해야겠지."

사라가 담담히 대답했다. 확실히 그것 말고 우리가 선택할 수 있는 방법은 없을 듯했다.

사라가 컵을 내려놓고 소파에서 일어났다.

"땀이 나서 찝찝하네. 먼저 씻어도 돼?"

응, 하고 대답하자 사라는 욕실로 향했다. 히나타는 황급히 말을 던졌다.

"미안해."

사라가 걸음을 멈추고 돌아보았다. 히나타는 고개를 숙이고 말을 이었다.

"렌 씨의 의뢰를 받아들이라고 내가 무책임하게 제안하는 바람에."

가만히 견딜 수가 없어서 입술을 깨물었다. 설마 이런 일에 휘말릴 줄은 꿈에도 몰랐다. 사라가 다시 사회에 복귀할 계기가 되기를, 조금이라도 스스로를 긍정할 수 있게 되기를 바랐을 뿐인데.

"…날 생각해서 그런 거잖아."

침울해진 히나타를 보고 사라가 위로하듯 말했다.

"그리고."

사라는 훗, 하고 작게 웃더니 툭 던지듯 말했다.

"히나타와 함께라면 어디든지 같이 갈 거야."

히나타는 동그래진 눈으로 고개를 들었다. 사라의 뒷모습이 욕실로 스르르 사라졌다.

잠시 후 문 너머에서 샤워하는 물소리가 들렸다.

* * *

그날 밤은 나기를 한가운데 두고 셋이 침대에 나란히 누웠다.

나기는 천진난만한 얼굴로 눈을 감고 새근새근 숨소리를 냈다. 무방비하게 잠든 얼굴을 바라보고 있으니 어린애가 부모 곁을 떠나 이런 곳에 있다는 사실이 새삼 부자연스럽게 느껴졌다.

이 아이를 엄마 곁으로 무사히 돌려보내 줘야 한다는 사명감 같은 감정이 솟아올랐다. 평소 남과 접하기를 꺼리는 사라도 여러모로 나기를 신경 쓰며 지켜보는 듯한 눈빛을 보냈다.

…그렇다, 사라가 대중의 관심과 등쌀에 시달려 많은 것을 잃은 건 나기처럼 여섯 살 때였다.

아까 아키라가 사라에게 던진 말이 떠올랐다.

'당신, 옛날에도 괴물 같은 힘으로 사람을 죽일 뻔했다면서?'

'그 힘으로 남에게 큰 부상을 입혔잖아…!'

히나타에게 한 말도 아닌데 자기 일처럼 가슴이 아팠다.

원래 사라는 남에게 상처를 주기 싫어하는 마음씨 착한 사람이다. 자기 능력을 주체하지 못해 힘들어하는 사라를 보고 있기가 괴로웠다.

어떻게 하면 아름다운 야수 같은 사라가 자기 발톱과 엄니로 남이나 자기 자신을 상처 입히지 않고 살아갈 수 있을까. 스스로를 억지로 우리에 가두는 짓을 하지 않아도 될까.

결코 사라 본인이 원해서 얻은 힘도 아닌데.

히나타는 손을 살짝 뻗어 이불 위로 나온 사라의 손을 잡았다. 손끝에서 피부의 온기가 전해져 왔다. 깨어 있는 건지 잠든 건지는 모르겠지만, 사라는 잡은 손을 풀지 않고 가만히 있었다.

어둠 속에 누워 아무 말도 없이 떠나온 집을 생각했다. 이런 곳에 와서 기이한 사태에 휘말렸다는 걸 알면 부모님은 한탄하며 히나타를 책망할지도 모른다. 히나타가 못난 딸이니까, 평범하지 않은 선택을 했으니까 그렇게 된 것이라고 꾸중하리라. 사라도 원인 제공자로 보고 욕할 것이 틀림없었다.

묵직한 돌을 삼킨 듯한 기분을 맛보며 눈을 질끈 감았다. 불안과 긴장으로 잠이 오지 않을 줄 알았건만 빗소리와 피로감이 졸음을 불러왔다.

어느 틈엔가 히나타는 꿈을 꾸고 있었다. 옛날부터 가끔 꾸는 그 꿈은 무서운 뭔가에 쫓기는 꿈이었다. 침대 가장자리에서 시커먼 뭔가가 자신에게 촉수를 뻗는다. 타르처럼 질척한 그것이 입, 코, 귀로 들어와서 히나타의 숨통을 끊으려 한다.

질식할 것 같은 괴로움과 공포에 휩싸인 히나타는 침대에서 일어나 도망친다. 굴러떨어지다시피 계단을 내려가면 시커먼 액체 상태의 그것도 쫓아온다.

집을 뛰쳐나와 죽을힘을 다해 어둠 속을 한없이 내달린다. 숨이 차고 힘이 다해서 의식이 몽롱해졌을 때, 발아래 커다란 구멍이 있다는 사실을 알아차린다. 아차 싶은 순간, 빨려들듯이 구멍에 빠진다. 어둡고 깊은 구멍 속으로 거꾸로 떨어진다.

비명을 지르다가 익숙지 않은 침대 위에서 눈을 번쩍 떴다.

· 제4장 ·

둘째 날

둘째 날 아침.

밤늦게까지 내리던 비는 그쳤지만 몸은 영 개운치 않았다. 히나타만 그런 게 아니었는지 식당에 나타난 사람들은 모두 숙면했다고는 보기 힘든 표정이었다.

아침 식사는 주로 유토가 준비한 듯했다. 유토를 도와 음식을 긴 테이블에 늘어놓자 사람들은 각자 자리에 앉았다. 어제와 같은 순서였다. 시게키의 자리가 비자 미즈키는 약간 거북한 듯한 표정으로 한 칸 당겨서 앉았다.

시게키의 기괴한 죽음을 화제로 삼는 걸 다들 피하는 분위기였다. 하지만 아무도 말을 꺼내지 않으니 오히려 그 사실이 더욱 무겁게 모두를 짓누르는 것 같았다.

렌과 가즈히사는 아침을 먹으러 오지 않았다.

유토 말에 따르면 두 사람은 어젯밤부터 거의 한숨도 자지 않고 일하고 있다고 한다. 한시라도 빨리 이 사태를 타개하기 위해 몸을 혹사하는 듯했다. 어제 저택에서 일어난 비극은 주최자인 그들에게도 큰 골칫거리일 것이다.

화기애애했던 어제 저녁 식사 시간과는 딴판으로 무거운 분위기가 감돌았다. 메뉴도 간소해져서 토스트와 베이컨에그, 즉석 수프와 통조림이었다. 하기야 설령 호화로운 풀코스 요리가 나왔더라도 다들 우아하게 식사를 즐길 기분은 아니겠지만.

호화로운 건물에 머물고 있건만 위험한 지역에서 야영이라도 하듯 마음이 불안했다.

"피곤할 때는 단 걸 먹으면 도움이 된대요."

유토가 배려 섞인 말을 건네며 커다란 쿠키 접시를 테이블에 내려놓았다. 잼이나 아몬드를 올린 쿠키와 초코칩 쿠키 등 여러 종류의 쿠키를 예쁘게 담아냈다.

"어머, 맛있겠다. 먹어볼까."

분위기를 좀 풀어보려는 건지 도시코가 과장되게 밝은 목소리로 말하며 쿠키를 하나 집었다. "그럴까요" 하고 장단을 맞추듯 다른 사람들도 접시에 손을 뻗었다. 고급품인지 아주 맛있었다. 쿠키를 오물거리던 나기의 얼굴이 확 밝아졌다.

"맛있다. 이거 좀 가져가도 돼요…?"

치뜬 눈으로 부탁하자 유토는 껄껄 웃으며 고개를 끄덕였다.

"마음에 들었어? 물론 방에 가져가도 돼."

"네, 고맙습니다. 엄마한테도 선물로 주고 싶어서요."

나기가 해맑게 대답하자 주변에서 측은함과 흐뭇함이 섞인 눈빛이 날아들었다. "주방에서 지퍼백 가져올 테니까 거기에 넣자." 유토가 다정하게 말하고 자리에서 일어났다.

그런 가운데 아까부터 아키라만 혼자 신경질적으로 손톱을 깨물고 있었다. 어린 나이인데도 나름대로 신경이 쓰였는지 나기가 웃음을 지으며 건포도 쿠키를 내밀었다.

"이거 맛있어요."

"저리 치워."

즉시 험악한 목소리로 쏘아붙이자 나기는 깜짝 놀란 표정으로 굳어버렸다.

"좀."

미즈키가 예쁘게 생긴 눈썹을 치켜세우고 옆자리의 아키라를 노려보았다.

"어른스럽지 못하게 왜 어린애한테 화풀이야? 부끄럽지도 않아?"

어이없다는 말투로 나무라자 아키라는 어쩔 줄 몰라 했다. 주변 사람들의 얼굴을 둘러본 후 머쓱한 표정으로 변명하듯 중얼거렸다.

"…난 포도 알레르기가 있어."

서먹서먹하니 거북한 분위기 속에서 식사를 마치고 저마다 자리에서 일어섰다. 이런 상황에서 어린애를 혼자 둘 수는 없으므로 사라가 나기 곁에 붙어 있기로 했다. 안 그래도 나기는 사라를 잘 따라서 함께 있고 싶어 하는 눈치였다.

도시코가 한숨 섞인 목소리로 말했다.

"오늘 아침에 일어나자마자 밖에 나갈 수 없는지 시도

해 봤는데, 역시 안 되더라. 현관문이고 창문이고 열릴 생각도 안 해. 정말이지 어떻게 된 걸까."

"저기." 미즈키가 나기를 데리고 방으로 돌아가려는 사라를 불러 세웠다.

사라가 돌아보자 약간 도발적인 눈빛으로 물었다.

"당신 염동력자잖아. 그 능력으로 문이나 창문을 열 수는 없어?"

기대가 담긴 시선이 사라에게 모였다. 모두가 주목하는 가운데 사라는 냉정하게 대답했다.

"…무리야."

"왜?" 사라의 대답에 미즈키는 미간을 찌푸렸다. 수긍하지 못하는 그 모습을 보고 사라는 생각하면서 말을 꺼냈다.

"뭐라고 설명하기가 힘든데, 왠지 모르게 이상해. 여기 온 뒤로 뭔가가 쭉 간섭하는 기분이 들어. 음…, 굳이 비유하자면 감기 걸렸을 때 같다고 할까. 코가 막혀서 냄새를 잘 못 맡거나, 열이 나서 정신이 몽롱하면서도 감각이 몹시 예민해진 것 같은?"

망설임 섞인 설명을 듣자 그랬구나 싶었다.

지금 여기서 염동력을 사용할 수 없는, 또는 사용하고 싶지 않은 이유가 있을 것이라 막연히 짐작하기는 했다. 사라가 평소 자신의 능력에 대해 언급하고 싶어 하지 않으므로 직접 확인하지는 않았다.

"…아무튼 감각이 이상해졌어. 내 의지로는 통제할 수 없어."

사라의 말을 듣고 미즈키의 표정이 딱딱해졌다.

"알았어. 역시 당신도 그렇구나."

미즈키가 중얼거리는 말에 어제 나누었던 대화가 떠올랐다. 분명 미즈키도 이 저택에서는 능력을 잘 발휘할 수 없다는 식으로 말했다.

자기장처럼 여기에는 두 사람의 센서를 이상하게 만드는 뭔가가 존재하는지도 모른다.

미즈키가 분통 터진다는 듯 말을 내뱉었다.

"이 꺼림칙한 공기, 정말 짜증 나."

"미즈키 씨는 영혼을 보거나 퇴마 같은 걸 할 수 있나요?"

히나타가 궁금해서 물어보자 미즈키는 의외라는 듯 한쪽 눈썹을 치켜올렸다.

"설마. 난 사이코메트러지 영매사가 아니라고. 그런 건

못 해."

"하지만 어제 공기가 많이 고였다고…."

미즈키는 숨을 작게 내쉬고 자세히 설명해 주었다.

"사이코메트리는 물체에 깃든 잔류 사념을 읽어내는 능력이야. 보통은 한 가지 물체에 집중해서 세세한 부분까지 깊이 감지하지. 하지만 집중하는 대상을 넓히면 정밀도는 아주 낮아지는 반면, 좀 더 넓은 범위에 존재하는 기억이나 감정의 잔향 같은 게 희미하게 느껴져. 여기는 악의가 스며들었다거나, 여기는 다정한 마음이 담긴 것 같다거나 하는 식으로."

미즈키가 매서운 표정으로 단언했다.

"이 저택은 이상해. 저택 내부의 온갖 물건, 그리고 온갖 곳에 불길한 기운이 감돌아. 평범한 곳이 아니라는 건 확실해."

그리고 이쪽으로 손을 뻗었다. 긴 손가락으로 히나타의 가슴께를 짚더니 줄지은 단추를 따라가듯 천천히 움직였다.

그러면서 미즈키는 진지한 얼굴로 히나타의 눈을 가만히 들여다보았다. 어젯밤 침대 속에서 품었던 감정과 악몽의 내용까지 읽어내지는 않을까 싶어 가슴이 철렁했다.

미즈키는 바로 손을 떼고 미간에 주름을 잡으며 중얼거렸다.

"역시 또 고였어. 주변에 주의하는 편이 좋겠네."

사라가 천천히 입을 열었다.

"…어젯밤의 담배 냄새, 당신이었군."

사라는 미즈키를 바라보며 웬일로 단호하게 말했다.

"내 친구에게 친절하게 충고해 줘서 고마워. 하지만 히나타를 특별히 걱정해 주지 않아도 괜찮아."

대놓고 딱 잘라 말하자 미즈키가 한순간 주춤했다. 이목구비가 단정하니 인형처럼 생긴 사라가 지척에서 똑바로 바라보면 역시 박력이 느껴지는 모양이다.

"딱히 특별하게 걱정하는 건 아닌데…."

사라는 약간 당혹스러워하는 미즈키를 힐끗 본 후, 나기를 데리고 식당에서 나갔다. …묘하게 뼈가 있는 듯한 방금 그 대화는 뭘까. 설마 미즈키에게 자극을 받아서 사라에게도 초능력자로서 대항하려는 의식이 싹튼 걸까?

히나타는 뒷정리를 돕기 위해 주방으로 가서 설거지하는 유토에게 말을 걸었다.

"어젯밤은 잘 잤어?"

히나타를 보고 유토는 쓴웃음을 지으며 말했다.

"뭐, 조금은. 렌 씨와 가즈히사 씨에 비하면 많이 쉰 셈이지. …그쪽도 푹 잔 것 같은 얼굴은 아닌데."

"응, 악몽을 꿨거든. 여기에 온 탓이라기보다는, 옛날부터 피곤하거나 스트레스가 쌓이면 가끔 그랬어."

팔을 걷어붙이며 대답하자 뜻밖에도 "이야, 어떤 꿈?" 하고 관심을 보였다. 그러고 보니 유토는 전공이 심리학이라고 했으니까 그런 이야기에도 조금은 흥미가 있을지도 모른다.

싱크대 앞에 나란히 서서 설거지를 하며 무서운 뭔가에 쫓겨 방을 뛰쳐나가 밤길을 달리는 꿈이라고 잡담하듯 설명해 주었다.

"아아, 그런 경우가 있지. 나도 피곤할 때 가끔 이가 빠지는 꿈을 꾸거든. 빠진 이가 입속을 달그락달그락 돌아다녀서 정말 기분 나빠."

"듣기만 해도 소름 끼치는데."

하잘것없는 이야기를 하면서 뒷정리를 마쳤다. 유토가 젖은 손을 닦으며 물었다.

"이런 일이 벌어졌으니 피안장 조사는 물 건너간 셈인데, 히나타 씨는 어떻게 할래?"

히나타는 잠깐 고민했다. …역시 지금은 이 저택에서 빠져나갈 방법을 찾는 것이 최우선이리라.

"렌 씨와 가즈히사 씨와는 별개로 나도 스스로 할 수 있는 일을 해보려고."

"할 수 있는 일이라니?" 유토가 의아해하는 표정으로 물었다. 히나타는 조금 망설이다가 말을 이었다.

"난 다른 참가자들과 달리 초능력자가 아니야. 특수한 능력을 사용해 뭔가 할 수는 없지만, 지금은 오히려 그게 강점 아닐까 싶어."

고개를 갸웃하는 유토에게 설명했다.

"피안장에 온 뒤로 다른 사람들은 이곳에서 뭔가 영향을 받는 것 같아. 감각이 이상해졌다고 할까, 어쩐지 능력을 발휘하기가 몹시 힘들어 보여. 이 저택이 강한 능력을 지닌 사람을 중심으로 노리는 거겠지. 어제 저택을 안내받았을 때 느꼈어. …특히 사라가 위험해."

사라에게 일어난 몇몇 기괴한 현상이 떠올라서 어깨에 힘이 들어갔다. 마음을 다잡고 냉정하게 말하려 애썼다.

"그런 점에서 볼 때 나같이 평범한 사람은 적어도 초능력자들보다는 저택에 영향을 덜 받을 거야. 분명 다른 사람들보다 활동하기 편하겠지. 그래서 나도 여기서 나가기 위한 실마리를 찾거나 저택 내부를 조사해 보려고. 어쩌면 뭔가 빠뜨린 정보나 나갈 수 있는 곳을 찾을 수 있을지도 모르니까."

히나타가 반쯤은 자신을 타이르듯 힘주어 말하자 유토는 생각에 잠긴 표정으로 고개를 끄덕였다.

"…그렇구나, 알았어. 그런 거라면 나도 협력할게. 같이 하자."

"어." 허를 찔린 기분으로 유토를 보자 오히려 의외라는 듯한 표정으로 바라보았다.

"초능력자가 아닌 보통 사람이 저택에 영향을 덜 받아서 활동하기 쉽다면 나도 그렇잖아? 렌 씨와 가즈히사 씨는 외부와 연락할 방법을 찾느라 바쁜 것 같으니, 우리는 실제로 저택을 돌아다니며 탈출할 방법을 찾는 게 분명 효율적일 거야."

아주 자연스럽게 '우리'라는 말을 꺼내서 가슴이 살짝 두근거렸다.

유토가 미간을 모으고 머뭇머뭇 물었다.

"그런데 정말로 괜찮겠어? 겁을 주기는 싫지만 실제로 여러 사람이 사라지거나 죽은 곳이야. 가미시로 씨랑 나기와 함께 있지 않아도 돼?"

걱정하는 마음이 느껴져서 히나타는 작게 웃으며 고개를 저었다.

"나기는 사라가 돌봐줄 거니까 괜찮아. 내가 두 사람 곁에 있어도 할 수 있는 일은 별로 없고…, 그렇다면 조금이라도 빨리 여기서 탈출할 방법을 찾고 싶어."

"알았어. 그럼 일단 렌 씨에게 저택 내부를 조사하고 싶다고 알리고 허가를 받자."

히나타와 유토는 조사팀이 베이스캠프로 삼은 방으로 향했다. 기재에 점령된 방에서 렌은 책상 앞에 앉아 진지한 얼굴로 노트북을 조작하고 있었다. 표정에서 초조함과 피로가 묻어났다.

렌은 히나타와 유토의 이야기를 듣고 선뜻 승낙해 주었다.

"알았어. 뭔가 궁금한 점이나 필요한 물건이 있으면 가즈히사에게 물어봐."

컴퓨터 화면에서 거의 고개도 들지 않고 말했다. 워낙 절박한 상황이니만큼 다른 일에 신경 쓸 여유가 없는 것이리라.

히나타는 잠시 생각하다 말했다.

"저어, 그럼 바로 하나 부탁드릴게요. 서고에 들어가 봐도 될까요? 이곳의 상세한 평면도나 피안장에 대한 기록도 거기 있겠죠?"

도서관 사서답게 일단 문헌부터 찾아볼 생각으로 부탁하자 "상관없어. 응접실에 가즈히사가 있을 테니 열쇠를 빌려서 가" 하고 렌은 고개를 끄덕이며 대답했다. 그리고 갑자기 어두운 눈빛으로 중얼거렸다.

"그런데…, 이 저택의 평면도는 있지만 여기서 그런 물건이 도움이 될지는 의문이로군."

"그게 무슨 말씀이시죠?"

유토의 물음에 렌은 대답하지 않았다. 하지만 피안장에 온 뒤로 목격한 불가사의한 현상을 돌이켜보건대 무슨 뜻일지 대강 짐작이 갔다. 이곳에서 논리나 상식이 반드시 통한다는 보장은 없다는 것이리라.

"왜 피안장에서 이상한 일이 일어나는 걸까요…?"

히나타는 떠오른 의문을 저도 모르게 입에 담았다.

"왜 피안화가 피는 시기에 여기서 사람이 불의의 죽음을 맞는 걸까요?"

독백하듯 히나타가 중얼거리자 렌이 고개를 들었다. 이쪽을 올려다보며 진지한 얼굴로 말했다.

"…여기가 '흉한 곳'이라서 그렇겠지."

"'흉한 곳'이라고요?"

반응이 돌아올 줄은 몰랐으므로 약간 당황해서 렌의 말을 되뇌었다.

"응. 사방이 잘 보이는데도 어째선지 사고가 자주 발생하는 도로나 자살자가 많은 곳이 있잖아. 그런 곳은 '흉한 곳'이야. 안 좋은 기운이 모이거나 심령현상이 발생하기 위한 환경적인 조건이 있는데, 이곳에서는 피안화가 피는 계절에 그 조건이 충족되는 거겠지. 어디까지나 개인적인 추론에 지나지 않지만."

렌은 말을 끊었다가 엄한 목소리로 주의를 주었다.

"절대로 혼자서 행동하지 마, 알겠나. 섣부른 짓을 했다가는 정말로 목숨이 달아날지도 몰라."

히나타와 유토는 무심코 얼굴을 마주 보았다.

응접실에서 가즈히사에게 열쇠를 빌려 재빨리 서고로 향했다. 휴게실 옆에 있는 문은 자물쇠가 뻑뻑해서 열리지 않으면 어쩌나 불안했지만 곧 자물쇠가 풀렸다.

좁은 계단을 내려가자 반쯤 지하에 자리 잡은 서고가 나타났다. 불을 켜고 주변을 둘러보았다. 약 세 평 크기의 서고 한복판에는 중후한 책상이 있었고 세심한 디자인의 유리문이 달린 서가가 벽 앞을 차지하고 있었다. 서가는 두꺼운 책과 자비 출판물로 추정되는 장서 및 파일로 가득했다.

오래된 가죽 냄새와 종이 냄새, 먼지 냄새가 뒤섞여서 실내에 독특한 분위기를 자아냈다. 창문이 없는 것도 한몫해서 비좁은 느낌이었다.

히나타는 재채기를 참으며 유토와 분담해 자료를 조사했다. 이 지역에 관한 오래된 문헌과 저택 설계도 등 피안장에 관련된 자료를 생각보다 쉽게 찾아냈다. 하지만 탈출하기 위한 실마리가 될 것 같지는 않았다.

유토가 먼지를 뒤집어쓴 자료를 들고 숨을 내뱉으며 말했다.

"여기 있는 설계도는 건축된 당시의 물건이야. 개축을

거듭한 현재의 설계도는 아쉽게도 없는 것 같아."

"그러게." 히나타는 고개를 끄덕이고 다른 책에 손을 뻗었다. 그러다 육필이 적힌 낡은 파일을 발견했다. 표지를 넘기자 스크랩북인 듯했다. 잡지와 신문 기사, 누레진 서류 등이 수없이 끼워져 있었다.

페이지를 넘겨보니 주로 피안장에 관련된 기사를 스크랩한 듯했다. 렌에게 들었던 피안장에 얽힌 비극을 다룬 기사가 대부분이었다.

피안장을 방문한 배달업자가 실종됐다가 건물 안에서 변사체로 발견된 사건. 당시 저택 주인이 거실에서 건배를 선창한 직후에 심부전으로 쓰러져 사망한 비극.

스크랩한 기사에는 '괴이. 사람을 잡아먹는 저택' '기지마 전기, 창업자의 동생도 돌연한 죽음. 일족은 저주받았나?' 같이 선정적인 헤드라인이 주로 박혀 있었다.

렌이 저택을 안내하며 들려준 이야기는 전부 실화였구나 싶어 섬뜩했다.

스크랩북에는 저택 주인의 손녀가 피안장에서 투신자살했다는 기사도 몇 장 보관돼 있었다. 밤중에 자고 있던 아기가 숨을 멈춰서 충격을 받고 아기의 이름을 부르짖는 목소리를 여러 명이 들었다는 증언이 적혀 있었다. 반쯤 미쳐버린 그녀는 아기를 안고 옥상 테라스에서 뛰어내렸다.

생생한 묘사에 이맛살을 찌푸리며 페이지를 넘기자 풀로 붙인 용지가 눈에 들어왔다.

의사의 보고서였다. 내용으로 추측건대 유족의 의뢰를 받고 죽은 모자의 시신을 부검한 의사가 작성한 것인 듯했다.

보고서에는 테라스에서 떨어진 어머니와 아기 둘 다 추락사한 것으로 추정된다는 의사의 소견이 적혀 있었다.

히나타는 비통한 심정으로 꺼끌꺼끌한 종이 표면을 쓰다듬었다.

유족은 분명 불안하고 두려웠으리라. 저주같이 정체 모를 뭔가가 두 사람의 죽음에 관여한 것 아닐지 의심스러워서 일부러 부검을 의뢰했는지도 모른다.

상상하자니 공기가 확 무거워진 것처럼 가슴이 답답했다.

―이 저택에서는 사람이 너무 많이 죽는다.

"이만 나갈까." 히나타가 답답해하는 걸 알아차렸는지 건축 관련 자료를 보던 유토가 책을 덮고 말했다.

두 사람은 자료를 서가에 꽂고 부랴부랴 서고를 나섰다.

***

"윽." 사라는 얼굴을 살짝 찡그리며 오른손 엄지손가락을 보았다.

실수로 책상 모서리에 부딪치는 바람에 손톱 끄트머리가 깨졌다.

어처구니없는 실수에 한숨을 쉬었다. 집중력이 많이 떨어졌다. …이 저택에 온 뒤로 뒤숭숭한 마음이 진정될 낌새가 없었다.

그렇게 아프지는 않았지만 사람이나 물건을 긁어서 상처를 낼지도 모른다. 가즈히사에게 손톱깎이, 그게 없으면 줄 같은 도구라도 빌리기로 했다.

사라는 발돋움해서 창밖을 보고 있는 나기에게 말했다.

"잠깐 나갔다 올게. 금방 올 거니까 방에 있어."

"네." 나기가 이쪽을 보고 순순히 고개를 끄덕였다. 사라는 방에서 나와 복도를 걸어갔다. 렌과 가즈히사가 있을 1층으로 내려가려는데 갑자기 속삭이는 듯한 목소리가 들렸다.

'사…라….'

반사적으로 목소리가 들린 쪽을 보았다. 하지만 기다란 복도에는 아무도 없었다.

'사라.'

또다. 사라는 눈살을 찌푸렸다. 들린다. 분명 누군가가 자신의 이름을 불렀다. 익숙한 그 목소리가 묘하게 마음에 걸려서 사라는 그쪽으로 걸어갔다. 이건 자신을 꾀어내기 위한 함정일지도 모른다고 마음의 준비를 하면서 고요한 복도를 향해 나아갔다.

창문을 보자 멀리서 빨간 꽃들이 불길하게 흔들리고 있었다. 마치 여기서 도망칠 수 없는 사람들을 비웃는 듯했다. …부아가 치밀었다.

사라를 부르는 목소리는 멈추지 않았다. 멀리서, 가까이에서 머릿속에 직접 속삭이는 듯한 목소리다. 목소리를 쫓아 복도를 걸어갔다.

거실 앞을 지나칠 때 닫힌 문 너머에 누워 있을 시게키의 시체가 떠올라서 어깨에 힘이 들어갔다.

'사라.'

'사라.'

목소리가 강해졌다. 이 방이다.

마음을 단단히 먹고 문을 열자 거울방이었다. 벽면과 천장에 거울을 붙인 방에 발을 들여놓자 거울에 비친 여러 명의 사라도 똑같이 움직였다. 목소리는 분명 여기서 들렸을 터였다.

그때 사라를 부르던 목소리가 뚝 끊겼다.

사라는 아무도 없이 쥐 죽은 듯 고요한 방을 둘러보다가 숨을 푹 내쉬었다. 그리고 밖으로 나가려는데 갑자기 고함치는 듯한 목소리가 들렸다.

'사라!'

놀라서 돌아본 순간, 거울 속의 수많은 자신이 일제히 사라를 노려보았다. 굶주린 인간이 먹음직스러운 고기를 보듯 번뜩이는 눈이었다.

아아, 그렇구나. 어쩐지 익숙하다 싶었는데 자기 목소리였다.

주춤하는 사라에게 자신과 똑같이 생긴 뭔가가 거울 속에서 속삭였다.

"이쪽으로 오렴."

거울 속 사라가 히죽히죽 웃으며 말했다. 똑같은 목소

리지만 더 흐릿하고 탁했다. 마치 몇십 년 만에 말을 꺼낸 것처럼.

본능이 비상벨을 울렸다. 아주 좋지 못한 상황이다.

일그러진 목소리가 나지막하게 말을 걸었다.

"실은 여기 있고 싶지?"

손바닥에 땀이 배었다. 사라는 뒷걸음치며 고개를 저었다. 으스스한 뭔가가 거울 속에서 비웃듯이 사라를 바라보았다.

"여기서 나가기 싫으면서."

몹시 차가운 목소리였다. 자신과 똑같이 생겨서 그런지 더욱 섬뜩하게 들렸다.

"밖에 네가 있을 곳은 아무 데도 없어."

말로 폐부를 끌어내리려는 것처럼 그것이 사라를 몰아붙였다.

"히나타가 너더러 여기 가라고 한 건, 네가 없어지길 바랐기 때문이야."

사라는 눈을 부릅떴다. 살짝 동요한 틈을 타서 그것이 싸늘한 악의를 흘려 넣었다.

"히나타는 널 거추장스러워해. 지금도 남자와 즐겁게

놀고 있지."

엄청난 비밀을 알려주겠다는 듯이 사악한 목소리가 속삭였다.

"네게서 해방되고 싶으니까 죽기를 바라는 거야."

"아니야."

사라는 즉시 반박했다. 어째선지 손끝이 떨렸다. 거짓말인 줄 아는데도 오싹한 한기가 가시질 않았다.

"있지."

끈적끈적 달라붙는 목소리가 유혹하듯 말을 걸었다. 현기증이 난 것처럼 시야가 흔들렸다.

"그러니까."

거울 속의 사라가 씩 웃으며 말했다.

"죽, 여, 버, 려."

"이 괴물이!"

사라는 대항하듯 외쳤다. 동시에 거울 속의 자신도 소리쳤다.

"이 괴물이!"

거울에 비치는 자신의 얼굴에 짙은 그림자가 드리운 것처럼 보였다. 시선을 모으자 거무튀튀한 멍 같은 것이 사라의 얼굴에 퍼져 나갔다.

반사적으로 소리를 지르며 양손으로 얼굴을 덮었다. 먹물을 엎은 것처럼 검은 얼룩이 서서히 피부를 뒤덮었다.

그때 뒤에서 문이 열리는 소리가 들렸다.

"아, 역시 있었네."

미즈키 목소리였다.

사라는 고개를 들어 정면의 거울을 보고 숨을 삼켰다.

…경직된 표정으로 이쪽을 바라보는 자기 모습이 비칠 뿐이었다.

얼굴에도 아무 이상 없었다.

방으로 들어온 미즈키가 사라에게 말을 걸었다.

"지나가는데 목소리가 들려서 누가 있나 싶어서."

그러고는 혼자 우두커니 서 있는 사라를 이상하다는 듯이 바라보았다. 히나타도 함께 있는 줄 알았으리라.

"누구랑 이야기한 거야?"

사라는 숨을 길게 내쉬고 아무 일도 아니라는 듯 고개를 저었다. 방금 겪은 불쾌한 현상에 대해 여기서 설명할 마음은 들지 않았다.

미즈키는 미심쩍어하는 눈빛을 던질 뿐, 더는 캐묻지 않았다. 그리고 문득 생각난 것처럼 다른 화제를 꺼냈다.

"너랑 같이 온 애, 야마모토 히나타라고 했지?"

미즈키가 의아하다는 듯 물었다.

"걔는 너한테 뭐야?"

사라는 싸늘한 표정으로 미즈키를 응시했다.

"당신이 내 친구를 걱정할 필요는 없다고 했을 텐데."

"뭐? 엄청 견제하네."

미즈키가 발끈한 듯 인상을 찌푸렸다. 사라는 그 자리에서 떠나려다 자신을 노려보는 미즈키에게 말했다.

"아까 중요한 순간에 와줬어. …고마워."

감사를 표하자 미즈키는 한순간 허를 찔린 표정을 지었다. 복잡한 표정으로 이쪽을 바라보는 미즈키를 남겨두고 사라는 거울방을 나섰다.

***

"아아, 있네."

도시코는 식당 의자 등받이에 걸어둔 숄을 집었다.

약간 쌀쌀해서 걸치고 나왔는데 아침 먹을 때 벗은 걸 깜박하고 방에 돌아갔다가 가지러 왔다. 역시 피곤한 모양이다.

숄을 어깨에 걸치고 식당을 나섰다. 깊은 색감이 마음에 들어서 연지색을 구입했는데, 지금은 붉은색 물건을 가지고 있는 것이 찜찜해서 마음이 어수선했다.

어젯밤에 보았던 끔찍하게 변한 시게키의 모습이 눈앞에 떠올랐다. 온몸이 갈기갈기 찢겨나갔는데 피는 나지 않았던, 그 이상한 시체.

문득 렌이 했던 말이 떠올랐다.

'산장 일대에 피어나는 피안화의 선명한 붉은색은, 지금까지 저택에 잡아먹힌 피해자의 피 색깔일지도….'

한기가 몰려와서 몸이 부르르 떨렸다. 도시코는 불길한 생각을 머리에서 떨쳐내고 일부러 가벼운 말투로 중얼거렸다.

"안 돼, 안 돼. 부정적인 생각은 금지."

아까부터 자연스레 혼잣말이 많아지는 건 정적이 저택을 무겁게 짓누르고 있기 때문이다. 그리고 누군가가 문틈으로 이쪽을 살피며 품평하듯이 찜찜한 기척도 느껴졌다.

전화도 아직 불통이고, 방에만 틀어박혀 있으면 불안감이 몰려와서 기분이 울적하다. 도시코는 저택을 구경하며 방으로 돌아가기로 했다.

아주 어두운 사연이 많다고는 해도 대기업이 소유한 별장에 초대받을 기회는 좀처럼 없으리라.

마음이 불안정해지면 만사를 안 좋은 쪽으로 받아들이기 십상이다. 평소 못 보는 물건을 감상하면 기분이 좀 전환될지도 모른다.

도시코는 복도를 걸으며 건물의 디자인과 저택 내부에 장식된 미술품을 감상했다. 먼지를 뒤집어쓰거나 세월의 흔적이 여실히 드러나는 부분도 많았지만 풍취로 가득해서 눈이 즐거웠다.

담화실에 들러 골동품인 듯한 장식 선반장을 들여다보았다. 선반에는 놋쇠로 만든 새장 오브제와 정교하게 세공한 오르골 등이 놓여 있었다. 그리고 피안장과 똑같이 생긴 미니어처 모형도. 왜 이런 걸 만들었을까 약간 의아했다.

담화실을 나서서 계단을 올라 복도 벽에 장식된 미술품을 감상하며 걸음을 옮겼다.

아름다운 스테인드글라스, 서양화풍 석판화. 음울한 느낌이 드는 저택에서 그것들을 보고 있으니 어두운 꿈을 꾸는 것 같았다.

갑자기 작은 위화감이 느껴졌다.

아까도 이 방 앞을 지나가지 않았나…?

당황해서 앞으로 나아가자 의도했던 것과는 전혀 다른 곳이 나왔다. 열심히 장식품을 감상하다가 방향을 틀린 걸까.

"아이고, 이 나이에 미아가 되다니."

농담하듯 말했지만 어쩌면 그럴지도 모른다는 불길한 예감이 살짝 고개를 쳐들었다. 저택이 자신을 현혹했을지도 모른다는 예감이다.

괜찮아, 하고 스스로를 타일렀다. 정신을 바짝 차리면 그것은 함부로 손을 쓰지 못할 것이다.

도시코는 자기 방으로 돌아갈 길을 찾기 위해 주변을 냉정하게 관찰했다. 기억과 감각에 의지해 올바르다고 느껴지는 방향으로 나아갔다.

그때 줄지은 문 중 하나에서 희미한 소리가 들렸다. 왠지 모르게 마음에 걸려서 걸음을 멈췄다.

기묘한 소리였다. 뭔가를 갉작갉작 긁는 듯한 소리다. 쥐라도 있는 걸까 싶었을 때 신음 같은 작은 목소리가 귀에 들어왔다. 어린아이 목소리와 비슷했다.

가슴이 덜컥 내려앉았다.

도시코의 이성이 안전을 우선하라고 호소했다. 신경 쓰면 안 돼. 함정이면 어떻게 할 거야? 아무것도 못 들은 셈 치고 무시해.

하지만 감성은 발목을 붙잡았다. 만약…, 정말로 이 문 너머에 누군가 있다면? 예를 들어 나기나 다른 누군가에게 뭔가 좋지 않은 일이 일어나서 도시코에게 필사적으로 도움을 요청하는 거라면?

그러고 보니 어제 미즈키가 거실의 긴 의자를 만지면서 말했다. 몹시 겁먹은 어린애의 모습이 보였다고. 어쩌면 어떤 아이가 실수로 저택에 들어왔다가 길을 잃었을 가능성도 없지는 않잖은가.

도시코는 긴장해서 침을 꿀꺽 삼키고 문 너머에 말을 걸었다.

"나기?"

대답은 없었다. 하지만 도시코의 목소리에 반응하듯 신

음소리가 잠깐 커졌다.

"누구 있어?"

목소리가 가냘파지더니 갑자기 뚝 멎었다. 불안감에 가슴이 술렁거렸다. 망설인 끝에 도시코는 경계하며 문고리를 잡았다. 목소리를 낸 사람이 걱정돼서 문을 열어보지 않을 수 없었다.

괜찮아. 공포가 날 삼키지 못하도록 정신만 바짝 차리면 돼.

문을 열자 어스름한 실내에는 가구와 오브제 같은 장식품이 아무렇게나 놓여 있었다. 천장 구석에 거미줄이 보였고 먼지를 뒤집어쓴 물건들이 곳곳에 널려 있었다. 아무래도 창고인 듯했다.

만약을 위해 가까이 있던 꽃병을 문틈에 끼워놓고 안으로 들어갔다. 꽃병을 만지자 먼지로 손가락이 시커메졌다. 비싼 물건일지도 모른다는 죄악감이 머리를 스쳤지만 비상사태니까 그냥 넘어가기로 했다.

방을 둘러보자 정면 벽 앞에 뭘 덮은 것처럼 불룩해진 흰색 천이 있었다. 사람 한 명이 웅크리고 있는 정도의 크기였다.

심장이 빨리 뛰었다.

혹시 저 밑에 아이의 시체가 있다면….

도시코는 긴장감을 감추고 용기를 내서 흰색 천에 손을 뻗었다. 천을 잡고 휙 젖혔다.

천 밑에서 나타난 건 사람이 아니라 몇 점을 겹쳐서 기대놓은 그림이었다. 저도 모르게 숨을 크게 내쉬었다. 뭐야, 제멋대로 상상하고 제멋대로 안절부절못하다니 바보 같다.

제일 앞쪽의 그림은 액자에 든 초상화였다. 예복을 차려입은 남녀 한 쌍의 그림이다.

턱시도 차림의 장년층 남자는 군살 없이 날카로운 얼굴에 눈도 맹금류처럼 매서웠다. 빈틈없이 매만진 머리와 쑥 들어간 뺨, 한일자로 꾹 다문 입이 보는 사람에게 차가운 인상을 주었다. 분명 이 사람이 기지마 전기의 창업자 기지마 레이치로이리라.

그 옆의 여자는 남자보다 스무 살쯤 젊어 보였다. 애리애리하다고 할 나이는 이미 지났지만 배우처럼 화사한 생김새와 총명함이 느껴지는 눈빛이 매력적인 인물이었다.

어딘지 모르게 낯이 익어서 어디서 봤나 생각하다가 거

실에 장식된 그림의 모델과 똑같은 여자라는 걸 알아차렸다. 분명 이 여자가 레이치로의 첩실이었다는 미야마 레이코일 것이다.

그나저나 그림 속 두 사람은 바짝 붙어 있는 모습과 달리 따스한 인상은 조금도 전해지지 않았다. 오히려 보는 사람에게 긴장감을 안겨주었다.

그때 뒤에서 쿵, 하고 둔탁한 소리가 났다. 반사적으로 돌아보자 문틈에 끼워둔 꽃병이 옆으로 쓰러져 있었다. 굳어버린 도시코 앞에서 둥그스름한 꽃병이 천천히 바닥을 굴렀다.

동요해서 엇, 하고 목소리가 나왔다. 어째서. 바람도 없는데 나름대로 무거운 꽃병이 저절로 쓰러졌단 말인가.

삐걱거리는 소리와 함께 문이 철컥 닫혔다.

"안 돼."

도시코는 고개를 내저으며 문에 달려들었다. 문고리를 힘껏 돌려봐도 문은 열리지 않았다. 아아, 당혹감에 찬 목소리가 새어 나왔다.

이건 바람이나 바닥의 경사 때문이 아니다. 저택이 가둔 것이다.

멍하니 서 있는데 끼익, 하고 희미한 소리가 들렸다. 딱딱한 뭔가가 문질리는 듯한 소리. 방구석에서 들려온다.

도시코는 숨을 삼키며 머뭇머뭇 그쪽으로 고개를 돌렸다. 다음 순간 뺨이 경직됐다.

휠체어였다. 아무도 타지 않은 휠체어가 끼익끼익 소리를 내며 천천히 이쪽으로 움직였다.

도시코는 목이 찢어지게 비명을 지르며 뒤로 물러났다. 다리가 꼬여서 꼴사납게 엉덩방아를 찧었다.

정신이 혼란스러웠지만 애써 자신을 타일렀다. 진정해, 진정하는 거야. 정신을 놓으면 안 돼.

기력을 쥐어짜서 고개를 들자 믿기지 않는 광경이 눈에 들어왔다.

―초상화 속 여자가 사라졌다.

여자가 그려져 있던 곳이 애초부터 아무것도 없었다는 듯 텅 비어 있었다.

"말도 안 돼…."

도시코는 멍하니 고개를 저었다. 이게 무슨. 분명 여자가 그려져 있었는데.

식은땀이 온몸에 줄줄 흘렀다.

그때 도시코의 등 뒤에서 뭔가를 끄는 듯한 소리가 들렸다.

지익, 지익, 하고 소리가 이쪽으로 다가왔다. 마치 다리가 불편한 사람이 기어 오는 것 같은 소리였다.

그뿐만이 아니었다. 어느 틈엔가 희미한 신음소리가 다시 들려왔고, 뭔가 썩은 것처럼 달착지근하면서도 역겨운 냄새가 코를 찔렀다.

그럴 리 없다고 필사적으로 스스로를 타일렀다. 그림 속에서 사람이 나올 리 없다. 그 여자는 이미 죽었다. 이런 곳에 있을 리 없다. 있다면 그건….

손끝이 주체할 수 없이 바들바들 떨렸다.

"시, 신은…."

애처로울 만큼 굳은 목소리로 말을 꺼냈다.

"극복할 수 없는 시련은 주지 않아."

입속이 바싹 말랐다. 무시무시한 뭔가가 다가온다. 등 뒤에서 느껴지는 소리와 냄새가 아까보다 강해졌다.

도시코는 속으로 빌었다. 사라져. 부탁이니 빨리 다른 데로 가.

"극복할 수 없, 시, 시련은…."

그때 어깨에 뭔가가 닿았다. 생기가 느껴지지 않는 차가운 감촉에 심장이 튀어나올 뻔했다. ―바로 뒤에 있다.

목구멍에서 비명이 터져 나왔다. 다리가 풀려서 비틀거리면서도 막무가내로 문에 달려들었다.

"아, 아아…."

너무 무서워서 눈물이 뚝뚝 떨어졌다. 온몸에 소름이 돋았다. 싫어, 오지 마. 저리 가. 정신없이 문고리를 돌렸다.

"살려줘!"

온몸으로 외치는 것과 동시에 문고리가 움직였다. 미친 듯이 문을 열고 구르다시피 복도로 나갔다.

도시코는 뒤도 돌아보지 않고 그대로 달아났다.

***

아키라는 자기 방 침대에 앉아 안절부절못하는 기분으로 손톱을 깨물었다.

"망할." 저도 모르게 욕을 내뱉었다. 혼자 방에 가만히 있으니 불안만 앙금처럼 쌓였다.

그렇다고 다른 사람들과 어울리거나 저택을 돌아다니

는 건 어리석은 짓이다. 언제 어디에 무시무시한 함정이 나타날지 모를 일이니까.

왜 이렇게 된 거지.

속으로 스스로에게 물어보았다. 벌써 몇 번째인지도 모를 정도였다.

늘 이렇다. 뭔가 해보려고 긍정적으로 나서도 잘되는 법이 없다. 오히려 실수를 저질러서 사태가 악화될 뿐이다.

결국은 이런 유령의 집에 갇혀 목숨이 위태로운 지경에 처했다.

제기랄, 대체 내가 뭘 그리 잘못했는데?

아키라가 머리를 끌어안았을 때 갑자기 스마트폰이 울렸다.

"…어?" 놀라서 곁에 놓아둔 스마트폰을 집었다. 화면에 발신자의 이름이 떴다.

—아미의 전화였다.

아키라는 눈이 휘둥그레졌다. 이유는 모르지만 외부와 전화가 연결됐다.

반가운 기분으로 얼른 화면을 눌렀다.

"여보세요, 아미?"

"앗군?"

겹치듯이 아미의 목소리가 들렸다. 아키라가 뭐라고 말을 꺼내기도 전에 따지는 소리가 날아들었다.

"대체 어떻게 된 거야? 왜 연락 안 했어? 전화해도 받지도 않고. 나 진짜."

금방이라도 울 것 같은 퉁명스러운 목소리로 속사포처럼 쏘아붙이는 아미를 아키라는 "자, 잠깐만" 하고 허둥지둥 제지했다.

"긴급 사태야. 큰일이 벌어졌는데 바깥과 연락도 되질 않았거든. 그래서…."

"앗군한테 연락이 없어서 얼마나 걱정했는지 알아? 무슨 일 생긴 건 아닐까, 텔레비전에 나오는 그 화려한 여자 초능력자와 눈이라도 맞은 건 아닐까 싶어서 밤에 잠도 제대로 못 잤다고."

"뭐? 무슨 소리야 그게. 그런 거 아니니까 제발 내 말 듣고 진정 좀 해."

아미는 감정이 앞선 나머지 이쪽 이야기가 전혀 귀에 들어오지 않는 듯했다. 원래부터 한번 뭔가에 꽂히면 남의 말을 잘 듣지 않는 성격이기는 했다.

아키라가 어떻게든 설명하려는데 아미가 의기양양하게 목소리를 높였다.

"그래도 에라 모르겠다 하고 앗군이 있는 곳에 왔어!"

아키라는 입을 떡 벌린 채 굳어버렸다. 아미가 방금 뭐라고 했지? 한순간 무슨 뜻인지 이해가 되지 않아 혼란스러운 기분으로 물어보았다.

"왔다니…, 설마 피안장에? 장난치는 거지?"

"장난 아닌데." 아미는 동요한 아키라에게 화난 것처럼 말했다. 그러더니 태도를 약간 누그러뜨리고 응석을 부리듯이 덧붙였다.

"지금 현관에 있어. 앗군은 어디야? 힘들어 죽겠네. 여기 생각보다 추워. 그리고 어쩐지 으스스해. 앗군, 빨리 데리러 와."

"잠깐—"

아키라가 말을 꺼내려는데 전화가 끊겼다.

멍하니 허공을 쳐다보았다. 피안장에 왔다고? 농담이지?

아키라는 앓는 소리를 내며 이마를 눌렀다. 믿기지가 않았다. 아미의 행동력을 너무 얕봤다.

아미가 자신을 쫓아 여기까지 왔다고 생각하자 얼굴에

서 핏기가 가셨다. 아아, 하필이면 이렇게 위험한 곳에 왜 온 거야.

아키라는 침대에서 내려와서 허둥지둥 방을 뛰쳐나갔다. 스마트폰을 움켜쥔 채 초조한 마음으로 1층 현관홀로 향했다.

천진난만하고 분별없는 아미가 이런 곳에서 혼자 불안에 떨고 있는 모습을 상상하자 도저히 가만히 있을 수가 없었다.

커다란 계단까지 와서 아래층을 내려다보고 숨을 삼켰다.

―현관홀 바닥에 여자가 엎드린 자세로 쓰러져 있었다.

얼굴은 보이지 않았지만 윗옷이 낯익었다. 생일에 아미가 졸라서 큰맘 먹고 선물한 옷이었다. 그때 아미는 환하게 웃으며 호들갑스럽게 기뻐했다.

'엄청 기뻐. 평생 입을래!'

자신의 얼굴이 새파랗게 질리는 것을 알 수 있었다.

"아미!"

아키라는 계단을 펄쩍펄쩍 뛰어내려 쓰러진 아미에게 얼른 다가갔다.

손을 뻗으려다 비로소 상황이 부자연스럽다는 걸 깨달았다.

…아미는 어떻게 여기까지 온 걸까?

운전에 서툴고 차도 없는 아미가 이런 산속까지 어떻게? 그러고 보니 밖에서 자동차 엔진 소리가 들렸던가.

외부와 연락이 되거나 차가 저택까지 왔다면 렌과 가즈히사가 제일 먼저 알아차리고 사람들에게 알리러 오지 않았을까…?

애당초 아미는 폐쇄된 저택에 어떻게 들어왔을까.

그리고 아까 아미가 '텔레비전에 나오는 그 화려한 여자 초능력자'라고 했다. 방송에 출연해서 유명해진 사이코메트러 미즈키가 조사팀에 참가했다는 사실을 아미는 언제 어디서 알았을까.

무시할 수 없는 위화감이 아키라의 발목을 붙잡았다. 땀이 천천히 배어났다. 눈앞에 쓰러져 있는 건 정말로 자신이 사랑하는 아미일까?

끝부분이 약간 상한 아미의 밝은 갈색 머리카락이 바닥에 퍼져 있었다. 소맷자락에 살짝 보풀이 인 윗옷도, 치마 밑으로 뻗어 나온 종아리의 형태도 자신이 잘 아는 모습

그대로였다. 하지만….

가만히 서서 망설이고 있으니 쓰러져 있던 아미가 천천히 몸을 일으켰다. 아키라는 숨을 헉 삼켰다.

흐트러진 머리카락이 얼굴을 덮어서 어떤 표정인지는 똑똑히 보이지 않았다. 하지만 머리카락 사이로 보이는 눈에서는 섬뜩할 만큼 어두운 빛이 뿜어져 나왔다.

"아, 미…?"

긴장돼서 저도 모르게 침을 삼켰다. 동요한 나머지 스마트폰을 떨어뜨릴 뻔해서 허둥지둥 손에 힘을 주었다. 스마트폰 화면이 시야에 들어온 순간, 가슴이 철렁했다.

─스마트폰은 여전히 통화권 이탈 상태였다.

말도 안 된다. 아키라는 떨리는 손으로 통화 이력을 확인했다. 가장 최근에 통화한 기록은 어제 것이었다.

방금 아미와 통화한 기록은 어디에도 남아 있지 않았다.

"이럴 수가…."

아연실색한 아키라 앞에서 아미가 완전히 일어섰다. 아미의 모습을 한 그것이 흐느적흐느적 몸을 흔들며 아키라에게 다가왔다.

"으, 으아악."

아키라는 뒷걸음치다가 몸을 획 돌려서 도망쳤다. 복도를 달리며 돌아보자 아미를 닮은 그것이 아키라를 쫓아왔다. 흡, 하고 경직된 목구멍에서 소리가 새어 나왔다.

"누구 없어…?"

아키라는 숨을 헐떡이며 필사적으로 소리쳤다.

"아무나 좀 와봐."

하지만 아무리 큰 소리로 외쳐도 대답은 없었다. 살려줘. 이렇게 시끄럽게 소리치는데 왜 아무도 나오지 않는 거야.

"앗군."

아미가 땅속에서 울리듯 나지막한 목소리로 이름을 불렀다.

"앗군은 성공할 거야."

"앗군은 대단한 사람이야."

"꼭, 꼭 유명해질 거야."

아키라는 공포에 휩싸여 절규했다. 무서워서 더는 뒤를 돌아볼 수가 없었다. 무릎이 떨리고 다리가 꼬여서 당장이라도 푹 고꾸라질 것만 같았다.

정신없이 달리다가 눈앞에 나타난 나선계단을 뛰어 올

랐다. 옆구리가 결리고 숨쉬기가 힘들었다. 줄줄 흐르는 땀이 눈에 들어갔다.

세로대에 알뿌리처럼 불룩한 장식이 설치된 난간을 잡고 비비 꼬인 계단을 오로지 내달렸다.

오지 마, 제발 오지 마.

"아아." 계단 끝에 다다른 아키라는 탄식했다. 먼지 긴 문으로 막혀 있었다.

제발 잠겨 있지 말아라.

기도하는 심정으로 얼른 문을 열려다가 얼어붙었다.

…문손잡이가 일그러진 스페이드 모양이었다. 어디선가 본 기억이 났다.

연립주택 부엌에서 아키라가 자동서기 상태로 화이트보드에 그린 문이었다.

반사적으로 물러나려 했다. 안 된다. 이 문을 열어서는 안 된다는 무서운 예감이 들었다. 호흡이 거칠어졌다.

하지만 아미의 형상을 한 뭔가에게 금방이라도 따라잡힐 것 같아서 너무 두려웠다. 제기랄, 어쩌면 좋지?

그때 갑자기 시야가 흔들렸다. 머릿속에 뭔가가 다짜고짜 흘러드는 감각. —온다. 그것이.

"아아…, 이런 염병할."

아키라는 절망에 찬 목소리를 흘렸다. 그사이에도 주변의 윤곽이 일그러지고 서서히 흐려졌다. 하필이면 이럴 때.

"아, 안 돼."

휩쓸어 가려는 물결에 저항하듯 아키라는 힘없이 고개를 내저었다. 눈의 초점이 맞지 않았다. 무의식적으로 반쯤 벌어진 입에서 침이 한 줄기 흘러내렸다. 울 것 같은 기분으로 애원했다. 부탁이니 제발 그만해.

"*지금은 싫어…!*"

자신의 뜻과는 달리 손이 벌벌 떨리면서 위로 올라갔다. 흔들리는 집게손가락이 희미하게 먼지가 묻은 문의 표면을 문질렀다.

무슨 기호같이 기묘한 형상이 먼지 위에 그려졌다. 얼핏 보기에는 십자가 같았다. 다시 보니 위쪽 선만 몹시 길고 가로선과 세로선이 겹치는 중앙 부분이 동그랗게 뭉개졌다.

아키라는 혼란스러운 와중에도 이 그림이 뭘까 생각했다. 그 직후에 충격이 머릿속을 꿰뚫었다.

이건 목을 맨 인간 아닌가—.

따닥따닥, 하는 소리를 듣고서야 자신이 겁에 질려 이를 맞부딪치고 있다는 걸 깨달았다. 그때 굳어버린 아키라 앞에서 문고리가 천천히 돌아갔다.

문이 삐걱거리는 소리와 함께 안쪽으로 열렸다. 문틈으로 드러난 어둠 속에서 뭔가가 꿈틀대는 모습이 한순간 보인 것 같았다.

본능적으로 온몸의 털이 곤두섰다.

싫어, 오지 마. 이쪽으로 오지 마.

덜덜 떨면서 뒷걸음치다가 계단을 헛디뎠다. 갑자기 시야가 빙글 돌아갔다.

아키라는 균형을 잃고 비명을 질렀다.

***

"…이쪽도 틀린 것 같아."

3층을 걸으며 히나타는 들고 있던 메모지에 가위표를 그려넣었다.

아까부터 유토와 함께 저택을 돌아다니며 밖으로 나갈 수 있을 만한 곳이 없는지 찾아보았다. 현재까지 밖으로 통하는 문이나 창문 중에 열리는 것은 하나도 없었다.

사람들을 여기서 놓아줄 생각이 없다는 무언의 의지가 느껴지는 것 같아서 오싹했다.

유토가 탄식하더니 말했다.

"출구가 그렇게 쉽사리 눈에 띌 것 같지는 않았지만 그래도 너무하네."

그대로 쭉 나아가자 옥상 테라스로 이어지는 계단이 나왔다. 좁고 가파른 계단을 한 줄로 올라갔다. 어차피 여기도 열리지 않을 것 같았다. 문고리를 돌리자 예상과 달리 스테인드글라스가 끼워진 문이 열렸다.

"열렸다." 두 사람은 얼굴을 마주 보았다. 넓은 테라스로 나가자 서늘한 바람이 불었다. 히나타와 유토는 몇 시간 만에야 바깥공기를 들이마셨다.

어젯밤에 장대비가 내린 것이 거짓말 아닐까 싶을 만큼 화창한 가을 하늘 아래 펼쳐진 피안화의 바다를 바라보았다. 눈동자를 찌르는 붉은색은 잔혹할 만큼 아름다웠다.

히나타는 저 아래쪽 지면을 내려다보며 말했다.

"여기로 내려갈 수는 없을까?"

"음…, 힘들 것 같은데. 꽤 높아서 모두 다 옥상으로 탈출하기는 불가능할 거야."

유토가 고민 어린 표정으로 대답했다. 확실히 그렇다. 특히 나기와 도시코가 여기서 내려갈 수 있을 것 같지는 않았다. 게다가.

"…어쩐지 '추락'을 유도하는 것 같아."

히나타는 불쑥 중얼거렸다. 밖으로 통하는 문이고 창문이고 열리는 게 하나도 없는데, 여기만 열리다니 기분이 찜찜했다.

실제로 과거에 이 테라스에서 엄마와 아이가 몸을 던져서 목숨을 잃었다. 섣불리 시도해 볼 마음은 들지 않았다.

"안타깝네. 바로 저기 차가 보이는데."

유토가 난간에서 몸을 내밀고 투덜거렸다. 그때 뒤에서 목소리가 들렸다.

"그렇게 몸을 내밀었다간 떨어질지도 몰라."

돌아보자 가즈히사였다. "…테라스에는 나올 수 있군." 가즈히사는 눈부신 듯 눈을 가늘게 뜨고 약간 의외라는 말투로 중얼거렸다.

햇빛 아래에서 보니 가즈히사의 얼굴에는 아주 피로한 기색이 역력했다. 책임감이 강해 보이는 사람이니 이 상황을 어떻게든 타개해야 한다는 마음으로 자기 자신을 몰아붙이고 있는지도 모른다.

유토가 가즈히사에게 말했다.

"마침 잘됐네요. 용건을 마쳤으니 서고 열쇠 돌려드릴게요."

"아아. 나도 이번 조사를 위해 자료를 훑어보려고 한 번 들어가 봤지. 어차피 다른 사람은 들어가지 않을 테니 나중에 돌려줘도 괜찮은데."

가즈히사가 반쯤 어찌 되든 상관없다는 듯이 말하고 열쇠를 받았다.

"그나저나 어때? 밖으로 나갈 수 있을 만한 곳은 찾았어?"

"아쉽지만 두 손 들었습니다."

유토는 일부러 가벼운 어조로 말하고 어깨를 으쓱했다. 가즈히사가 말없이 고개를 끄덕였다. 애초에 큰 기대는 없었으리라.

"저택에 비상용 비밀 통로 같은 건 없을까요?"

유토가 묻자 가즈히사는 쓴웃음을 지었다.

"원래 첩실이 살았던 집이니 아무래도 그런 건 없겠지."

히나타는 문득 궁금해져서 물어보았다.

"여기 살았던 미야마 레이코 씨는 어떤 사람이었나요?"

가즈히사는 잠시 생각하는 표정을 짓더니 대답했다.

"나도 자세히는 모르지만…, 들은 바로는 사람을 끌어들이는 독특한 매력이 있는 여자였대. 젊은 시절부터 주변에 사람이 끊이지 않았다는군."

흠, 하고 유토가 말을 이어받았다.

"가사도우미가 있었다고는 해도 그렇게 사교적인 여자가 혼자 살기에는 적적한 곳이 아닐까 싶은데요. 게다가 마지막은 자살이었잖아요."

"그렇지. …어쩌면 이 집에는 인간의 광기를 자극하는 뭔가가 있는지도 몰라."

현실적 성격의 가즈히사답지 않은 말이라 히나타는 의외라는 기분으로 그를 바라보았다. 가즈히사가 씁쓸한 표정으로 말을 이었다.

"솔직히 난 유령의 집 같은 걸 믿지 않았어. 억측이나 착각에서 비롯된 헛소리라고 생각했지. 하지만 이 저택에 와보니 전부 다 헛소리는 아닐 수도 있겠구나 싶더군. …직접 체험했으니 그럴 수밖에."

히나타와 유토는 침묵을 지켰다. 기괴한 죽음을 맞은 시게키와 피안장에서 나갈 수 없는 현재 상황을 떠올리며 자신들이 얼마나 이상한 일을 겪고 있는지 재인식했다.

가즈히사가 자조적으로 입술을 일그러뜨리더니 말을 꺼냈다.

"렌에게 들었어? 이 옥상 테라스, 해가 지고 나면 혼자만 올 수 있다나 봐."

"네?"

갑자기 예상치도 못한 이야기가 튀어나와서 히나타는 고개를 갸웃했다.

"해가 지고 나면 혼자만 올 수 있다니…, 그게 무슨 뜻입니까?"

유토의 물음에 가즈히사는 담담히 대답했다.

"말 그대로야. 지금은 이렇게 셋이 테라스에 나와 있지만 밤이 되면 그럴 수 없어. 한 사람만 나올 수 있는 거야. 어때, 이해가 안 되지?"

"설마 그런 희한한 일이…."

그때 문득 생각났다.

렌의 안내를 받아 옥상 테라스에 왔을 때였다. "누군가를 꼬셔서 밤 산책하기에도 좋겠고" 하고 시게키가 실없는 소리를 하자 렌이 의미심장하게 대꾸했다.

'밤에는 여기 접근하지 않는 게 좋아. 아니, 어쩌면 *접근할 수 없을지도 모르지.*'

당혹스러워하는 히나타에게 가즈히사가 진지한 얼굴로 말했다.

"나도 말도 안 되는 소리라고 생각했어. 하지만 여기 피안장은 분명 그렇게 터무니없는 현상이 일어날 수 있는 곳이야."

가즈히사의 단호한 말에 히나타와 유토는 동요해서 입을 다물었다. 유토가 긴장한 얼굴로 뭔가 말하려다 그만뒀다.

가즈히사는 한숨을 쉬고 등을 돌렸다.

"…이만 갈게. 해야 할 일이 산더미 같아."

유토도 손목시계를 확인한 후 히나타에게 말했다.

"슬슬 식사를 준비해야 할 시간이야. 우리도 돌아갈까."

그러자, 하고 히나타는 고개를 끄덕였다.

방에 있을 사라와 나기도 걱정됐고 더 이상 돌아다닌들 탈출 경로를 찾아낼 수 있을 것 같지도 않았다.

히나타는 문으로 돌아가다가 잠깐 뒤를 돌아보았다.
멀리서 핏빛같이 붉은 꽃들이 불길하게 흔들렸다.

***

셋이 함께 1층으로 내려가다 복도를 걸어오던 렌과 마주쳤다.

렌이 세 사람을 보고 말을 걸었다.

"아아, 마침 식당에서 좀 쉬려는 참이었어. 가볍게 요기라도 할 겸 나기도 불렀지. 가미시로 씨와 하타노 씨도 식당에 같이 있고."

아무래도 사라, 나기, 미즈키는 렌의 제안을 받고 식당으로 이동한 모양이다. 상황이 상황이니만큼 팀원들이 불안해할지도 모르겠다 싶어 렌 나름대로 신경 써준 것이리라. 히나타와 유토도 렌을 따라갔다.

그때 누군가가 고함치는 소리가 들렸다. 이성을 잃고 악쓰는 목소리. 심상치 않은 일이 벌어진 듯했다.

놀라서 주변을 살피는데 복도 모퉁이에서 아키라가 나타났다. 아키라는 땀에 흠뻑 젖은 모습으로 비틀비틀 달려왔다.

"무슨 일입니까?" 유토가 묻자 아키라는 어깻숨을 내쉬며 이쪽을 노려보더니 신경질적으로 소리쳤다.

"왜, 왜 아무도 안 온 거야?"

"그게 무슨 소리입니까?"

가즈히사가 영문을 모르겠다는 듯 되물었다.

"괴물이 덤벼들었단 말이야."

아키라는 거친 숨을 헐떡이며 띄엄띄엄 말했다.

"여자 친구한테 전화가 왔는데 피안장에 왔다길래 현관으로 나가보니, 여, 여자 친구가 쓰러져 있더라고. 어쩐지 낌새가 이상하고, 스마트폰에 통화 기록이 남아 있지 않아서 위험하다는 걸 알아차렸지. 괴물이 쫓아와서 큰 소리로 몇 번이나 도움을 요청했어. 그런데 염병할."

히나타와 유토는 깜짝 놀라서 아키라를 바라보았다. 자기들이 저택 내부를 조사하는 동안 그런 일이 일어났단 말인가.

아키라가 시끄럽게 떠드는 소리가 들렸는지 식당에서 사람들이 의아한 표정으로 고개를 내밀었다.

"빌어먹을." 흥분이 가라앉지 않는 듯 아키라가 소리를 질렀다.

"계단에서 굴러떨어질 뻔했어. 하마터면 죽을 뻔했다고. 아무리 돈을 받았어도 못 해 먹겠어."

잔뜩 화가 났는지 떨리는 손가락을 렌에게 들이댔다.

"당신들이 무슨 꿍꿍이인지는 내 알 바 아니지만 괜히 엮여서 죽기는 싫어."

렌이 날카로운 눈빛으로 아키라를 바라보며 조용히 입을 열었다.

"…꿍꿍이가 있는 건 그쪽 아니야?"

"뭐라고?"

눈살을 찌푸리는 아키라에게 렌은 위압감을 풍기며 말했다.

"당신 아버지는 과거에 기지마 그룹의 자회사에 근무했었지."

렌의 말에 아키라가 어깨를 움찔했다. 믿기지 않는다는 듯 동그래진 눈으로 렌의 얼굴을 빤히 바라보았다.

"어떻게…."

렌은 냉담한 태도로 말을 이었다.

"당신 아버지는 공금을 횡령한 게 들통나서 당신이 어

릴 적에 집에서 목을 매 자살했어. 이번 조사에 앞서 참가자에 대해 알아봤으니까, 그 정도는 파악했지."

렌의 말에 당황한 듯 아키라의 시선이 심하게 흔들렸다. 렌은 험악한 목소리로 더욱 다그쳤다.

"당신은 처음부터 어쩐지 거동이 수상했어. 혹시 아버지 일로 우리를 원망하다가 좋은 기회다 싶어 복수하려고 접근한 거 아니야?"

"무, 무슨 소리를…."

아키라가 울컥한 것처럼 눈을 부릅뜨고 침을 튀기며 반론했다.

"아버지는 죄를 저질렀으니까 자살한 거야. 당신들을 그런 식으로 원망했다면 이딴 조사에 기꺼이 참여할 리 없잖아! 애당초 내게 제안한 건 그쪽이고―"

그때 여자 목소리가 1층에 크게 울려 퍼졌다. "앗"으로도 "꺅"으로도 들리는 비명 같은 목소리였다.

모두 깜짝 놀라 움직임을 멈췄다. 긴장된 분위기가 흘렀다. 히나타는 머뭇머뭇 입을 열었다.

"지금 이거…, 도시코 씨?"

"가자, 가즈히사."

렌이 날카로운 목소리로 지시하고 몸을 돌렸다. 다른 사람들도 허둥지둥 따라갔다. 이번에는 대체 무슨 일이 일어난 걸까?

목소리가 들린 쪽으로 복도를 지나가자 현관홀에 도시코가 서 있었다. 마치 유령이라도 마주친 것처럼 딱딱하고 창백한 얼굴이었다. 자세히 보니 차림새가 단정한 도시코답지 않게 카디건 팔꿈치 부분이 뭔가에 걸린 것처럼 뜯어졌고 머리에도 먼지가 묻었다.

"무슨 일입니까?"

렌이 다가가서 묻자 도시코는 막대기처럼 뻣뻣하게 서서 머리 위를 올려다보며 겁먹은 목소리로 중얼거렸다.

"저기 좀 봐봐."

"네?"

사람들은 도시코의 시선을 좇아 위를 보았다. 다음 순간 숨을 삼켰다.

위쪽이 뻥 뚫린 현관홀 벽의 높은 위치에 빨간 페인트 같은 것으로 글자가 적혀 있었다. 사다리가 없으면 도저히 손이 닿지 않을 만한 곳에.

"뭐야 저게…."

미즈키가 멍한 표정으로 중얼거렸다. 히나타는 그만 얼어붙었다.

천장에 가까운 그곳에는 커다란 글씨 두 개가 난폭하게 휘갈겨 쓴 것처럼 적혀 있었다.

〈사 라〉

사람들이 긴장된 눈빛을 사라에게 던졌다. 사라는 휘둥그레진 눈으로 벽을 올려다보았다.

히나타는 겁이 나서 얼른 사라의 손을 잡았다. 뭔가가 사라를 빼앗아 가지 못하도록 붙들어 놓듯 손을 꽉 움켜쥐었다.

아무도 입을 열지 않았다.

긴장감 넘치는 침묵만이 그 자리를 지배했다.

***

렌과 가즈히사가 없는 저녁 식사 자리는 아침보다 더욱 분위기가 무거웠다.

아키라는 물론이고 다른 사람들도 신경이 바짝 곤두선 것처럼 느껴졌다.

건물에 갇혀 계속 조마조마한 마음으로 지내고 있으니 예민해지는 것도 무리는 아니다. 히스테리를 일으켜 서로 고함을 지르며 싸우지 않은 게 아직 다행인지도 모른다.

특히 도시코는 식사하는 내내 어두운 표정이었고 안색도 조금 안 좋아 보였다.

"도시코 씨, 디저트 더 드릴까요?"

유토가 배려하듯 말을 걸자 도시코는 넋을 놓고 있었는지 어색하게 웃으며 "아아, 아니야, …괜찮아" 하고 고개를 저었다. 도시코는 팀원들 가운데 제일 안정감 있는 인상이었는데 지금은 아주 불안해 보였다.

사라도 아무 말 없이 생각에 푹 빠진 듯한 표정이었다.

"먼저 방에 갈게." 식사를 마치자 사라는 짤막하게 말을 건네고 자리에서 일어섰다.

"가자." 나기를 데리고 걸어가는 사라에게 히나타는 얼른 말을 던졌다.

"응, 조심해."

집 안에 있는데 조심하라니, 좀 이상하게 들릴지도 모

르겠다 싶었지만 바로 마음을 바꾸었다. 여기서는 바깥보다 저택 안이 훨씬 위험하다.

그러는 동안에도 아키라는 경계심 가득한 눈으로 사라를 집요하게 바라보았다.

사라와 나기가 식당에서 나가자 미즈키가 천천히 말을 꺼냈다.

"…벽에 적힌 글씨, 어떻게 생각해?"

한순간 망설이는 듯한 침묵이 흘렀다.

"잘 모르겠지만." 도시코가 말을 고르듯 신중하게 입을 열었다.

"…피안장은 분명 사라 씨를 노리고 있어. 사라 씨에게 집착하는 것 같아."

"내가 그랬잖아. 가미시로 사라는 위험해."

아키라가 신경질적으로 주장했다.

"애당초 그렇게 강력한 초능력자가 유리창 하나 깨고 도망치지 못한다니 말이 돼? 어쩌면 저택에 정신을 지배당한 건지도 몰라. 그 여자를 그냥 놔뒀다간 큰일이 벌어질지도—"

"그만해. 또 꼴 보기 싫게 징징대려는 거야?"

미즈키가 넌더리 난다는 표정으로 쏘아붙이자 아키라는 발끈한 표정을 지었다. "잘 먹었어" 하고 벌떡 일어서서 재빨리 식당을 나섰다.

미즈키는 표정을 다잡고 사람들에게 말했다.

"아무튼 서로 냉정하게 대처하자. 경솔하게 움직이면 말 그대로 목숨이 달아날지도 몰라."

모두가 심각한 표정으로 고개를 끄덕였다. 일어서면서 도시코가 모두에게 말을 걸었다.

"좀 피곤해서 일찌감치 쉬려고. 미안하지만 뭔가 움직임이 있으면 알려줄래?"

"네, 물론이죠." 유토가 위로하듯 말하고 고개를 끄덕였다.

"그러시는 편이 좋겠네요. 확실히 피곤해 보이세요."

무거운 발걸음으로 걸어가는 도시코에 이어 미즈키도 "그럼 나도" 하고 자리에서 일어났다.

"미즈키 씨, 또 저택을 조사할 건가요? 혼자서 괜찮겠어요?"

히나타가 걱정돼서 묻자 미즈키는 가슴을 살짝 폈다.

"쓸데없이 방송물만 먹은 건 아니야. 치기 어린 아마추어와 똑같이 취급하지 마. …그래도 이렇게 이상한 상황을 겪는 건 난생처음이지만."

미즈키는 긴 머리를 쓸어올리고 씩씩하게 복도로 걸어나갔다.

히나타와 유토는 일단 저녁 식사 뒷정리를 하기로 했다. 주방으로 식기를 옮기고 작업에 나섰다.

"…분위기가 묘해졌네. 특히 하야카와 씨는 의심이 너무 심해진 것 같아."

유토가 나지막하게 중얼거렸다. 히나타도 동감이었다.

"가미시로 씨가 신경 쓸지도 모르니까 히나타 씨가 나중에 잘 달래줘. 가미시로 씨는 어린 시절부터 친구로 지낸 네 말을 제일 신뢰할 거야."

"…응." 히나타는 고개를 끄덕이고 수세미로 접시를 문질렀다. 싱크대에서 설거지하는 히나타 뒤에서 유토가 쓰레기를 봉지에 담았다.

식기를 씻는 물소리에 섞여 뒤쪽에서 작은 콧노래 소리가 들렸다.

에델바이스의 멜로디였다. 분명 어제 도시코의 노래가 귓속에 남아서 흥얼거리는 것이리라.

약간 흐뭇한 기분으로 설거지를 하며 귀를 기울이고 있으니 콧노래가 이쪽으로 다가왔다. 히나타 바로 뒤에서 들린 직후에 탁한 한숨소리 같은 것이 귓가를 스치고 사라졌다.

놀라서 얼른 뒤를 돌아보았다. 다음 순간 히나타는 눈을 부릅떴다.

"어…?"

―아무도 없었다.

멍하니 굳어버렸다.

그때 유토가 주방에 들어왔다. 굳어버린 히나타를 보고 "왜 그래?" 하고 미심쩍다는 듯 물었다.

"지금…, 어디에…."

당황한 기색으로 묻자 유토는 선선히 대답했다.

"저장실에 좀 다녀왔어. 나중에 렌 씨와 가즈히사 씨에게 야식이라도 가져다줄까 싶어서."

머릿속이 얼어붙는 느낌이었다. …방금 그건 유토가 아니었다. 분명 혼자 있었는데 콧노래가 들렸다.

동요하는 히나타에게 유토가 말했다.

"실은 부탁이 있는데…."

"뭔데?" 히나타는 여전히 얼떨떨해하며 물어보았다. 유토가 진지한 얼굴로 말을 꺼냈다.

"나랑 함께해 주지 않을래?"

"뭐?"

뜬금없는 제안에 놀라서 히나타는 유토를 쳐다보았다. 무심코 빤히 응시하자 유토는 히나타의 반응에 깜짝 놀란 표정으로 허둥지둥 고개를 저었다.

"아니, 아니. 사귀자거나 그런 게 아니라."

유토가 웬일로 안절부절못하며 빠른 말투로 설명했다.

"낮에 가즈히사 씨가 옥상 테라스에서 그랬잖아. 밤에는 거기에 혼자만 갈 수 있다고. 정말로 그런지 확인해 보고 싶어서. 만약 폐가 되지 않는다면 함께해 줘."

유토의 설명에 그런 거였구나, 하고 이해했다. 이상하게 착각한 것이 갑자기 창피해졌다.

"갑자기 이상한 소리를 해서 미안해." 유토가 쑥스러운 듯 눈을 돌리며 말했다. 동요해서인지 뺨이 약간 붉어진 것처럼 보였다.

"나야말로 묘하게 오해해서 미안해."

히나타도 당황해서 사과했다. 서로 겸연쩍어하며 안절

부절못하는 분위기가 흘렀다.

유토가 안도한 표정으로 미소 지었다.

"…다행이다. 이런 상황에 여자에게 작업이나 거는 난봉꾼이라고 경멸했으면 풀 죽어서 다시는 말도 못 붙였을 거야."

히나타도 작은 웃음으로 답했다. 어색한 분위기가 해소되자 유토가 진지한 표정으로 돌아와서 말을 이었다.

"아무래도 궁금하더라고. 뭐랄까, 눈에 보이지 않는 불가사의가 있으면 경험해 보고 싶지 않아?"

그 말을 듣고 유토가 심리학을 연구한다는 사실이 새삼 떠올랐다.

"아주 잠깐이면 돼. 시도해 보고 만약 못 갈 것 같으면 바로 포기할게. 절대로 억지를 부리거나 너를 위험하게 만들지 않겠다고 약속할게."

히나타는 잠시 생각했다. 유토의 말도 다소 공감이 됐다. 밤이 되면 옥상 테라스에 여럿이 올라갈 수 없다는 이야기가 사실인지 히나타도 궁금하기는 했으니까. 그리고 낮에 저택을 돌아다녔지만 허탕을 치지 않았는가. 조금이라도 피안장에 관한 정보를 얻을 수 있다면 도움이 될 것이다.

"…알았어. 같이 갈게."

히나타가 고개를 끄덕이자 유토는 안심한 듯한 표정을 지었다.

"그럼 지금 당장 가볼까."

예상치 못한 사태에 대비해 두 사람은 각자 큼지막한 손전등을 지참했다. 창밖은 이미 캄캄했다. 저택 안에서 어둠 속으로 내팽개쳐지는 상상을 하자 몸이 바르르 떨릴 것만 같았다.

앞장선 유토를 따라 3층으로 올라갔다. 자기가 앞에 있어야 늘 모습이 눈에 들어와서 히나타가 안심될 거라고 배려한 듯했다.

상야등이 켜져 있는데도 저택 안은 몹시 어두침침했다.

어둡다. 왜 이렇게 어두운 걸까?

정신적으로 불안해서 그렇게 느껴질 뿐인 건지, 실제로 불빛이 약해진 건지는 알 수 없었다. 주변을 두루 관찰하기 위해 손전등으로 비추며 걸어가기로 했다.

한 손에 커다란 손전등을 들고 걷자 균형이 안 맞아서 조금 불편했다. 지금껏 살면서 헤드라이트를 가지고 싶었던 적은 없었다. 하지만 지금 여기 있으면 편리하겠다 싶었다.

3층에 가까워질수록 자연스레 둘 다 말이 없어졌다. 전체적으로 어두침침해서 유토의 모습이 잘 안 보였다.

아까 주방에서 들린 콧노래가 머리를 스쳤다. 지금 앞을 걷고 있는 유토는 진짜일까. 유토의 뒷모습을 바라보고 있으니 그런 불안이 고개를 쳐들었다. 긴장해서 손바닥에 땀이 배었다.

연인의 모습을 한 뭔가가 아키라를 꾀어냈듯 어쩌면 자신도 정체 모를 존재의 함정에 빠진 건….

유토가 복도 모퉁이를 휙 돌아갔다. 딴생각하느라 유토와 거리가 조금 벌어진 듯했다.

히나타도 얼른 쫓아가서 모퉁이를 도는 순간, 발을 멈췄다.

"어?"

…유토가 없었다.

쭉 뻗은 복도에 그의 모습이 보이지 않았다. 방금 이 모퉁이를 돌아갔는데.

어떻게 된 거지…?

심장이 세차게 뛰었다. 어두침침한 복도를 향해 "유토 씨?" 하고 불렀다. 하지만 대답은 없었다.

히나타는 입을 막았다. 공포심이 목구멍을 타고 올라왔다.

설마 진짜로 방금 자신과 함께 있었던 유토는 환영이었던 건가? 언제부터? 대체 어느 부분부터.

"히나타 씨!"

갑자기 이름을 부르는 소리에 움찔했다. 혼란스러운 기분으로 가만히 서 있으니 복도 안쪽에서 유토가 달려왔다.

유토는 아주 초조한 기색으로 숨을 살짝 헐떡거렸다.

"다행이다. 갑자기 모습이 보이지 않아서 어딜 갔나 싶어 놀랐어."

"어…."

히나타는 당황해서 유토를 올려다보았다. 걱정스럽게 이쪽을 바라보는 유토는 틀림없이 본인 같았다. 유토는 안도한 듯 숨을 내쉬며 말했다.

"걸어가다가 말을 걸었는데 대답이 없어서 돌아봤더니 어느 틈엔가 사라졌더라고. 무슨 일이 생겼나 싶어서 아찔했어."

"나도…, 바로 앞을 걸어가던 유토 씨가 사라져서 깜짝 놀랐어."

의도와 달리 가냘픈 목소리가 나왔다. 자기가 느낀 것 이상으로 동요한 모양이다.

"방금 그거, 저택 짓일까?"

히나타가 머뭇머뭇 묻자 유토도 경직된 표정으로 말했다.

"모르겠지만…, 그럴 수도 있겠지."

저도 모르게 몸에 힘이 들어갔다. 혹시 테라스로 가려고 하면 또 이렇게 갈라질까? 다음에는 홀로 어두운 곳에 남겨져 유토와 못 만나게 되지는 않을까.

그런 상상을 하자 겁이 더럭 났다. 유토도 비슷한 생각을 했는지 주저하는 목소리로 히나타에게 제안했다.

"음, 싫지 않으면 손잡고 갈까?"

한순간 흠칫했지만 확실히 그래야 할지도 모른다.

어색하게 손을 내밀자 유토가 손전등을 다른 손으로 바꿔 들고 부드럽게 히나타의 손을 잡았다. 약간 긴장이 누그러지며 혼자가 아니라는 안심감이 히나타를 감쌌다.

손을 잡은 채 신중하게 복도를 걸어갔다. 어두운 저택

내부를 걸어가려니 가슴이 몹시 술렁거렸다. 밤중에 무서운 뭔가에 쫓겨 혼자 달아나는 그 꿈이 생각났다.

"…어쩐지 악몽 속에 있는 것 같네."

히나타가 불쑥 중얼거리자 유토가 안심시키듯 말했다.

"걱정하지 마. 여기에 있어."

그러면서 맞잡은 손에 살짝 힘을 주었다. 사라를 격려하거나 위로할 때면 습관처럼 손을 잡았는데, 반대 입장이 돼보는 것도 나쁘지 않았다. 기분 좋은 체온이 불안한 마음을 진정시켜 주었다.

"…이럴 때 무슨 소리를 하나 싶겠지만."

유토가 걸으면서 잡담하듯 입을 열었다. 상관없는 이야기로 히나타의 불안을 해소해 주려는 듯했다.

"나, 이사를 많이 다녀서 그런지 어릴 적에는 주변에 잘 적응하지 못해서 혼자 지낼 때가 많았어. 남이 무슨 생각을 하는지 정말로 알 수 없어서 인간관계도 별로 좋지 않았고. 당시 내게 새로운 동네는 완전히 다른 세상이었지. 심리학에 흥미가 생긴 것도 그런 경험이 밑바탕에 깔려 있어서인지도 몰라."

"…그렇구나." 약간 의외라는 기분으로 맞장구를 쳤다.

지금 모습만 봐서는 별로 상상이 안 됐다.

"그래서 친구인 가미시로 씨를 위해 열심히 애쓰는 히나타 씨를 보고 있으면, 표현은 좀 이상하지만, 가미시로 씨가 조금 부러워."

어둠 속에서 유토가 미소 짓는 기척이 느껴졌다. 어째선지 한순간 가슴이 두근거렸다.

"어?" 그때 유토가 의아하다는 듯 목소리를 높이더니 이맛살을 찌푸린 채 주변을 둘러보았다.

"왜 그래?"

"그게…."

당황한 표정으로 말을 머뭇거리는 유토를 보고 히나타도 이상하다는 걸 알아차렸다.

"…여기, 아까 지나가지 않았나?"

바로 옆의 문과 복도 벽에 장식된 그림을 본 기억이 났다.

"히나타 씨가 보기에도 그래? 나도 그런 기분이 들어서."

당혹스러워서 고개를 갸웃거리며 앞으로 나아갔다. 바로 저기에 3층으로 올라가는 계단이 있을 텐데 왜 이런 곳으로 나온 걸까?

기억에 의지해 잠시 걸었다. 히나타는 뺨이 점점 굳어지는 걸 느꼈다. ···옥상 테라스에 갈 수가 없다.

"이상하네." 유토가 딱딱한 목소리로 중얼거렸다.

걸어도 걸어도 같은 곳을 빙빙 도는 듯한 기분이었다. 분명 착각은 아니었다.

천장을 올려다보니 으스스하기 짝이 없었다. 마치 누군가에게 현혹된 듯한···.

문득 히나타의 귓가에서 누군가가 속삭이는 소리가 들린 것 같았다. 킥킥 웃는 것과 비슷한 목소리가 흐느껴 우는 목소리로 변하더니 이윽고 화난 듯이 씩씩대는 목소리가 들려왔다.

어느 틈엔가 주변 공기가 아까보다 훨씬 싸늘해졌다. 고지대이고 내륙 지방이라고는 하지만 겨울도 아닌데 실내 기온이 이렇게까지 낮아질까.

유토가 갑자기 멈춰 섰다. 이마에 땀이 밴 건 마구 돌아다녔기 때문만은 아닌 듯했다.

"유토 씨?" 말을 걸자 유토가 심각한 표정으로 입을 열었다.

"···돌아가자. 아무래도 둘이 함께 옥상 테라스에 올라가기는 어려울 것 같네. 억지로 가려고 했다간 큰일 날 것 같아."

히나타는 한순간 숨을 삼키고 말없이 고개를 끄덕였다. 히나타의 직감도 돌아가야 한다고 소리치고 있었다.

유토가 어두운 천장을 올려다보고 두려움 섞인 목소리로 말했다.

"역시 이 저택은 정상이 아니야."

***

미즈키는 세면대 앞에 서서 거울에 비친 얼굴을 확인했다.

…엉망이네.

평소보다 머리가 푸석푸석했고 피부도 칙칙해 보였다.

저택을 돌아다니다가 방으로 돌아온 참이었다. 몸이 묘하게 나른했다.

저택 여기저기를 조사하며 소름 끼치는 것들을 여러 번 보고 들었다.

특히 커다란 아기 침대를 만졌을 때 들린 찢어지는 듯

한 비명소리가 귀에서 떠나질 않았다. 미쳐버린 사람이 목이 터지라 부르짖는, 그야말로 절규였다. 그건 아이를 안고 테라스에서 몸을 던졌다는 여자의 비명 아니었을까. …침대에서 숨이 멎은 아기를 보았을 때, 충격과 절망으로 그녀가 내지른 목소리였을까. 듣고 있는 이쪽도 가슴이 아플 정도였다.

사람들 앞에서는 허세를 부렸지만 지금 상태가 별로 좋지 않다는 건 자각하고 있었다.

약한 마음을 떨쳐내듯 거울에 매서운 시선을 던졌다.

여기 와서 이런저런 일을 겪어서 피로가 누적된 것이다. 주위를 경계하느라 어제는 샤워만 했지만 오늘은 뜨거운 물에 몸을 푹 담가서 피로를 풀자.

미즈키가 욕조에 뜨거운 물을 받고 옷을 벗는데 갑자기 욕실 조명이 깜박거렸다. 다음 순간 누군가 촛불을 후 분 것처럼 불이 꺼졌다.

"앗?"

미즈키는 눈살을 찌푸리며 탈의실 전등 스위치를 눌렀다. 하지만 불은 켜지지 않았다. 아무래도 정전인 듯했다.

"…휴우. 어쩔 수 없지."

미즈키는 손전등을 켜고 방으로 가서 테이블에 놓여 있던 향초를 두 개 들고 컴컴한 욕실로 향했다.

물에 띄울 수 있는 향초에 불을 붙이고 욕조에 내려놓았다.

달콤한 향기가 나는 작은 불빛이 물 위에서 하늘하늘 흔들렸다. 미즈키는 욕조에 천천히 몸을 담그고 편하게 몸을 쭉 폈다.

그렇다, 울어도, 악을 써도, 달아날 수 없다. 이 무시무시한 저택에서도, 타고난 자신의 능력에서도.

—그렇다면 맞서보는 수밖에 없겠지.

미즈키는 젖은 머리를 손가락으로 빗었다. 윤기가 흐르는 아름다운 머리는 방송에서 신비한 분위기를 연출하는 데 한몫한다. 긴 머리에는 힘이 깃든다는 둥 의미심장하게 웃으며 그럴싸한 소리를 하면 좀 더 효과적이다. 때로는 셀프 프로듀스라는 이름의 허세도 중요하다.

열심히 갈고닦아서 편리한 무기로 만드는 것이다.

머리를 쓸어내렸을 때 뚝, 하고 꺼림칙한 감촉이 느껴졌다. 확인하자 손가락에 머리카락 몇 올이 엉겨 붙어 있었다.

"어?" 무심코 목소리가 새어 나왔다. 당황해서 머리끝까지 쭉 훑어내린 후 다시 확인하자 빠진 머리카락이 손안에 가득했다.

미즈키는 경악한 표정으로 뭉텅 빠진 머리카락을 응시했다. 뜨거운 물에 몸을 담그고 있는데도 손끝이 떨렸다.

"말도 안 돼, 어째서…."

멍하니 중얼거린 직후에 어떤 사실을 알아차리고 미즈키는 얼어붙었다.

―욕조 물이 빨갰다.

희미한 촛불에 비친 물은 어둠 속에서도 확실히 알 수 있을 만큼 새빨갰다.

미즈키는 극심한 공포에 사로잡혀 비명을 질렀다. 반쯤 넋이 나가서 손을 버둥거리며 욕조에서 일어나려 했다.

그 순간, 물에 띄워둔 향초가 뒤집혀서 주변이 깊은 어둠에 휩싸였다.

***

히나타가 드디어 방으로 돌아왔을 때, 사라와 나기는

소파에 앉아 이야기를 나누고 있었다.

잠옷 차림의 나기가 재잘거리는 걸 사라가 미소 지으며 들어주는 듯했다. 가끔 얼굴을 마주 보고 킥킥 웃었다.

이렇게 특이한 상황만 아니라면 그야말로 평화로운 광경이다.

맞은편 소파에 앉으며 "아무 일도 없었어?" 하고 두 사람에게 묻자 "네" 하고 나기가 기운차게 고개를 끄덕였다.

"그쪽은?" 사라의 물음에 히나타는 잠시 망설이다 입을 열었다.

"있었어. 유토 씨와 옥상 테라스에 나가보려고 했는데 길을 잃어서 결국 못 갔지. 가즈히사 씨 말로는 해가 지고 나면 여럿이서는 거기 못 간대. …무섭지 않아?"

나기가 겁먹을까 봐 목소리를 낮춰서 사라에게 속삭였다. 나기는 자기 배낭에 물건을 담는 데 정신이 팔려서 두 사람의 대화는 귀에 들어오지 않는 듯했다.

"뭐야, 그게. 으스스하네." 사라가 이맛살을 찌푸리며 중얼거렸다. 그러고는 히나타를 힐끗 보며 말했다.

"조수라는 그 남자와 친해진 거야?"

뜬금없는 질문에 허를 찔려서 반응이 늦었다. 아까 이

상한 착각을 해서 서로 당황했던 게 생각났다.

"친해졌다고 할 정도는 아니야. 그냥 우리가 할 수 있는 일을 하자는 마음으로 협력하고 있을 뿐이지."

히나타는 묘하게 겸연쩍은 기분으로 대답했다.

"그건 왜 물어?"

의아한 마음으로 물어보자 사라는 "아무것도 아니야" 하고 쌀쌀맞게 대꾸했다.

그때 잠자코 있던 나기가 불쑥 말을 꺼냈다.

"…있죠."

히나타와 사라는 나기를 보았다. 나기가 고개를 숙여 무릎 언저리를 바라보며 결심한 표정으로 입을 열었다.

"나, 천둥번개가 무서웠던 게 아니에요. 그것도 조금 무섭긴 했지만…, 그게 아니라 생각이 났어요."

무슨 이야기인지 짐작이 갔다. 어제 벼락이 떨어져서 정전됐을 때를 이야기하는 것이리라. 이성을 잃고 사람들 앞에서 흐느껴 우는 모습을 보여서 어리나마 자존심에 상처를 입었는지도 모른다.

"생각났다니 뭐가?"

히나타가 묻자 나기는 아주 진지한 얼굴로 대답했다.

"엄마가 내 목을 졸랐던 거요."

히나타는 숨을 삼켰다. 나기 옆에 앉은 사라도 표정이 굳어졌다.

"…밤중에 나도 모르게 숨이 막혀서 눈을 떴더니 엄마가 양손으로 내 목을 누르고 있었어요. 창문 밖에서 번개가 번쩍 빛나서 엄마가 엄청 무서운 표정을 짓고 있다는 걸 알았죠. 겁이 나서 소리를 질렀더니 엄마는 깜짝 놀란 것처럼 내 목에서 손을 떼고, 자기 행동에 충격을 받은 것 같은 표정으로 잠시 멍하게 있었어요. 그리고 눈물을 뚝뚝 흘리면서 미안하다고 몇 번이나 사과했죠."

나기는 뭔가 견디는 것처럼 입술을 깨물고 말했다.

"엄마는 사실 아빠와 이혼하고 싶지 않았어요. 하지만 나 때문에 아빠랑 많이 싸웠거든요. 일부러 그러는 건 아니지만 어릴 적부터 내가 울거나 화를 내면 텔레비전이 이상해졌어요. 아빠가 날 나쁜 아이라고 혼내고 때리려고 했으니까, 날 지키기 위해 이혼한 거예요. 엄마는 혼자서 날 키우기 위해 힘들게 일하면서 노력하고 있어요."

히나타는 먹먹한 기분으로 나기의 말에 귀를 기울였다.

"여기 오려고 할 때 엄마가 많이 반대했지만 내가 부탁해서 억지로 서류에 사인을 받았어요. 여기 오면 돈을 준다고 들었거든요."

사라가 딱한 눈빛으로 나기를 바라보았다. 나기는 진지한 말투로 말을 이었다.

"엄마는 늘 뭔가 무서워해요. 뭘 무서워하는지는 잘 모르지만, 분명 나 때문이에요. 내가 보통 사람과 다르니까. 남이랑 다른 짓을 하니까. 누가 날 빼앗아 가지 않을까 겁내요. 하지만 자기 힘으로 날 지킬 수 있을지 몰라서 불안해하고요. 엄마는 자기 탓에 내가 잘못되지는 않을까 무서워해요."

나기가 코를 살짝 훌쩍였다.

"…사실은 오기 싫었는데."

가냘픈 목소리가 울음을 터뜨릴 것처럼 떨렸다.

"하지만 오지 않으면 엄마랑 같이 살 수 없을 것 같아서."

나기의 커다란 눈망울이 젖어들면서 굵은 눈물이 흘러내렸다.

"엄마 보고 싶어요."

나기는 더 이상 참지 못하고 울음을 터뜨렸다. 가냘픈 어깨가 힘없이 떨렸다. 손에는 쿠키가 든 지퍼백을 부적처럼 꼭 쥐고 있었다. 끄트머리가 부서진 그 쿠키는 나기가 엄마에게 선물로 가져가겠다고 한 것이리라.

"이, 이 집이 계속 나한테 못된 말을 해요."

나기가 울어서 잠긴 목소리로 말했다.

"엄마가 날 싫어한대요. 사실은 내가 돌아오지 않기를 바란대요."

히나타는 놀라서 나기를 보았다. …그러고 보니 혼자 화장실에 갔다가 길을 잃어 가즈히사가 데려왔을 때도 나기는 얼굴이 아주 창백했다.

저택은 이 여린 아이에게도 예외 없이 마수를 뻗친 것이다. 어른들이 다들 심상치 않은 분위기라 나기는 아무에게도 털어놓지 못하고 혼자 견뎠던 것이리라.

이 작은 몸으로 깊은 공포와 슬픔을 끌어안고 있었다고 생각하니 뭐라고 할 말이 바로 떠오르지 않았다. 사라가 팔을 뻗어 나기의 어깨를 가만히 끌어안았다.

"괜찮아. 너희 엄마는 널 사랑하셔."

다정하고 가슴 뭉클한 목소리로 속삭이는 사라를 보고 히나타는 입술을 깨물었다.

…나기는 사라가 수많은 걸 잃었을 때와 같은 나이다.

사라는 과연 어떤 심정으로 나기를 위로했을까.

울다 지쳤는지 그대로 잠에 빠진 나기를 둘이 함께 침대로 옮겼다.

후우, 하고 길게 숨을 내쉬었다. 여기 온 뒤로 다양한 일이 너무 많이 일어나서 피로가 잔뜩 쌓였다.

교대로 샤워한 후, 잘 준비를 마치고 침대 가장자리에 앉아 있으니 사라가 히나타 옆에 느릿느릿 앉았다. 어쩐지 험악한 표정으로 히나타를 매섭게 바라보았다.

"…전부터 말하려고 했는데."

"어, 뭘?"

당황해서 묻자 사라가 입술을 삐죽 내밀고 대답했다.

"우리 집에 올 때마다 사진틀의 사진을 보고 우울한 표정 좀 그만 지으면 안 돼? 짜증 나."

전혀 예상치 못했던 말이라 히나타는 굳어버렸다.

어릴 적에 사라 가족과 히나타가 유원지에 가서 찍은 사진을 말하는 것이리라. 확실히 그 사진을 볼 때마다 잘 보이는 곳에 사진을 놓아둔 사라의 심경을 상상하며 일말의 서글픔을 맛본 것은 사실이다.

사라는 가족과 헤어진 뒤로 오랫동안 한 번도 가족의

얼굴을 못 봤을 터였다.

"히나타, 내가 그 사람들을 그리워한다고 생각하지?"

직설적인 지적에 말문이 막혀서 히나타는 아무 대답도 하지 못했다. 그런 히나타를 보고 사라가 과장되게 한숨을 내쉬었다.

"말해두겠는데 이제 와서 같이 살고 싶다든가, 그런 미련은 전혀 없어. 그 사람들은 내게 뭐가 좋을지 고민해서, 내가 굶어 죽지 않고 살아갈 수 있는 환경을 마련해 줬어. 그걸로 충분해."

사라는 단호한 어조로 딱 잘라 말했다.

"상대의 모든 것을 수용하고, 만신창이가 되더라도 곁에 꼭 붙어 있는 것만이 올바른 애정이라고 생각지는 않아. …그 사람들이 더 이상 나 때문에 불행하지 않다면 멀리 떨어진 곳에서 행복하게 지낸다면 그걸로 됐어."

사라는 눈을 살짝 내리뜨고 스스로를 타이르듯 중얼거렸다. 이런 고집쟁이. 히나타는 잠자코 있을 수 없어서 입을 열었다.

"그 사진을 지금까지 소중하게 장식해 놓은 게 누군데!"
"아, 좀."

이번에야말로 정말 어이없다는 표정으로 사라가 말을 내뱉었다.

"그 사진에는 우리 부모님만 찍혀 있는 게 아니잖아."

"뭐?"

얼떨떨해하는 히나타에게 사라는 복잡한 표정으로 말했다.

"너도 같이 찍혀 있잖아."

예상치 못한 대답에 히나타는 한순간 할 말을 잃었다. 유원지에서 자매처럼 꼭 붙어 서서 웃음 지었던 자신들의 모습이 떠올랐다.

저도 모르게 빤히 바라보자 쑥스러움을 감추려는 건지 사라가 퉁명스러운 어조로 말했다.

"너랑 밖에서 찍은 사진은 그것밖에 없단 말이야."

"아…."

그 말에 당시 기억이 되살아났다. 유원지에서 그 사진을 찍고 얼마 지나지 않아 언론에서 사라를 화제로 삼았다. 주변 사람들이 관심을 보였고 모르는 사람이 몰래 사진을 찍기도 했다. 확실히 그 후로는 사라와 밖에 나가서 기념사진을 찍은 적이 한 번도 없었다.

사라를 보고 힘주어 말했다.

"여기서 나가면 사진 찍자."

기뻐할 줄 알았는데 사라의 표정이 미묘해졌다.

"…그거, 완전히 사망 공식이잖아. 전쟁이 끝나고 돌아오면 결혼하자. 영화에서 그렇게 말하는 등장인물은 반드시 죽는 거 몰라?"

"에이…."

남의 마음도 모르고 핀잔이나 주다니.

"그럼…, 그럼 지금 같이 찍을까?"

조심스레 제안하자 "안 찍어" 하고 사라는 더더욱 떨떠름한 표정을 지었다.

"놀이공원도 아니고, 여기서 찍은 사진을 어떤 기분으로 꺼내 보라는 거야?"

"그건 그렇네."

히나타는 한마디도 반론하지 못하고 고개를 끄덕였다.

"그럼 역시 여기에서 탈출해서 사망 공식을 깨뜨린 후에 찍는 수밖에 없겠네."

그렇게 말하자 사라가 눈을 동그랗게 뜨더니 픽 웃었다.

"너란 애는 정말…."

"뭐가?" 하고 고개를 갸우뚱하며 묻자 사라는 고개를 살짝 저었다.

"…아무것도 아니야. 이만 자자. 시끄러워서 나기가 깨겠다."

두 사람은 나기를 한가운데 놓고 침대 양쪽으로 몸을 밀어 넣었다. 사라는 나기가 깨지 않도록 조심스레 이불을 어깨까지 덮어주었다.

히나타도 누워서 눈을 감았다. 오늘밤은 악몽을 꾸지 않길 바라며 잠을 청했다.

…시간이 얼마나 지났을까.

갑자기 멀리서 소리가 났다. 빡, 하고 쇠막대로 벽을 힘껏 내리친 듯한 소리였다.

어둠 속에서 눈을 떴다. 방금 그 소리는 뭐지? 잠에 취해서 잘못 들었나…?

그렇게 생각한 직후에 다시 빡, 하는 소리가 또렷이 울려 퍼졌다. 2층 안쪽, 복도 끝부분이다. 잘못 들은 게 아니다.

사라가 재빨리 몸을 일으키는 기척이 느껴졌다. 히나타가 손을 더듬어 침대 곁에 놓여 있는 램프를 켜자 사라가 경직된 표정으로 나기를 흔들어 깨우고 있었다.

빡, 빡, 하고 연달아 큰 소리가 났다. 나기가 놀라서 헉, 하고 외마디를 내뱉었다.

"저 소리, 뭐예요?"

"쉿." 사라가 집게손가락을 입 앞에 세웠다.

난폭하게 두드리는 소리가 1분쯤 이어지다가 갑자기 가볍고 약한 소리로 바뀌는가 싶더니 다시 거칠고 강한 소리로 되돌아가고….

"뭐야? 누가 그러는 거야?"

히나타는 혼란에 빠져 몸을 웅크렸다. 이렇게 떠들썩한데 왜 아무도 오지 않는 걸까?

쇠막대로 문이나 벽을 때리는 듯한 소리가 서서히 복도 안쪽에서 이쪽으로 다가왔다.

마치 순서대로 문을 두드려 소리로 뭔가를 확인하는 것 같았다. 누가 어디에 있는지, 몇 명쯤 있는지, 얼마나 무서워하는지….

옆방 문을 두드리는 소리가 났다. 쇳덩이를 내던진 것처럼 요란한 소리다. 지금까지보다 한층 크고 귀에 거슬리는 소리.

옆에서 나기가 몸을 와들와들 떨었다. 어쩌면 히나타도

몸을 떨어서 그렇게 느껴진 건지도 모른다.

다음 순간, 뭔가가 방문을 후려갈겼다. 충격으로 문이 덜덜 흔들렸다. 나기가 비명을 지르며 히나타에게 달라붙었다.

그 목소리에 반응한 것처럼 문을 맹렬하게 내리쳤다. 미친 기세로 몇 번이고. 오래된 문고리가 당장이라도 떨어져 나갈 것처럼 덜컥거렸다. 문을 단단히 잠갔던가. 그런 의문이 한순간 머릿속에 떠올라 섬뜩했다. 문밖에 정체 모를 뭔가가 있는 기척이 똑똑히 전해졌다. *그것이 작은 틈새를 노려 당장이라도 안으로 밀고 들어오려 한다.*

그때 문을 때리는 소리가 멎었다. 방 앞에 감돌던 꺼림칙한 기척이 홀연히 사라졌다.

포기하고 간 걸까…?

힘을 뺀 순간, 머리 위에서 요란한 소리가 들렸다. 천장을 힘껏 쾅쾅 때리는 듯한 소리. 죄어든 목구멍에서 힉, 하고 소리가 새어 나왔다. 이번에는 바닥에서도 굉음이 들렸다. 격한 소리와 진동이 위아래에서 덮쳤다.

무거운 침대가 덜컥덜컥 흔들렸다. 히나타는 겁에 질려 나기를 끌어안고 비명을 질렀다.

사라가 허공을 매섭게 노려보며 날카로운 목소리로 외쳤다.

"그만해!"

그 순간 모든 소리가 멎었다. 아무 일도 없었다는 듯 실내가 고요해졌다.

"멈췄다…."

히나타는 멍하니 중얼거렸다. 나기가 조심조심 고개를 들었다.

"…방금 그거, 뭐야?"

"글쎄. 어쨌거나 우리에게 좋은 현상은 아닌 것 같네." 사라가 중얼거리고는 이마의 땀을 닦았다.

히나타는 숨을 길게 내쉬었다. 안도한 나머지 힘이 쭉 빠져서 그대로 침대에 드러눕고 싶은 기분이었다.

그때 방에 이변이 발생했다는 걸 깨달았다.

…추웠다. 방금 그렇게 흥분해서 난리를 쳤건만 피부에 닿는 공기가 몹시 차갑게 느껴졌다.

부자연스러운 냉기가 축축하게 바닥을 휘감았다. 나기가 몸을 바르르 떨었다.

"옷장에 이불이 더 있을 거야. 그걸 덮자." 사라가 딱딱한 표정으로 말했다.

"내가 가져올게요!" 나기가 침대에서 폴짝 뛰어내렸다. 방구석에 있는 옷장으로 달려가 살짝 발돋움해서 쌍닫이 문을 열었다.

문틈으로 손을 뻗자마자 나기가 드높은 비명을 질렀다.

깜짝 놀라 바라보니 나기는 옷장에 손을 넣은 채 몸을 뒤틀고 있었다. 문틈에서 손을 빼내려고 해도 뭔가에 꽉 붙잡힌 것처럼 꼼짝도 하지 않는다.

"나기!"

히나타와 사라는 재빨리 달려가서 나기의 팔을 잡아당겼다. 세게 잡아당겼는데도 나기의 손은 빠지지 않았다. 나기는 기겁했는지 계속 비명을 질렀다.

뭔가가 나기의 손을 붙잡고 있다. 옷장 속에 숨은 누군가가.

히나타는 옷장 문틈으로 머리를 들이밀고 나기를 덮친 존재를 찾아내려 했다.

그 순간 나기의 손이 옷장에서 쑥 빠졌다. 그 반동으로 나기는 헛발을 디디며 세게 엉덩방아를 찧었다.

히나타는 옷장을 들여다보았다. 아무도 없었고, 있어서

는 안 될 것 같은 물건도 눈에 띄지 않았다.

다리가 풀릴 뻔했을 때 사라가 소리쳤다.

"물러나. 침대로 돌아가!"

허둥지둥 뒷걸음쳐서 셋이 원래 있던 곳으로 돌아갔다. 침대 위에서 서로 딱 붙어 있으니 사라가 경계심 가득한 목소리로 말했다.

"최대한 붙어 있자. 아침까지 방에서 나가지 말고 셋이 함께 있는 게 좋겠어."

나기가 겁먹은 표정으로 사라를 올려다보았다. 히나타와 사라는 어깨를 맞대고 손가락뼈가 어떻게 생겼는지 알 수 있을 만큼 손을 꼭 맞잡았다. 서로의 심장 소리가 똑똑히 들려올 것 같았다.

어둠 속에서 사라가 긴장된 표정으로 말했다.

"…내가 반드시 지킬게."

· 제5장 ·

참극

멀리서 목소리가 들려서 눈을 떴다.

어깨와 팔에 부드러운 무게감과 체온이 느껴졌다. 아무래도 나기, 사라와 꼭 붙어 앉아 있다가 잠에 빠진 듯했다.

희읍스름한 아침 햇살이 실내를 감쌌다. 머리에 진흙이 들어찬 것 같은 권태감을 느끼며 천천히 몸을 일으키려다 사라와 눈이 마주쳤다. 상반신을 일으킨 사라가 약간 매서운 표정으로 물었다.

"방금 무슨 소리 나지 않았어?"

"…났어."

다음 순간 또 목소리가 들렸다. 여자가 부르짖는 소리. 심상치 않은 절규였다.

―뭔가 일이 터진 것이다.

히나타와 사라는 벌떡 일어나서 잠이 덜 깬 눈을 깜박거리는 나기를 데리고 방을 나섰다.

복도로 나가서 문에 시선을 주자 어젯밤에 그토록 요란하게 후려치는 소리가 났는데도 표면에 흠집 하나 없었다. 히나타는 등골이 서늘해졌다.

아래층에서 여러 사람의 큰 소리가 들려왔다. 다들 몹시 당황하고 혼란스러워하는 듯했다.

허둥지둥 계단을 내려가자 1층 복도에 미즈키, 아키라, 렌, 가즈히사, 유토가 모여 있었다. 각자 창문에 얼굴을 대고 밖을 보거나 창문을 열려고 애쓰고 있었다. 아까 그 비명은 미즈키가 지른 듯했다.

"왜 그러세요?"

히나타가 긴장한 목소리로 물으니 미즈키가 일그러진 표정으로 이쪽을 보았다. 대찬 성격답지 않게 안절부절못하는 모습이라 흠칫 놀랐다.

"도, 도시코 씨가…."

미즈키의 떨리는 목소리를 듣고 히나타와 사라는 숨을 삼켰다. 동요한 마음으로 창밖에 시선을 준 순간, 비명이 터져 나왔다.

─정원에 도시코가 쓰러져 있었다.

아침 안개 속, 도시코는 엎드린 자세로 여신 조각상 발치에 누워 있었다. 얼굴은 확실히 보이지 않았다. 머리에서 피가 흘렀고 움직임이 전혀 없었다.

"보면 안 돼…!"

히나타는 얼른 나기의 머리를 끌어안았다. 심장이 세차게 요동쳤다.

끔찍했다. 쓰러진 도시코 주변에 거무칙칙한 액체가 튀어 있었다. 도시코의 몸 아래에도 일그러진 반달 같은 형태로 피가 고여 있었다. 치마가 젖혀져서 드러난 뽀얀 종아리며 피와 흙으로 더러워진 그 옆얼굴을 똑바로 바라볼 수가 없었다.

창문 너머로 진한 피 냄새가 풍기는 것 같아서 구역질이 올라왔다.

"아아, 말도 안 돼." 미즈키가 신음했다.

"왜 이런 일이."

유토는 입술을 깨물고 도시코에게 비통한 눈빛을 던졌다. 가즈히사는 굳은 표정으로 우두커니 서 있었다.

렌이 천장을 올려다보았다.

"설마 자살…?" 아키라가 중얼거리자 미즈키가 창백한 얼굴로 부정했다.

"그럴 리 없어."

희미하게 떨리는 목소리였지만 미즈키는 냉정하게 말을 이었다.

"어제 도시코 씨는 겁에 질렸고 피곤하다면서 저녁을 먹자마자 방에 틀어박혔지. 그래도 스스로 죽음을 선택할 만한 낌새는 보이지 않았어. 그럴 이유도 없잖아?"

"…똑같아."

렌이 불쑥 중얼거렸다. 모두의 시선이 렌에게 집중됐다.

렌은 멍한 표정으로 말했다.

"몇십 년 전에 아기 엄마가 아기를 안고 옥상 테라스에서 뛰어내렸을 때와 상황이 똑같아. 두 사람은 정원의 여신상 발치에 쓰러져서 사망한 상태로 고용인에게 발견됐다는군."

사람들 사이에 동요가 번졌다. 과거의 비극을 재현한 듯한 바깥 광경에 숨을 삼켰다.

그때 까악, 하고 소리가 났다. 놀라서 창밖을 보자 커다란 까마귀 두 마리가 도시코 근처로 날아왔다.

"훠이! 저리 가…!"

유토와 가즈히사가 유리창을 세게 두드려 소리를 냈다. 까마귀가 휙 날아올라 물러갔다. 하지만 곧 다른 까마귀가 날아왔다.

"아아, 젠장…."

유토는 괴로운 표정으로 이를 갈았다. 미즈키가 잔혹한 광경을 응시하며 굳은 목소리로 중얼거렸다.

"도시코 씨는 이 저택에 살해당한 거야."

사람들이 미즈키를 보았다. 미즈키는 일그러진 얼굴로 악을 쓰듯 말했다.

"여기에 발을 들여놔서는 안 됐어. 우리 같은 인간이 흉한 곳에 오래 머물거나, 몇 번이나 찾아오면 좋지 않은 영향을 받아. …이제 여기는 위험해."

아무도 말을 꺼내지 않았다. 겁먹은 나기가 히나타의 품속에서 훌쩍훌쩍 울었다.

사라는 말없이 도시코의 주검을 가만히 바라보았다.

***

식당으로 이동했다. 유토가 음료수 페트병과 보존식을 꺼내서 나눠주었다. 선뜻 먹으려는 사람은 없었다. 자리를 비운 가즈히사 외에 모두가 침통한 표정으로 침묵을 지켰다.

―두 번째 피해자가 나왔다.

다들 불안과 긴장이 최고조에 달했을 것이다.

유토가 조심스레 입을 열었다.

"…도시코 씨는 옥상 테라스에서 떨어졌을 겁니다. 거기 말고는 저택 밖으로 나갈 수 있는 곳이 없으니까요."

렌이 무겁게 고개를 끄덕이고 사람들을 둘러보았다.

"도시코 씨가 모두와 함께 있었던 건 저녁 먹을 때가 마지막이었지. 그 후부터 아까 발견될 때까지 도시코 씨를 본 사람 있나?"

다들 서로 얼굴을 마주 보았다. 대답하는 사람은 없었다.

"그럼 그 사이에 수상한 소리를 들었다거나, 뭔가 짚이는 일은 없어?"

히나타는 입술을 깨물고 고개를 저었다. 어젯밤의 소동에 정신이 팔려 도시코가 죽은 줄은 까맣게 몰랐다. 사람이 3층에서 떨어졌는데 전혀 눈치채지 못하다니.

그때 아키라가 머쓱한 표정으로 나지막이 말했다.

"…어쩌면 도시코 씨가 떨어졌을 때 나는 소리를 들었을지도 모르겠군."

시선이 아키라에게 집중됐다. 아키라는 떨떠름해하는 목소리로 말을 이었다.

"밤 12시쯤이었나. 높은 곳에서 무거운 물체가 떨어진 것처럼 쿵, 하고 밖에서 큰 소리가 났고 진동도 느껴졌지. 지금 생각해 보니 도시코 씨가 땅에 충돌했을 때 난 소리일지도 몰라."

"그때 밖을 확인하지는 않았어요?"

히나타가 의문스럽게 묻자 아키라는 눈에 쌍심지를 켜고 반박했다.

"그야 당연하지! 한밤중에 수상한 소리가 들렸다고 함부로 반응했다가는 내가 위험할지도 모르잖아. 애당초 내다봤어도 어두워서 아무것도 안 보였을 거야."

그러자 미즈키가 숙연한 얼굴로 입을 열었다.

"…나도 그 소리를 분명히 들었어. 시간은 자정 무렵이었을 거야."

모두가 시선을 주자 미즈키는 고개를 약간 숙이고 말을 이었다.

"모두에게 알리지 못해서 미안해. 현실의 소리인지 아닌지 확신이 서지 않았어. 어쩌면 환청인지도 모른다 싶어서…, 그, 어젯밤에는 다양한 일이 있었으니까."

그러고는 거친 손놀림으로 머리를 만지며 어두운 표정을 지었다. 사람들에게 알려본들 분명 어쩔 방도도 없었겠지만 자기 나름대로 자책감을 느끼는 것이리라.

"도시코 씨는 왜 한밤중에 혼자 테라스에 갔을까?"

미즈키가 의아하다는 듯 중얼거리자 "혼자라는 보장은 없잖아" 하고 아키라가 반응했다.

"어쩌면 누군가와 함께였을지도 모르지."

그러면서 사라에게 신경질적인 시선을 던졌다. 사라를 몹시 경계하는 눈치였다.

"그건 아닐 겁니다." 히나타가 입을 열기 전에 유토가 냉정하게 말했다. 해가 지고 나서는 옥상 테라스에 여러

명이 올라갈 수 없으며, 실제로 히나타와 함께 시험해 봤는데 불가능하더라고 모두에게 설명했다.

"그럴 수가." 사람들이 술렁거렸다.

"정말이야, 렌 씨?"

"응, 아무래도 그런가 봐." 미즈키의 물음에 렌이 고개를 끄덕이자 긴장감이 한층 높아졌다. 미즈키가 경직된 목소리로 중얼거렸다.

"…그럼 저택이 도시코 씨를 꾀어냈을지도 모르겠네."

그때 어딘가 갔었던 가즈히사가 돌아와서 심각한 말투로 사람들에게 알렸다.

"어젯밤에 카메라에 녹화된 영상을 확인하고 왔어."

다들 굳은 표정으로 가즈히사를 바라보았다. 자기 의무라고 생각했는지 가즈히사가 냉정함을 유지한 채 설명했다.

"자정쯤에 마이크가 부자연스러운 소리와 진동을 확실히 감지했어. 아마 도시코 씨가 추락했을 때 난 소리겠지. 잠시 눈을 붙였다고는 하지만 왜 알아차리지 못했을까. …제기랄, 너무 부주의했어."

가즈히사는 일그러진 얼굴로 속상하다는 듯 중얼거렸

다. 렌도 비슷한 표정으로 입술을 깨물었다.

"그 밖에 알아낸 건?" 렌이 묻자 가즈히사는 고개를 끄덕이고 대답했다.

"추락하는 소리가 나기 10분쯤 전에 도시코 씨가 혼자 방을 나서서 복도를 걸어가는 모습이 카메라에 찍혔어. 영상만 보면 특별히 이상한 점은 없는데, 확인할래?"

마지막은 모두를 향한 질문이었다.

"…아니. 됐어."

미즈키가 모두의 심정을 대변하듯 대답했다. 지금 도시코가 죽기 직전의 모습을 보는 건 너무 잔인한 짓이다. 그 끔찍한 시신의 모습이 반드시 떠오르리라.

"아무튼 이렇게 된 이상 태평한 소리는 할 수 없겠군. 한시라도 빨리 여기서 빠져나갈 방법을 찾아내야 해."

가즈히사가 긴박한 목소리로 말하자 렌도 진지한 표정으로 "그래야지" 하고 대답했다.

"다 함께 탈출할 방법을 찾자. 필요하면 뭘 때려 부수든 상관없어."

나머지 사람들은 표정을 다잡고 고개를 끄덕였다.

옆을 보자 나기는 눈이 벌겋게 부은 채 미동도 없었고

사라가 걱정스러운 듯 나기의 머리를 쓰다듬고 있었다. 어른들조차 이렇게 충격을 받았으니 두 사람의 잔혹한 죽음을 목격한 소년이 얼마나 큰 충격을 받았을지는 상상이 가고도 남았다.

두 사람을 보며 말을 걸었다.

"사라, 옆에 있어줘. 나기를 잘 부탁해."

"응, 물론이지." 사라는 재깍 대답했다. …지금 겁먹은 나기에게 제일 든든할 사람은 분명 사라다.

렌과 가즈히사가 재빨리 식당을 나서자 미즈키가 히나타와 유토에게 말을 걸었다.

"난 2층을 중심으로 조사할 테니까 당신들은 3층을 맡아줄래?"

히나타와 유토는 얼굴을 마주 보았다. 1층과 2층에는 각각 도시코와 시게키의 시신이 있다. 미즈키는 조사팀의 정규 팀원이 아닌 히나타와 유토를 배려해 준 건지도 모른다.

"알겠습니다." 유토가 순순히 고개를 끄덕였다. 미즈키는 이어서 아키라에게 말했다.

"당신은 1층을 부탁해."

아키라가 내키지 않는 표정을 짓자 따끔하게 쏘아붙였다.

"여기서 빨리 나가고 싶지 않아? 그럼 협력 좀 해."

"…누가 안 하겠대?"

아키라는 우울한 듯 작은 목소리로 대꾸했다.

사라가 나기의 어깨를 받쳐주면서 모두에게 말했다.

"우리는 담화실로 이동할게. 나기의 몸 상태가 별로 안 좋아 보여서 좀 눕혀야겠어."

담화실에는 분명 커다란 소파가 있었을 것이다.

"알았어. …나기, 무리하지 말고 쉬어."

히나타가 위로하자 나기는 눈물을 글썽이며 고개를 끄덕했다. 다정하게 대해준 도시코의 죽음이 마음속 깊이 사무친 것 같았다.

히나타는 유토와 함께 식당을 나섰다. "옥상 테라스에 가보자" 하고 유토가 제안했다.

"현재 저택 밖으로 나갈 수 있는 곳은 거기뿐이야. 그리고 도시코 씨가 떨어진 일에 관해 뭔가 알아낼 수 있을지도 모르고."

"그러자." 히나타도 동의했다. 도시코가 옥상 테라스에서 떨어졌다면 거기는 도시코가 마지막으로 있었던 곳인 셈이다.

두 사람은 약간 긴장하며 3층으로 향했다. 어젯밤에 그렇게 고생했는데도 올라가지 못한 옥상 테라스에 김샐 만큼 금방 도착했다.

좁은 계단을 올라 테라스로 나갔다. 히나타와 유토는 난간 쪽으로 다가갔다. 조심조심 아래를 보자 땅에 쓰러진 도시코의 모습이 시야에 확 들어와서 입을 막았다. 잔혹한 광경을 다른 각도에서 다시 보자 아무 말도 나오지 않았다. …너무나 끔찍했다.

"…보지 않는 편이 좋겠어."

유토가 괴로운 표정으로 말한 후 고개를 숙이고 두 손을 살짝 모았다. 히나타는 잠긴 목소리로 중얼거렸다.

"…도시코 씨도 저대로 놔두는 수밖에 없겠지?"

"응. 여기서 나갈 수 없는 이상, 우리는 아무 조치도 할 수 없어."

도시코의 온화한 미소를 떠올리자 가슴이 에이는 것처럼 아팠다. 멀리서 꺼림칙하게 흔들리는 피안화의 붉은색이 눈동자에 새겨지는 듯했다. 두 사람은 아무 말도 없이 그 자리에 잠깐 서 있었다.

그때 난간 곁에 떨어져 있는 물건에 눈에 들어왔다. 가을 햇살을 반사해 반짝 빛난 그것은 뱅글이었다.

"이거…."

히나타는 뱅글을 주워서 유토에게 보여주었다. 굵은 타원형 디자인의 뱅글은 도시코가 왼쪽 손목에 차고 다녔던 물건이 틀림없었다. 유토도 그 사실을 알아차렸는지 깜짝 놀란 표정을 지었다.

"도시코 씨, 역시 여기서 떨어진 거구나."

히나타는 말을 마친 후, 순수한 의문이 솟구쳐서 물어보았다.

"도시코 씨는 왜 한밤중에 혼자 이런 곳에 왔을까?"

유토도 의아하다는 표정으로 고개를 저었다.

"…모르겠어. 어젯밤에 대체 도시코 씨에게 무슨 일이 있었던 걸까?"

히나타는 좋은 생각이 나서 "앗" 하고 외쳤다.

"미즈키 씨가 이걸 만져보면 뭔가 알아낼 수 있지 않을까?"

"가능성이 있어."

곧장 미즈키를 찾아가려다 지금 어디 있는지 몰라 히나타는 계단 쪽으로 가서 2층을 향해 "미즈키 씨!" 하고 큰 소리로 불렀다. 잠시 후 미즈키가 당황한 표정으로 계단에 나타났다.

재빨리 사정을 설명하자 미즈키는 숨을 푹 내쉬고 히나타와 유토를 가볍게 노려보았다.

"함부로 소리 지르지 마. 그런 일이 생긴 지 얼마 지나지 않았어. 또 무슨 일이라도 터진 줄 알았잖아."

죄송해요, 하고 미나타는 어깨를 움츠리며 사과했다.

"그래서? 도시코 씨의 뱅글은 어디 있어?"

유토가 자기 손수건으로 감싼 뱅글을 내밀었다.

"어디 보자." 미즈키가 조심스럽게 뱅글을 받았다. 매끄러운 금속 표면에 손을 대더니 집중하듯 눈을 감고 신중한 손놀림으로 천천히 문질렀다.

히나타와 유토가 숨죽이고 지켜보는 가운데, 말없이 한동안 뱅글을 문지르던 미즈키가 갑자기 "아얏!" 하고 외치며 눈을 떴다.

미즈키가 얼굴을 찡그리며 뒤통수를 눌렀다.

"괘, 괜찮으세요?"

"왜 그래요?"

놀라서 묻자 미즈키는 나지막하게 앓는 소리를 낸 후 말을 꺼냈다.

"…느닷없이 뒤통수에 날카로운 통증이 느껴졌어. 욱신욱신하네."

"그거, 도시코 씨의 기억인가요?"

유토가 동그래진 눈으로 물었다.

"응, 맞아. 왜 통증을 느꼈는지는 모르겠지만…."

미즈키는 뒤통수를 문지르며 대답했다.

"다쳤든지, 아니면 다른 이유로 심한 두통이 났든지."

미즈키의 말에 히나타는 뺨이 굳어졌다.

어젯밤에 자신들이 무서운 경험을 한 것처럼 저택이 무슨 형태로 도시코를 괴롭힌 걸까. 현혹하고 옥상 테라스로 꾀어내서 죽음에 이르게 한 걸까…?

"왜 도시코 씨였을까."

히나타는 암담한 기분으로 불쑥 중얼거렸다. 총명하고 주변을 배려할 여유가 있고 누구보다도 정신적으로 안정돼 보였는데.

왜 도시코는 이런 곳에서 홀로 목숨을 잃었을까?

"왜 도시코 씨가 이런…."

울 것 같은 심정으로 말을 꺼내자 미즈키가 눈을 내리뜨고 작은 목소리로 말했다.

"…어쩌면 우리 가운데 가장 죽음과 가까운 곳에 있었기에 그런 건지도 모르지."

"그게 무슨 뜻이에요?" 히나타는 의아함을 표출했다.

미즈키는 대답 없이 울적한 얼굴로 잠자코 도시코의 뱅글을 바라보았다.

히나타는 문득 생각나서 말했다.

"도시코 씨의 물건을 만지면 도시코 씨가 사망한 당시 상황을 좀 더 파악할 수 있지 않을까요?"

히나타의 제안에 유토가 어두운 표정으로 말했다.

"하지만…, 돌아가신 분의 물건을 멋대로 건드리다니, 내키지 않는데."

"시험해 보자."

주저하는 유토의 말이 끝나기 무섭게 미즈키가 힘 있는 목소리로 말했다.

"이대로는 도시코 씨도 눈을 제대로 못 감을 거야. 그리고 만약 자살한 거 아니냐는 의혹이 제기되면 유족은 더욱 상처받겠지."

미즈키는 한순간 눈을 내리깔더니 단호한 어조로 말을 이었다.

"지금까지 수많이 봐왔어. …그렇게 오해를 풀지 못하고 어둠 속에 묻힌 사람이나 사건을."

사이코메트러로 활동해 온 미즈키의 말에는 신비한 설득력이 있었다. 망설이는 기색이던 유토도 결국 "…알겠습니다" 하고 진지한 얼굴로 고개를 끄덕였다.

셋이 2층 복도를 걸어 도시코의 방으로 향했다. 머무는 사람이 없어진 방의 문을 열고 머뭇머뭇 발을 들여놓았다.

실내는 물건이 적고 전체적으로 잘 정리된 상태였다. 의자 등받이에 걸쳐놓은 도시코의 카디건에서 부드러운 향수 냄새가 희미하게 풍기는 것 같아서 한층 가슴이 먹먹했다.

"…이건? 돌아가시기 직전에 만졌을지도 몰라."

유토가 테이블에 놓여 있는 스마트폰을 살짝 집어 들었다. 당연히 화면이 잠겨 있어서 내용을 확인할 수는 없다.

스마트폰을 받은 미즈키는 숨을 깊이 들이마시고 오른손으로 차분히 화면을 만졌다. 눈을 감고 매끈매끈한 표면을 어루만지듯 손가락을 움직였다.

 스마트폰 배경 화면은 집의 정원인지, 코스모스가 핀 화단을 배경으로 웃는 표정 같아 보이는 갈색 개가 앉아 있는 사진이었다. 도시코가 가꾸는 꽃 앞에서 반려견을 찍은 것이리라.

 그걸 보자 가슴이 욱신욱신 아팠다. 하지만 눈을 감고 스마트폰을 만지는 미즈키에게는 다른 뭔가가 보이리라.

 "엇?" 잠시 후 미즈키가 의외라는 듯한 목소리를 냈다. 그리고 말도 안 돼, 하고 짤막하게 중얼거렸다.

 왜 그러나 싶어 긴장해서 지켜보았다. 미즈키는 눈을 감은 채 얼떨떨해하는 목소리로 알려주었다.

 "도시코 씨 스마트폰에 전화가 온 것 같아."

 "네? 언제요?"

 "어젯밤에." 미즈키가 딱 잘라 말했다. 도무지 믿기지 않아서 히나타와 유토는 눈이 동그래졌다. 설마. 외부와는 연락이 안 될 텐데…?

 미즈키가 다급한 목소리로 빠르게 말했다.

 "적을 거 있어? 표시된 번호를 말할 테니까 빨리 받아 적어."

"준비됐습니다." 유토가 허둥지둥 주머니에서 메모지와 펜을 꺼내고 말했다. 미즈키가 즉시 번호를 불렀다.

"026⋯."

말을 마친 후 미즈키는 눈을 뜨고 숨을 길게 내쉬었다.

"⋯나한테 보인 건 여기까지야. 전화 내용까지는 아무래도 안 되겠어."

히나타는 놀라서 미즈키를 빤히 바라보았다. ⋯이런 일이 가능하다니, 미즈키는 정말로 굉장한 초능력자가 아닐까.

옆에 있던 유토도 감탄해서 말문이 막힌 듯했다.

두 사람의 시선을 어떻게 해석했는지, 미즈키가 약간 겸연쩍게 입을 열었다.

"이렇게까지 똑똑히 보이는 경우는 거의 없어."

변명하듯 설명했다.

"하지만 여기에 온 뒤로 도시코 씨는 신경이 아주 예민해졌을 거야. 도시코 씨가 만진 물건에서 불안한 기척이 강하게 느껴졌거든. 주변의 사소한 일에도 신경을 곤두세우고, 눈에 들어오는 모든 것을 과도하게 의식했기 때문에 잔류 사념도 강하게 남은 거겠지."

유토가 메모한 전화번호를 보고 말했다.

"이거, 나가노현 전화번호인데."

"걸어볼까?" 히나타는 스마트폰을 꺼냈지만 '통화권 이탈' 표시를 보고 눈썹을 축 내렸다. "아아…, 스마트폰을 쓸 수 있으면 어디 번호인지 알 수 있을 텐데."

유토와 미즈키가 각자 스마트폰을 확인해 봐도 역시 통화권 이탈 상태였다.

"전화번호부가 없는지 가즈히사 씨에게 물어볼까요?" 유토의 제안에 히나타와 미즈키는 고개를 끄덕였다.

"그러자. 뭔가 알아낼 수 있을지도 몰라."

조급한 마음으로 가즈히사를 찾으러 가는데, 1층으로 내려가는 계단에서 렌과 마주쳤다.

"렌 씨." 유토가 메모를 보여주며 물었다. "전화번호부 있으면 좀 빌려주시겠어요? 이 전화번호를 찾아보고 싶어서요. 어젯밤에 도시코 씨의 스마트폰에 걸려온 번호를 미즈키 씨가 사이코메트리로 봤어요."

렌은 메모를 힐끗 보더니 눈살을 찌푸리며 바로 대답했다.

"안 찾아봐도 돼."

"어째서?"

자신의 능력을 의심한다고 생각했는지 미즈키가 경직된 표정으로 물었다.

그러자 렌이 알려주었다.

"피안장 전화번호니까."

"어?"

세 사람은 굳어버렸다. 렌도 당혹스러운 표정으로 말했다.

"이건 이 저택 전화번호야. 틀림없어."

"잠깐만, 그게 무슨 소리야. 피안장 내부에서 도시코 씨의 스마트폰에 전화를 걸었다는 뜻?"

"나도 몰라. 정말로 이곳의 전화가 도시코 씨의 스마트폰에 수신됐다면…?"

네 사람은 전화가 있는 응접실로 향했다. 방에 들어가서 소파와 테이블 너머 중후한 책상에 놓인 전화기를 바라보았다. 전화기는 고색창연한 가구류와 어울리지 않게 신형이었다.

렌이 천천히 손을 뻗어 재다이얼 버튼을 눌렀다. 미즈키가 들고 있던 도시코의 스마트폰 화면이 밝아졌다.

미즈키가 말한 것과 똑같은 전화번호가 표시되고 벨소리가 무미건조하게 울렸다. 깜짝 놀란 듯한 분위기가 퍼졌다.

―도시코의 스마트폰에 지금 분명 전화가 왔다.

미즈키가 믿기지 않는다는 표정으로 스마트폰을 내려다보았다. 그리고 머뭇머뭇 통화 버튼을 눌렀다.

전화가 연결되고 화면에 통화 시간이 표시됐다.

"말도 안 돼…."

'말도 안 돼.'

멍하게 중얼거린 미즈키의 목소리가 수화기에서 희미하게 들린 음성과 겹쳤다. 정말로 연결됐다.

미즈키가 으스스하다는 듯 얼른 통화를 종료했다. 대기 상태로 돌아간 스마트폰 화면 가장자리에 다시 '통화권 이탈' 표시가 떴다. 전화기도 죽은 것처럼 침묵했다.

잠시 아무도 말이 없었다.

"…이럴 수가."

렌이 굳은 표정으로 고개를 설레설레 흔들었다.

"아무리 외부에 전화를 걸어도 한 번도 연결되지 않았는데."

유토가 생각에 잠긴 표정으로 신중하게 말했다.

"하야카와 씨가 가짜 연인의 전화에 속아서 무서운 일을 겪은 것처럼, 어쩌면 어젯밤에 도시코 씨에게도 똑같은 일이 벌어진 것 아닐까요? 예를 들면 뭔가가 도시코 씨와 가까운 사람으로 위장해서 테라스로 꾀어냈다든가…."

그 말을 듣자 오싹한 상상이 머릿속에 떠올랐다.

만약 자기 스마트폰에 사라나 나기의 번호로 전화가 온다면? 다쳐서 꼼짝도 할 수 없다, 빨리 와서 구해달라고 비명 섞인 목소리로 도움을 요청한다면 과연 무시할 수 있을까?

어젯밤 나기가 옷장에 끌려 들어갈 뻔했던 무시무시한 광경이 떠올라서 몸이 경직됐다.

미즈키가 험악한 표정으로 중얼거렸다.

"위험한 상황이네. 저택이 점점 우리에게 직접적으로 해를 끼치려고 해."

그러고는 도시코의 스마트폰을 유토에게 넘겨주고 발걸음을 돌렸다.

"다른 사람들이 걱정되니까 먼저 돌아갈게. 스마트폰을 원래 있던 곳에 갖다놔 줄래?"

세 사람은 재빨리 응접실을 나서는 미즈키의 뒷모습을 불안한 마음으로 바라보았다.

※ ※ ※

미즈키가 담화실로 들어갔을 때, 나기는 소파에 앉은 사라의 무릎을 베고 축 늘어져 있었다.

무슨 일이 있었나 싶어 한순간 움찔했지만 사라가 나지막한 목소리로 말했다.

"…잠들었어. 어젯밤에 제대로 못 잤거든."

그저 잠들었을 뿐이라는 걸 알고 미즈키는 가슴을 쓸어내렸다. 목소리를 낮춰서 사라에게 말을 걸었다.

"도시코 씨는 돌아가시기 전에 이 저택에서 걸려온 전화를 받은 것 같아."

미즈키의 말에 사라는 눈살을 모으며 중얼거렸다.

"그게 무슨 소리야…?"

미즈키는 대답하지 않고 말을 이었다.

"어젯밤에 너희들 방에도 *그것이* 오지 않았어? 잠을 푹 못 잔 건 그 때문이야. 그렇지?"

사라가 어두운 표정으로 입을 다물었다. 그 침묵이 대답이었다.

"이상해."

미즈키는 미심쩍은 기분으로 말했다.

"뭔가 괴상하다고. 설명은 잘 못하겠어. 아무튼 지금 여기서 일어나는 일이 이해가 안 돼."

생각을 정리하며 말을 꺼내놓았다.

"렌 씨를 편드는 건 아니지만 어제 피안장에 왔을 때는 확실히 아무것도 느껴지지 않았어. 적어도 이렇게 우리가 목숨의 위기에 처할 만한 상태는 아니었지. 오랫동안 아무도 살지 않고, 찾아오는 사람도 없어서 이 저택은 반쯤 죽어가고 있었을 거야."

미즈키는 확신을 담아서 말했다.

"예전에는 어땠는지 몰라도 지금의 피안장에는 인간을 물리적으로 해칠 힘이 절대로 없었어. 기껏해야 자신의 존재를 슬쩍 내비쳐서 우리를 놀라게 하는 정도지. 그런데 실제로 사람이 죽었어. 게다가 우에다 씨는 그렇게 이상한 형태로 사망했다고. 너무 부자연스러워. 대체 어떻게 된 걸까?"

"…그건."

사라가 입을 열었다. 짙은 그림자가 깃든 눈이었다.

"혹시 내가 여기 와서 영향을 끼친 걸까?"

미즈키는 한순간 말을 머뭇거리다가 강한 어조로 대꾸했다.

"우리가, 겠지. 설령 그렇다 한들 초능력자는 너 혼자만이 아니야. 잘난 척하지 마. 너 정말 교만하구나?"

일부러 날 선 말로 부정하자 사라는 입을 다물고 생각에 잠겼다.

그때 아키라가 돌아와서 잔뜩 지친 얼굴로 한탄했다.

"아아, 까마귀 울음소리가 거슬려서 죽겠어. 어떻게 좀 해줘."

…까마귀가 모여드는 원인이 무언지 떠오르자 기분이 축 가라앉았다.

"애당초 출구가 그렇게 쉽게 발견되겠어? 이 저택은 우리를 놓아줄 생각이 털끝만큼도 없다고."

아키라가 계속 투덜댔다. 미즈키는 스스로를 진정시키듯 심호흡했다.

"들어봐."

아키라와 사라를 바라보며 목소리에 힘을 주어 말했다.

"저택은 우리를 노리고 있어. 조사팀 중 두 명이나 목숨을 잃었잖아?"

침통한 기분으로 입술을 깨물었다.

"놈은 우리가 혼자 있을 때를 노릴 거야. 불안과 공포를 이용해 동료에게서 떼어내고 독니를 박아 넣을 작정이겠지. 틈을 보이면 안 돼. 뿔뿔이 흩어져 있으면 당하기 십상이야."

사라와 아키라는 진지한 표정으로 이야기를 들었다. 미즈키는 힘 있게 주장했다.

"한곳에 뭉쳐 있자. 지금부터 다 함께 담화실에서 지내는 거야. 모두 같은 방에 있는 게 안전해."

"…정말로 안전하다고 할 수 있을까?"

아키라가 경계하듯 사라를 보고 나직이 중얼거렸다.

"불만이면 당신 혼자 자기 방에서 지내도 전혀 상관없는데?"

미즈키는 아키라를 노려보며 톡 쏘아붙였다. 아키라는 못마땅한 표정을 지으면서도 입을 다물었다.

"…나도 찬성이야." 사라가 진지한 얼굴로 말했다. "우리가 행동을 함께하면 *그것도* 그렇게 간단하게는 손을 쓰지 못하겠지."

"결정됐네. 다른 사람들이 돌아오면 말하자." 미즈키는 즉시 제안했다.

"그럼 방에서 짐을 가져와야겠네. 반드시 다른 사람과 함께 가야 해."

사라가 자신의 무릎을 베고 잠든 나기를 내려다보며 말했다.

"자는 걸 깨우기는 딱하니까 우리는 좀 이따 갈게. 히나타도 곧 돌아올 테니."

"알았어." 미즈키는 고개를 끄덕이고 아키라에게 말했. "얼른 가자. 먼저 짐을 정리한 사람이 상대편 방 앞에서 기다리는 거야."

"…알았어."

아키라가 마지못한 표정으로 따라왔다.

담화실을 나서서 복도를 걸으며 미즈키는 마음을 다잡았다. 두려움 때문인지, 호승심 때문인지는 모르겠지만 몸이 부르르 떨렸다.

아키라 말대로다. 저택은 우리를 쉽사리 포기하지 않으

리라. 분명 온갖 방법을 동원해서 흔들어 댈 것이다. 주먹을 꽉 움켜쥐었다.

자, 이 고비를 잘 넘겨야 한다.

***

가방에 짐을 다 싼 후 아키라는 숨을 후우 내쉬었다.

오래 정리해야 할 만큼 짐을 많이 가져오지는 않았다.

"…망할."

벽을 바라보고 있으니 저도 모르게 한심한 목소리가 새어 나왔다. 이제 싫다.

왜 이런 걸까. 뭘 해도 최악의 방향으로 나아가고, 대단한 걸 얻지도 못하면서 에너지만 소모할 뿐이다. 그리고 지금은 목숨을 부지하기 위해 꼴사납게 허둥지둥 달아나려 한다.

언제나 이렇다. 실패해서 자기 자신에게 실망하고 한때는 넘쳤을 희망과 자존심이 점점 줄어든다.

나도 허세로 가득해 입만 살았던 아버지 같은 말로를 맞이하는 걸까? 아버지처럼 가까운 사람을 낙담시키고 불행하게 만들까.

불길한 상상에 등골이 오싹했다. 싫다. 아버지처럼 비참한 낙오자는 되지 않겠다. 그렇게 되기는 절대로 싫다.

하지만 나랑 아버지, 둘 사이에 얼마나 큰 차이가 있다는 걸까…?

'당신은 아버지와 달라.'

갑자기 머릿속에서 누군가가 속삭였다.

아미의 목소리와 비슷하지만 아미는 아닌 다정한 목소리.

'당신은 아버지와 똑같이 되지 않아.'

기분 좋게 자존심을 채워주는 말에 마음을 빼앗겼다. 아키라를 긍정하는 목소리가 길을 인도하듯 속삭였다.

'당신은 자신이 해야 할 일을 할 수 있어.'

그래, 그렇다.

몸속에서 스스로도 이해 불가능한 뭔가가 부글부글 솟아올랐다. 왜 이렇게 쓰레기같이 쓸데없는 고민을 했던 걸까.

난 아버지와 다르다. 별것 아닌 실수로 신세를 망치지 않는다. 남에게 경멸당하며 비참한 인생을 사는 건 딱 질색이다.

'그래.'

'당신은 할 수 있어.'

난 할 수 있다.

목소리에 이끌려 의기양양하게 발을 내디뎠다.

빠직, 하고 뭔가 단단한 것이 부러지는 소리가 났다. 발밑을 내려다보았다.

―땅에 떨어진 나뭇가지를 밟고 있었다.

"응…?"

뭐가 뭔지 몰라서 주변을 둘러본 순간 깜짝 놀랐다.

온실이었다. 2층 방에서 짐을 싸고 있던 아키라는 어느 틈엔가 1층 온실에 서 있었다.

왜, 어째서.

아까까지 잔뜩 들떴던 기분이 머리부터 냉수를 뒤집어쓴 것처럼 사라졌다.

"이게 꿈이야 생시야…?"

목소리가 듣기 싫게 뒤집혔다. 하지만 놀랄 일은 그뿐만이 아니었다.

유리 온실은 첫째 날에 봤을 때와는 완전히 딴판이었다.

식물의 마른 뿌리와 가지가 해골의 손처럼 바닥과 벽면에 엉겨 붙어 있었을 텐데, 지금은 생생한 잎들이 무성했다. 시든 나무와 마른 나뭇가지 천지였던 공간은 환영이었던 것처럼 흙과 식물 냄새가 물씬 풍겼다. 단풍나무 잎사귀의 또렷한 잎맥과 화분에 몇 송이 뭉쳐서 피어난 피안화의 선명한 붉은색이 눈부실 정도였다. 땅바닥을 기는 커다란 개미와 화려하고 아름다운 날개를 펼친 호랑나비.

―피안장이 되살아났다.

"아, 아…."

그 자리에 멍하니 서 있었다. 믿기지 않았다. 이런, 이런 일이 일어날 수 있단 말인가.

다리가 바들바들 떨렸다.

큰일이다. 이건 정말로 큰일이다.

본능이 아주 시끄럽게 비상벨을 울렸다. 긴장돼서 침을 꿀꺽 삼켰다.

여기서 나가자. 아무튼 서둘러 여기서 벗어나야 한다.

그때 부웅, 하고 머리 근처에서 귀에 거슬리는 날갯소리가 났다. 무심코 그쪽을 봤다가 눈이 동그래졌다.

벌이다. 수많은 말벌이 아키라를 향해 날아왔다.

"으, 으아악."

몸을 지키기 위해 비명을 지르며 마구잡이로 양손을 휘둘렀다. 손목 언저리에 날카로운 통증이 번졌다. 기겁하며 한 마리를 짓뭉개자 찐득한 갈색 즙이 팔에 묻었다. 이건 환영이 아니다. 진짜다. 지금 정말로 벌에 습격받고 있다.

안간힘을 다해 벌을 쳐내며 뒷걸음치는데 무릎 뒤쪽이 단단한 뭔가에 부딪혔다.

깜짝 놀랄 틈도 없이 분수 연못 가장자리에 걸려서 연못에 풍덩 빠졌다. 차가운 물이 온몸을 덮치는 것과 동시에 시야가 흐려지고 하수구에서 나는 것같이 고약한 냄새가 났다. 연못에 고인 녹색 물을 마시고 콜록콜록 기침을 했다. 썩어서 역겨운 맛이 났다.

물은 얕을 텐데도 몸이 생각처럼 움직이지 않았다. 수초가 물속으로 끌어들이려는 물귀신의 손처럼 아키라에게 엉겨 붙었다. 이끼로 미끌미끌한 연못 테두리에 반쯤 미친 듯이 달라붙어 겨우 밖으로 기어 나왔다.

엎드려서 구역질을 하며 거친 숨을 몰아쉬고 있으니 뭔가 기척이 느껴졌다. 고개를 들자마자 숨을 삼켰다.

분수 노즐에는 악기를 든 꼬마 도깨비 석상이 두 개 설치돼 있다. 예전에 봤을 때는 유머러스한 표정이었을 꼬마 도깨비가 이쪽을 무섭게 내려다보고 있었다.

—그 시선 끝에 있는 것은 분명 아키라다.

목구멍이 경련을 일으킨 듯 이상한 소리가 났다. 다리가 풀렸지만 간신히 일어나서 휘청휘청 달렸다. 아아, 누가 가짜라고 말해줘. 살려줘.

정신없이 문으로 향하다가 젖어서 무거워진 옷이 몸에 감기며 다리가 꼬여서 넘어졌다. 허둥지둥 일어나려는데 시야 가장자리에서 뭔가가 흔들렸다.

…다리다. 인간의 발끝이 아키라의 머리 근처에서 천천히 흔들렸다.

"히…."

뭐라 형용할 수 없는 목소리가 튀어나왔다. 머리 위에서 나뭇가지가 비틀리는 소리가 나고 배설물 냄새가 코를 찔렀다.

싫다, 보고 싶지 않다. 거기 있는 걸 절대로 똑바로 쳐다보고 싶지 않다. 그런데도 뭔가에 억지로 조종당하듯 시선이 위로 향했다.

나뭇가지에 목을 맨 남자가 매달려 있었다. 그 얼굴을

본 순간, 아키라는 얼어붙었다.

그것은 자신의 시체였다.

***

미즈키가 짐을 정리하고 있는데 방 밖에서 발소리가 들린 것 같았다. 뭔가 찜찜해서 문을 열고 주변을 둘러보았다.

혼자 복도를 걸어가는 아키라의 모습이 시야에 들어왔다. 짐을 먼저 정리하면 방 앞에서 기다리라고 했는데.

분명 정신적으로 여유가 없어서 한 귀로 듣고 한 귀로 흘린 것이리라.

아키라를 부르려다 미묘한 위화감을 느꼈다.

…짐이 없다. 걸어가는 아키라는 어째선지 빈손이었다.

아키라가 계단을 내려갔다. 정신이 딴 데 있는 것처럼 불안한 발걸음이었다.

"어디 가는 거야?"

미즈키는 걸음을 옮기며 아키라를 불렀다.

"잠깐만, 어디 가는데?"

아키라는 아무 대답도 없었다. 마치 미즈키의 목소리가 들리지 않는 것처럼 말없이 어딘가로 걸어갔다. 뭔가 이상했다.

"거기 서!"

서둘러 아키라를 쫓아가려다 계단 난간에 손이 닿은 순간, 미즈키의 머릿속에 음악이 흘렀다.

우아한 왈츠곡. 요한 슈트라우스 2세의 '봄의 소리'다.

"어…?"

미즈키는 당황해서 멈춰 섰다.

음악에 섞여 주변에서 사람들이 웃으며 떠드는 듯한 소리가 들렸다.

와인 향기와 담배 연기. 장식된 꽃의 향긋한 냄새, 땀과 향수가 뒤섞인 냄새도 났다.

분 냄새가 미즈키 근처를 스치고 지나갔다.

…마치 화려한 연회가 열린 것처럼.

"뭐, 뭐야…?"

미즈키는 멍하니 중얼거렸다. 머릿속에서 음악이 드높게 울려 퍼졌다.

―이건 분명 과거에 피안장에서 일어난 광경이다.

주변에서 느껴지던 기척이 한층 농밀해졌다. 드레스가 스치는 소리와 멀리서 누군가가 비밀리에 속삭이는 소리까지 확실히 들릴 정도였다.

현실과 과거의 경계가 흐릿해져 다른 시간으로 빨려든 듯한 착각이 들었다.

그때 갑자기 떠들썩한 소리가 사라졌다. 뚝 끊어낸 것처럼 음악이 멎었다.

주변에 다시 정적이 감돌았고 휑한 복도에 서 있는 사람은 미즈키 혼자였다.

정체 모를 현상에서 해방된 것 같아서 미즈키는 가슴을 쓸어내렸다.

…방금 그건 미즈키가 본 것이 아니다. *저택이 보여준 것이다.*

정신을 차리고 부리나케 아키라를 쫓아가려다가 굳어버렸다.

어두침침한 복도에 여자가 한 명 서 있었다.

진홍색 원피스형 드레스를 입고 머리에 부드러운 컬을 넣은 아름다운 여자. 어디서 본 적 있는 사람이었다.

거실의 그림에 그려져 있던 인물, 미야마 레이코다.

헉, 하고 외마디가 터져 나왔다.

또각, 하고 높은 굽으로 복도를 디디는 소리와 함께 레이코가 이쪽으로 다가왔다.

피부 질감도, 미즈키를 바라보는 눈의 광채도 살아 있는 사람 그 자체였다. 도저히 환영 같지 않았다.

눈앞에 있다.

머릿속이 새하얘졌다. 난 지금 뭘 보고 있는 걸까. 난 지금 어디 있는 걸까.

얼어붙은 미즈키 바로 앞에서 레이코가 천천히 입을 열었다.

"춤춰요."

매끄러운 목소리로 그렇게 말하더니 웃음을 지으며 미즈키에게 손을 내밀었다.

"같이 춤춰요."

빨려들 것 같은 눈동자가 지척에서 빛났다.

너무 무서워서 미즈키는 뒤로 물러났다. 몸을 돌려 2층 복도를 뛰어서 달아났다.

숨이 찼다. 도움을 요청하고 싶어도 목소리가 잘 나오지 않았다. 인간은 진정한 공포를 맛보았을 때, 호러 영화의 여주인공처럼 목청껏 비명을 지를 수 없다는 걸 깨달았다. 바닥이 보이지 않는 우물에 돌멩이를 던져 넣은 것처럼 비명이 목구멍 속으로 떨어져 내렸다.

무서워서 뒤를 돌아볼 수가 없었다. 만약 저 손에 붙잡히면 다시는 현실로 돌아올 수 없을 것 같았다.

필사적으로 달려서 눈앞의 계단을 뛰어올랐다. 숨을 헐떡이며 3층에 다다라 쓰러질 것 같은 몸을 지탱하기 위해 계단 난간을 붙잡자 손바닥에서 미즈키의 머릿속으로 뭔가가 왈칵 밀려들었다. 감정의 홍수 같은 것이.

깜짝 놀라 혼란에 빠질 뻔했을 때 미즈키의 입이 경련하듯 떨렸다.

"이."

입이 멋대로 움직여서 말을 꺼내려 했다.

"이, 인간."

의도치 않게 탁한 목소리가 새어 나왔다. 이건 미즈키가 하는 말이 아니다.

예전에 여기 있었던 누군가가 하는 말이다.

"인간쓰레기."

아까보다 목소리가 또렷해졌다.

레이코다. 지금 말하고 있는 사람은 레이코다.

어째선지 미즈키는 그걸 알 수 있었다. 레이코의 기척이 지척에서 느껴졌다. 아니, 좀 더 가까이…, *자신의 몸속에서.*

레이코는 화를 내고 있었다. 동시에 몹시 겁먹었다. 레이코의 눈앞에 있는 인물에게.

"이제 지긋지긋해."

레이코가 고함을 지르듯 말을 내뱉고 발걸음을 돌리려 했다. 미즈키의 몸도 레이코의 말에 맞춰 멋대로 움직였다.

그 직후, 계단 꼭대기에 서 있던 미즈키는 등을 세게 떠밀렸다.

깜짝 놀라기도 전에 몸이 허공에 떴다. 시야가 뒤집히고 비명을 지르며 계단을 세차게 굴렀다. 내동댕이쳐져서 엄청난 충격이 온몸을 덮쳤다.

미즈키는 계단 아래 바닥에 쓰러진 채 고통과 공포에 겨워 가냘픈 신음소리를 흘렸다. 아팠다. 너무 아파서 숨도 제대로 못 쉴 지경이었다. 몸이 말을 듣지 않았다.

시선을 움직이자 쓰러진 자신을, 레이코를 나이 든 남자가 계단 위에서 무서운 얼굴로 내려다보고 있었다.

다 죽어가는 작은 동물같이 흐릿한 목소리가 입에서 새어 나왔다. 이상한 방향으로 구부러진 자신의 다리가 시야 가장자리에 비쳤다.

저도 모르게 눈물이 뚝뚝 흘러 떨어졌다.

아아, 그렇구나. 그랬던 거구나.

가슴속에 미즈키의 것이 아닌 수많은 감정이 퍼져 나갔다. 고통과 절망, 분노와 슬픔….

부채꼴로 펼쳐지며 흐트러진 긴 머리카락이 얼굴을 덮었다.

층계참 창문으로 불길하게 수런거리는 붉은 피안화가 보였다.

***

"음…."

사라의 무릎 위에서 나기가 작게 소리를 냈다. 눈을 비비더니 고개를 움직여 사라를 멀뚱히 올려다보았다.

"일어났구나." 사라는 나기의 흐트러진 앞머리를 다정하게 정리해 주었다. 은근슬쩍 관찰하자 아까보다 안색이 조금 좋아진 것 같아서 안도했다.

다 함께 담화실에서 지내자는 미즈키의 제안을 전하려고 "있지" 하고 사라가 입을 열었을 때, 요란한 소리와 함께 문이 거칠게 열렸다.

놀라서 쳐다보자 아키라가 들어왔다. 어째선지 온몸이 흠뻑 젖어서 바닥에 물이 뚝뚝 떨어졌다.

숨을 헐떡거리는 아키라가 쥐고 있는 물건을 보고 사라는 숨을 삼켰다.

—낫이었다. 어디서 가져왔는지 아키라는 풀베기용 낫을 들고 있었다. 녹슬지 않은 날이 부자연스러울 만큼 예리하게 빛났다.

"무슨 일이에요?"

심상치 않은 분위기에 당황해서 묻자 아키라가 침을 튀기며 소리쳤다.

"이제 싫어."

낫을 쥔 손이 격앙된 감정을 표출하듯 부들부들 떨렸다. 아키라는 고래고래 악을 썼다.

"이대로 가다가는 나도 죽을 거야."

아키라가 사라를 매섭게 노려보며 탓하듯이 말했다.

"너, 실은 여기서 나가기 싫지?"

"…무슨 소리야?"

사라가 눈살을 찌푸리자 아키라는 더욱 험악한 말투로 쏘아붙였다.

"처음부터 그럴 줄 알았어. 넌 다른 사람들만큼 집으로 돌아가고 싶은 마음이 없는 것 같아. 여기에 머무를 수밖에 없는 상황을 즐기지. 내 눈에는 그렇게 보여."

"괜히 시비 걸지 마. 어떻게 된 거 아니야?"

"난 정상이야. 어떻게 된 건 너겠지!"

아키라가 핏발 선 눈으로 고함을 질렀다. 나기가 몸을 움찔하며 사라에게 매달렸다.

"그만해. 애가 겁먹었잖아."

"이 저택의 목표물은 너야."

사라가 말리는 말이 전혀 귀에 들어오지 않는지 아키라가 잠꼬대하듯 말했다.

"녀석은 어떻게든 널 손에 넣으려고 해. 절대 놓아주지 않을 작정이야."

낫을 든 아키라가 두 사람에게 서서히 다가왔다. 음침한 빛이 깃든 눈으로. 젖어서 달라붙은 머리카락도 한몫해서 그야말로 귀기 넘치는 모습이었다.

사라는 벌벌 떠는 나기를 꼭 끌어안고 아키라를 노려보았다. 지금 아키라는 분명 정신이 나갔다.

아키라가 눈빛을 번뜩이며 사라와 나기에게 덤벼들었다.

"너만 저택의 먹이가 되면ㅡ"

아키라가 낫을 쳐들었다.

"도망쳐!"

사라는 몸을 비틀며 나기를 재빨리 소파 옆으로 밀쳐냈다. 아키라가 내리친 낫이 사라를 스치고 지나갔다. 사라는 오른팔에 충격을 받고 바닥에 쓰러져 인상을 찡그렸다.

"으…."

몸을 살펴보니 블라우스가 찢어지고 팔에서 피가 흘러내렸다. 고통에 신음하는 사라 곁으로 궁지에 몰린 것처럼 얼굴이 딱딱하게 굳은 아키라가 다가왔다. 낫을 쥔 손에 힘이 잔뜩 들어갔다.

숨을 몰아쉬던 아키라가 쓰러진 사라를 내려다보며 서서히 낫을 쳐들었다.

그때 나기가 날카로운 목소리로 울부짖었다.

"안 돼요!"

다음 순간, 아키라 가까이 있던 전기스탠드의 전구가 세차게 불꽃을 튀기며 합선됐다. 허를 찔렸는지 "으악" 하고 아키라가 한 발짝 물러섰다.

"야, 뭐 하는 거야!" 깜짝 놀란 표정으로 달려온 유토가 아키라의 손에서 낫을 억지로 빼앗았고 힘으로 제압했다.

"사라! 괜찮아?!"

히나타가 비명을 지르듯 소리치며 사라 곁으로 달려왔다. 찢어져서 피가 스며든 옷을 보고 "아아, 이게 뭐야" 하고 울먹이는 얼굴로 중얼거렸다. 곁에서 나기가 어쩔 줄 모르는 표정으로 훌쩍훌쩍 울었다.

"나를 보호하느라 다친 거야. 어쩌지. 사라 누나, 미안해요."

"…스쳤을 뿐이야."

사라는 인상을 찡그리면서도 살짝 웃음을 지었다.

"대체 무슨 소동이야?"

성큼성큼 들어온 렌이 담화실에 펼쳐진 광경을 보고 험악한 표정을 지었다.

아키라가 더욱 흥분해서 날뛰지는 않을까 걱정됐다. 유토에게 낫을 빼앗긴 아키라는 흐릿한 목소리를 흘리며 그 자리에 주저앉았다. 아키라는 바닥에 머리를 문지를 것처럼 등을 웅크리고 힘없이 흐느껴 울었다.

"제기랄. 난 이런 곳에서 죽기 싫어. 쓸모없는 인간으로 끝나고 싶지 않아."

유토가 당혹스러워하는 표정으로 그런 아키라를 내려다보았다.

그때 담화실에 누군가가 또 들어왔다. 그쪽에 시선을 줬다가 놀랐다.

미즈키를 업은 가즈히사가 긴박한 표정으로 말했다.

"바빠 보이는데 미안하지만 이쪽도 부상자가 나왔어. …도와줘."

***

의도치 않게 모두가 담화실에 모였다.

사라를 소파 중 하나에 앉히고 다친 팔을 응급처치했다.

"아파?" 히나타가 지혈하며 묻자 사라는 "괜찮아" 하고 작은 목소리로 중얼거렸다. 피는 나지만 겉으로 보기만큼 상처가 깊지는 않은 듯해서 약간 안심했다.

걱정스레 사라 옆에 붙어 있는 나기가 혼자 떨어져 앉은 아키라를 경계심 어린 표정으로 가끔 힐끗거렸다.

아키라는 마치 씐 것이 떨어져 나간 것처럼 넋 나간 상태였다. 유토가 수건과 갈아입을 옷을 가져다주며 진정시키듯 뭐라고 말을 걸었다.

맞은편 소파에서는 미즈키가 상태를 확인받고 있었다. 가즈히사가 무릎을 꿇고 앉아 발을 만지자 미즈키가 작게 비명을 질렀다.

"이건…, 발목이 탈구됐군."

가즈히사가 어두운 표정으로 말했다.

"오른쪽 발목 관절이 빠졌어. 계단에서 떨어지면서 심하게 접질린 거겠지."

듣고 보니 미즈키의 오른쪽 다리가 왼쪽 다리보다 조금 길어 보였다. 아무래도 사라보다 중상인 듯했다.

"그 밖에 아픈 곳은?"

가즈히사의 질문에 미즈키는 모르겠다는 듯 고개를 저었다.

"여기저기 부딪혀서 온몸이 욱신욱신하는 것 같기도 한데…, 아무튼 지금은 정신이 혼란스러워서."

렌이 얼음을 감쌌는지 불룩한 수건을 들고 왔다. 가즈히사가 받아서 미즈키의 발목에 대고 다른 수건으로 감아서 고정했다. 미즈키가 아픈지 인상을 썼다.

미즈키가 양손으로 얼굴을 덮고 말했다.

"…나, 봤어."

너무나 심각한 목소리라 사람들은 일제히 미즈키에게 시선을 주었다.

미즈키가 무거운 어조로 말을 이었다.

"미야마 레이코의 다리에 문제가 생긴 건 사고나 병 때문이 아니야. 계단에서 떠밀려 떨어진 탓이지. …레이코를 첩실로 두었던 기지마 레이치로에게."

"뭐라고?"

렌이 깜짝 놀란 목소리로 외쳤다. 담화실에 긴장감이 감돌았다.

히나타도 놀라서 미즈키를 보았다. 창업자 기지마 레이치로가 내연녀인 미야마 레이코를 계단에서 떠밀었다…?

"왜 그런 짓을?"

"레이코가 자신에게서 떠나려 하는 걸 용서할 수 없었으니까."

어떤 광경을 본 건지 미즈키가 몹시 딱딱한 목소리로 말했다.

"저기, 의문스럽지 않았어? 기지마 씨는 왜 나가노의 산속에 별장을 지었을까? 아무리 재산가래도 당시는 지금보다 교통편이 훨씬 안 좋았으니 도쿄에서 오가려면 고생했을 거야."

거기서 말을 끊고 치밀어 오르는 감정을 억누르듯 작게 침을 삼켰다.

"레이코는 노래와 춤 실력이 뛰어난 화려한 여성이었어. 매력적인 레이코 주변에는 늘 사람이 모였겠지. 그래서 기지마 씨는 레이코를 이 산장에 격리한 거야. 아름다운 목소리로 노래하는 새가 어디로도 날아가지 못하도록 새장에 가두는 것처럼. …레이코를 완전히 독점하기 위해."

미즈키가 혐오감과 두려움이 뒤섞인 표정으로 말했다. 그리고 "저걸 봐" 하며 장식 선반장을 가리켰다.

선반장에 놓인 새장 오브제. 이 저택과 똑같이 생긴 건물 미니어처. …그러고 보니 거실에 장식된 그림도 웬 여자가 텅 빈 새장을 들고 있는 모습이었다.

"모르겠어? 저건 레이코의 야유야. 여기는 레이코에게

새장이나 다름없었지. 미니어처도 그래. 자신은 결국 장난감 집에 갇힌 인형 같은 존재라는 의미를 담아 기지마 씨에게 보내는 통렬한 야유. …그리고."

미즈키는 약간 긴장한 듯 입술을 핥더니 천천히 입을 열었다.

"아마 레이코는 우리처럼 특별한 능력을 지니고 있었을 거야."

"뭐?"

사람들의 눈이 휘둥그레졌다. 미야마 레이코가 초능력자였다…?

미즈키가 생각에 잠긴 표정으로 말했다.

"그렇게 명확한 힘은 아니었을지도 몰라. 얼핏 보기에는 감이 좀 좋다든가 그런 정도? 어쩌면 레이코 본인도 자신의 능력을 알아차리지 못했는지도 모르지."

…가즈히사에게 들은 이야기가 문득 떠올랐다. 레이코는 남들과 어딘가 다른, 사람을 끌어들이는 독특한 매력이 있는 여자라고 했다.

"원래부터 여기는 좋지 않은 기운이 잘 모여서 사연이 많은 땅이었겠지. 거기에 초능력자였던 레이코의 부정적 감정이 더해져서 흉한 걸 불러들였어. 의식적이었든 무의식적이었든 오랜 세월에 걸쳐 *그것을* 증폭시킨 거야."

미즈키의 눈에 긴박한 눈빛이 깃들었다.

"기지마 씨는 사고로 죽은 게 아니야. 그의 죽음은 저택의 뒤틀린 의지가 만들어 낸 결과지. …그리고 레이코 본인도 결국 이 저택에 삼켜지고 말았어."

아키라가 긴장해서 숨을 삼키는 기척이 느껴졌다. 히나타도 온몸에 한기가 돌았다.

"여기 갇힌 인간의 증오와 슬픔이 불러들인 흉한 것은 사라지거나 어딘가로 가버린 게 아니야. 숨죽인 채 여기서 쭉 기다렸지. 다음 먹잇감이 나타나기를."

미즈키가 무거운 목소리로 덧붙였다.

"그래, 우리 같은 인간을."

렌이 어수선해질 뻔한 분위기를 다잡았다.

"다들 진정해. 일단 좀 냉정해지자."

위에 선 자의 품격이 느껴지는 의연한 목소리였다.

"우선 현재 상황을 확인하자."

렌이 사람들의 얼굴을 둘러보며 말했다.

"우리가 피안장에 온 지 사흘째야. 오늘이 조사 마지막

날이지. 예정상으로는 오늘 우리는 여기를 떠나. 내일 아침에는 관리인이 올 거야. 앞으로 한나절만 견디면 외부에서 사람이 오는 거야."

렌은 냉정한 어조로 말을 이었다.

"조사 기간에는 되도록 방해하지 말라고 했지만 일정이 지났는데도 나와 일절 연락이 안 되면 누군가가 수상쩍게 여기고 행동에 나서겠지."

설득력 있는 목소리로 말을 계속했다.

"여기는 산속이지만 아무도 모르는 무인도 같은 곳은 아니야. 얼마 지나지 않아 반드시 구조대가 올 거야. 그러니 그때까지 모두 힘을 합쳐 이 저택을 이겨내자. 더 이상 아무도 죽게 하지 않겠어."

렌은 진지한 얼굴로 딱 잘라 말했다. 무슨 일이 있어도 여기 있는 사람들을 책임지겠다는 비장한 각오마저 느껴졌다.

잠시 침묵이 흘렀다.

미즈키가 숨을 깊이 들이마시고 말을 꺼냈다.

"…그래야지. 나도 찬성."

미즈키는 들으라는 듯 쓴웃음을 섞어 가벼운 어조로 말

했다.

"이렇게 아파서야 어차피 움직일 수도 없는걸. 마음 단단히 먹고 기다리는 수밖에. 우리가 두려워하거나 혼란에 빠져서 싸우는 건 그야말로 상대가 바라는 바야. 그렇지?"

"제 생각도 그래요."

히나타는 힘 있게 동의했다. …그렇다. 여기 있는 사람들이 모두 협력하면 분명 이 위기를 극복할 수 있을 것이다.

히나타 옆에서 사라가 말없이 고개를 끄덕였다. 그 모습에 힘을 얻었는지 나기도 기운차게 고개를 위아래로 흔들었다. 자연스레 모두의 시선이 아키라를 향했다.

아키라는 한순간 주눅 든 듯했지만 크게 한숨을 내쉰 후 말했다.

"…그래, 알았어."

냉정함을 많이 되찾았는지 머쓱한 표정이었다.

그러고 나서 아키라는 사라에게 몸을 돌려 고개를 푹 숙인 채 기어드는 목소리로 사과했다.

"…미안해."

사라는 말없이 고개를 저었다. …아키라는 분명 불안에 잠식당해 저택에 조종당한 것이다.

울적한 분위기를 떨쳐내듯 렌이 짝, 하고 힘차게 손뼉을 쳤다.

"좋아."

렌이 씩 웃으며 제안했다.

"방침이 정해졌으니 다들 즐겁게 해볼까. 모처럼 배불리 먹으면서 한잔하자. 썩 괜찮은 와인을 가져왔어."

"이런 상황에서 술?" 가즈히사가 눈살을 찌푸리자 미즈키가 경쾌하게 말했다.

"뭐, 어때. 취하도록 마시자는 것도 아니잖아. 기운이 날 거야."

미즈키는 짓궂은 표정으로 농담하듯 말했다.

"그리고 좋은 술이라도 마시지 않으면 도저히 못 해 먹겠어."

"그렇게 나와야지."

가즈히사는 렌의 얼굴과 수건이 감긴 미즈키의 발목을 보고 한마디하려다 결국 포기한 듯 저장실로 걸어갔다.

다 함께 테이블에 둘러앉아 늦은 점심을 먹기로 했다. 치즈, 살라미, 카나페, 말린 과일, 통조림 캐비어, 올리브유에 절인 정어리 등 술안주 삼아 한 끼 때울 수 있는 음식이 차례차례 테이블에 차려졌다.

"소풍 온 것 같아요." 나기가 말했다.

가즈히사가 와인을 따고 잔에 따라서 사람들에게 나누어 주었다. 다친 사라와 미성년자인 나기는 오렌지주스를 받았다.

모두에게 음료가 돌아가자 렌은 가즈히사에게 와인병을 받아서 잔 두 개에 와인을 따랐다. 여기 없는 시게키와 도시코의 몫이리라.

"그럼 그들을 위해…, 건배."

렌의 말에 맞춰 다들 잔을 들어 죽은 두 사람을 애도했다.

아키라도 주변을 살피며 머뭇머뭇 잔을 들었다가 쑥스러운 듯 바로 내려놓았다.

모두가 평온한 분위기라서 기쁜지 내내 긴장했던 나기도 표정이 조금 부드러워졌다. 나기는 카나페에 크림치즈와 다양한 음식을 얹어서 먹는 것이 마음에 든 듯, 열심히 만들어 사라에게도 나누어 주었다. 팔을 다쳐서 불편할 것 같은지 "아" 하고 사라의 입가까지 가져다주는 모습이 귀여웠다.

미즈키가 와인을 한 모금 마시고 만족스럽게 말했다.

"…맛있네. 만나기 쉽지 않은 맛이야."

"그렇지?"

"두 분 다 술보다 음식을 제대로 드세요."

유토가 접시에 음식을 담아서 렌과 미즈키에게 주었다. "못 드시는 거 있으세요?" 하고 꼼꼼히 물어보기도 했다.

가즈히사는 떨떠름한 표정으로 렌에게 못을 박았다.

"말해두겠는데 나랑 엔도는 안 마셔. 밖에 나갈 수 있게 됐는데 취해서 운전을 못 하면 큰일이니까. 유령의 집에서 간신히 탈출해 놓고 절벽에서 추락해 몰살당하는 배드 엔딩을 맞을 수는 없지."

"그건 확실히 배드 엔딩이로군. 미안해, 가즈히사, 엔도."

렌이 조금도 미안해하지 않는 기색으로 말했다. 유토가 쓴웃음을 지으며 가즈히사를 위로했다.

적어도 표면상으로는 편안히 쉬고 있는 사람들을 보고 히나타도 작게 미소 지었다.

분위기를 더 풀어보려는 건지 렌은 평소보다 말이 많았고 사람들과 싹싹하게 농담을 주고받았다. 서비스 정신을 발휘하듯 일가의 비화를 폭로했으며 가즈히사도 빼먹지 않고 이야깃거리로 삼았다.

"…그래서 친척들은 나 같은 인간이 후계자가 된 걸 대실패라고 생각해."

렌이 킥킥 웃으며 과장되게 투덜거렸다. 그리고 가즈히사를 가리키며 놀리듯이 말했다.

"이 녀석이 본가의 후계자로 태어났다면 얼마나 좋았을까, 그게 모두의 본심이지. 안 그래, 가즈히사?"

가즈히사가 어이없다는 표정으로 타일렀다.

"야, 너무 많이 마시지 마. 정말이지 넌…."

"에이, 다들 눈치 볼까 봐 그러는 거지. 주최자가 실컷 마시지 않으면 다른 사람들이 어떻게 마음 편히 마시겠어?"

렌은 손을 뻗어 아키라가 입을 대지 않고 놓아둔 잔을 가져왔다. 과장된 몸짓으로 잔을 기울여 와인을 마셨다.

…다음 순간, 렌이 눈을 부릅떴다.

"컥." 이상한 소리를 내며 목을 눌렀다. 렌이 놓친 잔이 바닥에 떨어져서 깨졌다. 렌은 심하게 기침을 하다가 갑자기 그 자리에 푹 쓰러졌다.

"렌!"

가즈히사가 안색이 바뀔 만큼 놀라서 소리쳤다. 히나타

는 저도 모르게 비명을 질렀다. 아키라가 힉, 하고 외마디를 내뱉으며 겁에 질린 표정으로 몸을 뒤로 물렸다.

렌은 입에 거품을 문 채 손가락을 덜덜 떨었다. 너무 동요해서 뭐가 어떻게 된 건지 이해가 되지 않았다. 뭐지? 대체 무슨 일이 일어난 거지?

예전에 피안장에서 일어났다는 비극이 갑자기 머릿속에 떠올랐다.

당시 저택 주인이 축하연에서 건배 선창을 하자마자 쓰러져서 심부전으로 세상을 떠났다는….

주변이 혼란에 휩싸인 가운데 가즈히사가 제일 먼저 행동에 나섰다.

"빨리 토해야 해!"

부리나케 렌에게 달려가 먹은 걸 토하게 하려 애썼다. 렌이 웩웩 토하자 가즈히사는 험악한 표정으로 외쳤다.

"당장 위를 세척해야 해. 엔도, 얼른 고무호스를 가져와. 하야카와 씨, 렌을 옮기는 걸 도와줘. 다른 사람들은 소금과 미지근한 물을 준비해."

가즈히사가 날카롭게 지시하자 다른 사람들도 정신을 차리고 허둥지둥 움직였다. 제일 가까운 욕실로 렌을 옮기고 가즈히사가 중심이 되어 응급처치에 나섰다.

"왼쪽을 아래로 해서 옆으로 눕혀."

가즈히사의 긴장된 목소리가 울려 퍼졌다. 이마가 땀으로 흠뻑 젖었다. 그도 겁이 나는 것이다.

초조한 분위기 속에서 열심히 응급처치한 끝에 다행히 렌은 목숨을 건졌다.

"아아…, 다행이다."

아키라가 힘이 쭉 빠진 듯 주저앉았다. 그도 아주 조마조마한 마음으로 응급처치를 도왔던 모양이다. 담화실로 돌아와 렌의 상태를 알리자 미즈키가 입을 막고서 눈물을 약간 글썽였다. 사라도 안도한 듯 나기를 꼭 끌어안았다.

유토가 젖은 옷소매로 땀을 닦으며 다가와서 히나타에게 말했다.

"렌 씨가 무사해서 다행이야. 하마터면 어떻게 되는 줄 알았어."

"응, 정말로."

히나타도 진심으로 동의했다. 유토가 어두운 표정으로 알려주었다.

"…가즈히사 씨 말로는 강력한 쥐약 같은 걸 먹지 않았을까 싶대. 여기에는 그런 독극물이 많다는군. 물론 단정은 할 수 없는 모양이지만."

"렌 씨는 어쩌다 독극물을 먹은 걸까?"

히나타가 묻자 유토는 고개를 살짝 저었다.

"…모르겠어. 다들 와인을 마셨는데 왜 렌 씨만 그렇게 된 거지?"

말은 그렇게 해도 유토가 품고 있을 의혹과 공포가 히나타에게도 전해졌다.

렌이 모두에게 단결을 호소하자마자 그에게 위험이 닥쳤다.

—마치 저택이 방해자를 제거하려 한 것처럼.

히나타는 주먹을 꽉 부르쥐었다.

정말로 그럴까? 피안장이 우리를 죽이려 드는 걸까?

히나타는 뭔가가 마음에 걸렸다. 여기 온 뒤로 일어난 일들이 빠르게 머릿속을 맴돌았다. 울려 퍼지는 천둥. 정전돼서 겁을 먹고 울던 나기. 기이하게도 온몸의 피를 잃은 시체로 발견된 시게키. 추락사한 도시코의 스마트폰에 걸려온 전화. 와인을 마시고 쓰러진 렌과 허겁지겁 달려가는 가즈히사.

한 가지 가능성이 떠올라서 히나타는 고개를 번쩍 들었다. 따로따로 흩어져 있던 퍼즐 조각이 모여 머릿속에 그림이 완성됐다.

설마, 어쩌면….

히나타는 놀란 마음으로 한 인물에게 시선을 주었다.

· 제6장 ·

마지막 날

 창밖에 땅거미가 지기 시작했을 무렵, 일행은 담화실에 모였다.

 정확하게는 조사팀 전부가 아니라 히나타, 사라, 렌, 가즈히사, 아키라, 미즈키 총 여섯 명이었다. 유토는 옆방에서 나기를 돌보고 있다. …히나타가 그래달라고 부탁했다.

 만약 정전돼도 괜찮도록 가즈히사가 난로에 불을 땠다. 사람들이 춥지 않도록 상태를 봐가며 장작을 보충했다. 타닥타닥 소리를 내며 흔들리는 난롯불은 이런 상황만 아니라면 아주 운치 있게 느껴졌으리라.

실내에 약품과 소독약 냄새가 풍겼다.

하마터면 목숨을 잃을 뻔한 렌은 이불을 몇 장이나 덮고 소파에 축 늘어져 있었다. 얼굴이 백지장 같았다.

"렌, 괜찮아? 두통이나 구역질, 손발이 저리는 증상은 없어?"

가즈히사가 묻자 렌은 잠긴 목소리로 대답했다.

"…없어. 그것보다 물을 하도 많이 먹여서 익사하는 줄 알았네. 이때다 싶어 평소 쌓였던 스트레스를 해소한 거 아니야?"

"불평하지 마. 나도 그런 일은 처음 해봐서 위장이나 식도가 다치지는 않을까 조마조마했다고. …그렇게 얄밉게 말하는 걸 보니 괜찮은 것 같군."

가즈히사는 쌀쌀맞은 어조로 대꾸했지만 목소리에서는 안도감이 느껴졌다.

그 옆 소파에 앉은 미즈키는 진통제를 먹고 테이프를 둘둘 감아서 오른쪽 발목을 고정했다. 손잡이에 장식이 달린 튼튼해 보이는 지팡이를 목발 대신 빌려서 가지고 있었다.

팔을 다친 미즈키는 물론, 다른 사람들의 얼굴에도 짙은 피로감이 역력했다.

"모두를 빨리 병원에 데려가야 해요."

히나타는 진지하게 주장했다. 긴장됐지만 숨을 깊게 들이마시고 과감하게 말을 이었다.

"그러기 위해서…, 피안장의 저주를 풀어야 합니다."

"…무슨 소리야?" 가즈히사가 의아하다는 듯 물었다.

"네 친구가 거창한 소리를 꺼냈는데?" 미즈키가 사라를 보고 놀리듯이 말했다. 사라는 아무 대답 없이 잠자코 히나타를 똑바로 바라보았다. 분명 히나타를 신뢰하는 것이리라.

히나타는 어리둥절해하는 사람들을 보며 마음을 단단히 먹었다.

"일단 첫 번째 피해자인 우에다 씨 말인데요. 우에다 씨는 왜 그런 모습으로 돌아가신 걸까요?"

히나타의 질문에 모두 당황한 듯 침묵을 지켰다.

"…우에다 씨를 죽음으로 몰고 간 범인은 피안장이 아니에요."

히나타는 천천히 설명했다.

"넓은 의미에서는 피안장 탓에 우에다 씨가 돌아가셨다고 할 수 있겠죠. 하지만 물리적으로 죽이지는 않았어요. 렌 씨가 말했듯 무서운 사연이 많아서 접근하는 사람 없이 오랜 세월 폐쇄됐던 이 유령의 집은 현재 힘을 대부분 잃었을 거예요. 우리를 직접 해칠 만한 에너지는 분명 남아 있지 않을 겁니다."

거기서 말을 끊고 사라를 보았다.

"피안장은 강력한 초능력자인 사라를 탐냈어요. 하지만 사라의 힘이 너무 강해서 섣불리 손을 댈 수 없었죠. 그래서 주변 사람을 정신적으로 몰아붙이고 혼란을 줘서 사라의 빈틈을 노리려 한 거예요. 만약 피안장이 우리를 죽일 만큼 강한 힘을 지니고 있다면 굳이 환영을 보여주거나 해서 우리를 조종할 필요 없겠죠?"

미즈키가 눈살을 모으고 이의를 제기했다.

"하지만…, 저택이 죽인 게 아니라면 대체 누가 어떻게 우에다 씨를 그렇게 만든 건데?"

히나타는 말을 머뭇거렸다. 잠시 망설인 후 다시 입을 열었다.

"애당초 우에다 씨는 왜 거실의 긴 의자 속에 있었을까요?"

말하기가 좀 거북했지만 솔직히 털어놓기로 했다.

"…우에다 씨는 사라에게 적지 않은 관심을 보였어요."

그렇다. 그는 시선을 잡아끄는 사라의 미모에 흥미를 품고 자꾸 집적거렸다.

"거실로 안내받았을 때 사라는 장식된 그림을 유심히 들여다봤죠. '신경 쓰이면 저녁 먹고 나서라도 느긋하게 보러 오는 게 어때?' 하고 제가 말하자 사라는 '그래야겠다' 하고 대답했죠. 우에다 씨는 그 대화를 들었던 것 아닐까요?"

히나타가 무슨 말을 하려는 건지 깨달은 듯 사람들이 화들짝 놀란 표정을 지었다. 히나타는 약간 씁쓸한 기분으로 말을 이었다.

"저녁을 먹은 후, 우에다 씨는 몰래 사라를 기다릴 작정으로 거실에 갔다가 긴 의자 속에 몸을 숨길 만한 공간이 있다는 걸 알아차렸겠죠."

히나타의 말을 듣고 사라의 눈이 약간 커졌다. 미즈키가 어이없다는 표정으로 중얼거렸다.

"그 사람이 스스로 들어간 거구나…?"

히나타는 고개를 살짝 끄덕였다.

"아마도 새침한 얼굴로 쌀쌀맞게 구는 여자를 놀래주겠다는 장난기가 발동해서 스스로 의자 속에 숨은 게 아닐까 싶네요."

…어쩌면 훨씬 적나라하고 못된 꿍꿍이를 품었을지도 모르지만.

"그런데 예상외의 사태가 벌어졌어요. 천둥번개가 쳐서 갑자기 저택이 정전된 거죠."

히나타는 잠깐 머뭇거리다가 괴로운 표정으로 말을 꺼냈다.

"그때 혼자 있던 나기는 천둥번개와 갑자기 덮쳐온 암흑에 겁을 먹은 나머지 혼란 상태에 빠져서 능력이 폭주했어요. 마침 근처에 있던 우에다 씨는 불운하게도 나기의 능력에 영향을 받은 겁니다."

"뭐라고?"

누워 있던 렌이 동요한 듯 목소리를 높였다. 충격이 사람들을 휘감았다.

"나기는 아주 강력한 초능력자일 거예요. 적어도 고작 여섯 살짜리를 부모에게서 떼어내 조사에 참여시키고 싶다고 렌 씨가 바랄 만큼은요. 덧붙여 이 저택은 나기의 불안을 파고들어 나기를 정신적으로 계속 뒤흔들었어요. 자신의 강한 능력을 아직 제어할 줄 모르고, 불안정한 상태에 있었던 나기가 혼란에 빠져 순간적으로 그 힘을 폭발시켰다면….″

미즈키가 얼떨떨한 표정으로 반론했다.

″잠깐만. 우에다 씨의 시신 봤잖아? 걔가 대체 어떻게 그런 짓을 할 수 있다는 거야?″

″맞아. 아무래도 그런 짓은….″ 아키라도 당혹스러운 표정으로 말했다.

히나타는 심호흡을 하고 말을 이었다.

″성인의 신체는 약 60퍼센트가 수분이에요.″

잔혹한 사실을 말해야 해서 가슴이 아팠다.

″그리고 나기는 일렉트로키네시스, 전기를 다루는 능력을 지니고 있죠.″

히나타의 말에 미즈키가 숨을 헉 삼키더니 경악한 표정으로 입을 열었다.

″설마…, *전기분해*?″

히나타는 고개를 끄덕이고 모두에게 설명했다.

″물에 전류를 흘리면 수소와 산소로 분해할 수 있어요.″

애처로워하는 목소리로 자신이 다다른 진상을 이야기했다.

"정확하게는 그렇게까지 커다란 화학반응이 일어난 건 아닐지도 몰라요. 하지만 예를 들어 전기가 통해서 발생한 열 때문에 체내의 수분이 대부분 증발했다면? 우에다 씨 몸에서 혈액이 대부분 사라진 건 분명 그 때문이 아닐까요? 그리고 체내에서 수증기가 한꺼번에 대량으로 발생한 탓에 기밀성이 높은 신체 표면이 파열됐다고 볼 수는 없을까요?"

시게키의 그 무참한 모습은 외부에서 찢어발긴 것이 아니다. 체내에서 기체가 발생해 내부에서 파열된 것이다.

사라가 할 말을 잃고 히나타의 얼굴을 빤히 바라보았다. 충격받은 듯한 표정으로 멍하니 굳어버렸다.

"설마 그럴 리가…."

미즈키가 믿기지 않는다는 듯 중얼거렸다. 아니, 그렇다기보다 믿고 싶지 않은 것이리라.

그때 사라가 뭔가 생각난 것처럼 중얼거렸다.

"…촛불."

"뭐?" 미즈키가 물었다.

"카메라에 찍힌 영상. 정전돼서 나기가 비명을 질렀을 때, 촛대의 촛불이 세차게 불타오르다가 폭발했잖아."

앗, 하고 아키라가 목소리를 높였다. 사라가 침통한 표정으로 말했다.

"…그건 저택이 일으킨 폴터가이스트 현상이 아니라 물이 분해돼서 수소와 산소가 발생한 탓인지도 몰라."

전류가 흘러서 인체 구성 물질의 절반이 넘는 수분을 한꺼번에 잃은 결과라면 시게키가 그렇게 변한 것도 설명이 된다.

"우리 가운데 그렇게 이상한 현상을 만들어 낼 수 있는 사람은 나기뿐이에요."

히나타는 눈을 내리뜨고 말했다. 유토에게 부탁해 나기를 옆방으로 데려간 건 본인에게 이 이야기를 들려주고 싶지 않았기 때문이었다.

"…맙소사."

렌이 경악한 목소리로 말했다. 히나타는 이야기를 계속했다.

"기억나세요? 우에다 씨가 시체로 발견돼서 모두 동요했을 때, 정신감응 능력자인 도시코 씨가 우리를 만졌어요. 그리고 '강한 살의나 죄악감은 누구에게서도 감지할 수 없었다, 우리 중에 범인은 없다'고 단언하셨죠."

바로 그렇다. 어린 나기는 시게키에게 살의를 품지 않았으며 목숨을 빼앗았다는 자각조차 전혀 없었으니까.

히나타는 엄숙하게 단언했다.

"그건 살인이 아니라 불행한 사고였습니다."

저택에 도착한 날, 일행은 렌에게 과거에 피안장에서 얼마나 무시무시한 일이 벌어졌는지 들었다. 저택 안에서 행방불명된 남자가 일주일 후 바다 밑에서 온몸의 피를 거의 잃은 변사체로 발견됐다는 충격적인 이야기였다.

'어쩌면 그는 이 저택에 피를 빨린 건지도 몰라. 산장 일대에 피어나는 피안화의 선명한 붉은색은, 지금까지 저택에 잡아먹힌 피해자의 피 색깔일지도….'

그런 이야기가 머릿속에 남아 있어서 시게키가 저택에 죽임을 당했다고 모두 철석같이 믿어버린 것이다.

미즈키가 미간을 모으고 의문을 제기했다.

"…잠깐만. 그럼 도시코 씨는? 설마 자살이었다고 하려는 건 아니겠지?"

히나타는 고개를 저었다.

"네. 도시코 씨는 자살한 게 아니에요."

아랫입술을 꼭 깨물었다. …오히려 여기서부터가 본론이었다.

"우에다 씨가 변사했을 때, 진상을 알아차린 사람이 있었을 겁니다."

히나타의 말에 당황한 듯한 분위기가 감돌았다.

"진상을 알아차린 사람이라고…?"

"네."

히나타는 묵직한 목소리로 말했다.

"예컨대 그 사람을 A라고 하죠."

"우에다 씨의 시체를 본 A는 그에게 무슨 일이 일어난 건지 바로 이해했겠죠. 큰일 났다 싶어 A는 동요했습니다. 조사 참가자가, 불가항력이라고는 하나 어린애가 다른 참가자를 죽음으로 몰아넣는 무서운 사태가 발생했어요. 언젠가 우리 말고 다른 사람이 그 사실을 눈치챌지도 모르죠. 그랬다간 책임 추궁을 면할 수 없고요. 우에다 씨의 부자연스러운 죽음이 조사 중에 발생한 사고로 다루어진다면 몰라도 '수상쩍은 조사 때문에 어린애가 사람을 죽이는 사태가 벌어졌다'는 식으로 우리가 주장하면, 그런 소문이 퍼진다면 분명 사회적으로도 타격이 클 거예요."

하물며 참가자 중에는 방송에 출연해 인지도가 높은 미즈키와 일찍이 세상을 떠들썩하게 만들었던 '기적의 초능력 미소녀'도 있다. 사람들이 사건에 관심을 보일 가능성이 컸다.

"그래서 A는 어떻게든 우리를 속여야만 했어요. 나기의 능력이 폭주해서 우에다 씨가 목숨을 잃은 것이 아니라, 저택의 초자연적인 힘에 살해당했다는 인상을 심어줘야 했죠. 그래서 과거에 피안장에서 발생한 사건과 비슷한 상황을 만들고 저택에 살해당한 것처럼 위장해서 도시코 씨를 살해한 거예요."

"왜 도시코 씨였는데?"

비통한 미즈키의 질문에 히나타는 어두운 표정으로 대답했다.

"도시코 씨는 텔레패스니까요. 사람의 생각이나 정신 상태를 감지하는 능력을 지닌 만큼, 어쩌면 계획을 미리 알아차릴지도 모르죠. A에게는 제일 위험한 존재였어요."

히나타는 숨을 내쉬고 "아키라 씨" 하고 불렀다. 긴장된 분위기 속에서 갑자기 지목하자 아키라는 깜짝 놀란 표정을 지었다.

"아니, 난, 딱히 아무 짓도…."

"아키라 씨는 가짜 여자 친구의 전화를 받고 나갔다가 무서운 일을 겪었어요. 그렇죠?"

"어? 맞아. 어쩐지 아미…, 여자 친구의 상태가 이상했고 스마트폰에 통화 기록도 남아 있지 않아서 위험하다는 걸 알아차렸지."

아키라의 대답에 히나타는 고개를 크게 끄덕였다.

"도시코 씨가 돌아가시기 직전에 저택 안에서 도시코 씨 스마트폰으로 전화가 걸려왔어요. 그 증거로, 응접실에 있는 전화기의 재다이얼 버튼을 누르자 도시코 씨의 스마트폰에 연결됐죠. 즉, 아키라 씨 때와는 달리 저택이 보여 준 환영이 아니라 살아 있는 인간이 실제로 도시코 씨에게 전화를 걸어서 꾀어낸 거예요."

"하지만 전화는 불통이었을 텐데."

아키라가 놀란 듯이 목소리를 높였다. 사라가 암울한 표정으로 말을 꺼냈다.

"…어쩌면 우리를 해치기 위해 이 저택이 도와준 건지도 모르지."

그 말에 모두 말문이 막혔다.

"A가 굳이 전화로 도시코 씨를 불러낸 건, 직접 만나서 이야기하면 텔레패스인 도시코 씨가 혹시나 살의를 알아차릴까 봐 두려웠기 때문이겠죠. A는 그렇게 도시코 씨를 꾀어냈어요. 핑계는 얼마든지 있었을 거예요. 여기서 탈출할 방법을 찾았지만 아직 확신이 없어서 사람들에게 말하기는 꺼려진다, 일단 연장자인 도시코 씨에게 상의해서 의견을 듣고 싶다든가…, 예를 들어 그런 식으로 말하면 도시코 씨도 딱 잘라 거절하지는 않겠죠?"

"하지만 그건 이상하지 않아?"

가즈히사가 이맛살을 찌푸리며 이의를 제기했다.

"해가 지고 나면 옥상 테라스에는 한 명밖에 못 올라가. 그렇지, 렌?"

"응. …분명." 렌이 약간 쉰 목소리로 대답했다. 가즈히사는 곰곰이 생각하듯 턱을 문지르며 말을 이었다.

"기묘한 이야기지만 그런 현상이 일어나는 건 사실이잖아? 즉, 누군가가 밤중에 도시코 씨를 테라스에서 떨어뜨려 죽이기는 불가능해."

가즈히사의 지적에 히나타는 고개를 살짝 끄덕였다.

"…해가 지고 나서 유토 씨와 테라스에 가보려고 했는데, 서로 떨어지고 길을 잃어버려서 결국 테라스에는 못 갔어요."

―하지만.

히나타는 모두에게 설명했다.

"서고에서 오래된 스크랩북을 봤죠. 피안장에서 발생한 사고와 사건을 다룬 기사를 수집해 놨는데요. 거기에는 엄마가 아기를 안고 옥상 테라스에서 뛰어내린 사건에 대한 기사도 있었어요."

자신이 발견한 스크랩북의 내용을 떠올리며 이야기했다.

"숨이 멎은 아기를 발견해 반쯤 미쳐버린 엄마가 아기를 안고 밤중에 테라스에서 뛰어내렸다. 신문 등에 적힌 내용은 여기까지예요. 하지만 스크랩북에는 두 사람의 시신을 부검한 의사의 보고서도 붙어 있었어요. 가족이 사인을 구체적으로 알아내기 위해 의뢰한 거겠죠. 보고서에는 테라스에서 떨어진 엄마와 아기가 *추락사했다*는 의사의 소견이 적혀 있었습니다. …즉."

히나타는 숨을 크게 내쉬고 말했다.

"테라스에서 뛰어내렸을 때 엄마에게 안긴 아기는 살아

있었던 거예요."

사람들이 웅성거렸다.

"그럴 수가…, 어째서."

미즈키가 약간 창백해 보이는 얼굴로 중얼거렸다.

"무슨 이유로 잠든 아기의 호흡이 잠깐 멎은 건지, 아니면 저택이 악의를 품고 엄마를 현혹한 건지 잘은 모르겠네요."

히나타는 침통한 심정으로 말을 이었다.

"아무튼 이 사실을 바탕으로 어떤 가능성에 도달했어요. 해가 진 후 옥상 테라스에는 한 명만 갈 수 있다, 다만 *의식을 잃은 사람은 머릿수에 포함되지 않는다*. 그런 것 아닐까요?"

앗, 하고 아키라가 소리쳤다. 사라가 놀란 표정으로 히나타를 보았다.

"도시코 씨와 만난 A는 도시코 씨의 머리를 때려서 기절시킨 후 의식이 없는 도시코 씨를 옥상 테라스로 옮긴 것 아닐까요?" 히나타는 그렇게 추리했다.

뭔가 생각난 것처럼 미즈키의 표정이 험악해졌다. …테라스에서 주운 도시코의 뱅글을 만졌을 때 미즈키가 그랬다. 뒤통수가 욱신욱신하다고.

"의식 없는 사람을 옮기는 건 나름대로 힘든 작업일 거예요. 복도는 기재를 운반하는 밀차에 실어서 옮길 수 있겠지만 옥상 테라스로 이어지는 좁고 가파른 계단은 그럴 수 없겠죠. A는 축 늘어진 도시코 씨를 질질 끌어서 테라스까지 옮긴 후 떨어뜨린 거예요."

히나타는 주먹을 움켜쥐었다. 냉정함을 되찾으려는 듯 눈을 질끈 감고 다시 말을 꺼냈다.

"…아까 유토 씨와 테라스로 올라가는 계단을 조사해 봤어요. 주의해서 자세히 보지 않으면 모를 정도지만, 계단 가장자리에 핏자국이 아주 약간 남아 있더군요. 살짝 문지른 것 같은 흔적이었죠. 이건 살아 있는 누군가가 의식이 없는 도시코 씨를 끌어서 이동시킨 증거일 거예요."

히나타는 거침없이 주장했다. 가즈히사가 사나운 표정으로 물었다.

"그 A는 대체 누구야…?"

히나타는 입을 다물었다가 단단히 각오하고 다시 입을 열었다.

"A가 도시코 씨를 죽였다고 확신한 건, 아까 렌 씨가 독극물을 먹고 쓰러지는 광경을 봤기 때문입니다."

"그게 무슨 소리야?" 렌이 의아하다는 듯 물었다.

"A가 이렇게 무서운 범행을 저지른 건 사망자들이 저주받은 저택에 살해당했다는 믿음을 우리에게 심어주기 위해서였어요. 하지만 경찰은 그렇게 받아들이지 않겠죠."

히나타는 날카로운 어조로 말했다.

"냉정하게 생각해 보세요. 여기서 실제로 사람이 죽었잖아요. 저주니 유령의 집이니 그런 게 사람을 죽였다는 이야기가 과연 통할까요? 테라스로 올라가는 계단을 조사하면 남아 있는 피가 도시코 씨의 것이라는 사실을 알아내겠죠. 기절시키기 위해 머리를 때렸다면 그 상처는 추락했을 때 입은 상처와 차이가 있을 테고요. A도 그건 알고 있었어요. 그래서 아키라 씨를 희생양으로 삼으려 한 겁니다."

"뭐?"

갑자기 자기 이름이 나오자 아키라가 깜짝 놀란 표정을 지었다. 히나타는 아키라를 보고 말했다.

"아키라 씨의 아버지는 기지마 그룹의 공금을 횡령한 사실이 밝혀져 스스로 목숨을 끊으셨다고 했죠. A는 그

과거를 이용할 작정이었을 거예요. 아버지 일로 원한을 품은 아키라 씨가 기지마 그룹에 복수할 작정으로 일련의 사건을 일으켰다는 식으로 몰고 가려 했겠죠. 아키라 씨에게 살인범이라는 오명을 씌우고 자살로 위장해 죽일 작정이었던 거예요."

"뭐라고?"

충격이 담화실을 휩쓸었다. 너무나 예상치 못한 전개에 감정이 따라오질 못하는지 아키라는 입만 떡 벌렸다.

히나타는 말을 계속했다.

"독극물이 든 와인잔은 아키라 씨 앞에 놓여 있었죠."

"그래…, 분명 그랬어."

미즈키가 굳은 표정으로 손을 들어 입을 막았다.

"A는 렌 씨를 노린 게 아니었어요. 아키라 씨 곁에 앉은 렌 씨가 와인을 마신 건 어디까지나 불운한 우연이었습니다. 하지만 그 일을 계기로 A가 범인이라는 걸 알아차렸어요."

히나타는 가슴속에서 긴장감이 높아지는 걸 느끼며 말을 이어나갔다.

"애당초 아키라 씨는 왜 와인을 마시지 않았을까요? 아키라 씨는 포도 알레르기가 있기 때문입니다."

어제 아침 식사 때 있었던 일을 떠올렸다. "이거 맛있어요" 하고 나기가 아키라에게 건포도 쿠키를 주려고 하자 "저리 치워" 하고 아키라는 무례하게 거절했다. "어른스럽지 못하게 왜 어린애한테 화풀이야? 부끄럽지도 않아?" 하고 미즈키가 냉랭한 시선을 던지자 머쓱한 듯 변명했다.

"…난 포도 알레르기가 있어"라고.

마시지도 못하면서 아까 아키라가 와인을 받은 건 분위기에 찬물을 끼얹고 싶지 않았기 때문이리라.

아키라는 소동을 일으켜 사라가 다친 걸 미안해하는 눈치였다. 그래서 나름대로 마음을 써서 함께 건배만이라도 하려고 했던 것 아닐까.

옆자리에 앉은 렌은 아키라가 와인에 손을 대지 않는 걸 보고 술을 못한다고 생각했는지도 모른다. 제멋대로에 변덕쟁이인 부잣집 도련님처럼 행세하기는 하지만 렌은 의외로 남을 자세히 본다. 그리고 아키라의 와인잔을 낚아채 독극물이 든 줄은 꿈에도 모르고 와인을 마셨다.

"포도에 알레르기를 일으키는 사람을 죽이려고 와인에 독을 타는 사람은 없겠죠."

히나타는 말했다.

즉, 독을 탄 범인은 아키라가 포도 알레르기라는 사실을 몰랐다.

"아키라 씨가 아침 식사 자리에서 포도 알레르기라는 사실을 말했을 때, 거기 없었던 사람은 렌 씨와 가즈히사 씨 그리고 잠깐 자리를 떴던 유토 씨였어요."

신중하게 기억을 더듬으며 지적했다.

"독이 든 와인을 마시고 죽을 뻔했던 렌 씨와 서고의 자료를 통해 '의식을 잃은 사람은 머릿수에 포함되지 않는다'는 가능성을 알 기회가 없었던 유토 씨는 범인이 아니에요."

…남은 사람은.

"가즈히사 씨." 히나타는 조용히 이름을 불렀다.

가즈히사가 진지한 얼굴로 히나타를 똑바로 바라보았다.

"렌 씨가 갑자기 쓰러졌을 때 저는 렌 씨가 피안장의 저주를 받았을지도 모른다고 생각했어요. 옛날에 저택 주인이 거실에서 건배한 직후에 쓰러졌고, 어디 아픈 곳도 없었는데 심부전으로 급사했다는 이야기를 들었기 때문이죠. 분명 다른 사람들도 그 이야기가 머리를 스치지 않앉을까요? 하지만 당신은 망설임 없이 제일 먼저 행동에 나서서 적절한 응급처치를 했어요. 와인을 토하게 한 거죠. …마치 와인에 독이 들었다는 사실을 알고 있었던 것처럼."

히나타의 말에 분위기가 얼어붙었다. 사람들은 마른침을 삼키며 이야기의 향방을 지켜보았다.

"당신은 아주 초조했을 거예요. 렌 씨에게 피해가 가지 않도록 기를 썼는데, 정작 렌 씨가 목숨을 잃으면 감시인 역할을 맡은 당신은 모든 것을 잃을지도 모르니까요."

어릴 적부터 렌과 친하게 지냈던 덕분에 발탁됐다고 가즈히사 본인이 농담조로 말했다. 아니면 지금처럼 중히 쓰이지는 못했을 거라고.

그룹 후계자인 렌의 입지를 지키는 것. 그것이 바로 가즈히사가 범행을 저지른 동기였다.

"조사에 사용하는 기재를 주로 확인한 건 가즈히사 씨예요. 우에다 씨가 사망했을 때 거기서 일어난 이상한 현상을 당신이 전혀 알아차리지 못했을 리 없어요."

히나타는 엄중한 말투로 몰아붙였다.

"도시코 씨도 주최 측이고 저택에 관련된 일을 도맡은

가즈히사 씨가 불러냈기에 아무 의심 없이 응했을 테고요. 그리고 당신이라면 설치된 카메라에 모습이 비치지 않도록 이동하기도 수월했겠죠."

"살인자…!"

미즈키가 날카롭게 소리쳤다.

미즈키는 불같은 눈으로 가즈히사를 노려보다가 울 것처럼 얼굴을 찡그렸다.

"도시코 씨는 사람들에게 많은 상처를 입었지만, 결코 남에게 상처를 주는 사람이 아니었어. 그런데."

그리고 원통하다는 듯 입술을 깨물었다. 애석한 심정이 히나타의 가슴에 솟아올랐다.

렌이 무사해야 가즈히사도 무사할 수 있으리라. 어떻게든 렌이 입지를 유지해야 한다. 그렇지만.

"왜 그런 짓을 한 건가요?"

히나타는 괴로운 마음으로 물었다.

"이 중에서 누구보다도 현실주의자일 당신이 사람을 죽이다니, 왜 그렇게 터무니없는 짓을 한 거예요?"

"왜…?"

그제야 가즈히사가 동요한 것처럼 굳어버렸다.

가즈히사는 허공을 쳐다보며 "왜…" 하고 히나타의 말을 되뇌듯 멍하니 중얼거렸다. 왠지 모르게 막막하게 들리는 목소리였다.

아아. 히나타의 머릿속에서 뭔가가 찰칵 들어맞았다. "가즈히사 씨" 하고 슬픈 기분으로 불렀다.

"*당신도 피안장에 사로잡혀 버린 거로군요.*"

이 저택이 그의 흔들리는 마음을 파고들어 조종한 것이다.

"가즈히사, 너…."

렌이 뺨을 일그러뜨리며 뭔가 말하려 했을 때였다.

어디선가 바람이 불어왔다. 방의 작은 물건, 커튼, 전기 스탠드의 끈 스위치가 일제히 흔들렸다. 난롯불이 화르륵 소리를 내며 좌우로 일렁였다.

바람이 실내를 소용돌이처럼 돌고 있었다. 히나타는 깜짝 놀라서 주춤했다. 바람? 창문이 열리지도 않는데 대체 어디서 어떻게….

바람 소리와 함께 물건들이 휘날리는 모습을 멍하니 바라보고 있는데, 갑자기 기온이 낮아지기 시작했다. 피부로 확실히 느껴졌다. 공기가 차가웠다. 따뜻한 기운에 감싸여 있던 방이 순식간에 싸늘하게 식어갔다. 열화상 카메라로 실내를 보면 분명 검푸른 색으로 변했으리라.

아키라가 겁먹은 표정으로 주변을 둘러보며 팔을 문질렀다. "뭐야, 왜 이래?" 하고 미즈키가 혼란에 찬 목소리로 외쳤다.

다음 순간, 뭔가가 탁 터지는 듯한 소리가 났다.

누군가가 소리를 냈다기보다 방 자체가 울리듯 무미건조한 느낌이었다. 폴터가이스트 현상이다.

사라가 자리에서 벌떡 일어났다. 머리카락이 바람에 흔들렸고 셔츠는 등에 달라붙었다. 땀 때문이다. 땀을 흠뻑 흘리고 있다. 다쳤기 때문만이 아니라 몹시 긴장한 탓이다.

사라가 굳은 목소리로 중얼거렸다.

"온다."

그 직후에 조명이 미친 듯이 깜박거리고 실내가 어두침침해졌다. 일렁이는 난롯불이 겁먹은 사람들의 얼굴을 스산하게 비추었다.

바람 소리가 강해졌다. 아니, 그게 아니라 수많은 목소리다. 어디선가 배어나듯 으스스한 목소리가 수없이 겹쳤다.

다른 시끄러운 소리에 묻혀서 잘 알아들을 수는 없었

지만 화나서 부르짖는 듯한 목소리였다. 발을 요란스럽게 구르는 듯한 소리가 거기에 더해졌다.

"무서워."

히나타는 소리쳤다. 그만해, 하고 목소리를 높이자 의자와 테이블이 덜컥덜컥 흔들리기 시작했다.

그때 복도에서 비명 같은 소리가 들렸다. 나기의 목소리였다. 문이 열리더니 유토가 겁먹은 나기의 손을 잡고 안으로 뛰어들었다. 유토가 기겁한 안색으로 외쳤다.

"지진이야?"

"아니." 사라가 긴장된 표정으로 즉시 답했다.

―피안장이다. 저택이 히나타 일행을 여기서 놓아주지 않으려 하는 것이다.

보이지 않는 거인의 손이 흔드는 것처럼 방 전체가 크게 요동쳤다. 테이블에서 잔이 차례차례 바닥으로 떨어졌다.

유리 조각이 스쳤는지 복숭아뼈 언저리가 따끔했다. 히나타는 한순간 숨이 막혔다. 균형 감각을 잃고 비틀거리다 바닥에 손을 짚었다.

숨 돌릴 틈도 없이 방이 옆으로 심하게 흔들렸다. 바닥이 들썩거렸다. 일어설 수가 없었다. 차례차례 떨어진 물건이 요란한 소리를 내며 부서졌다.

저도 모르게 비명이 터져 나왔다. 성난 목소리와 웃음소리, 저주의 주문을 외우는 듯한 꺼림칙한 목소리가 사방팔방에서 들렸다.

미즈키가 소파에서 굴러떨어지는 모습이 시야 가장자리로 보였다. 바닥에 웅크린 미즈키는 얼굴을 찡그린 채 테이프를 감은 발목을 누르며 고통에 찬 신음소리를 흘렸다. 다치는 바람에 생각처럼 몸을 보호할 수 없는 것이다.

그때 장식 선반장이 크게 흔들렸다. 높직한 선반장이 휘청하더니 바닥을 기는 미즈키 쪽으로 기울어졌다.

"미즈키 씨!"

온몸에서 핏기가 가시는 느낌이었다. 깔린다 싶었던 순간, 근처에 서 있던 아키라가 재빨리 움직였다. 냅다 달려들어 미즈키의 팔을 붙잡고 괴성을 지르며 힘껏 잡아당겼다. 그 직후에 쿵, 하고 묵직한 소리와 함께 미즈키의 발에서 몇 센티미터 떨어진 곳에 선반장이 쓰러졌다. 아키라와 미즈키 둘 다 놀란 표정으로 경직됐다. …위험했다. 몇 초만 늦었으면 깔려서 목숨을 잃었으리라.

온몸에 소름이 끼쳤다. ─이제 아무도 저택을 멈출 수

없다. 피안장은 이렇게 존재감을 과시할 만큼 강대한 힘을 얻은 것이다.

"아아…."

공포와 절망에 찬 목소리가 흘러나왔다. 유토가 자세를 바로잡으며 질책하듯 외쳤다.

"여기 있으면 위험해, 빨리 도망쳐야 해."

도망치다니 어디로? 답은 몰랐지만 사방이 흔들리는 가운데서도 필사적으로 몸을 일으켰다. 아키라와 유토가 쩔쩔매면서 미즈키를 부축했다. 히나타는 나기의 손을 잡고 문을 향해 함께 달렸다. 렌이 넋 나간 듯 우두커니 서 있는 가즈히사를 큰 소리로 불렀다.

"가즈히사!"

렌이 손을 뻗자 가즈히사가 어색하게 그쪽으로 시선을 돌렸다. 가즈히사는 겁먹은 표정으로 주저하면서도 렌의 손을 잡으려 했다.

그때 천장의 호화로운 샹들리에가 부들부들 떨리는 것처럼 크게 흔들리더니 빠르게 떨어져 내렸다.

"위험해!"

부리나케 달려간 유토가 렌의 몸을 끌어안고 물러났다.

유리 깨지는 소리가 귀청을 찢을 듯 울려 퍼졌고 가즈히사가 무거운 샹들리에에 깔렸다. 사람들이 절규했다.

가즈히사는 머리에서 피를 흘리며 바닥에 쓰러져 있었다. 깨진 이마에서 선혈이 뿜어져 나왔고 거품 섞인 피를 토했다. 이쪽으로 뻗은 가즈히사의 손이 미미하게 떨리다가 힘이 다한 것처럼 바닥에 툭 떨어졌다. …그대로 꼼짝달싹도 하지 않았다.

렌이 눈을 부릅뜨고 목이 터져라 소리를 질렀다. 히나타는 다리가 떨려서 주저앉을 것만 같았다. 눈앞에 펼쳐진 광경은 그야말로 아비규환이었다.

마구 뒤섞여서 소음처럼 무질서하게 울려 퍼지던 목소리가 어느 틈엔가 하나의 말을 이루었다. 으스스한 목소리가 되풀이해 외쳤다.

'사, 라.'

'사라아아.'

―부르고 있다. 피안장이 사라를.

주변을 뒤덮은 웅성거림이 이제는 귀가 아플 정도의 굉음으로 변했다. 안절부절못하며 시선을 돌리자 사라는 못 박힌 것처럼 그 자리에 가만히 서 있었다. 멍하니 뜬 눈에는 아무것도 비치지 않는 것처럼 보였다.

그때 벽의 표면에서 수많은 손이 돋아났다. 잔뜩 뒤틀리고 일그러져서 인간의 손이라기보다 손 같은 형체라고 표현해야 올바를 듯했다. 커다란 손. 작은 손. 손짓하는 손. 마구잡이로 붙잡으려 하는 손.

섬뜩한 그 광경에 아키라가 힉, 하고 외마디를 흘렸다.

수많은 손이 사라를 향해 뻗어나갔다.

사라는 움직이지 않았다. 마치 도망치려는 의지를 잃은 것처럼 꼼짝도 하지 않았다. 발 옆에는 빈 새장 오브제가 널브러져 있었다.

공허한 눈빛으로 우두커니 서 있는 사라를 보고 히나타는 숨을 삼켰다.

기지마 레이치로가 피안장에 유폐시킨 레이코. 스스로를 우리에 가둔 것처럼 살아온 사라. 두 사람의 고독이, 슬픔이, 절망이 이 저택을 통해 공명한 것이다.

저택은 사라의 빈틈을 찾아냈다. 그리고 바로 지금, 사라를 차지하려 한다. 먹어치우려 한다.

공포가 히나타의 온몸을 지배했다. 안 된다, 사라를 구해야 한다. 하지만 발이 바닥에 달라붙은 것처럼 꼼짝도 하지 않았다.

안 돼, 하고 울 것 같은 심정으로 소리를 지르려 한 순간, 옆에서 나기가 외쳤다.

"사라 누나, 여기예요!"

나기가 붙잡고 있던 히나타의 손을 놓고 사라에게 열심히 달려갔다.

마치 방해자를 제거하려는 것처럼 흔들림이 한층 강해졌다. 중후한 테이블이 크게 요동쳤다. 다음 순간, 마치 의지를 지닌 것처럼 테이블이 바닥을 긁으며 나기를 향해 똑바로 미끄러졌다.

히나타는 외마디 비명을 질렀다. 가냘픈 나기의 몸이 테이블과 벽 사이에 끼일 것 같았다.

머리보다 몸이 먼저 반응해 바닥을 박찼다. 날듯이 달려가 나기의 몸을 끌어안고 함께 옆으로 힘껏 굴렀다. 코끝을 스칠 만큼 가까운 거리에서 테이블이 벽에 충돌하는 소리와 진동이 전해졌다. 나기를 품어 보호하며 구른 탓에 머리를 세게 찧었다. 내팽개쳐진 듯한 통증과 충격에 "으윽…!" 하고 히나타는 고통에 찬 신음소리를 흘렸다. 한순간 눈앞이 깜깜해졌다. 그 직후에 이마에서 미끈거리는 감촉이 느껴졌다. 땀, 아니면 이마를 다쳤는지도 모른다. 지금 정신을 잃으면 안 된다며 스스로를 채찍질했다. 나기가 뭐라고 소리를 지르며 울었다. 빨리, 빨리 일어나야 하는데 무거운 몸이 말을 제대로 듣지 않았다.

그때 시끄러운 소리 사이로 사라의 목소리가 똑똑히 들렸다.

"히나타!"

사라가 바뀐 안색으로 달려왔다. 아까 공허했던 눈빛은 온데간데없이 히나타와 나기를 똑바로 바라보면서.

사라, 하고 히나타는 힘없이 중얼거렸다. 죽어라 달려오는 사라를 보자 왠지 눈물이 날 것 같았다.

그렇다, 사라는 혼자서 어딘가로 가버리지 않는다. 히나타와 함께라면 어디든지 같이 가겠다고 했으니까.

히나타는 기다시피 사라에게 다가갔다. 사라가 부축하려고 쪼그려 앉자 힘을 짜내 그 팔을 잡았다.

"사라."

머릿속이 뜨거워졌다. 부글부글 끓어오를 것 같았다. 히나타는 사라의 눈을 정면에서 들여다보며 힘껏 소리쳤다.

"이 저택을 없애버려…!"

사라의 눈이 동그래진 것도 잠시, 얼굴에 강한 의지가 깃들었다.

비틀비틀 일어선 사라가 미쳐 날뛰는 저택을 분노에 찬 눈빛으로 노려보았다. 공기의 빛깔이 달라진 것처럼 분위기가 싹 바뀌었다.

다음 순간, 창문이 삐걱거리며 밖으로 크게 휘어졌다. 창틀이 잔뜩 구부러지고 유리가 일제히 깨져나갔다.

사람들이 놀라서 비명을 질렀다. 아키라가 눈을 크게 떴다.

"이, 이거…, 가미시로 씨가 그러는 거야?"

미즈키가 믿기지 않는다는 표정으로 사라를 쳐다보며 기죽은 목소리로 물었다. 과거의 영상을 봐서 알고는 있었지만 실제로 보자 더럭 겁이 난 모양이었다.

불어치는 바람이 갑자기 강해졌다. 사라의 힘에 대항하듯, 마음대로 되지 않는 사냥감에 분노를 표출하듯 으르렁대며 사납게 날뛰었다. 갑자기 뭔가가 날아와서 사라의 뺨을 스치고 지나갔다.

"으윽…."

사라가 얼굴을 찡그리며 신음했다. 뺨을 베였는지 피가

한 줄기 흘러내렸다.

"사라!" 히나타는 동요해서 소리를 질렀다. 사라가 바로 냉정하게 대답했다.

"괜찮아."

사라는 숨을 크게 들이마시고 맞받아치듯 앞쪽을 응시했다. 타오르는 듯한 눈으로 허공을 노려본다. 머리카락이 바람에 휘날렸고 반쯤 풀린 팔의 붕대가 세차게 펄럭거렸다. 잇달아 날아온 물건이 사라의 발 언저리에 떨어져 요란한 소리를 내며 부서졌다. 그래도 사라는 겁먹지 않고 똑바로 서 있었다. 꽉 움켜쥔 주먹이 떨렸고 관자놀이에 파란 핏줄이 불거졌다.

사라가 머리 위로 매서운 시선을 던졌다. 으드득, 하고 묵직한 소리가 울려 퍼지며 천장에 벼락 모양으로 금이 갔다. 자잘한 파편이 사라의 얼굴로 후두두 떨어져 내렸다. 사라는 흔들림 없이 꿰뚫을 것처럼 천장을 계속 노려보았다. 묵직한 소리가 날 때마다 추하게 벌어진 균열이 더 커졌다. 커다란 두 힘이 줄다리기를 벌이고 있다.

위협하듯 불어치던 바람에 비명 같은 목소리가 섞였다. 땅속에서 울리는 듯한 목소리가 미련을 떨치지 못한 듯 사라를 불렀다.

'사, 라.'

'사라.'

'사라아아아.'

바람이 폭풍처럼 몰아치는 가운데 사라가 입을 열었다.

"난."

자기 자신에게 들려주듯 의지가 가득 담긴 목소리로 선언했다.

"나갈 거야."

으아아아아아아, 하고 절규하는 듯한 목소리가 공기를 뒤흔들었다. 바람이 너무 강해서 이제 눈을 못 뜰 지경이었다.

그때 창문에서 떨어져 나간 커튼이 바람에 날려 불이 꺼져가던 난로로 들어갔다. 커튼 가장자리를 핥은 불길이 다시 이글이글 타올랐다.

역한 냄새와 함께 연기가 피어올랐고 불이 카펫으로 번졌다. 벌건 불길이 순식간에 퍼져나갔다.

"불이야!" 나기가 비명을 질렀다. 유토가 초조한 표정으로 모두에게 큰 소리로 외쳤다.

"빨리 이 방에서 나갑시다."

사람들은 허둥지둥 방 밖으로 뛰쳐나갔다.

렌이 방으로 고개를 돌렸다. 가즈히사의 시신을 보고 괴로운 듯 얼굴이 일그러졌지만 떨쳐내듯 다시 앞을 보았다. 렌은 한 발로 폴짝폴짝 뛰는 미즈키를 아키라와 함께 부축하며 "뛰어" 하고 외쳤다.

복도로 나가서 모두 함께 현관을 향해 내달렸다. 이제는 건물 전체가 흔들려서 물건이 차례차례 기울어지고 떨어져 내렸다. 히나타 일행을 절대로 놓치지 않겠다는 저택의 집념이 느껴지는 것 같아서 오싹했다. 오오오, 하고 땅속에서 들려오는 듯한 목소리가 여전히 사방에서 울려 퍼졌다. 댕, 댕, 하고 괘종시계가 미친 듯이 종소리를 울렸.

사라는 나기와 손을 꼭 잡고 달렸다. 그때 미즈키가 악, 하고 비명을 지르며 균형을 잃었고 왼쪽에서 부축하던 아키라와 함께 쓰러졌다. "…먼저 가." 미즈키가 고통으로 일그러진 얼굴을 들고 힘없이 말했다. 남의 발목을 잡는 짓은 자신의 긍지가 허락하지 않는 것이리라.

허를 찔린 듯한 표정을 지은 것도 잠시, 아키라는 눈에 쌍심지를 켜고 입술을 바르르 떨며 고함을 질렀다.

"당신까지 날 몹쓸 인간으로 만들 작정이야!"

아키라는 거친 숨을 몰아쉬며 미즈키를 부축해 억지로 일으켜 세우고 한번 해보자는 듯 고래고래 악을 썼다.

"확 뒈져라!"

"힘내." 손을 내밀며 두 사람에게 말을 건넨 렌도 안색이 처참했다. 그도 간신히 목숨을 건진 지 얼마 지나지 않았다.

아아, 빨리, 빨리 밖으로.

기도하는 심정으로 다리를 계속 움직였다. 불이 세차게 번지고 있는지 연기가 점막을 자극했다. 공기가 뜨거워서 피부가 화끈거렸다. 눈, 코, 목구멍이 아팠다.

저택이 광란을 일으킨 가운데 비틀거리면서도 간신히 현관홀에 다다랐다.

"출구다."

히나타는 정면의 커다란 현관문으로 향하다가 위화감을 느꼈다.

현관 양옆에 서 있는 조각상 두 개. 두 팔을 활짝 펼친 천사상이 어째선지 마음에 걸렸다.

미심쩍어하면서도 문으로 다가갔을 때 위화감의 정체

를 알아차렸다.

맞다, 이 천사상은 분명 손바닥에 턱을 괴고 있지 않았 었나?

움찔하며 올려다보자 차가운 표정으로 비웃는 천사상 과 눈이 마주친 것 같았다.

"…어?"

다음 순간, 천사가 두 팔을 벌린 채 쓰러졌다. 마치 무겁 고 단단한 그 몸으로 짓눌러서 히나타를 길동무로 삼겠다 는 듯이.

아까 샹들리에에 짓뭉개진 가즈히사의 모습이 뇌리를 스쳐서 몸이 파르르 떨렸다. 다리가 얼어붙은 것처럼 움 직이지 않았다.

조금 떨어진 곳에 있던 사라가 이쪽을 보고 눈을 부릅 떴다. 하지만 이미 늦었다.

그때 히나타 근처에 있던 유토가 "줘봐!" 하고 외치며 미즈키 손에서 지팡이를 빼앗았다. 그리고 야구방망이를 휘두르듯이 천사상을 힘껏 후려갈겼다.

부서지는 소리와 함께 천사의 머리 부분이 깨졌다. 옆 에서 힘이 가해지자 머리를 잃은 천사상은 방향을 바꾸어 쓰러져 산산조각 났다.

이마에 땀이 송골송골 맺힌 유토는 부서진 천사상을 내려다보며 힘 있게 말했다.

"…못 줘."

그 직후에 사람들 뒤쪽에서 다른 천사상이 움직였다. 다들 한순간 늦게 흠칫 놀랐다.

"위험해…!"

사라가 날카롭게 소리치는 것과 동시에 천사상이 안쪽에서 터진 것처럼 산산이 부서졌다. 휴우, 하고 사라가 숨을 내쉬며 이마를 닦았다.

"살았다."

"고마워."

유토와 히나타는 식은땀을 흘리며 동시에 말했다. 미즈키에게 사과하며 지팡이를 돌려주는 유토를 보고 히나타는 그에게 한 번 더 "…고마워" 하고 말했다. 유토가 고개를 젓더니 안심한 것처럼 미소 지었다. 그러는 동안에도 저택에는 불이 번졌고 뭔가 터지는 듯한 소리와 물건이 무너지는 소리가 끊임없이 들려왔다. 연기가 눈에 스며서 눈물이 났다.

히나타가 걸음을 옮기려다 비틀거리자 유토가 손을 꼭 잡아주었다.

"이러다 큰일 나겠어. 서두르자."

굳게 닫힌 현관문 앞에 섰다. 이쪽을 돌아본 사라와 눈이 마주치자 히나타는 고개를 크게 끄덕였다. 사라도 고개를 끄덕했다.

사라가 문에 손을 대고 미간에 주름을 잡으며 힘을 주자 문이 바깥쪽으로 활짝 열렸다.

"열렸다…!"

아키라가 흥분한 목소리로 외쳤다. 렌이 모두를 재촉했다.

"다들 빨리 나가자."

다리가 꼬여서 구르다시피 밖으로 뛰쳐나갔다. 드디어 나왔다. 살았다.

깊은 안도감에 휩싸였을 때 우오오오오, 하고 저택에서 무시무시한 포효가 쫓아왔다. 놀라서 돌아보자 저택 안쪽에서 뒤틀리고 일그러진 손이 무수히 많이 뻗어 나왔다. 히나타는 눈을 동그랗게 뜬 채 얼어붙었다. 사람들이 기겁해서 비명을 질렀다. 대체 뭐가 이렇게 많단 말인가. 아까 봤던 것과는 비교도 되지 않았다. 그 손들이 전부 엄청난 기세로 사라를 향했다. 저택은 아직 포기하지 않았다. 가진 힘을 모조리 짜내서 사라를 삼키려 한다.

"사라, 도망쳐!"

히나타가 소리를 질러도 사라는 움직이지 않았다. 그 자리에 우뚝 서서 덮쳐오는 손들을 똑바로 노려보며 얼음장처럼 차가운 목소리를 던졌다.

"잘 가."

요란한 소리와 함께 사라의 눈앞에서 현관문이 닫혔다. 꺼림칙하고 흉흉한 손들은 사라에게 닿지 못하고 시야에서 사라졌다.

사라는 그대로 저택에 등을 돌리고 몇 발짝 걷다가 갑자기 땅에 무릎을 꿇었다. "사라…!" 사람들이 허둥지둥 달려갔다.

사라는 고개를 숙인 채 눈을 감고 어깻숨을 몰아쉬었다. 팔의 상처가 벌어졌는지 옷소매가 피에 젖었다. 입술 오른쪽 가장자리가 파랗게 부어올랐고 베인 뺨과 몸 여기저기서 피가 배어났다. 괴로운 숨소리가 악문 잇새로 새어 나왔다. 온몸이 땀으로 흥건했다.

"위험하니 건물에서 물러나죠."

유토가 사라를 부축해 활활 타오르는 저택에서 얼른 거리를 두었다. 히나타를 비롯한 사람들은 피안화가 핀 땅에 앉아 화염에 휩싸인 건물을 멍하니 올려다보았다.

─피안장이 불탄다.

열기 때문에 저택의 유리창이 터지듯이 잇달아 깨졌다. 아름다운 오브제가 무참히 무너져 내리고 기둥이 비틀리며 쓰러졌다. 뭉게뭉게 피어오르는 연기 속에서 저택에 씌어 있던 존재들이 단말마의 비명을 지르는 것 같았다.

아무도 말을 꺼내지 않았다.

불타오르는 듯한 노을과 저택을 삼키는 화염, 흐드러지게 핀 피안화의 붉은색이 하나로 녹아들었다.

그 광경은 마치 이 세상과 저세상을 연결하는 경계…, 피안같이 느껴졌다.

***

피안장에서 사건을 겪고 한 달 후.

카페 문이 열리고 렌이 들어왔다.

먼저 앉아 있던 히나타와 사라를 보고 한 손을 살짝 들며 다가왔다.

약속 장소는 렌과 처음으로 만났던 그 카페였다. 피안장에 다녀온 이후로 오랜만에 만난 렌은 꽤 수척해진 것처럼 보였다. 뺨이 쑥 들어갔고 눈빛이 어두웠다. 그럴 만도 했다.

경찰이 사건을 수사하고 매스컴은 자극적인 기사를 뽑아내는 등 렌의 주변은 한동안 폭풍이 몰아치는 듯한 상황이었다. 지금도 결코 상황이 진정되지는 않았으리라.

기지마 그룹이 소유한 별장에서 화재가 발생했고 화재와는 관련 없는 사상자가 여러 명 나왔다. 더욱 충격적이게도 그중 한 명은 기지마 그룹의 관계자에게 살해됐다. 대체 거기서 무슨 일이 있었나 싶어 세상 사람들이 관심을 집중하는 것도 무리는 아니었다.

동시에 피안장과 관련된 과거의 처참한 일화와 이번 피해자들의 이상한 죽음, 그리고 렌이 주도한 수상한 조사에 대해서도 흥미를 앞세운 소문이 퍼졌다. 그 소용돌이 속에 있는 렌은 그야말로 험난한 하루하루를 보내고 있을 터였다.

사건이 발생한 후 히나타와 사라도 언론이 몰려오지는 않을까 내심 전전긍긍했다. 또 옛날처럼 사라를 재미 위주로 기사화해서 사람들의 이목이 집중되지는 않을까 몹시 겁을 먹었다.

…하지만 뜻밖에도 그런 사태는 발생하지 않았다.

사망한 세 사람만이 실명으로 보도됐을 뿐, 나머지 참가자의 상세한 정보는 일절 공개되지 않았다. 분명 참가자의 개인정보가 유출되지 않도록 렌이 최대한 손을 써준 것이 아닐까 싶었다.

미즈키 또한 히나타와 사라가 언론의 취재 공세를 받지 않은 이유 중 하나였다.

미즈키는 자신이 사건 당시 피안장에 머물렀다는 것과 거기서 원인 불명의 사고 및 예상외의 위기를 겪었다는 걸 언론에 당당하게 밝혔다. 다만 피해자와 다른 참가자의 사적인 부분은 일절 언급하지 않았다.

피해자를 애도하고 세상에서 수군거리는 것처럼 사이비 종교 같은 수상한 모임이 아니라 어디까지나 학술적 지식과 견문을 바탕으로 건축 조사를 하러 갔었다고 주장했다. 그리고 책임자인 기지마 렌이 참가자의 안전을 최대한 확보하고 사태를 타개하기 위해 성실히 대처했다고 목소리를 높였다.

카메라가 잘 받는 '미인 사이코메트러'가 전면적으로 취재에 응해서 사건에 관해 아낌없이 이야기했으니 굳이 다른 참가자를 쫓아다니면서까지 이야기를 들을 필요가 없었는지도 모른다.

오른쪽 발목에 붕대를 감은 것조차 시선을 끄는 요소인 듯 쭉 빠진 다리를 드러낸 미즈키의 모습을 보고 장삿속이 대단하다고 감탄했다.

하지만 어쩌면 미즈키의 배려였을지도 모른다.

실제로 미즈키가 앞에 나서준 덕분에 히나타와 사라에게까지 사람들의 관심이 집중되지 않은 건 사실이다. 특히나 자존심이 강한 미즈키는 이번 일로 조사팀에게 도움을 받았다고 생각해 자기 나름대로 빚을 갚으려 한 건지도 모른다.

주문한 커피가 나오자 맞은편에 앉은 렌이 천천히 말을 꺼냈다.

"다친 건 좀 어때?"

렌이 걱정하듯 묻자 히나타는 홍차 컵을 들고 "이제 완전히 괜찮아졌어요. 저도, 사라도" 하고 살짝 미소 지으며 대답했다.

"그렇군. …그 후로 너희도 여러모로 힘들었겠지."

"뭐, 나름대로요. 렌 씨만큼은 아니겠지만."

히나타가 쓴웃음을 지으며 대답하자 렌의 얼굴에 그늘이 졌다. 자세를 바로 하고 두 사람에게 고개를 깊이 숙였다.

"너희에게 정말로 큰 폐를 끼쳤어. 미안해."

새삼스러운 사과에 히나타는 고개를 살짝 저었다. 사라는 말없이 렌을 바라보았다.

"…렌 씨."

잠자코 있던 사라가 입을 열었다.

"하고 싶은 이야기가 있는데요."

렌이 약간 의아하다는 듯 고개를 들었다.

"이야기라니? 배상이나 위자료 문제라면 물론 최대한 희망을 존중해서—"

"아니요, 그런 게 아니에요."

사라는 짤막하게 부정하고 렌을 똑바로 바라보며 냉정한 어조로 말했다.

"렌 씨가 우리를 피안장에 데려간 건 피안장에서 일어

난 초자연현상을 조사해 그곳이 특수하다는 사실을 세상에 증명하고 싶어서였죠. 하지만 실은 다른 이유가 있었던 것 아닌가요?"

"…그게 무슨 소리야?"

미심쩍다는 듯 렌이 눈살을 찌푸렸다. 사라는 진지한 표정으로 말을 이었다.

"렌 씨의 이모 부부는 렌 씨가 열다섯 살 때 피안장에서 돌아가셨죠. 이모부는 피안화 군락 속에서 등유를 덮어쓰고 몸에 불을 질렀고, 이모는 절벽 밑에서 추락사한 시체로 발견됐어요. …이상하지 않나요?"

당황한 렌에게 사라가 말했다.

"과거에 피안장에서 벌어진 꺼림칙한 일들은 전부 저택 안에서 일어났어요. 실제로 우리도 건물에 갇혔고요. 분명 피안장이 저택 내부에서만 강한 힘을 발휘할 수 있기 때문이겠죠. 사람을 죽음으로 몰아넣을 만큼 무시무시한 힘이지만 저택 밖에는 영향을 미칠 수 없는 거예요. 그래서 피안장이 우리를 밖으로 내보내지 않으려 했을 테고요. 그런데 렌 씨의 이모부와 이모만 저택 밖에서 돌아가셨어요."

놀란 것처럼 렌의 몸이 뻣뻣하게 굳었다.

"우리가 피안장을 방문한 첫날, 미즈키 씨가 거실의 긴 의자를 만져보더니 어둠 속에서 몹시 겁을 먹은 어린애의 모습이 보인다고 했어요. 어쩌면 컴컴했던 건 밤이라서가 아니라, 그 아이가 의자 속에 있었기 때문 아닐까요?"

사라는 담담히, 하지만 진실함이 묻어나는 어조로 말했다.

"아이는 겁에 질려 긴 의자 속에 숨어 있었던 거죠. 대체 무엇에게서 몸을 숨기고, 뭘 피하려 했을까요? 미즈키 씨가 집중해서 더 깊이 들여다보려 했을 때, 렌 씨가 부자연스럽게 화제를 바꿔서 중단시켰죠. 돌이켜보면 그때 렌 씨는 안절부절못했어요."

렌은 말없이 사라의 이야기에 귀를 기울였다. 사라는 잠시 망설이다가 결심한 것처럼 입을 열었다.

"…미즈키 씨가 사이코메트리 능력으로 본 아이는 어린 시절에 피안장을 방문한 렌 씨 아닌가요?"

렌이 속눈썹을 떨 듯 눈을 깜박깜박했다.

"렌 씨는 돌아가신 이모 부부에 대해 이렇게 말했죠. 두 사람 사이에 죽음에 다다를 만한 문제는 없었다. 이모는 착실하고 강직한 성격이었고, 이모부도 여자와 놀아날 사람은 아니었다. 오히려 접대부가 있는 가게는 거북해하며 발길도 하지 않았다."

덥지도 않은데 렌의 이마에 땀이 배었다. 사라가 호흡을 가다듬고 말을 계속했다.

"하지만 그거야말로 '문제'였다면?"

사라는 가슴 아픈 듯한 표정으로 목소리를 낮춰서 말했다.

"여성을 멀리했다는 이모부가 소년이었던 당신을 그런 눈으로 보았던 거 아니에요?"

히나타는 숨을 삼켰다. 쓰디쓴 뭔가가 가슴속에 솟아올랐다. …성적 학대. 보호자였을 렌의 이모부가 만약 렌에게 그 같은 짓을 했다면.

희미하게 떨리는 렌의 손이 컵 가장자리에 닿아서 커피가 흔들렸다. 사라는 괴로운 듯한 말투로 입을 열었다.

"…착실하고 강직한 이모는 그 사실을 알고 절망했겠죠."

그녀가 남편에게 등유를 끼얹고 불을 지른 후 절벽에서 몸을 던져 목숨을 끊었다는 것이 그 일의 진상 아니었을까.

렌의 이모는 불명예스러운, 그리고 조카에게 깊은 상처

일 진실을 감추기 위해 피안장에서 죽음을 택한 것이다. 저주받은 저택이 초래한 비극이라고 주변 사람들이 수군대도록.

"자신을 거두어 준 이모와 이모부가 그런 식으로 세상을 떠나서 당신은 큰 충격을 받았겠죠. 어쩌면 자기 때문에 비극이 일어났을지도 모른다고 고민했고, 그 사실이 무서워서 견딜 수 없었을 거예요. 그래서."

렌은 저주가 실제로 존재한다고 믿고 싶었다. 이모 부부는 자기 때문에 죽은 것이 아니라, 그 저택 때문에 이상해진 거라고.

"…어린 시절부터 당신과 친하게 지냈던 가즈히사 씨도 그 심정을 알고 있었을 테고요."

사라의 말에 히나타는 먹먹한 심정으로 눈을 내리깔았다.

렌이 말없이 입술을 깨물었다.

"가즈히사 씨가 자신의 사회적 입지와 보신을 염두에 둔 건 사실이겠죠. 하지만 당신을 친동생처럼 아끼고 지키고 싶었던 마음도 진짜였을 거예요. 이번에는 그 마음을 저택이 악용했지만…."

사라는 울적하게 중얼거리고 말을 끊었다. 애처로움이

히나타의 가슴을 가득 채웠다.

갑자기 눈꺼풀 안쪽에서 예전에 보았던 붉은 꽃이 흔들렸다.

꽃과 잎이 동시에 피지 않는 피안화.

―마치 그들의 엇갈린 마음처럼.

"누군가 말해주길 바란다면 내가 말할게요."

사라는 렌을 똑바로 바라보며 그에게 걸린 저주를 풀 말을 조용히 꺼냈다.

"당신 탓이 아니에요."

렌은 미동도 없이 눈만 부릅떴다.

이윽고 그 눈에서 눈물이 천천히 흘러내렸다.

***

카페에서 렌과 헤어진 후 사라와 히나타는 다른 목적지로 향했다.

어린 시절에 사라의 가족과 함께 갔었던 그 유원지다.

"그때는 아주 커 보였는데, 지금 보니까 의외로 작네. 신기해."

"그러게." 히나타의 말에 사라도 고개를 끄덕였다.

평일이라 그런지 유원지는 비교적 한산했다. 산들바람이 기분 좋게 불었고 맑은 가을하늘이 펼쳐졌다. 풍선이 흔들리고 달콤한 츄러스 냄새와 경쾌한 음악이 흘러왔다. 학생으로 보이는 커플과 어린애를 데리고 나온 가족이 야외 공연을 보고 즐겁게 웃었다.

히나타는 높은 곳에서 돌아가는 색색의 곤돌라를 가리키며 밝게 제안했다.

"관람차 타자."

둘이 함께 관람차에 올라탔다. 곤돌라가 천천히 하늘로 올라갔다. 좌석에 마주 앉아 밖을 바라보았다.

조각조각 떼어낸 것 같은 비늘구름이 떠 있었다. 맑고 푸른 하늘이 예뻤다. 가을이 깊어가고 있었다.

히나타는 스마트폰을 꺼내 사라에게 말했다.

"기념사진 찍자."

"…응."

사라가 쑥스러운 표정으로 동의했다. 히나타는 사라 옆으로 자리를 옮겼다. 나란히 앉아 화면에 잘 비치도록 얼굴을 맞대고 웃었다.

찰칵, 하는 셔터 소리와 함께 웃음 띤 두 사람의 얼굴이 사진에 담겼다. 화창한 하늘을 배경으로 관람차에 탄 사라와 히나타가 즐겁게 웃는, 멋진 사진이었다.

"지금 보낼게." 얼른 사라에게 사진을 보냈다. 눈을 살짝 오므리고 사진을 들여다보는 사라를 보자 갑자기 서글퍼졌다.

…어쩌면 우리는 내내 이 관람차처럼 한곳에 머물며 빙글빙글 반복되는 풍경을 보고 있었는지도 모른다.

사라, 하고 히나타는 입을 열었다. 사라가 고개를 들어 이쪽을 보았다.

히나타는 심호흡을 하고 말을 꺼냈다.

"하고 싶은 말이 있어."

―이번에는 내가 또 다른 저주를 풀어야 한다.

…피안장에서 돌아온 후, 히나타는 유토와 한 번 만났다. 그때 유토와 나눈 이야기를 떠올렸다.

"의문스러웠어." 유토는 피안장에서 있었던 일을 돌이켜보며 말했다.

"가미시로 씨는 그때 왜 하야카와 씨의 낫에 베여서 팔을 다쳤을까?"

사라가 격분한 아키라에게 맞서 나기를 보호하려다 낫에 베인 일을 가리키는 것이다.

"강력한 염동력자면서 왜 목숨이 위험한 상황인데도 힘을 사용하지 못했을까?"

유토는 신기하다는 듯이 말을 이었다.

"그때 하야카와 씨는 잔뜩 화가 나서 빈틈투성이였어. 내가 손쉽게 무기를 빼앗고 제압할 수 있을 정도였지. 그런데 그만한 염동력을 지닌 가미시로 씨가 왜 하야카와 씨의 손에서 무기를 튕겨내지조차 못했을까?"

유토의 말에 히나타는 당혹스러운 마음으로 대답했다.

"그야 저택에 영향을 받아서 능력을 잘 발휘할 수 없었기 때문에…."

말하다 말고 히나타도 위화감을 느꼈다. 그러고 보니 사라는 피안장을 방문한 첫날, 벽에서 솟아올라 자신에게 덤벼든 으스스한 조각을 능력으로 튕겨냈다.

생각에 잠긴 히나타에게 유토가 말했다.

"그 이유에 대해 짐작 가는 점이 있어."

유토는 히나타를 똑바로 보고 말했다.

"너야."

"…뭐?"

전혀 예상치 못한 말이라 얼떨떨한 기분으로 물었다. 유토는 장난기 하나 없이 아주 진지한 목소리로 대답했다.

"가미시로 씨가 염동력을 사용할 때는 언제나 네가 그 곁에 있어."

무슨 뜻인지 바로는 이해가 되지 않았다. 잠시 후 무슨 소리인지 깨닫고 숨을 삼켰다.

…어릴 적에 사라와 놀다가 수상한 사람에게 끌려갈 뻔했던 건 히나타였다. 돌이켜보면 눈앞에서 어린애가 차에 치일 뻔했을 때도, 생방송 촬영 현장에서 소동이 벌어졌을 때도 히나타는 늘 사라 근처에 있었다.

스튜디오에서 어린 사라가 호기심 어린 시선에 시달려 상처받는 모습을 보고 히나타는 격한 분노가 끓어올랐다. 그리고 속으로 강하게 염원했다.

—해치워 버리라고.

히나타가 그렇게 바란 직후에 스튜디오의 조명이 터졌다.

"하야카와 씨에게 공격받았을 때 가미시로 씨의 힘이 발동되지 않은 건, 어쩌면 곁에 히나타 씨가 없었기 때문

아닐까."

유토는 조심스러운 표정으로 말했다.

"…히나타 씨, 평소 운 좋다는 소리를 자주 듣는다고 했었지. 잃어버린 물건이 쑥 나타나거나, 우연히 평소와 다른 길을 지나갔는데 평소 다니던 길에서 큰 화재가 발생한 적도 있다고 했어."

유토의 말을 듣고 있으니 심장이 점점 빨리 뛰었다.

"혹시 단순히 운이 좋은 게 아니라 보통 사람보다 감각이 예민한 것 아닐까. 소위 육감 같은 거지. 그 뛰어난 감이 발동해서 무의식중에 위험을 회피하는 결과가 나온 건지도 몰라."

유토가 약간 긴장된 목소리로 말을 이었다.

"어쩌면 히나타 씨도 가미시로 씨같이 능력자의 자질이 있는 게 아닐까 싶어."

느닷없는 지적에 히나타는 할 말을 잃었다.

"히나타 씨는 이렇게도 말했어. 가끔 악몽을 꾼다고. 무서운 뭔가에 쫓겨 필사적으로 달아나는 꿈이라고."

말하기 힘든지 머뭇머뭇하면서도 유토는 이야기를 계속했다.

"무서운 뭔가가 쫓아온다면 안심되는 집 안에 틀어박힐 법한데, 히나타 씨는 집을 뛰쳐나가서 멀리 달아나려 해. 꿈 분석은 내 전문이 아니지만, 어쩌면 히나타 씨에게 집은 안심되는 곳이 아니고 오히려 집에 무섭게 느껴지는 뭔가가 있다는 심층 심리가 표출된 것 아닐까?"

저도 모르게 어깨에 힘이 들어갔다.

피안장에서 나누었던 이야기를 유토가 꺼내놓자 자극을 받은 듯 기억이 되살아났다. 그때 유토는 사라와 친해진 계기가 있었느냐고 히나타에게 물었다.

그때는 잘 대답하지 못했지만 지금은 확실히 기억난다.

사라가 이사 온 지 얼마 되지 않았을 무렵이다. 히나타는 부모님에게 야단맞고 혼자 정원에서 울고 있었다. 그 무렵에 그런 일이 잦았다. 학교에서 뭔가 실수하거나, 시험 성적이 안 좋으면 '엄마 아빠가 선생님인데' 하고 주변에서 엄마 아빠를 들먹였기 때문이다.

그래서인지 교육자인 히나타의 부모님은 사사건건 히나타에게 엄격하게 굴었다. 히나타가 준비물을 깜박해서 담임 선생님에게 주의받았다는 걸 알면 엄마는 진지한 얼굴로 "창피한 줄 알아" 하고 말했다. 질책하거나 농담하는 목소리가 아니라 평소 목소리 그대로. 그러한 일 하나하나가 어린 히나타의 마음을 가시처럼 찔렀다.

부모님의 기대에 부응하지 못해서 괴로웠다. 못되고 쓸모없는 아이라는 생각에 우울했다.

사라는 울고 있는 히나타에게 네잎클로버를 찾으러 가자고 했다. 네잎클로버를 찾으면 좋은 일이 생긴다면서, 서투르지만 열심히 히나타를 격려하려 했다.

왜 야단맞고 울었는지는 이미 잊어버렸다. 그렇지만 그날 두 사람의 머리 위로 하얀 꽃잎이 눈처럼 휘날렸던 장면은 지금도 눈에 선하다.

굉장하다, 굉장해, 하고 신나서 떠드는 히나타 옆에서 의기양양하게 웃던 사라.

'네잎클로버는 못 찾았지만 좋은 일이 생겼네. 사라가 여기 데려온 덕분이야, 고마워.'

'틀에서 삐져나오면 안 된다' '항상 양식 있는 올바른 사람이어야 한다'라는 부모님의 강한 압박이 히나타에게는 늘 무거운 짐이었다. 그리고 '틀에서 삐져나온 올바르지 않은 존재'인 사라에게 무의식적으로 자기 자신을 투영했다. 히나타에게 사라를 지키는 것은 자기 자신을 지키는 행위였을지도 모른다.

"…너도 가미시로 씨도 분명 서로가 서로를 필요로 했을 거야."

상호의존이라는 잔혹한 말이 뇌리를 스쳤다.

―유토의 추리가 옳다면 사라와 히나타가 공명해야 비로소 염동력이 발동한다. 예를 들면 사라는 총, 히나타는 총알인 셈이다.

그래서 사라가 혼자 위기에 직면했을 때는 힘을 사용할 수 없었다.

그렇다면 이질적 능력 때문에 괴로워하는 사라를 구할 방법은 두 사람이 헤어지는 것밖에 없다.

유토가 머뭇대다가 결심한 표정으로 입을 열였다.

"…내년에 대학원을 수료하면 연구하러 독일에 갈 거야. 고맙게도 그쪽 연구기관에 계신 은사님이 불러주셨지."

유토의 말에 히나타는 당황해서 고개를 들었다.

"혹시 네가 여기서 떠나야 할 것 같고, 너 자신도 그러기를 바란다면."

유토가 히나타를 똑바로 바라보며 말했다.

"같이 가지 않을래?"

히나타의 이야기를 듣는 내내 사라는 아무 말도 없었다.

"사라." 히나타는 긴장한 표정으로 물었다.

"혹시 넌 어렴풋이 눈치챘던 거 아니야…?"

방송국 스튜디오에서 피를 흘리며 쓰러진 남자 앞에 우두커니 서 있던 사라. 그때 사라는 겁먹은 눈빛으로 *히나타를 보았다.*

히나타는 눈을 내리깔고 다시 물었다.

"아무 말도 하지 않았던 건 날 위해서…?"

목소리가 살짝 잠겼다. 자신이 맛본 것과 똑같은 공포와 죄악감을 안겨주지 않기 위해 사라는 그 사실을 히나타에게 알리지 않았던 것 아닐까.

아니면…, 히나타와 헤어지기 싫다는 마음도 약간이나마 있었을까.

히나타의 질문에 사라는 대답하지 않았다.

온갖 감정이 끓어올라서 가슴이 답답해졌다.

사라를 지키고 싶다고 바랬지만 실상은 지금까지 사라에게 보호받아 온 건지도 모른다.

사라가 자유롭게 날갯짓하기를 바라는 한편으로, 쭉 지금 이대로 있어 주기를 마음 한구석으로 바랬는지도 모른다.

누구에게도 길들지 않는 아름다운 생물이 자신에게만 마음을 허락했다는 사실에 음침한 기쁨과 우월감을 느끼지 않았다고 과연 단언할 수 있을까. 고독한 사라의 마음 속에서 자신의 존재가 큰 부분을 차지한다고 느꼈을 때 가슴이 달콤한 충족감으로 차오르지 않았던가.

…얼마나 제멋대로고 교만한 인간인가.

히나타는 울고 싶은 기분으로 무릎 위에 주먹을 움켜쥐었다.

서로의 행복을 위해서라도 히나타와 사라는 함께 있으면 안 된다.

이것이 사라를 우리에서 풀어줄 단 하나의 방법이다.

이제 함께 지낼 수 없다. 이별할 때가 왔다는 걸 분명 둘 다 알고 있었다. 그렇지만.

말이 잘 나오지 않았다. 뭐라고 말을 꺼내면 목소리가 꼴사납게 허물어질 것 같았다. 관람차가 천천히 하늘을 향해 나아갔다.

잠시 아무 말도 없이 고개를 숙이고 있으니 사라가 손을 뻗어서 히나타의 손을 꼭 잡았다.

깜짝 놀라 고개를 들었다. 히나타가 사라를 위로하거나 격려하고 싶을 때 했던 행동을 사라가 히나타에게 해주었다.

옆을 보자 사라의 맑은 눈과 시선이 마주쳤다. 한없이 깊고 다정한 빛을 띤 눈이었다. …그것이 대답이었다.

가슴이 꽉 메어서 사라의 손을 세게 맞잡았다.

─여기서부터는 더 이상 함께 걸어가면 안 된다.

이것이 마지막 만남이다.

둘 다 아무 말도 하지 않았다. 그저 묵묵히 맞잡은 손의 온기를 느꼈다.

관람차가 조금씩 땅으로 다가갔다. 두 사람만이 영위한 시간이 곧 끝난다.

그때 사라가 살며시 속삭였다.

"…잘 가."

피안장을 나서면서 말했을 때보다 훨씬 따스하고 쓸쓸한 목소리였다.

· 에필로그 ·

―3년 후 봄.

히나타는 숨을 크게 들이마셨다.

지난달 귀국한 일본의 공기는 당연히 지금까지 지냈던 나라의 공기와 온도도 습도도 다르게 느껴졌다.

2년 전에 독일로 건너갔다. 이국땅에서 지내는 동안 히나타는 좋은 의미에서도 나쁜 의미에서도 세상은 넓고 인간은 다양하다는 사실을 뼈저리게 느꼈다. 지금까지 좁은 상자 속에서 살아왔던 자신이 정말로 조그마하게 느껴질 만큼.

부모님과는 지금도 관계가 양호하다고는 할 수 없다.

하지만 옛날보다는 서로 타협점을 찾아낸 것 같기도 하다. 분명 어른이 된 것이리라.

…그날 유원지에서 작별을 고하고 얼마 지나지 않아 사라는 히나타의 옆집에서 이사 갔다.

새 주소는 편지로 알려주었지만 직접 이별의 말을 하지 않고 떠나간 사라의 마음을 헤아려 굳이 만나러 가지는 않았다. 게다가 당시는 히나타도 주변이 어수선하고 해야 할 일이 산더미처럼 많아서 정신없이 바빴다.

1년쯤 전 큰맘 먹고 미즈키에게 메일을 보내보았다. 대외적으로 활동하는 사람이라 조사팀 가운데 유일하게 연락처를 알 수 있는 사람이었기 때문이다.

답장은 없을 것이라 생각하며 짧은 메일로 근황을 전하고 예전에 피안장에서 고마웠다고 인사하자 곧 답장이 왔다.

놀랍게도 미즈키는 다른 팀원들에게도 연락을 받았다고 한다.

아키라는 결혼했고 곧 아이도 태어날 예정이라고 했다. 순풍에 돛 단 듯하지는 않지만 아키라 나름대로 잘해나가고 있는 듯했다.

나기는 피안장에서 겪은 일 때문에 가위눌림에 시달리는 시기도 있었지만 이제는 많이 진정됐고 얼마 전부터 개를 기르기 시작했다고 한다. 미즈키가 보내준 사진에는 볕에 탄 얼굴로 시바견을 끌어안고 웃는, 건강한 남자애가 찍혀 있었다.

그 메일을 보고 히나타는 한 가지가 걱정됐다.

…나기는 영리한 아이다. 어쩌면 마음 한구석으로는 진상을 알아차린 것 아닐까? 의도치는 않았지만 자신의 능력 때문에 시게키가 목숨을 잃었다는 사실을 무의식중에 이해했을지도 모른다. 언젠가 나기가 잔혹한 사실과 맞서야 할 날이 올지도 모른다.

─하지만 나기라면 분명 극복할 수 있다. 꼭 극복하기를 기원했다.

어쨌거나 다들 나름대로 잘 지내는 듯했다.

미즈키의 메일에는 "언젠가 추모를 겸해서 한번 모이는 것도 나쁘지 않겠네"라는 내용이 적혀 있었다. 그때는 사라도 꼭 데려오라고 명령하는 듯한 문장을 보고 쓴웃음을 지었다.

"그런데 사라 씨는 해외에서 통번역 서비스 사업을 한

다고 풍문으로 들었는데 정말이야?"라는 그다음 문장을 읽고 무심코 움직임을 멈췄다.

 …그렇구나. 사라는 별 탈 없이 활약하고 있구나, 하고 약간의 쓸쓸함과 안도감을 느낀 게 기억난다. 사라는 좁은 우리 속에서 저 멀리 날아간 것이다.

ー옆을 보자 턱시도 차림으로 서 있는 유토와 눈이 마주쳤다.

히나타는 그 후로 함께 시간을 보내온 유토와 오늘 결혼했다. 결혼식장에서 혼인 서약을 마치고 버진 로드를 걸어갈 참이었다.

유토가 부드럽게 웃으며 웨딩드레스 차림의 히나타에게 손을 내밀었다.

"…가자."

히나타는 미소로 답하고 유토와 팔짱을 꼈다.

눈앞의 문이 열리고 함께 커다란 계단을 내려간다. 주위를 둘러싼 하객들이 활짝 웃으며 축복의 말과 박수를 보냈다. 축복의 종소리가 높이 울려 퍼졌다.

날씨가 화창한데도 희끄무레하게 흐릿한 봄 특유의 하늘이 머리 위에 펼쳐졌다. 초록으로 가득한 넓은 정원이 눈부셨다.

…결혼식을 올리기로 정했을 때, 용기를 내어 사라가 예전에 알려준 주소로 초대장을 보냈다.

사라의 답장은 없었다. 다시는 히나타에게 연락할 마음이 없는 건지, 초대장을 보지 못한 건지는 모른다.

유토와 팔짱을 끼고 푸른 하늘 아래를 걷자니 문득 어린 시절 사라와 보냈던 나날이 그리운 추억으로 느껴졌다.

히나타와 유토를 축하해 주는 하객들은 모두 환한 표정이다. 흔하디흔하지만 더할 나위 없이 행복한 공간. 이것이 히나타가 바란 것이다. 선택한 것이다. …그리고 거기에 사라는 없다.

알면서도 그만 하객 속에서 사라의 모습을 찾는다. 행복한데도 속절없는 서글픔이 가슴을 꿰뚫었다.

히나타와 함께라면 어디든지 같이 가겠다고 말해준 사람은 이제 곁에 없다.

눈물이 살짝 맺혔다. 사라, 하고 속으로 이름을 불렀다.

지금 여기에 네가 있으면 얼마나 좋을까….

감상에 젖어 그런 소원을 빌었을 때였다.

하객들이 갑자기 와아, 하고 목소리를 높였다. 히나타는 놀라서 고개를 들었다가 눈이 동그래졌다.

―꽃잎이다.

어디선가 바람을 타고 날아온 하얀 꽃잎이 눈처럼 떨어졌다. 마치 두 사람을 축복하는 듯한 꽃보라를 보고 하객들이 환성을 질렀다. 너무나 환상적인 풍경이었다.

…어쩜 이렇게 예쁠까.

히나타는 멈춰 서서 하늘을 올려다보았다.

눈처럼 흩날리는 꽃잎. …어릴 적에 사라와 신나게 떠들면서 본 것과 똑같은 광경이었다.

숨결이 흔들려서 손으로 입을 막았다. 공명하고 있다. 지금 이 순간, 어디선가 사라가 똑같은 마음으로 함께 있어준다.

이것은 사라가 히나타에게 보내는 선물이자 메시지가 틀림없었다.

―네게 수많은 행복이 쏟아져 내리기를.

시야가 흐려졌다. 더는 참을 수가 없었다.

히나타는 웨딩드레스 밑자락을 쳐들고 달려갔다. 하얀 드레스를 펄럭이며 사람들 사이를 빠져나갔다. 하객들이 놀란 듯 웅성거렸다.

히나타는 사라의 모습을 찾아서 달렸다. 숨을 헐떡이며 열심히 사라를 찾았다. 우아하게 매만진 머리와 화장이 흐트러져도 개의치 않았다. 분명 근처에 있을 것이다.

"사라…!"

울음 섞인 목소리가 나왔다. 어디 있어. 부탁이야, 나와. 널 만나고 싶어. 눈물이 한없이 넘쳐흘렀고 가슴이 찢어질 듯했다.

히나타는 정원을 빠져나와 결혼식장 밖으로 나갔다. 인기척 없는 골목을 둘러보았다. 하지만 사라의 모습은 어디에도 없었다.

아스팔트 길에 멍하니 멈춰 섰다. 꽃보라는 어느덧 그쳤다.

"…사라."

뺨이 눈물로 젖었고, 길 잃은 어린애 같은 목소리가 새어 나왔다. 히나타는 잠시 호흡을 가다듬은 후, 어깨를 축 늘어뜨린 채 웨딩 채플로 돌아가려 했다.

그때 드레스 가슴께에 꽃잎이 한 장 붙어 있는 걸 알아차렸다.

히나타는 꽃잎을 떼어내서 손바닥에 얹었다. …아직 무

엇에도 물들지 않은 미래 같은 새하얀 꽃잎.

감싸안듯 살며시 꽃잎을 움켜쥐었다.

…그렇다, 마음은 똑같다. 히나타도 진심으로 사라가 행복하기를 바란다.

히나타는 울음과 웃음이 뒤섞인 표정으로 천천히 손을 펼쳤다. 꽃잎이 바람을 타고 히나타의 손바닥을 떠났다.

히나타는 따스한 기분을 맛보며 속으로 말했다.

―부디 사라에게 꽃을, 행복을 전해줘.

꽃잎은 흔들리며 날아올라 저 멀리 사라졌다.

피안장의 유령

1판 1쇄 인쇄 2025년 9월 22일
1판 1쇄 발행 2025년 10월 2일

지은이 아야사카 미쓰키
옮긴이 김은모

발행인 양원석
편집장 김건희
디자인 엄혜리
일러스트 kloudy
영업마케팅 조아라, 박소정, 김유진, 원하경

펴낸 곳 ㈜알에이치코리아
주소 서울시 금천구 가산디지털2로 53, 20층 (가산동, 한라시그마밸리)
편집문의 02-6443-8902 **도서문의** 02-6443-8800
홈페이지 http://rhk.co.kr
등록 2004년 1월 15일 제2-3726호

ISBN 978-89-255-7309-0 (03830)

※ 이 책은 ㈜알에이치코리아가 저작권자와의 계약에 따라 발행한 것이므로 본사의 서면 허락 없이는 어떠한 형태나 수단으로도 이 책의 내용을 이용하지 못합니다.
※ 잘못된 책은 구입하신 서점에서 바꾸어 드립니다.
※ 책값은 뒤표지에 있습니다.